JOHN GRISHAM

John Grisham es autor de cuarenta y ocho libros que se han convertido en bestsellers número uno de manera consecutiva y que han sido traducidos a casi cincuenta idiomas. Sus obras más recientes incluyen *Los Guardianes, El manuscrito, Sooley* y *Tiempo de perdón*, que está siendo adaptada como serie de televisión por HBO.

Grisham ha ganado en dos ocasiones el Premio Harper Lee de ficción legal y ha sido galardonado con el Premio al Logro Creativo de Ficción de la Biblioteca del Congreso de Estados Unidos.

Cuando no está escribiendo, Grisham trabaja en la junta directiva de Innocence Project y Centurion Ministries, dos organizaciones dedicadas a lograr la exoneración de personas condenadas injustamente. Muchas de sus novelas exploran problemas profundamente arraigados en el sistema judicial estadounidense.

John vive en una granja en Virginia.

LA LISTA DEL JUEZ

JOHN GRISHAM

LA LISTA DEL JUEZ

Traducción de
Ana Isabel Sánchez Díez

VINTAGE ESPAÑOL

Penguin
Random House
Grupo Editorial

Título original: *The Judge's List*
Primera edición: diciembre de 2022

© 2021 Belfry Holdings, Inc.
© 2022, Penguin Random House Grupo Editorial, S. A. U.
Travessera de Gràcia, 47-49. 08021 Barcelona
© 2022, Ana Isabel Sánchez Díez, por la traducción
© 2023, Penguin Random House Grupo Editorial USA, LLC.
8950 SW 74th Court, Suite 2010
Miami, FL 33156

Compuesto en Comptex & Ass., S.L.

Impreso en Estados Unidos / *Printed in USA*

ISBN: 978-1-64473-685-2

23 24 25 26 27   10 9 8 7 6 5 4 3 2

LA LISTA DEL JUEZ

1

La llamada llegó a través de la línea fija del despacho, por medio de un sistema que tenía al menos veinte años de antigüedad y había combatido contra todos los avances tecnológicos. La atendió una recepcionista tatuada llamada Felicity, una chica nueva que se marcharía antes de que llegara a entender por completo los teléfonos. Todos se marchaban, al parecer, especialmente los trabajadores administrativos. La rotación de personal era ridícula. Los ánimos estaban por los suelos. La Comisión de Conducta Judicial acababa de ver cómo una asamblea legislativa que apenas conocía su existencia le recortaba el presupuesto por cuarto año consecutivo.

Felicity consiguió desviar la llamada pasillo abajo hasta el abarrotado escritorio de Lacy Stoltz.

—Tienes una llamada por la línea tres —anunció.

—¿Quién es? —preguntó Lacy.

—No me lo ha dicho, pero es una mujer.

Había muchas formas de reaccionar. Sin embargo, en ese momento Lacy estaba aburrida y no le apetecía malgastar la energía emocional necesaria para reprender como era debido a aquella cría y ponerla firme. Las rutinas y los protocolos se estaban viniendo abajo. La disciplina de la oficina caía en picado al mismo tiempo que la CCJ se convertía en un caos carente de liderazgo.

Como veterana, como la única veterana, era importante que Lacy diera ejemplo.

—Gracias —dijo, y pulsó la luz parpadeante—. Lacy Stoltz.

—Buenas tardes, señora Stoltz. ¿Tiene un momento?

Mujer, culta, sin ningún tipo de acento, de unos cuarenta y cinco años, tres arriba, tres abajo. Lacy siempre probaba suerte en el juego de la voz.

—¿Con quién tengo el placer de hablar?

—De momento me llamo Margie, pero uso otros nombres.

A Lacy le hizo gracia y a punto estuvo de reírse.

—Bueno, al menos es sincera al respecto. Normalmente tardo un tiempo en averiguar lo de los alias.

Las llamadas anónimas eran habituales. Las personas que se quejaban de los jueces siempre se mostraban cautelosas y dudaban a la hora de dar la cara y enfrentarse al sistema. Casi todas temían que los poderes superiores tomaran represalias.

—Me gustaría hablar con usted en algún lugar privado —continuó Margie.

—Mi despacho es privado, si le parece bien.

—Uy, no —replicó ella enseguida, y dio la sensación de que la idea la asustaba—. Eso no va a poder ser. ¿Conoce el edificio Siler, que está ahí al lado?

—Por supuesto —contestó Lacy, que se puso de pie y miró por la ventana hacia el edificio Siler, una de las varias insulsas sedes gubernamentales del centro de Tallahassee.

—Hay una cafetería en la planta baja —prosiguió Margie—. ¿Nos vemos allí?

—De acuerdo. ¿Cuándo?

—Ya. Voy por el segundo café con leche.

—No tan deprisa. Deme unos minutos. ¿Me reconocerá?

—Sí. Su foto aparece en el sitio web. Estoy al fondo, a la izquierda.

El despacho de Lacy era, en efecto, privado. El de su izquierda estaba vacío, lo había dejado vacante un excompañero que se había trasladado a una agencia más grande. El despacho del otro lado del pasillo se había convertido en un trastero improvisado. Lacy echó a andar hacia Felicity, pero se metió en el despacho de Darren Trope, un hombre que llevaba allí dos años y que ya estaba al acecho de otro trabajo.

—¿Estás ocupado? —le preguntó tras interrumpir lo que fuera que estuviese haciendo.

—No mucho.

Daba igual lo que estuviera o no estuviera haciendo: si Lacy necesitaba cualquier cosa, Darren le pertenecía.

—Necesito un favor. Voy a acercarme al Siler a reunirme con una desconocida que acaba de reconocer que usa un nombre falso.

—Guau, cómo me gustan las operaciones clandestinas. Mucho más que estar aquí sentado leyendo sobre un juez que le hizo comentarios lascivos a una testigo.

—¿Cómo de lascivos?

—Bastante explícitos.

—¿Hay fotos o vídeos?

—Todavía no.

—Avísame si los consigues. Bueno, ¿te importaría acercarte dentro de quince minutos y sacar una foto?

—Claro. Sin problema. ¿No tienes ni idea de quién es?

—Ni la más mínima.

Lacy salió del edificio, dio la vuelta a la manzana tomándoselo con calma, disfrutando de aquellos instantes de aire fresco, y después entró en el vestíbulo del edificio Siler. Eran casi las cuatro de la tarde y a esa hora no había más clientes tomando café. Margie estaba sentada a una mesita del fondo, a la izquierda. Levantó brevemente la mano para saludar, como si alguien fuera a darse cuenta y no quisiera que la pillaran. Lacy sonrió y se acercó a ella.

Afroamericana, unos cuarenta y cinco años, profesional, atractiva, culta, pantalones de pinzas y tacones, vestida con más elegancia que Lacy, aunque desde hacía un tiempo en la CCJ se permitía cualquier tipo de atuendo. El anterior jefe quería trajes y corbatas y odiaba los vaqueros, pero se había jubilado hacía dos años y la mayoría de las normas se marcharon con él.

Lacy pasó por delante de la barra, donde la camarera holgazaneaba con ambos codos clavados en la formica y sosteniendo en las manos un teléfono rosa que la tenía fascinada por completo. La chica no alzó la vista ni se le cruzó por la cabeza saludar a una clienta, así que Lacy decidió prescindir de más cafeína.

Sin levantarse de la silla, Margie le tendió una mano y dijo:

—Encantada de conocerla. ¿Quiere un café?

Lacy sonrió, le estrechó la mano y se sentó al otro lado de la mesa cuadrada.

—No, gracias. Margie, ¿verdad?

—Por ahora.

—Vale, empezamos con mal pie. ¿Por qué usas un alias?

—Necesitaría horas para contarle mi historia y no tengo claro que quiera oírla.

—Entonces ¿a qué viene esto?

—Por favor, señora Stoltz.

—Lacy.

—Por favor, Lacy. No tienes ni idea del trauma emocional por el que he pasado para llegar hasta este punto de mi vida. Ahora mismo estoy desquiciada, ¿vale?

No parecía estar tan mal, aunque sí un poco nerviosa. Quizá fuera el segundo café con leche. La mujer lanzó una mirada rápida a derecha e izquierda. Tenía los ojos bonitos y enmarcados bajo una enorme montura morada. Seguro que los cristales eran de pega. Las gafas formaban parte del atuendo, un disfraz sutil.

—No sé muy bien qué decir —repuso Lacy—. ¿Por qué no empiezas a hablar, a ver si llegamos a algún sitio?

—He leído bastante sobre ti. —Margie se agachó para meter la mano en una mochila y, con destreza, sacó un expediente—. Sobre el caso del casino indio, no hace mucho tiempo. Pillaste a una jueza robando dinero en efectivo y la encerraste. Un periodista lo describió como el mayor escándalo de soborno en la historia de la jurisprudencia estadounidense.

El expediente tenía cinco centímetros de grosor y toda la pinta de estar organizado de manera impecable.

Lacy se fijó en el uso de la palabra «jurisprudencia». Extraño para un profano en la materia.

—Fue un gran caso —dijo con modestia fingida.

Margie sonrió y repitió:

—¿Un gran caso? Desarticulaste un sindicato del crimen, cogiste a la jueza y enviaste a la cárcel a un montón de gente. Y ahí siguen todos, creo.

—Cierto, pero no fue, ni mucho menos, una operación individual. El FBI estuvo muy involucrado. Fue un caso complicado en el que asesinaron a varias personas.

—Entre ellas tu compañero, el señor Hugo Hatch.

—Sí, Hugo entre ellas. Siento curiosidad. ¿Por qué has investigado tanto sobre mí?

Margie entrelazó las manos y las apoyó sobre el expediente, que seguía sin abrir. Los dedos índices le temblaban un poco. Desvió la mirada hacia la entrada y luego echó otro vistazo a su alrededor, aunque no había entrado nadie, nadie había salido, nadie se había movido, ni siquiera la camarera, que seguía perdida en las nubes. Bebió un sorbo por la pajita.

Si de verdad era su segundo café con leche, apenas lo había tocado. Había utilizado la palabra «trauma». Reconocía estar «desquiciada». Lacy se dio cuenta de que la mujer tenía miedo.

—Bueno, no estoy segura de que pueda considerarse una investigación —respondió Margie—. Solo unas cuantas cosas sacadas de internet. Está todo ahí, al alcance de cualquiera.

Lacy sonrió y trató de ser paciente.

—No me parece que estemos llegando a ninguna parte.

—Tu trabajo consiste en investigar a los jueces acusados de cometer delitos, ¿verdad?

—Correcto.

—¿Y desde cuándo te dedicas a esto?

—Perdona, ¿qué relevancia tiene eso?

—Por favor.

—Desde hace doce años.

Dar esa cifra era como admitir la derrota. Parecía mucho tiempo.

—¿Cómo empieza tu implicación en un caso? —preguntó Margie, que seguía mareando la perdiz.

Lacy respiró hondo y se recordó que debía ser paciente. Las personas con quejas que llegaban hasta ese punto tan avanzado solían estar nerviosas. Sonrió y contestó:

—Bueno, por lo general, una persona con una queja contra un juez se pone en contacto con nosotros y mantenemos una reunión. Si la acusación parece tener algún fundamento, entonces la persona en cuestión presenta una denuncia que nosotros mantenemos en la más absoluta confidencialidad durante cuarenta y cinco días, mientras echamos un vistazo. Lo llamamos evaluación. Nueve de cada diez veces, el proceso no llega más allá y la denuncia se desestima. Si detectamos un posible delito, entonces se lo notificamos al juez y este tiene treinta días para responder. Todos suelen ponerse en manos de abogados. Investigamos, celebramos audiencias, interrogamos testigos, todo eso.

Mientras hablaba, Darren entró solo en la cafetería, molestó a la camarera pidiéndole un descafeinado, esperó a que se lo sirviera sin prestar atención a las dos mujeres y luego se lo llevó a una mesa del otro lado de la sala, donde abrió un portátil y empezó lo que parecía ser un trabajo serio. Sin dar el menor indicio de ello, apuntó la cámara del portátil hacia la espalda de Lacy y la cara de Margie, enfocó con el zoom para obtener un primer plano y comenzó a grabar. Sacó un vídeo y varias fotos.

Si Margie se fijó en él, no lo dejó traslucir.

Tras escuchar atentamente a Lacy, le preguntó:

—¿Con qué frecuencia se destituye a un juez?

Una vez más, ¿qué relevancia tenía aquello?

—No muy a menudo, por suerte. Tenemos una jurisdicción de más de mil jueces y la gran mayoría son profesionales honestos y trabajadores. La mayor parte de las denuncias que vemos no son tan graves, en realidad. Litigantes descontentos que no han conseguido lo que querían. Muchos casos de divorcio. Muchos abogados enfadados porque han perdido. Tenemos bastante trabajo, pero casi la totalidad de los conflictos se resuelven.

Así explicado, el trabajo sonaba aburrido y, después de doce años, esa era también la opinión de Lacy.

Margie la escuchó con atención, tamborileando con las yemas de los dedos sobre el expediente. Cogió una gran bocanada de aire y preguntó:

—A la persona que presenta la denuncia, ¿se la identifica siempre?

Lacy lo pensó un segundo y contestó:

—Sí, en algún momento. Es bastante raro que la parte denunciante permanezca en el anonimato.

—¿Por qué?

—Porque el denunciante suele conocer los hechos del caso y tiene que testificar contra el juez. Es difícil pillar a un juez cuando las personas a las que ha fastidiado tienen miedo de dar la cara. ¿Tú tienes miedo?

La mera mención de la palabra pareció asustarla.

—Sí, podría decirse que sí —admitió.

Lacy frunció el ceño y puso cara de aburrimiento.

—A ver, vayamos al grano. Ese comportamiento al que te refieres, ¿es muy grave?

Margie cerró los ojos y logró decir:

—Asesinato.

Volvió a abrirlos enseguida y miró a su alrededor para ver si la había oído alguien más. Nadie se encontraba tan cerca como para enterarse de lo que había dicho, salvo Lacy, que lo recibió con el curtido escepticismo desarrollado después de tantos años en aquel puesto. Se recordó una vez más que debía ser paciente. Cuando miró de nuevo a Margie a los ojos, se le habían llenado de lágrimas.

Lacy se acercó un poco más a ella y preguntó en voz baja:

—¿Estás sugiriendo que uno de nuestros jueces en activo ha cometido un asesinato?

Margie se mordió el labio y negó con la cabeza.

—Sé que lo ha hecho.

—¿Y cómo lo sabes?

—Mi padre fue una de sus víctimas.

Lacy absorbió la información y miró a su alrededor.

—¿Víctimas? ¿Hay más de una?

—Sí. Creo que mi padre fue la segunda. No estoy segura del número, pero sí de su culpabilidad.

—Interesante.

—Eso es un eufemismo. ¿Cuántas denuncias sobre jueces que matan gente habéis recibido?

—Ninguna.

—Exacto. En la historia de Estados Unidos, ¿a cuántos

jueces se ha condenado por asesinato mientras aún estaban en el cargo?

—A ninguno, que yo sepa.

—Exacto. Cero. Así que no le restes importancia a esto diciendo que es «interesante».

—No pretendía ofender.

En el otro extremo de la cafetería, Darren terminó su importantísimo trabajo y se marchó. Ninguna de las dos mujeres pareció percatarse de su marcha.

—No me has ofendido —replicó Margie—. No voy a decir nada más en esta cafetería. Tengo mucha información que me gustaría compartir contigo y con nadie más, pero no aquí.

Lacy se había topado con un buen número de chiflados y almas desequilibradas con cajas y sacos de papel llenos de documentos que demostraban sin lugar a duda que en la judicatura había algún depravado corrupto de los pies a la cabeza. Casi siempre, tras unos minutos de interacción cara a cara, era capaz de alcanzar un veredicto y empezaba a trazar planes para encaminar la denuncia hacia el cajón de las desestimaciones. Con los años había aprendido a calar a la gente, aunque, con muchos de los pirados que se cruzaban en su camino, hacer una valoración rápida no resultaba un gran desafío.

Margie, o como quiera que se llamase, no era ni una chiflada ni una pirada ni un alma desequilibrada. Sabía algo y estaba asustada.

—Vale —dijo—. ¿Adónde vamos ahora?

—¿Qué pasa ahora?

—Oye, has sido tú quien se ha puesto en contacto conmigo. ¿Quieres hablar o no? No me gustan los juegos y no tengo tiempo para sonsacarte información, ni a ti ni a ninguna otra persona que quiera quejarse de un juez. Ya pierdo muchísimo tiempo extrayéndole información a la gente que me llama por teléfono. Acabo metida en un callejón sin salida una vez al mes. ¿Vas a hablar o no?

Margie estaba llorando y enjugándose las mejillas de nuevo. Lacy la estudió con toda la compasión de que fue capaz, pero también dispuesta a abandonar la mesa y no volver jamás.

No obstante, la idea del asesinato la intrigaba. Parte de su trabajo diario en la CCJ consistía en padecer las denuncias mundanas y frívolas de gente infeliz con problemas insignificantes y poco que perder. Un asesinato por parte de un juez en activo parecía demasiado espectacular para creérselo.

Al final, Margie dijo:

—Tengo una habitación en el Ramada de East Gaines. Podríamos reunirnos allí, fuera del horario laboral. Pero debes venir sola.

Lacy asintió como si ya lo hubiera previsto.

—Con precauciones. Tenemos una norma que me prohíbe celebrar una reunión inicial con una parte denunciante fuera de la oficina y a solas. Debería acompañarme otro investigador, uno de mis compañeros.

—¿Como el señor Trope, por ejemplo? —preguntó Margie, al tiempo que señalaba con la cabeza la silla vacía de Darren.

Lacy se volvió despacio para ver a qué narices se estaba refiriendo mientras intentaba desesperadamente pensar en una respuesta.

Margie continuó:

—Es por la página web, ¿vale? Caras sonrientes de todo el personal. —Sacó del maletín una fotografía en color, de 20×25, y se la pasó deslizándola por la mesa—. Toma, con mis mejores deseos, una foto mía actual y en color, mucho mejor que las que acaba de robarme el señor Trope.

—¿De qué estás hablando?

—Seguro que ya ha pasado mi cara por vuestro programa de reconocimiento facial y no ha encontrado nada. No aparezco en ninguna base de datos.

—¿De qué estás hablando?

Margie tenía toda la razón, pero Lacy se había puesto nerviosa y no estaba dispuesta a confesar.

—Bueno, creo que ya lo sabes. Ven sola o no volverás a verme. Eres la investigadora con más experiencia de tu oficina y, en este momento, tu jefa es temporal. Yo diría que puedes hacer lo que te dé la gana.

—Ojalá fuera tan fácil.

—Digamos que hemos quedado para tomar algo después del trabajo, nada más. Nos vemos en el bar y, si va bien, subimos a mi habitación y hablamos con más intimidad.

—No puedo subir a tu habitación. Va en contra de nuestros procedimientos. Solo puedo hacerlo si se presenta una denuncia formal y es necesario reunirse en privado. Alguien tiene que saber dónde estoy, al menos al principio.

—Muy bien. ¿A qué hora?

—¿Qué tal sobre las seis?

—Te esperaré en la esquina del fondo, a la derecha, y estaré sola, igual que tú. Sin cables, sin grabadoras, sin cámaras secretas, sin compañeros fingiendo que se toman una copa mientras me graban. Y saluda a Darren de mi parte. Quizá algún día tenga el placer de hacerlo en persona. ¿Trato hecho?

—Trato hecho.

—Bien. Ya puedes irte.

Mientras Lacy daba la vuelta a la manzana en sentido contrario y regresaba a su despacho, tuvo que reconocer que no recordaba ninguna otra ocasión en que la hubieran dejado tan con el culo al aire en la primera entrevista.

Le pasó la foto en color a Darren por encima del escritorio y le dijo:

—Buen trabajo. Nos ha pillado con las manos en la masa. Sabe nuestros nombres, rangos y números de identificación. Me ha dado esta foto y me ha dicho que era mucho mejor que las que le habías sacado tú con el portátil.

Darren levantó la foto y contestó:

—Pues tiene razón.

—¿Alguna idea de quién es?

—No. He pasado su cara por la lavandería y no ha habido resultados. Lo cual, como sabes, no significa gran cosa.

—Significa que no ha sido arrestada en Florida durante los últimos seis años. ¿Puedes meterla en el programa del FBI?

—Yo diría que no. Exigen un motivo y, como no sé nada, no estoy en condiciones de dárselo. ¿Puedo hacerte una pregunta obvia?

—Adelante, por favor.

—La CCJ es una agencia de investigación, ¿no?

—Se supone que sí.

—Entonces ¿por qué publicamos nuestra foto y biografía en un sitio web bastante inútil?

—Pregúntaselo a la jefa.

—No tenemos jefa. Tenemos una burócrata profesional que se marchará antes de que la echemos de menos.

—Seguramente. Mira, Darren, hemos tenido esta conversación mil veces. No queremos nuestras preciosas caras en ninguna página de la CCJ. Por eso llevo cinco años sin actualizar la mía. En la de la web sigo aparentando treinta y cuatro.

—Yo diría que treinta y uno, pero, bueno, no soy objetivo.

—Gracias.

—Supongo que en realidad no es tan grave. Tampoco es que persigamos asesinos y traficantes de drogas.

—Cierto.

—¿Y cuál es la queja de esta mujer, sea quien sea?

—Todavía no lo sé. Gracias por los refuerzos.

—Ni que hubieran servido de mucho.

2

El bar del Ramada ocupaba una generosa esquina del patio interior acristalado del altísimo hotel. A las seis, la barra cromada estaba abarrotada de lobistas bien vestidos a la caza de alguna de las atractivas secretarias que trabajaban en las agencias gubernamentales, así que la mayoría de las mesas estaban ocupadas. La asamblea legislativa de Florida estaba reunida a cinco manzanas de distancia, en el Capitolio, y todos los bares del centro se llenaban de gente importante que hablaba de política y buscaba dinero y sexo.

Lacy entró, recibió su buen cupo de miradas por parte de la concurrencia masculina y se dirigió hacia el fondo a la derecha, donde encontró a Margie sentada a una mesa pequeña, en un rincón, sola y con un vaso de agua delante.

—Gracias por venir —dijo mientras Lacy tomaba asiento.

—No hay de qué. ¿Conoces este sitio?

—No. Es la primera vez que vengo. Está hasta arriba, ¿no?

—En esta época del año, sí. La cosa se relaja cuando termina el carnaval.

—¿El carnaval?

—La sesión legislativa. De enero a marzo. Entretanto hay que echarle la llave al mueble bar. Esconder a las mujeres y los niños. Lo típico.

—Lo siento.

—Deduzco que no vives aquí.

—No, claro.

Una camarera acelerada se detuvo un momento y, mirando el vaso de agua con el ceño fruncido, les preguntó si querían tomar algo. El mensaje quedó bastante claro: «A ver, chicas, estamos a tope y puedo darle vuestra mesa a alguien que pague por lo que beba».

—Una copa de pinot grigio —contestó Lacy.

—Lo mismo —dijo enseguida Margie, y la camarera desapareció.

Lacy miró a derecha e izquierda para asegurarse de que nadie alcanzaba a oír lo que hablaban. Era imposible. Las mesas estaban bastante separadas unas de otras y el rugido constante que emanaba de la barra ahogaba todo lo demás.

—Vale —empezó—. De momento sé que no vives aquí y que Margie no es tu verdadero nombre. Diría que está siendo un inicio un poco lento, algo a lo que estoy acostumbrada. Sin embargo, como creo que ya te he comentado, pierdo mucho tiempo con gente que se pone en contacto conmigo y luego se cierra en banda cuando llega el momento de revelar su historia.

—¿Qué es lo primero que quieres saber?

—Tu nombre, por ejemplo.

—Eso sí puedo decírtelo.

—Genial.

—Pero me gustaría saber qué harás con él. ¿Abres un expediente? ¿Es digital o un expediente a la antigua usanza, en papel? Si es digital, ¿dónde se almacena? ¿Quién más sabrá mi nombre?

Lacy tragó con dificultad y la miró fijamente a los ojos. Margie no fue capaz de sostenerle la mirada y la desvió.

—Estás nerviosa y actúas como si te estuvieran siguiendo —señaló.

—No me están siguiendo, Lacy, pero todo deja un rastro.

—Un rastro para que otra persona lo siga. ¿Es esa otra persona el juez del que sospechas que es un asesino? Échame una mano, Margie. Dame algo.

—Todo deja un rastro.

—Eso ya lo has dicho.

La camarera pasó a toda prisa junto a ellas y se detuvo el tiempo justo para dejar sobre la mesa dos copas de vino y un cuenco de frutos secos.

Margie no pareció fijarse en el vino, pero Lacy bebió un sorbo y después continuó:

—Bueno, seguimos atascadas en el tema del nombre. Lo anotaré en algún sitio y, al principio, lo mantendré alejado de nuestra red.

Margie asintió y se convirtió en otra persona.

—Jeri Crosby, cuarenta y seis años, profesora de ciencias políticas en la Universidad del Sur de Alabama, en Mobile. Un matrimonio, un divorcio, una hija.

—Gracias. Y crees que a tu padre lo mató un juez que ahora mismo está en ejercicio. ¿No es así?

—Sí, un juez de Florida.

—Eso lo limita a unos mil.

—Un juez del vigésimo segundo distrito judicial.

—Impresionante. Ahora nos quedan unos cuarenta. ¿Cuándo tendré el nombre de tu sospechoso?

—Muy pronto. ¿Podemos bajar un poco el ritmo? Últimamente no hace falta gran cosa para que me altere.

—No has tocado el vino. A lo mejor te ayuda.

Jeri bebió un sorbo, respiró hondo y comentó:

—Diría que tienes unos cuarenta años.

—Casi. Treinta y nueve, así que no tardaré en cumplir los cuarenta. ¿Es traumático?

—Bueno, un poco, supongo. Pero la vida sigue. El caso es que hace veintidós años todavía estabas en el instituto, ¿no?

—Creo que sí. ¿Qué importancia tiene eso?

—Relájate, Lacy, déjame contártelo, ¿vale? Llegaremos a algo. Eras solo una cría e imagino que no leíste nada sobre el asesinato de Bryan Burke, un profesor de Derecho jubilado.

—Nunca he oído hablar de él. ¿Era tu padre?

—Sí.

—Lo siento.

—Gracias. Mi padre fue profesor de la facultad de Derecho de Stetson, en Gulfport, Florida, durante casi treinta años. En la zona de Tampa.

—Conozco la facultad.

—Se jubiló a los sesenta años, por motivos familiares, y volvió a su ciudad natal en Carolina del Sur. He preparado un expediente muy exhaustivo sobre mi padre que te daré en algún momento. Era un gran hombre. Ni que decir tiene que su asesinato nos puso la vida patas arriba y, la verdad, yo todavía no lo he superado. Perder a un padre cuando eres demasiado joven ya es un horror, pero cuando encima se trata de un asesinato, de un asesinato sin resolver, es aún más terrible. Veintidós años después, el caso está todavía más estancado y la policía ha tirado la toalla. En cuanto nos dimos cuenta de que no llegarían a ninguna conclusión, juré que lo intentaría todo para encontrar a su asesino.

—¿La policía se rindió?

Jeri bebió un poco de vino.

—Con el tiempo, sí. El expediente sigue abierto y hablo con ellos de vez en cuando. No pretendo criticar a la policía, no sé si me explico. Hicieron todo lo que pudieron, dadas las circunstancias, pero fue un asesinato perfecto. Todos lo son.

Lacy se llevó la copa a los labios.

—¿Un asesinato perfecto?

—Sí. Sin testigos. Sin pruebas forenses, o al menos sin ninguna que pueda llevar hasta el asesino. Sin móvil aparente.

Lacy estuvo a punto de preguntar: «¿Y qué quieres que haga, entonces?». Pero bebió otro sorbo y dijo:

—No creo que la Comisión de Conducta Judicial cuente con los medios necesarios para investigar un viejo caso de asesinato en Carolina del Sur.

—Es que no es eso lo que pido. Vosotros tenéis jurisdicción sobre los jueces de Florida que se hayan involucrado en actos ilícitos, ¿verdad?

—Verdad.

—¿Y eso incluye el asesinato?

—Supongo, pero nunca nos hemos visto implicados en algo así. Este asunto es más apropiado para los chicos de la estatal, tal vez para el FBI.

—Los chicos de la estatal lo han intentado. El FBI no tiene interés por dos razones. La primera, no es un asunto federal. La segunda, no hay pruebas que vinculen los asesinatos y, por lo tanto, el FBI no sabe, nadie lo sabe excepto yo, supongo, que nos enfrentamos a un posible asesino en serie.

—¿Te has puesto en contacto con el FBI?

—Hace años. Como familiares de la víctima, estábamos desesperados por conseguir ayuda. No nos llevó a ninguna parte.

Lacy bebió más vino.

—Vale, me estás poniendo nerviosa, así que explícamelo todo muy despacio. Crees que un juez en ejercicio asesinó a tu padre hace veintidós años. ¿Ese juez estaba en activo cuando se produjo el asesinato?

—No. Salió elegido en 2004.

Lacy asimiló la información y miró a su alrededor. Un hombre con pinta de lobista había ocupado ahora la mesa de al lado y la miraba con una especie de vulgaridad lasciva que no era extraña en los alrededores del Capitolio. Lo fulminó con la mirada hasta que él la desvió y luego se inclinó hacia Jeri.

—Me sentiría más cómoda si pudiéramos hablar en otro sitio. Aquí hay demasiada gente.

—Tengo reservada una pequeña sala de reuniones en el primer piso —dijo Jeri—. Te prometo que es un lugar seguro. Si intento atacarte, puedes gritar y escaparte.

—Estoy segura de que eso no ocurrirá.

Jeri pagó las copas de vino y ambas salieron del bar y del patio interior y subieron un piso por las escaleras mecánicas, hasta la zona empresarial del hotel, donde Jeri abrió la puerta de una pequeña sala de reuniones, una de tantas. Encima de la mesa había varios expedientes.

Cada una se acomodó a un lado del tablero, con los expedientes al alcance de la mano y sin nada delante. Ni portátiles. Ni blocs de notas. Sus respectivos teléfonos móviles seguían en los bolsos. Jeri estaba a todas luces más relajada que en el bar y comenzó con:

—Vale, hablaremos extraoficialmente, nada de tomar notas. Al menos por ahora. Mi padre, Bryan Burke, se jubiló de Stetson en 1990. Llevaba casi treinta años trabajando de profesor allí y era una leyenda, un docente muy querido. Mi madre y él decidieron volver a casa, a Gaffney, en Carolina del Sur, la pequeña ciudad en la que se habían criado. Tenían mucha familia en la zona y habían heredado unos terrenos. Se construyeron una casita preciosa en el bosque y plantaron un huerto. La madre de mi madre vivía con ellos y se encargaron de su cuidado. En términos generales, disfrutaron de una buena jubilación. Tenían una situación económica estable, gozaban de bastante buena salud, eran miembros activos de una iglesia rural. Mi padre leía mucho, escribía artículos para revistas jurídicas, se mantenía en contacto con viejos amigos e hizo varios nuevos en la ciudad. Luego lo mataron.

Jeri estiró un brazo para coger un expediente azul, tamaño carta, de unos dos centímetros y medio de grosor, como todos los demás. Lo deslizó sobre la mesa hacia Lacy mientras decía:

—Es una recopilación de artículos sobre mi padre, su trayectoria profesional y su muerte. Algunos recortados a mano, otros sacados de internet, pero no hay ni una sola parte de este expediente disponible actualmente en la red.

Lacy no lo abrió.

—Detrás de la pestaña amarilla —continuó Jeri— hay una foto de mi padre en la escena del crimen. La he visto varias veces y prefiero no volver a verla. Échale un vistazo.

Lacy abrió la carpeta por la pestaña y frunció el ceño ante la foto ampliada en color. El fallecido estaba tumbado entre unos hierbajos con una cuerda corta alrededor del cuello, tan apretada que le había desgarrado la piel. La cuerda parecía ser de nailon, de color azul, y tenía manchas de sangre seca. Estaba atada a la altura de la nuca con un nudo grueso.

Lacy cerró la carpeta y susurró:

—Lo siento mucho.

—Es raro. Después de veintidós años aprendes a lidiar con el dolor y a meterlo en una caja de la que, si te esfuerzas lo suficiente, no suele salir. Pero siempre es fácil bajar la guardia y permitir que los recuerdos vuelvan. Ahora mismo estoy bien, Lacy. Ahora mismo estoy muy bien, porque estoy hablando contigo y haciendo algo al respecto. No puedes hacerte una idea de las horas que he tenido que dedicar a presionarme para llegar hasta aquí. Esto es muy difícil, es aterrador.

—Quizá convenga hablar del crimen.

Jeri cogió aire.

—Desde luego. A mi padre le gustaba dar largos paseos por el bosque que había detrás de su casa. Mi madre lo acompañaba a menudo, pero lo pasaba mal por culpa de la artritis. Una hermosa mañana de la primavera de 1992, mi padre se despidió de ella con un beso, cogió su bastón y echó a andar por el sendero. La autopsia reveló que había muerto por asfixia, pero también tenía una herida grave en la cabeza. La hipótesis más evidente es que se encontró con alguien que lo golpeó en la cabeza, lo dejó inconsciente y luego lo remató con la cuerda de nailon. Después lo sacó a rastras del sendero y lo dejó abandonado en un barranco, donde lo encontraron hacia media tarde. La escena del crimen no reveló nada: no había instrumentos contundentes ni huellas de zapato o bota, puesto que el suelo estaba seco. No existían indicios de forcejeo, ni pelos o fibras sueltos. Nada. Los laboratorios de criminalística han analizado la cuerda y no ofrece ninguna pista. El expediente contiene una descripción detallada de la misma. La casa de campo de mis padres no está lejos de la ciudad, pero sí algo aislada, así que no hubo testigos, nada que se saliera de lo común. Ni coches ni camionetas con matrículas de fuera del estado. Ni extraños merodeando por la zona. Hay muchos sitios donde aparcar y esconderse y desde los que entrar en la zona sin ser visto y luego marcharse sin dejar rastro. No ha salido a la luz ni un solo detalle en veintidós años, Lacy. Es un caso que está totalmente estancado. Hemos aceptado la dura realidad de que el asesinato nunca se resolverá.

—¿«Hemos»?

—Sí, bueno, aunque ahora es más bien una cruzada solitaria. Mi madre murió dos años después de mi padre. Nunca se recuperó del todo y podría decirse que se le fue un poco la cabeza. Tengo un hermano mayor en California que aguantó unos cuantos años antes de perder el interés. Se cansó de que la policía no hiciera ningún progreso. Hablamos de tanto en tanto, pero rara vez mencionamos a nuestro padre. Así que estoy sola. Me siento muy sola con todo esto.

—Me parece terrible. También me parece que hay demasiada distancia entre la escena del crimen, en Carolina del Sur, y un juzgado de la península de Florida. ¿Cuál es la conexión?

—No hay gran cosa, la verdad. Solo un montón de especulaciones.

—No has llegado hasta aquí basándote solo en especulaciones. ¿Qué me dices del móvil?

—El móvil es lo único que tengo.

—¿Piensas compartirlo conmigo?

—Espera, Lacy. Es que no lo entiendes. Me resulta increíble estar aquí sentada acusando a una persona de asesinato sin pruebas.

—No estás acusando a nadie, Jeri. Tienes un sospechoso potencial, de lo contrario no te encontrarías aquí. Tú me dices su nombre y yo no se lo revelo a nadie. No hasta que me des tu autorización, ¿de acuerdo? ¿Entendido?

—Sí.

—Venga, volvamos al móvil.

—El móvil es lo que me ha consumido desde el principio. No he dado con una sola persona que formara parte del mundo de mi padre y le tuviera antipatía. Era un académico que cobraba un buen sueldo y ahorraba dinero. Nunca invirtió en negocios ni en tierras ni en nada por el estilo. De hecho, despreciaba a los promotores y especuladores. Un par de compañeros suyos, otros profesores de Derecho, perdieron dinero en la bolsa, invirtiendo en apartamentos y en otros proyectos, y sintió poca pena por ellos. No tenía intereses comerciales, ni socios ni empresas conjuntas, cosas que suelen crear conflictos y enemigos. Odiaba las deudas y pagaba sus facturas puntualmente. Era fiel a su mujer y a su familia, hasta donde sabemos. Si hubieras conocido a Bryan Burke, te habría resultado imposible pensar que le fuera infiel a su esposa. Sus empleadores de la Universidad de Stetson lo trataban bien, sus alumnos lo admiraban. Durante sus treinta años, en Stetson lo eligieron cuatro veces como el mejor profesor de Derecho. Rechazó repetidas veces que lo ascendieran al decanato porque consideraba que la docencia era la más alta vocación y quería estar en el aula. No era perfecto, Lacy, pero se acercaba muchísimo.

—Ojalá lo hubiera conocido.

—Era un hombre encantador y dulce, sin enemigos que se sepa. No fue un robo, porque su cartera estaba en casa y al cadáver no le faltaba nada. Es obvio que tampoco fue un accidente. Así que la policía está perpleja desde el principio.

—Pero...

—Pero... podría haber algo más. Es una posibilidad remota, pero es lo único que he encontrado. Tengo sed. ¿Y tú?

Lacy negó con la cabeza. Jeri se acercó a un aparador, se sirvió agua con hielo de una jarra y volvió a su asiento. Respiró hondo y continuó:

—Como ya te he dicho, mi padre adoraba trabajar en el aula. Le encantaba dar clases. Las entendía como una representación teatral en la que el único actor que pisaba el escenario era él. Adoraba controlar por completo el entorno, el material y, sobre todo, a los alumnos. En la segunda planta de la facultad de Derecho hay una sala que fue su dominio durante décadas. Ahora han puesto una placa que lleva su nombre. Es una miniaula con ochenta asientos en forma de semicírculo y en todas las actuaciones se agotaban las entradas. Sus clases sobre derecho constitucional eran cautivadoras, desafiantes y a menudo divertidas. Tenía un gran sentido del humor. Todos los alumnos querían al profesor Burke (odiaba que lo llamaran doctor Burke) en la asignatura de Derecho Constitucional, y los que no pasaban el corte solían asistir a la clase y acudir a sus conferencias como oyentes. No era raro que algún profesor visitante, decano, exalumno de la universidad o de mi padre se colara en el aula para buscar un sitio, muchas veces en sillas plegables colocadas en la parte trasera o en los pasillos. El presidente de la universidad, también abogado, era uno de los habituales. ¿Te haces una idea?

—Sí, y me resulta inimaginable. Recuerdo, con horror, mi asignatura de Derecho Constitucional.

—Es lo más normal. Los ochenta estudiantes, todos de primer año, que tenían la suerte de entrar sabían que podía ser duro. Mi padre esperaba que estuvieran preparados y dispuestos a expresarse.

Volvieron a humedecérsele los ojos al recordar al hombre. Lacy sonrió, asintió e intentó animarla.

—A mi padre le gustaba mucho dar clases y también le gustaba el método socrático de enseñanza, por el que escogía a un alumno al azar y le pedía que expusiera un caso delante de la clase. Si el alumno se equivocaba o no era capaz de enfrentarse a la situación con firmeza, la discusión solía agriarse. A lo largo de los años he hablado con muchos de sus antiguos alumnos y, aunque todos siguen expresando su admiración, todavía se estremecen ante la idea de intentar debatir sobre derecho constitucional con el profesor Burke. Era temido, pero muy admirado, al fin y al cabo. Y su asesinato supuso una gran conmoción para todos sus antiguos alumnos. ¿Quién iba a querer matar al profesor Burke?

—¿Has hablado con antiguos alumnos?

—Sí. Con el pretexto de recoger anécdotas sobre mi padre para un posible libro. Llevo años haciéndolo. El libro nunca se escribirá, pero es una forma maravillosa de iniciar una conversación. Basta con que digas que estás trabajando en un libro para que la gente empiece a hablar. Tengo al menos veinticinco fotografías que me han enviado sus antiguos alumnos. Mi padre en la graduación. Mi padre tomándose una cerveza en un partido de sófbol de alumnos. Mi padre en el banquillo durante un juicio simulado. Todas ellas son pequeños fragmentos de vida universitaria. Lo querían.

—Estoy segura de que tienes un expediente.

—Por supuesto. No aquí, pero estaré encantada de enseñártelo.

—Tal vez más tarde. Estábamos hablando del móvil.

—Sí. Bien, hace muchos años, estuve hablando con un

abogado de Orlando que fue alumno de mi padre y me contó una historia interesante. Había un chico en su clase que era del montón, nada especial. Mi padre lo llamó un día en clase para que debatiera con él un caso relacionado con la Cuarta Enmienda, pesquisas y confiscaciones. El chico estaba preparado, pero tenía una opinión contraria a lo que defendía mi padre, así que tuvieron una buena discusión. A mi padre le encantaba que los alumnos se apasionaran y le plantaran cara. Pero ese alumno en concreto hizo varios comentarios un poco extremos y fuera de lugar y se mostró algo chulesco en la forma de bromear con el profesor Burke, que consiguió zanjar el asunto con una carcajada. En la siguiente clase, el alumno debió de creer que se había librado de que mi padre lo llamara de nuevo durante un tiempo, y llegó sin prepararse. Pero mi padre lo volvió a llamar. Tratar de improvisar sobre la marcha era un pecado imperdonable y el alumno la fastidió a lo grande. Dos días después, el profesor Burke llamó al mismo alumno por tercera vez. Estaba preparado y dispuesto a pelear. Argumentaron y contraargumentaron mientras mi padre lo iba acorralando poco a poco en un rincón. No es prudente discutir con un profesor que lleva años enseñando la misma materia, pero aquel chico era arrogante y estaba seguro de sí mismo. El golpe de gracia fue una sola línea que destruyó la posición del estudiante y les arrancó una ovación al resto de los alumnos. El chico se sintió humillado y perdió la cabeza por completo. Soltó improperios, tiró un cuaderno, cogió su mochila y salió del aula hecho una furia; estuvo a punto de hacer añicos la puerta al cerrarla.

»En el momento perfecto, mi padre dijo: "No creo que esté hecho para los juicios con jurado".

»El aula estalló en carcajadas, tan estruendosas que era imposible que el alumno no las oyera. Se borró de la asignatura e inició un contraataque. Se quejó al decano y al presidente. Se consideraba el hazmerreír de la facultad y al final dejó la carrera de Derecho. Escribió cartas a antiguos alumnos, a políticos, a otros profesores, un comportamiento de lo más extraño. Le escribió cartas a mi padre. Estaban muy bien escritas, pero no tenían coherencia y tampoco resultaban muy amenazantes. La última carta la envió desde un centro de salud mental privado situado cerca de Fort Lauderdale, escrita a mano en papel de la institución. En ella afirmaba estar sufriendo una crisis nerviosa causada única y exclusivamente por mi padre.

Se quedó callada y bebió un trago de agua.

Lacy esperó y después le dijo:

—¿Y nada más? ¿El móvil es un alumno de Derecho contrariado?

—Sí, pero es mucho más complicado que eso.

—Esperemos que sí. ¿Qué le pasó?

—Se recuperó de sus problemas mentales y terminó la carrera de Derecho en Miami. Ahora es juez. Mira, sé que eres escéptica, y con razón, pero es el único posible sospechoso del mundo.

—¿Por qué dices que es más complicado?

Jeri echó un largo vistazo a los expedientes que había al final de la mesa. Eran cinco, todos de más de dos centímetros de grosor, cada uno de un color diferente. Lacy siguió su mirada, al fin la entendió y le preguntó:

—¿Y esas son otras cinco víctimas del mismo asesino?

—Si no lo pensara, no estaría aquí.

—No me cabe duda de que hay algún tipo de conexión entre ellas.

—Dos. Una es el método. A los seis les dieron un golpe en la cabeza y luego los asfixiaron con una cuerda de nailon idéntica. Todas las ligaduras estaban clavadas en la piel del cuello, atadas con el mismo nudo y abandonadas en la escena del crimen, como una especie de tarjeta de visita. Y los seis tenían una historia complicada con nuestro juez.

—¿Una historia complicada?

—Los conocía bien. Y los acechó durante años.

Lacy recuperó el aliento, tragó saliva con dificultad y sintió un miedo atenazador en el estómago. La boca se le había secado de repente, pero consiguió murmurar:

—No me digas su nombre. Creo que todavía no estoy preparada para ello.

Se produjo un largo lapso de silencio en la conversación mientras ambas mujeres contemplaban las paredes. Al final Lacy añadió:

—Mira, ya he oído suficiente por un día. Deja que le dé unas cuantas vueltas a esto y ya te llamaré.

Jeri sonrió y asintió con la cabeza, repentinamente apagada. Se intercambiaron los números de teléfono y se despidieron. Lacy cruzó el vestíbulo a toda prisa, impaciente por meterse en su coche.

3

El elegante y ultramoderno apartamento de Lacy estaba en un almacén recién reformado no muy lejos del campus de la Universidad Estatal de Florida. Vivía sola, al menos la mayor parte del tiempo, con Frankie, su odioso bulldog francés. El perro siempre estaba esperando en la puerta, dando volteretas para ir a orinar en los parterres de flores, fuera la hora que fuese. Lacy lo dejó salir para que hiciera pis y luego se sirvió una copa de vino, se dejó caer en el sofá y miró al infinito a través del enorme ventanal de cristal.

Era principios de marzo, los días comenzaban a hacerse más largos, pero todavía eran demasiado cortos. Lacy se había criado en el Medio Oeste y no echaba de menos los inviernos fríos y oscuros, con demasiada nieve y poco sol. Le encantaba la península de Florida, con sus inviernos suaves, sus estaciones de verdad y sus largos y cálidos días primaverales. Al cabo de dos semanas, el reloj cambiaría, los días se alargarían y la ciudad universitaria se animaría aún más gracias a las barbacoas en los jardines, las fiestas en la piscina, los cócteles en las azoteas y las cenas al aire libre. Y esas cosas eran para los adultos. Los estudiantes vivirían bajo el sol, irían a la playa y se pondrían morenos.

Seis asesinatos.

Después de doce años investigando a jueces, Lacy se consideraba inmune a los sobresaltos. Además estaba lo bastante curtida y hastiada como para tener serias dudas sobre la historia de Jeri, de la misma manera en que dudaba de todas las quejas que aterrizaban en su escritorio.

Pero Jeri Crosby no estaba mintiendo.

Puede que sus teorías fuesen erróneas, sus corazonadas equivocadas, sus temores infundados. Pero creía que a su padre lo había asesinado un juez en activo.

Lacy abandonó su reunión en el Ramada con las manos vacías. El único expediente que llegó a abrir lo había dejado sobre la mesa para que Jeri se ocupara de recogerlo. La curiosidad se apoderó de ella. Le echó un vistazo al móvil y vio que tenía dos llamadas perdidas de Allie Pacheco, su novio. Estaba fuera de la ciudad, así que ya hablaría con él más tarde. Cogió el portátil y empezó a buscar.

El vigésimo segundo distrito judicial abarcaba tres condados en el extremo noroeste del estado. Entre los aproximadamente cuatrocientos mil habitantes que vivían en el veintidós, había cuarenta y un jueces de distrito, elegidos por esa misma población. A lo largo de sus doce años en la CCJ, Lacy solo recordaba dos o tres casos menores en el veintidós. De los cuarenta y un jueces, a quince los habían elegido en 2004, el año en el que, según Jeri, su sospechoso ascendió al cargo. De esos quince, solo uno se había licenciado en Derecho en la Universidad de Miami.

En menos de diez minutos, Lacy dio con el nombre de Ross Bannick.

Tenía cuarenta y nueve años, era oriundo de Pensacola y, antes de ir a la facultad de Derecho, había estudiado en la Universidad de Florida. No se mencionaban ni esposa ni familia. Una escasa biografía en la página web del distrito judicial. Su foto retrataba a un tipo bastante guapo, con los ojos oscuros, una barbilla fuerte y una buena mata de pelo entrecano. A Lacy le resultó atractivo y le extrañó que no estuviera casado. Quizá se hubiera divorciado. Indagó un poco más, sin profundizar demasiado, y encontró poca información sobre el juez Bannick. Estaba claro que había conseguido evitar las polémicas durante sus dos mandatos y medio en el estrado. Lacy recurrió a sus archivos de la CCJ y no encontró ninguna denuncia presentada contra él. En Florida, los abogados debían presentar una evaluación anual de los jueces con los que iban topándose, anónima, por supuesto. Durante los últimos cinco años, Bannick había recibido una estelar calificación de matrícula de honor por parte del colegio de abogados. Los comentarios eran entusiastas: rápido, puntual, preparado, cortés, profesional, ingenioso, compasivo, brillante, un «intelecto intimidante». Solo otros dos jueces del veintidós habían recibido unas calificaciones tan altas.

Siguió indagando y por fin encontró trapos sucios. Era un artículo del periódico *Pensacola Ledger*, fechado el 18 de abril de 2000. Un abogado local, Ross Bannick, de treinta y cinco años, aspiraba a su primer cargo político e intentaba desbancar a un viejo juez del distrito veintidós. La controversia surgió cuando uno de los clientes de Bannick, un promotor inmobiliario, hizo una propuesta para construir un parque acuático en unos terrenos de primera categoría cerca de una playa de Pensacola. Al parecer casi todo el mundo se opuso con rotundidad al parque y, en medio de las demandas y el revuelo consiguiente, salió a la luz que el abogado Bannick poseía una participación del diez por ciento en la empresa. Los hechos no estaban del todo claros, pero se alegó que Bannick intentaba ocultar dicha participación. Su oponente aprovechó la oportunidad y lanzó unos anuncios que resultaron fatales. Los resultados de las elecciones, que aparecían en una edición posterior del periódico, mostraban la aplastante derrota de Bannick. Aunque era imposible determinarlo con tan pocas pruebas, daba la sensación de que no había hecho nada malo. Sin embargo, el juez titular del cargo lo derrotó con creces.

Lacy investigó un poco más y encontró la cobertura de

las elecciones de 2004. Había una foto del anciano juez, que aparentaba al menos noventa años, y dos artículos sobre su cada vez más deteriorada salud. Bannick encabezó una campaña muy hábil y la controversia de hacía cuatro años quedó olvidada. Ganó las elecciones por mil votos. Su oponente murió tres meses más tarde.

Lacy se dio cuenta de que tenía hambre y sacó las sobras de una quiche de la nevera. Allie llevaba tres noches fuera y ella no había tenido tiempo de cocinar. Se sirvió más vino y se sentó a la mesa de la cocina para ir picoteándola de vez en cuando. En 2008, Bannick no tuvo oponente para la reelección. En Florida, y en realidad en cualquier otro estado, los jueces de distrito en activo rara vez tenían que enfrentarse a una oposición seria, así que Bannick parecía destinado a disfrutar de una larga carrera en el estrado.

Su móvil comenzó a sonar y Lacy dio un respingo. Estaba tan perdida en otro mundo que se había olvidado hasta de la quiche. Número desconocido.

—¿Ya has encontrado el nombre? —preguntó Jeri.

Lacy sonrió y respondió:

—No ha sido difícil. Facultad de Derecho de Miami, elegido en 2004 en el veintidós. Esos datos lo redujeron a una única posibilidad.

—Un tipo atractivo, ¿eh?

—Sí. ¿Por qué no está casado?

—Ni se te ocurra.

—No se me había ocurrido nada.

—Tiene problemas con las mujeres, parte de su larga historia.

Lacy respiró hondo.

—Vale. Imagino que no lo conoces en persona.

—Qué va. Ni se me pasaría por la cabeza acercarme a él. Tiene cámaras de seguridad por todas partes: en su sala del tribunal, en su despacho, en su casa.

—Qué raro.

—«Raro» se queda corto.

—¿Estás en el coche?

—Voy hacia Pensacola, a lo mejor sigo hasta Mobile. Supongo que no podrás quedar mañana, ¿verdad?

—¿Dónde?

—En Pensacola.

—Eso está a tres horas de aquí.

—Y que lo digas.

—¿Y cuál sería el propósito de la reunión?

—Solo tengo un propósito en la vida, Lacy, y ya sabes cuál es.

—Mañana estoy muy liada.

—Como todos los días, ¿no?

—Me temo que sí.

—Vale. Entonces haz el favor de apuntarme en la agenda y de avisarme cuando podamos vernos allí.

—De acuerdo. Miraré cómo están las cosas.

Se hizo un largo silencio en la conversación, tan largo que al final Lacy preguntó:

—¿Estás ahí?

—Sí. Lo siento. Me despisto con facilidad. ¿Has encontrado muchos datos en internet?

—Unos cuantos. Varios artículos sobre las elecciones, todos del *Ledger*.

—¿Has visto el del año 2000, el que habla de la transacción de un terreno y de que estaba confabulado con el promotor corrupto, lo que le costó la elección?

—Sí. Lo he leído.

—Los tengo todos en un expediente, para cuando quieras llevártelo.

—Vale, ya veremos.

—El periodista era un tipo llamado Danny Cleveland, procedente de no sé qué lugar del norte. Pasó unos seis años con el *Ledger* y luego empezó a moverse de un sitio a otro. Su última parada fue un periódico de Little Rock, Arkansas.

—¿Su última parada?

—Sí. Lo encontraron en su apartamento. Asfixia. La misma cuerda, el mismo nudo extraño. Los marineros lo llaman ballestrinque doble, es bastante raro. Otro misterio sin resolver, otro caso totalmente atascado.

Lacy no consiguió articular una respuesta y se dio cuenta de que le temblaba la mano izquierda.

—¿Sigues ahí? —preguntó Jeri.

—Creo que sí. ¿Cuándo lo...?

—En 2009. No dejó ni una sola pista. Oye, Lacy, estamos hablando demasiado por teléfono. Prefiero el cara a cara. Avísame cuando podamos volver a vernos.

Y finalizó la llamada de golpe.

Su relación con Allie Pacheco iba ya por el tercer año y, en opinión de Lacy, se estaba estancando. Allie tenía treinta y ocho años y, aunque lo negaba incluso en terapia, seguía marcado por un primer matrimonio terrible, acabado hacía once años. Había durado cuatro tristes meses y, por suerte, terminó sin embarazo.

El principal obstáculo para que la relación entre ambos se volviera más seria era un hecho que cada vez se hacía más evidente: ambos disfrutaban de la libertad de vivir solos. Lacy no había vuelto a compartir casa con un hombre desde el instituto, y la idea de cambiar esa situación no la entusiasmaba. Había querido a su padre, pero lo recordaba como a una persona dominante y machista que trataba a su esposa como a una criada. Su madre, siempre servil, excusaba su comportamiento y susurraba una y otra vez: «Su generación es así».

Era una excusa patética que Lacy se juró no aceptar nunca. Allie era, en efecto, distinto. Era amable, considerado, divertido y, casi siempre, atento con ella. También era un agente especial del FBI que últimamente pasaba la mayor parte del tiempo en el sur de Florida persiguiendo a narcotraficantes. Cuando la cosa estaba tranquila, lo cual no ocurría a menudo, lo asignaban a la lucha antiterrorista. Incluso había rumores de traslado. Tras ocho años como agente especial, a lo largo de los que no le habían faltado los reconocimientos, siempre estaba en riesgo de que lo mandaran a otro lugar. Al menos, eso pensaba Lacy.

Allie tenía un cepillo de dientes y un kit de afeitado en el baño de invitados de Lacy, además de unos cuantos pantalones de chándal y otras prendas informales en un armario, lo suficiente para quedarse a dormir cuando le apetecía. Ella, en cambio, sí mantenía cierta presencia en el pequeño apartamento de Allie, situado a quince minutos de allí. Pijamas, deportivas viejas, vaqueros aún más viejos, un cepillo de dientes y varias revistas de moda en la mesita auxiliar. Ninguno de los dos era celoso, pero ambos habían marcado su territorio en el piso del otro con disimulo.

Lacy se habría llevado una sorpresa si le hubieran dicho que Allie se acostaba con otras. Él no era de esos. Y ella tampoco. Su gran desafío, con los viajes de él y los exigentes horarios de ambos, era mantener al otro contento. Cada vez les costaba más esfuerzo y eso se debía a que, tal como le dijo a Lacy una amiga cercana, «te estás acercando a la edad madura». Aquella expresión la había horrorizado y, a lo largo del siguiente mes, se dedicó a perseguir a Allie desde su apartamento hasta el de él y viceversa, hasta que ambos quedaron agotados y pidieron un tiempo muerto.

Su novio la llamó alrededor de las siete y media y charlaron un momento. Allie estaba «de vigilancia», significara lo que significase eso, y no podía contarle gran cosa. Lacy sabía que estaba trabajando en algún rincón de Miami. Ambos se dijeron «te quiero» y colgaron.

Siendo como era un agente experimentado para el que su carrera lo significaba todo, Allie era un profesional consumado y, como tal, hablaba poco de su trabajo, por lo menos con Lacy. A las personas a quienes apenas conocía ni siquiera les decía a qué se dedicaba. Si lo presionaban, su respuesta habitual era «al mundo de la seguridad». Pronunciaba esas palabras con tanta autoridad que cortaba de raíz toda posible pregunta adicional. Sus amigos también eran agentes. Sin embargo, a veces, puede que después de un par de copas, bajara un poco la guardia y hablaba, en términos genéricos, de su labor. Solía ser peligrosa y Allie, como la mayoría de los agentes, vivía para esos chutes de adrenalina.

En comparación, los casos de Lacy eran las mismas denuncias rutinarias de siempre sobre jueces que bebían demasiado, que aceptaban regalos de bufetes de abogados, que eran demasiado lentos, que mostraban parcialidad y que se involucraban en la política local.

Sin duda, seis asesinatos animarían su lista de casos asignados.

Le envió un correo electrónico a su jefa diciéndole que había decidido tomarse un día de asuntos propios y no iría a la oficina la jornada siguiente. Las normas le concedían cuatro días de asuntos propios al año, sin preguntas. Rara vez los aprovechaba, incluso le quedaban tres del año anterior.

Llamó a Jeri y quedó con ella a la una de la tarde en Pensacola.

4

Si no hubiera sido por Frankie, su día de asuntos propios habría empezado levantándose tarde, algo con lo que solo podía soñar. El perro se puso a hacer ruidos antes de que saliera el sol porque necesitaba ir a la calle. Después, Lacy se tumbó en el sofá e intentó dormir un rato más, pero Frankie decidió que era hora de desayunar. Así que Lacy se sirvió un café y contempló la lenta llegada del día.

Sus pensamientos eran una mezcla de entusiasmo por la reunión con Jeri y de la angustia habitual por su carrera profesional. Le quedaban siete meses para cumplir cuarenta años, una realidad que la entristecía. Disfrutaba de la vida, pero los días pasaban muy deprisa, y no tenía planes reales de casarse. Nunca había deseado tener hijos propios y ya había decidido que no ocurriría. Y no le importaba. Todas sus amigas tenían hijos, algunas incluso adolescentes, y Lacy agradecía no verse obligada a cargar con esas responsabilidades. Era incapaz de imaginar de dónde sacaría la paciencia necesaria para criar hijos en la era de los teléfonos móviles, las drogas, la promiscuidad, las redes sociales y todas las demás cosas de internet.

Había entrado en la CCJ hacía doce años. Tendría que haberse marchado hacía tiempo, como casi todos los compañeros que habían pasado por allí. La CCJ era un buen sitio para empezar una carrera profesional, pero un callejón sin salida para cualquier abogado serio. Su mejor amiga de la facultad de Derecho era socia de un megabufete de Washington, pero eso implicaba un estilo de vida arrollador del que ella no quería saber nada. Su amistad le exigía un esfuerzo y a veces Lacy se preguntaba si merecía la pena. Había perdido el contacto con el resto de sus amigas de aquella época, todas diseminadas por el país, todas absorbidas por una vida ajetreada ante un escritorio y, cuando tenían tiempo, en casa con su familia.

Lacy no tenía claro dónde buscar ni qué quería, así que había seguido demasiado tiempo en la CCJ y ahora le preocupaba haber desperdiciado oportunidades mejores. Su caso más importante, su cumbre, ya había quedado atrás. Tres años antes dirigió una investigación que acabó con una jueza de distrito y fue el mayor escándalo de soborno judicial de la historia de Florida. Pilló a una jueza confabulada con un sindicato del crimen que robaba millones de dinero en efectivo de un casino indio. Los delincuentes estaban ahora encerrados en cárceles federales con años de condena por cumplir.

El caso fue espectacular y, durante un breve periodo de tiempo, le proporcionó a la CCJ sus mejores momentos. La mayoría de sus compañeros aprovecharon a toda prisa aquel éxito para conseguir puestos de trabajo mejores. La asamblea legislativa, en cambio, mostró su gratitud con otra ronda de recortes presupuestarios.

Lacy había pagado un alto precio por esa cúspide laboral. Sufrió lesiones graves en un accidente de coche provocado cerca del casino. Pasó semanas en el hospital y meses haciendo fisioterapia. Las heridas se habían curado, pero los dolores y la rigidez seguían ahí. Hugo Hatch, su amigo, compañero y pasajero, había muerto en el lugar del accidente. Su viuda interpuso una demanda por muerte por negligencia y Lacy también denunció por lesiones. El litigio parecía prometedor, tenía casi garantizado un buen acuerdo, pero se estaba alargando, como la mayoría de los pleitos civiles.

Le resultaba imposible no pensar en el acuerdo. Había un montón de dinero prácticamente encima de la mesa, fondos que iban acumulándose gracias a la incautación de activos sucios por parte del gobierno. Pero las resoluciones, tanto penales como civiles, eran complicadas. Los agraviados que clamaban por el dinero, sumados a sus correspondientes abogados hambrientos, no eran pocos.

El caso de Lacy todavía no había llegado a juicio y, desde el principio, le habían asegurado que este nunca llegaría a celebrarse. Su abogado estaba convencido de que la perspectiva de tener que enfrentarse a un jurado e intentar explicar la intrincada planificación del accidente provocado en el que Hugo perdió la vida y ella salió malherida aterrorizaba a los acusados. Las negociaciones para alcanzar un acuerdo empezarían cualquier día de estos y la propuesta inicial superaría las «siete cifras».

Puede que cumplir cuarenta años fuera traumático, pero hacerlo con una cuenta bancaria fortalecida haría que le escociera menos. Tenía un sueldo decente, algo de dinero heredado de su madre, ninguna deuda y muchos ahorros. El acuerdo le daría el empujón que necesitaba y le permitiría marcharse. No estaba segura de adónde, pero pensar en ello le resultaba muy divertido. Sus días en la CCJ estaban contados y eso la hacía sonreír. Estaba a las puertas de iniciar una nueva carrera y el hecho de no tener ni idea de hacia dónde se dirigiría la entusiasmaba de veras.

Entretanto, no obstante, tenía unos cuantos expedientes que cerrar, unos cuantos jueces que investigar. Por lo general, empezaba el día dándose una charla motivacional para obligarse a volver a la oficina, pero aquel día no. Jeri Crosby y su fantástica historia sobre el juez asesino la tenían intrigada. Dudaba de su veracidad, pero sentía tanta curiosidad como para dar el siguiente paso. ¿Y si era cierto? ¿Y si Lacy Stoltz remataba su estelar trayectoria en la CCJ con otra gran cúspide? Otro momento glorioso que cerraba media docena de casos sin resolver y acaparaba titulares. Se obligó a dejar de soñar y ponerse en marcha.

Se dio una ducha rápida, dedicó unos minutos a maquillarse y peinarse, se puso unos vaqueros y unas zapatillas de deporte, le dejó comida y agua a Frankie y salió del apartamento. En el primer cruce se encontró con una señal de ceda el paso que siempre le recordaba al accidente. Le resultaba curioso que ciertos objetos le provocaran ciertos recuerdos, y todas las mañanas miraba la señal y volvía al pasado. La imagen desaparecía de su cabeza en cuestión de segundos, hasta el día siguiente. Tres años después de la pesadilla, seguía siendo prudente al volante, siempre cedía el paso nunca sobrepasaba el límite de velocidad.

En el extremo occidental de la ciudad, lejos del Capitolio y del campus, entró en un viejo centro comercial, aparcó y, a las 8.05, entró en Bonnie's Big Breakfast, un bar sin estudiantes ni lobistas. Como siempre, estaba lleno de agentes comerciales y de policía. Cogió un periódico y se sentó a la barra, no muy lejos de la ventana a través de la que las camareras chillaban a las cocineras y estas, a su vez, les contestaban con comentarios vulgares. La carta ofrecía un huevo escalfado sobre una tostada con aguacate que era legendario, y Lacy se daba el gusto de pedírselo al menos una vez al mes. Mientras esperaba revisó el correo electrónico y los mensajes de texto y se alegró de que todos los importantes pudieran aplazarse durante veinticuatro horas. Le envió una nota a Darren para avisarlo de que ese día no estaría.

Él le contestó enseguida y le preguntó si iba a dimitir.

Ese era el ambiente que reinaba en la CCJ en aquellos momentos. Todo el que aún andaba por allí era sospechoso de estar planeando su fuga.

A las 9.30, Lacy iba circulando por la Interestatal 10 en dirección oeste. Era 4 de marzo, martes, y ese día, todas las semanas, más o menos a esa hora, esperaba una llamada de su hermano mayor, Gunther, el único que tenía. Vivía en Atlanta, donde trabajaba en el mundo de las promociones inmobiliarias. Con independencia de cómo estuviera el mercado, Gunther siempre se sentía optimista y estaba a punto de cerrar otro gran negocio. Eran conversaciones de las que Lacy se había cansado, pero que no tenía más remedio que aguantar. Su hermano se preocupaba por ella y a menudo le insinuaba que tenía que dejar su trabajo e irse a ganar un montón de dinero con él. Ella siempre se negaba con mucha educación. Gunther vivía en la cuerda floja y parecía disfrutar pidiendo préstamos a un banco para pagar a otro, siempre un paso por delante de los abogados especializados en quiebras. La última carrera profesional que podía imaginarse Lacy era la de construir más centros comerciales en las afueras de Atlanta. Otra pesadilla recurrente era tener a Gunther de jefe.

Siempre estuvieron muy unidos, pero, siete meses antes, su madre había muerto de manera repentina y la pérdida los unió aún más. Al igual que, según sospechaba Lacy, su demanda pendiente. Gunther creía que a Lacy le debían millones y había desarrollado la desquiciante costumbre de acribillar a su hermana pequeña con consejos sobre inversiones. Lacy no deseaba precisamente que llegara el momento en que su hermano necesitara un préstamo. Gunther vivía en un mundo de deudas y sería capaz de prometerle la luna para avalar aún más deudas.

—Hola, hermanita —la saludó en tono alegre—. ¿Cómo va todo por ahí abajo?

—Estoy bien, Gunther. ¿Y tú?

—Tengo el toro cogido por los cuernos. ¿Cómo está Allie? ¿Cómo va tu vida amorosa?

—Bastante aburrida. Pasa mucho tiempo fuera de la ciudad últimamente. ¿Y la tuya?

—No hay mucho que contar. —Divorciado desde hacía poco, perseguía a las mujeres con el mismo entusiasmo que a los bancos, y en realidad a Lacy no le apetecía nada que le hablara de ello. Tras dos matrimonios fallidos, lo había animado a ser más selectivo, un consejo que él ignoraba por sistema—. ¿Estás en el coche? —preguntó.

—Sí, voy a Pensacola para ver a una testigo. Nada emocionante.

—Siempre dices lo mismo. ¿Sigues buscando otro trabajo?

—Nunca he dicho que esté buscando trabajo. Lo que te dije fue que empiezo a aburrirme un poco del que tengo.

—Aquí arriba hay más acción, chica.

—Ya me lo has comentado. No habrás hablado con la tía Trudy estos días, ¿verdad?

—No si puedo evitarlo, ya lo sabes.

Trudy era la hermana de su madre, una auténtica metementodo que se estaba esforzando demasiado por mantener a la familia unida. Le estaba costando asumir la repentina muerte de su hermana y quería compartir su desgracia con sus dos sobrinos.

—Me llamó hace dos días, estaba fatal —dijo Lacy.

—Siempre está fatal. Por eso no puedo hablar con ella. Es raro, ¿no? Apenas hablábamos con ella hasta que murió mamá y ahora está empeñada en que seamos colegas.

—Está pasándolo mal, Gunther. Dale un poco de cancha.

—¿Quién no lo está pasando mal hoy en día? Uy. Oye, me está entrando otra llamada. Es un banquero que quiere enterrarme en dinero. Tengo que colgar. Luego te llamo. Te quiero, hermanita.

—Y yo a ti.

La mayor parte de sus charlas de los martes terminaban de forma abrupta cuando Gunther se veía acosado por otras llamadas más importantes. Lacy sintió alivio, porque su hermano solía preguntarle por la demanda. Llamó a Darren a la oficina solo para saludar y asegurarle que claro que volvería al día siguiente. Llamó a Allie y le dejó un mensaje de voz. Apagó el teléfono y encendió el equipo de música. *Adele: Live in London.*

5

Gracias al GPS encontró el cementerio de Brookleaf en una zona antigua de Pensacola y dejó el coche en el aparcamiento vacío. Justo delante había un edificio cuadrado, con forma de búnker, que solo podía ser un mausoleo y, más allá, hectáreas y hectáreas de lápidas y monumentos. Era un día de pocos entierros y solo había otro coche.

Llegó diez minutos antes y marcó el número de Jeri. Ella le contestó con un:

—¿Estás en el Subaru de color cobre?

—Sí. ¿Dónde estás tú?

—Estoy en el cementerio. Entra por la puerta principal y pasa las tumbas antiguas.

Lacy recorrió un sendero pavimentado y bordeado de monumentos envejecidos y tumbas familiares, la última parada de los notables de otros siglos. Al cabo de un tiempo, las tumbas perdieron su relevancia y cedieron el paso a lápidas elaboradas. Una rápida mirada a un lado y a otro le indicó que aquellos enterramientos databan de tan solo hacía unas décadas. El sendero giró hacia la izquierda y Jeri Crosby apareció desde detrás de uno de los pocos árboles que quedaban en pie.

—Hola, Lacy —dijo con una sonrisa.

—Hola, Jeri. ¿Por qué hemos quedado en un cementerio?

—Ya me imaginaba que me lo preguntarías. Podría decirte que por privacidad, por cambiar de aires, por otras razones.

—Vayamos a por las otras razones.

—Claro. —Jeri asintió y dijo—: Por aquí.

Dejaron atrás cientos de lápidas y aún se veían miles en la distancia. En una ligera pendiente, a lo lejos, una cuadrilla de sepultureros trabajaba bajo un dosel púrpura. Se acercaba otro ataúd.

—Aquí —indicó Jeri, que salió del sendero y rodeó una hilera de tumbas.

Se detuvo y, en silencio, señaló con la cabeza el último lugar de descanso de la familia Leawood. El padre, una hija pequeña y un hijo, Thad, que había nacido en 1950 y muerto en 1991.

Tras contemplar la única lápida durante unos instantes, Lacy estaba a punto de empezar a hacer preguntas, pero entonces Jeri dijo:

—Thad era un chico de por aquí, se crio en la zona, se fue a la universidad, volvió y consiguió un empleo de trabajador social. No se casó. Adoraba el escultismo, tanto que tenía el rango de águila, el más alto de los Boy Scouts de América, y adoraba trabajar con niños. Era entrenador de béisbol juvenil, daba clases a niños en la iglesia, ese tipo de cosas. Vivía solo en un apartamento pequeño no muy lejos de aquí. Cuando rondaba los veinticinco años se convirtió en jefe de la Tropa 722, una de las más antiguas de la zona. Lo consideraba un trabajo a tiempo completo y parecía disfrutar de hasta el último minuto que le dedicaba. Muchos de sus antiguos scouts todavía lo recuerdan con cariño. Otros, no tanto. Alrededor de 1990 dimitió de un día para otro y se marchó de la ciudad en medio de acusaciones de abuso y maltrato. Se convirtió en un escándalo y la policía abrió una investigación, pero no llegó a nada porque las víctimas se echaron atrás. No puede reprochárseles. ¿Quién querría recibir ese tipo de atención? Cuando Thad abandonó la ciudad, las cosas se calmaron y las presuntas víctimas guardaron silencio. La policía perdió el interés. Después de su muerte cerraron el caso.

—Murió joven —observó Lacy, y esperó a que Jeri siguiera.

—Sí. Vivió en Birmingham durante una temporada, luego empezó a moverse aquí y allá. Lo encontraron en Signal Mountain, un pueblecito a las afueras de Chattanooga. Vivía en un apartamento barato y conducía una carretilla elevadora en un almacén. Salió a correr una tarde y ya no volvió. Unos chicos encontraron su cadáver en el bosque. La misma cuerda alrededor del cuello. Un golpe feo en la cabeza y luego la asfixia. Hasta donde he averiguado fue el primero, pero ¿quién sabe?

—Estoy segura de que tienes un expediente.

—Pues claro. Hubo artículos en el periódico de Chattanooga; aquí lo cubrió el *Ledger*. Un breve obituario. La familia se lo trajo de nuevo a Pensacola y celebró una ceremonia sencilla. Y aquí está. ¿Has visto ya lo suficiente?

—Supongo que sí.

—Vámonos.

Siguieron el sendero para regresar a sus coches.

—Sube, yo conduzco —dijo Jeri—. No es una visita muy larga. ¿Has comido?

—No. No tengo hambre.

Se metieron en el Toyota Camry blanco de Jeri y arrancaron. Jeri se mostraba extremadamente cautelosa y no paraba de mirar con nerviosismo por el espejo retrovisor. Al final Lacy le señaló:

—Te comportas como si te estuviera siguiendo alguien.

—Así vivo, Lacy. Ahora estamos en su territorio.

—No lo dirás en serio, ¿no?

—Muy en serio. Llevo veinte años acechando al asesino y

a veces creo que él me acecha a mí. Está ahí detrás, en algún sitio, y es más listo que yo.

—Pero ¿no te sigue?

—No puedo asegurarlo.

—¿No lo sabes con seguridad?

—No.

Lacy se mordió la lengua y lo dejó pasar.

Tras unas cuantas manzanas, Jeri giró hacia una calle más ancha y señaló una iglesia con la cabeza.

—Esa es la iglesia metodista de Westburg, una de las más grandes de la ciudad. En el sótano hay una gran sala común, y ahí es donde se ha reunido siempre la Tropa 722.

—¿Debo suponer que Ross Bannick era miembro de la tropa?

—Sí.

Pasaron por delante de la iglesia y serpentearon por varias calles más. Lacy se mordió la lengua para reprimir un torrente de preguntas. Era obvio que Jeri iba contándole la historia a su ritmo. Enfiló Hemlock, una preciosa calle sombreada con casas de antes de la guerra, todas bien conservadas, con sus caminos de entrada estrechos y sus parterres alrededor de los porches. Jeri señaló una y dijo:

—Esa azul de ahí arriba, a la izquierda, es donde vivía la familia Bannick. Ross se crio en ella y, como ves, podía ir andando al colegio y a la iglesia... y a los Boy Scouts. Sus padres murieron y su hermana, que es bastante mayor que él, se quedó con la casa. Él heredó unos terrenos aquí cerca, en el condado de Chavez, y allí es donde vive. Solo. No se ha casado nunca.

Dejaron atrás la casa. Lacy al fin preguntó:

—¿Pertenecía a una familia importante?

—Su padre era un querido pediatra que murió a los sesenta y un años. Su madre era una artista excéntrica que se volvió loca y murió en una institución. La familia era bastante conocida por aquel entonces. Eran miembros de la iglesia episcopal que hay a la vuelta de la esquina. Desde luego era un barrio agradable y acogedor.

—¿Alguna acusación de que sufriera abusos por parte de Thad Leawood?

—No. Y ninguna prueba de ello. Como ya te dije ayer, Lacy, no tengo pruebas. Solo suposiciones basadas en teorías infundadas.

Lacy estuvo a punto de soltar un comentario sarcástico, pero lo dejó pasar. Giraron hacia una calle más ancha y continuaron avanzando durante unos minutos, sin hablar. Jeri tomó una curva y las calles se volvieron más estrechas, las casas más pequeñas, los jardines no tan bien cuidados. Hizo un gesto hacia la derecha y dijo:

—Allá arriba, la casa de estructura de madera blanca y la camioneta marrón. Allí vivían los Leawood. Allí se crio Thad. Era quince años mayor que Ross.

Pasaron por delante de ella.

—¿Quién vive ahora en ella? —preguntó Lacy.

—No lo sé. No es relevante. Todos los Leawood han desaparecido.

Jeri giró en una intersección y luego se alejó serpenteando de las zonas residenciales. Estaban en una autopista con mucho tráfico, dirigiéndose al norte.

—Oye, ¿cuánto falta para terminar la visita? —dijo al fin Lacy.

—Ya casi estamos.

—Vale. ¿Te importa si te hago unas preguntas mientras tanto?

—En absoluto. Pregunta lo que quieras.

—La escena del crimen, la de Signal Mountain, y la investigación. ¿Qué sabes de ellas?

—Casi nada. El asesinato se produjo en una zona muy frecuentada por corredores y paseantes, pero no hubo testigos. Según la autopsia, la hora de la muerte fue entre las siete y las ocho de la tarde de un día cálido de octubre. Leawood fichó su salida del almacén a las cinco y cinco, su hora habitual, y se marchó. Vivía solo y era muy reservado, tenía muy pocos amigos. Un vecino lo vio salir de su apartamento para irse a correr sobre las seis y media y, por lo que la policía sabe, esa fue la última vez que se le vio con vida. Vivía a las afueras de la ciudad, no muy lejos de donde empieza la ruta de senderismo.

El tráfico iba disminuyendo a medida que se alejaban de la ciudad de Pensacola. Un cartel indicador decía: Cullman, 13 kilómetros.

—Deduzco que vamos a Cullman —observó Lacy.

—Sí. Entraremos en el condado de Chavez dentro de unos tres kilómetros.

—Me muero de ganas.

—Ten paciencia, Lacy. Esto no me resulta fácil. Eres la única persona en la que he confiado y tienes que fiarte de mí.

—Volvamos a la escena del crimen.

—Sí, volvamos a la escena del crimen. La policía no encontró nada. Ni pelos ni fibras ni instrumentos contundentes, solo la cuerda de nailon alrededor del cuello, atada con el mismo nudo, un ballestrinque doble.

—¿Y era el mismo tipo de cuerda de nailon?

—Sí. Idéntica a las otras.

Otro cartel las informó de que ya se encontraban en el condado de Chavez.

—¿Vamos a pasarnos a ver al juez Bannick? —preguntó Lacy.

—No, no es eso.

Se desviaron hacia una autopista de cuatro carriles y empezaron a rodear la ciudad de Cullman: restaurantes de comida rápida, moteles de viaje, centros comerciales.

Lacy continuó con sus preguntas:

—¿Y qué hizo la policía, entonces?

—Lo de siempre. Indagaron, fueron de puerta en puerta, hablaron con otros corredores y caminantes, con sus compañeros de trabajo, dieron con un par de amigos. Registraron su apartamento, no faltaba nada, así que descartaron el robo como móvil. Hicieron todo lo que pudieron, pero no llegaron a ninguna conclusión.

—¿Y esto fue en 1991?

—Sí. Un caso sin resolver y sin una sola pista.

Lacy estaba aprendiendo a ser paciente y respiraba hondo entre una pregunta y otra.

—No me cabe duda de que lo tienes todo organizado en un expediente.

—Así es.

—¿Cómo obtienes toda esa información policial? Tienen fama de proteger sus archivos con uñas y dientes.

—Mediante solicitudes auspiciadas por la Ley de Libertad de Información. Las acatan hasta cierto punto, pero tienes razón, nunca te lo entregan todo. Solo necesitan alegar que es una investigación aún en curso y cerrarte la puerta en las narices. Sin embargo, con los casos antiguos a veces se relajan un poco. Eso y que, además, voy a hablar con ellos.

—¿Y eso no deja un rastro?

—Sí, podría ser.

Salieron de la autopista por una rampa y siguieron una señal que indicaba el centro histórico.

—¿Has estado alguna vez en Cullman? —preguntó Jeri.

—No lo creo. Lo comprobé anoche y la CCJ no ha tenido ningún caso aquí en los últimos veinte años. Ha habido varios en Pensacola, pero las cosas han estado tranquilas en el condado de Chavez.

—¿Cuántos condados cubrís?

—Demasiados. Tenemos cuatro investigadores en la oficina de Tallahassee y otros tres en Fort Lauderdale. Un total de siete para sesenta y siete condados, mil jueces, seiscientas salas de tribunal.

—¿Es suficiente?

—Casi siempre. Por suerte, la gran mayoría de nuestros jueces se comportan, solo hay unas cuantas manzanas podridas.

—Pues aquí tienes uno.

Lacy no respondió. Estaban en un tramo ampliado de la calle Mayor. Jeri giró para abandonarla y luego volvió a girar y se detuvo en una intersección. Al otro lado de la carretera se alzaba la entrada a una urbanización vallada. Más allá de la verja había casas modernas y bloques de apartamentos con jardines pequeños y cuidados.

—El doctor Bannick compró este terreno sin construir hace cuarenta años y resultó ser una buena inversión —explicó Jeri—. Ross vive allí, y esto es lo máximo que vamos a acercarnos a él. Hay muchas cámaras de vigilancia.

—No necesito acercarme más —dijo Lacy, y le entraron ganas de preguntar en qué les beneficiaba saber dónde vivía. Pero se contuvo. Mientras se alejaban, insistió—: Volvamos a la policía local que se encargó del caso de Thad. ¿Cómo hablas con ellos sin que te preocupe dejar un rastro?

Jeri se echó a reír y le dedicó una sonrisa, algo poco habitual en ella.

—He creado un mundo ficticio, Lacy, y en él soy muchos personajes. Una periodista *freelance*, una reportera de sucesos, una investigadora privada e incluso una novelista, todas con nombres y direcciones diferentes. En este caso me hice pasar por una reportera de sucesos de Memphis que trabajaba en un larguísimo reportaje sobre casos sin resolver en Tennessee. Le di al jefe mi tarjeta de visita, con un número de teléfono y un correo electrónico incluidos. Las faldas cortas y tener mucho encanto obran maravillas. A ver, son todos hombres, el sexo débil. Tras unas cuantas charlas amistosas, se abren un poco.

—¿Cuántos teléfonos tienes?

—Uf, no lo sé. Cinco o seis, por lo menos.

Lacy negó con la cabeza, incrédula.

—Además, debes recordar que este caso está casi olvidado. Por algo lo consideran «sin resolver». En cuanto se dieron cuenta de que no tenían nada con lo que trabajar, la policía perdió el interés de inmediato. La víctima no era de su ciudad y no había una familia que se entrometiera y los presionara. El asesinato parecía totalmente aleatorio e imposible de resolver. En algunos de estos casos, la policía hasta agradece que un par de ojos nuevos le eche un vistazo al expediente.

Volvían a estar en la calle Mayor, en la parte histórica. Un majestuoso juzgado de estilo griego apareció ante ellas, justo en el centro de la ciudad. La plaza que lo rodeaba estaba llena de tiendas y oficinas.

—Ahí es donde trabaja —dijo Jeri, con la mirada clavada en el juzgado—. No entraremos.

—Ya he visto suficiente.

—Hay cámaras por todas partes.

—¿De verdad crees que Bannick podría reconocerte? Porque, a ver: no has coincidido con ese hombre en tu vida y él no tiene ni idea de quién eres ni de qué buscas, ¿no?

—Claro, pero ¿por qué arriesgarse? En realidad, una vez entré, hace años. Era el primer día de un juicio y el juzgado estaba a reventar de gente, habían convocado a más de cien posibles jurados. Me quedé entre la multitud y eché un vistazo. Su sala está en la segunda planta, y su despacho, al final de ese mismo pasillo. Compartir espacio con el hombre que mató a mi padre fue muy raro, casi abrumador.

A Lacy le llamó la atención la certeza de sus palabras. Sin pruebas, sin indicios, estaba convencida de que Bannick era un asesino. Y de ella, de Lacy, esperaba que se involucrara y, de alguna manera, encontrara la verdad y la justicia.

Rodearon la plaza y salieron del centro.

—Necesito un café —dijo Jeri—. ¿Y tú?

—Claro. ¿Ha terminado la visita?

—Sí, pero tenemos muchas más cosas de las que hablar.

6

Aparcaron a las afueras de la ciudad, junto a un restaurante que pertenecía a una cadena, y entraron. Eran las dos y media y el local estaba vacío, así que eligieron un reservado en una esquina, muy alejado de la barra desierta. Jeri llevaba un bolso grande, demasiado grande para ser de mano. Lacy supuso que contenía expedientes. Pidieron café y bebieron agua con hielo mientras esperaban.

—En más de una ocasión has comentado que Thad Leawood fue el primero —empezó Lacy—. ¿Quién fue el segundo?

—Bueno, no sé cuántas víctimas hay, así que no puedo asegurar que Thad fuera el primero. Mi trabajo ha sacado a la luz seis, hasta el momento. Thad fue en 1991 y creo que mi padre fue el segundo, al año siguiente.

—Vale. Y no quieres que tome notas.

—Todavía no.

—Lo de Danny Cleveland, el periodista, fue en 2009. ¿Fue el tercero, entonces?

—No lo creo.

Lacy exhaló, exasperada.

—Lo siento, Jeri, pero es como si tuviera que sacarte las palabras con sacacorchos. Me estoy frustrando otra vez.

—Ten paciencia. La tercera, al menos en mi lista, era una chica que conoció en la facultad de Derecho.

—¿Una chica?

—Sí.

—¿Y por qué la mató?

Llegó el café y ambas guardaron silencio. Jeri se echó un poco de nata y se tomó su tiempo para removerla. Miró a su alrededor con despreocupación y dijo:

—Ya nos ocuparemos de ella más tarde. Ya hemos hablado de tres. Con eso basta por ahora.

—Claro. Pero, solo por curiosidad, ¿tienes más pruebas para esos otros tres que para los primeros?

—La verdad es que no. Tengo un móvil y un método. Nada más. Pero estoy convencida de que todos están relacionados con Bannick.

—Eso ya lo tengo claro. Lleva diez años en el puesto. ¿Sospechas de él en algún caso que date de cuando ya era juez? En otras palabras, ¿sigue haciéndolo?

—Uy, sí. El último fue hace dos años, un abogado jubilado que vivía en los Cayos. Un antiguo miembro de un gran bufete al que encontraron estrangulado en su barco de pesca.

—Lo recuerdo. ¿Kronkite o algo así?

—Kronke, Perry Kronke. Tenía ochenta y un años cuando pescó su último pez.

—Fue un caso espectacular.

—Bueno, al menos en Miami. Allí el número de abogados asesinados por persona es más alto que en cualquier otro lugar. Todo un mérito, ¿no?

—El tráfico de drogas.

—Claro.

—¿Y la conexión con Bannick?

—Fue becario en el bufete de Kronke en el verano de 1989, y luego lo dejaron tirado sin hacerle ninguna oferta de trabajo. Está claro que eso lo cabreó mucho, porque esperó dos décadas para vengarse. Tiene una paciencia extraordinaria, Lacy.

Lacy tardó un momento en asimilar sus palabras. Bebió un sorbo de café y miró por la ventana.

Jeri se acercó más a ella y le dijo:

—En mi opinión como seudoexperta en asesinos en serie, ese ha sido su mayor error hasta el momento. Mató a un abogado anciano con muchos amigos y que en su día había tenido muy buena reputación. Dos de sus víctimas fueron hombres de prestigio: mi padre y Kronke.

—Y sus asesinatos se produjeron con veinte años de diferencia.

—Sí, ese es su *modus operandi*, Lacy. Es poco común, pero no inaudito en el caso de los sociópatas.

—Perdona, pero no conozco bien la jerga. Trato con jueces mentalmente sanos, en su mayoría, que meten la pata cuando pasan de algún caso o dejan que sus cuestiones personales afecten a sus deberes judiciales.

Jeri sonrió con complicidad y le dio un sorbo a su café. Volvió a mirar a su alrededor y después dijo:

—Un psicópata tiene un trastorno mental grave y un comportamiento antisocial. Un sociópata es un psicópata versión *premium*. No son definiciones médicas exactas, pero se acercan bastante.

—Yo me limitaré a escuchar, tú habla.

—Mi teoría es que Bannick tiene una lista de las personas que lo han perjudicado o menospreciado. Podría tratarse de algo tan trivial como un profesor de Derecho que lo humilló y podría tratarse de algo tan devastador como un jefe de scouts que abusó sexualmente de él. Seguro que estaba bien hasta que lo violaron de pequeño. Cuesta imaginar cómo podría afectar algo así a un crío de esa edad. Por eso siempre ha tenido problemas con las mujeres.

Una vez más, su certeza resultaba apabullante y, sin embargo, asombrosa. Llevaba tanto tiempo persiguiendo a Bannick que para Jeri su culpabilidad se había convertido en un hecho evidente.

—He leído un centenar de libros sobre asesinatos en serie

—continuó—. Desde artículos de prensa sensacionalista hasta tratados académicos. Casi ninguno de ellos desea que lo pillen, pero, aun así, quieren que haya alguien ahí fuera (la policía, las familias de las víctimas, la prensa) que sepa lo que están haciendo. Muchos son inteligentísimos, algunos tontos perdidos. Los hay de todo tipo. Unos pasan décadas matando y nunca los cogen, otros se vuelven locos y hacen su trabajo con prisas. Estos últimos suelen cometer errores. Algunos tienen un móvil claro, otros matan al azar.

—Pero por lo general los pillan, ¿no?

—Responder a esa pregunta no es tan fácil. En este país se cometen una media de quince mil asesinatos al año. Un tercio nunca llegan a resolverse. Eso son cinco mil asesinatos este año, y el pasado, y el anterior. Desde 1960, más de doscientos mil. Hay tantos asesinatos sin resolver que es imposible saber si esta o aquella víctima murió a manos de un asesino en serie. La mayoría de los expertos cree que esa es una de las razones por las que dejan pistas. Quieren que alguien sepa que están ahí. Se alimentan del miedo y el terror. Como ya te he dicho, no quieren que los cojan, pero sí que alguien lo sepa.

—Entonces ¿nadie, ni siquiera el FBI, sabe cuántos asesinos en serie andan sueltos por ahí?

—Nadie. Y a algunos de los más famosos nunca se los identificó. A Jack el Destripador no lo pillaron nunca.

Lacy no pudo reprimir una carcajada.

—Perdona, pero es que me cuesta creer que esté aquí sentada, en Podunk, Florida, tomándome un café tan tranquila y hablando de Jack el Destripador.

—Por favor, no te rías, Lacy. Sé que parece raro, pero todo esto es cierto.

—¿Y qué esperas que haga?

—Que me creas, Lacy. Tienes que creerme.

Lacy dejó de sonreír y bebió otro trago de café. Tras una

larga pausa, durante la que ninguna de las dos hizo contacto visual, comentó:

—Vale, sigo escuchando. Basándonos en tu teoría, ¿lo que estás diciendo es que Bannick quiere que lo cojan?

—No, qué va. Es demasiado precavido, demasiado inteligente, demasiado paciente. Además tiene demasiado que perder. La mayoría de los asesinos en serie, como todos los demás asesinos, son inadaptados que viven al margen de la sociedad. Bannick tiene un buen estatus, una profesión gratificante, seguro que algo de dinero heredado. Es un hombre enfermo, pero lo esconde a la perfección. Va a la iglesia, al club de campo, cosas así. Participa activamente en el colegio de abogados de la zona, es presidente de una sociedad histórica, incluso se las da de actor en un grupo de teatro del condado. He visto dos de sus actuaciones, son terribles.

—¿Lo viste subido a un escenario?

—Sí. Había poco público, y con razón, pero los patios de butacas estaban a oscuras. No era peligroso.

—No parece una persona antisocial.

—Como ya te he dicho, se le da muy bien ocultarlo. Nadie sospecharía de él. Incluso se le ha visto por la zona de Pensacola con una rubia agarrada del brazo. Utiliza a varias, es probable que les pague, pero eso no lo sé.

—¿Cómo sabes lo de las rubias?

—Por las redes sociales. Por ejemplo, la sección local de la Sociedad Americana Contra el Cáncer celebra una gala anual, hay que vestir de etiqueta y todo eso. Su padre, el pediatra, murió de cáncer, así que Bannick colabora. Es una gala muy importante y recaudan mucho dinero. Todo eso se publica en internet. Ya no hay casi nada privado, Lacy.

—Pero él no publica nada.

—Nada. No tiene ningún tipo de presencia en las redes sociales. Pero te sorprendería lo que eres capaz de desenterrar cuando vives en línea, como yo.

—Pero, según tú misma dices, todo deja un rastro.

—Sí, pero las búsquedas esporádicas son difíciles de rastrear. Y tomo precauciones.

Otro silencio prolongado mientras Lacy intentaba formular la siguiente pregunta. Jeri esperaba con nerviosismo, como si la siguiente revelación fuera a ahuyentar a su nueva confidente. La camarera pasó junto a ellas con una jarra de café y les rellenó las tazas.

Lacy hizo caso omiso de la suya y volvió a hablar:

—Una pregunta. Me has dicho que la mayoría de los asesinos en serie quiere que alguien sepa lo que están haciendo o algo por el estilo. ¿Eso también es válido para Bannick?

—Sí, sin duda. Los investigadores del FBI tienen un viejo dicho: «Tarde o temprano un hombre firmará con su nombre». Lo saqué de un libro, puede que incluso fuera una novela. No lo recuerdo. He leído mucho.

—¿La cuerda?

—La cuerda. Siempre utiliza una de nailon de un centímetro de grosor, de calidad naval, con doble trenzado, de resistencia moderada. Un trozo de unos setenta y cinco centímetros de largo, enroscado dos veces en torno al cuello con tanta fuerza que siempre les corta la piel y atado con un nudo de ballestrinque doble que debió de aprender en los Boy Scouts. Tengo fotos de la escena del crimen de todos los asesinatos menos del de Kronke.

—¿No es un descuido?

—Podría ser, aunque ¿quién va a investigarlo? Hay seis asesinatos en seis jurisdicciones distintas, seis estados diferentes, a lo largo de un periodo de veinte años. Ninguno de los seis departamentos de policía ha cruzado datos con los otros. No trabajan de esa forma, y él lo sabe.

—¿Y solo uno fue en Florida?

—Sí, el del señor Kronke. Hace dos años.

—¿Dónde fue, exactamente?

—En la ciudad de Marathon, en los Cayos.

—Entonces ¿por qué no acudir a la policía de Marathon y mostrarles tus archivos, presentarles tu teoría?

—Es una buena pregunta. Puede que lo haga, Lacy. Puede que me vea obligada a hacerlo, pero tengo mis reservas. ¿Qué crees que hará la policía? ¿Ponerse a recabar datos de cinco casos sin resolver en otros cinco estados? Lo dudo. No olvides que aún no tengo ninguna prueba, nada concreto que ofrecerle a la policía, y que ellos han dejado de indagar.

Lacy se llevó la taza a los labios y asintió con la cabeza, poco convencida.

—Y hay una razón mucho más importante por la que no puedo presentarme allí sin apenas pruebas —dijo Jeri—. Es aterradora, de hecho.

—Le tienes miedo.

—Ostras, claro. Es demasiado inteligente para cometer un asesinato y olvidarlo sin más. Durante veinte años he operado bajo la suposición de que está ahí escondido, observando, aún cubriendo sus huellas.

—¿Y quieres que yo me involucre?

—Tienes que hacerlo, Lacy. No hay nadie más.

—No me lo creo.

—¿Me crees a mí?

—No lo sé, Jeri. La verdad es que no lo sé. Lo siento, pero todavía no soy capaz de asimilarlo.

—Si no lo detenemos, volverá a matar.

Lacy reflexionó sobre estas últimas palabras y se inquietó ante el uso despreocupado del plural. Apartó su taza de café y dijo:

—Jeri, ya he tenido bastante por hoy. Necesito digerirlo, consultarlo con la almohada, intentar orientarme un poco.

—Lo comprendo, Lacy. Y tú tienes que entender que me siento muy sola. He vivido con esto durante muchos años. Ha consumido mi vida y, en ocasiones, me ha puesto al límite. He pasado horas en terapia y todavía me queda un largo camino por delante. Fue la causa de mi divorcio y estuvo a punto de acabar con mi vida profesional. Pero no puedo dejarlo. Mi padre no lo permite. Me cuesta creer que por fin esté aquí, contándoselo a alguien, a una persona en la que confío.

—No me he ganado tu confianza.

—Pero aun así la tienes. No hay nadie más. Necesito una amiga, Lacy. Por favor, no me abandones.

—No es cuestión de abandonarte o no abandonarte. El mayor problema es ¿qué quieres que haga? Nosotros no investigamos asesinatos, Jeri. Eso es para los chicos de la policía estatal o incluso para el FBI. No estamos preparados para un trabajo como este, así de sencillo.

—Pero tú sí puedes ayudarme, Lacy. Puedes escucharme, apoyarme. Puedes investigar hasta cierto punto. La CCJ tiene autoridad para enviar citaciones. En el caso del casino acabaste con una jueza corrupta y desmantelaste toda una banda criminal.

—Con mucha ayuda de otros, sobre todo del FBI. No me parece que entiendas cómo trabajamos, Jeri. No nos involucramos en las acusaciones de delitos hasta que alguien presenta una denuncia formal. Hasta entonces no sucede nada.

—¿La denuncia es anónima?

—Al principio sí. Después no. Tras la presentación de la denuncia, tenemos cuarenta y cinco días para investigar las acusaciones.

—¿El juez sabe que lo estáis investigando?

—Eso depende. La mayoría de las veces el juez sabe que tiene un problema. La parte demandante ha comunicado que está descontenta y que tiene una queja. Algunas de estas disputas se han prolongado durante meses, incluso años. Pero no es extraño que al juez lo pille por sorpresa. Si decidimos que las acusaciones tienen fundamento, algo que es raro, se lo notificamos formalmente al juez.

—¿Y en ese momento sabría mi nombre?

—Así suele funcionar. No recuerdo ningún caso en el que la parte denunciante haya permanecido anónima en todo momento.

—Pero puede hacerse, ¿no?

—Tendré que hablar con la directora, mi jefa.

—Eso me asusta, Lacy. Mi sueño es coger al hombre que mató a mi padre. Mi otro sueño es mantener mi nombre fuera de su lista. Es demasiado peligroso.

Lacy le echó un vistazo a su reloj de pulsera y apartó la taza unos centímetros más. Exhaló y dijo:

—Oye, todo esto es demasiado para un solo día y todavía me queda el viaje de vuelta. Necesito que nos tomemos un descanso.

—Claro, pero necesito que me prometas la más absoluta confidencialidad, Lacy. ¿Entendido?

—Vale, pero no me queda más remedio que hablarlo con mi jefa.

—¿Es de confianza?

—Sí. Este es un trabajo delicado, como ya habrás adivinado. Tenemos en nuestras manos la reputación de jueces que han sido elegidos por la ciudadanía y entendemos muy bien lo que es la discreción. Nadie sabrá nada hasta que deba saberlo. ¿Te parece bien?

—Supongo que sí. Pero no dejes de mantenerme informada.

El trayecto de veinte minutos de regreso al cementerio fue tranquilo. Para relajar el ambiente, Lacy preguntó por la hija de Jeri, Denise, alumna de posgrado en la Universidad de Michigan. No, no recordaba a su abuelo y no sabía gran cosa sobre su asesinato. Jeri sentía curiosidad por la vida de Lacy como mujer atractiva y soltera que no se había casado nunca, pero esa conversación se agotó. Lacy estaba acostumbrada a ese tipo de preguntas y no tenía paciencia con ellas. Su querida madre, ya fallecida, la había agobiado durante años con el tema de envejecer sola y sin hijos, así que Lacy era toda una experta en evitar el fisgoneo.

En el cementerio, Jeri le entregó una bolsa de la compra de tela y le dijo:

—Aquí van unos cuantos expedientes, solo algunos detalles preliminares. Hay mucho más.

—¿Sobre los tres primeros, supongo?

—Sí. Mi padre, Thad Leawood y Danny Cleveland. Ya hablaremos de los otros más adelante.

La bolsa ya pesaba bastante y Lacy no tenía claro si quería quedarse con ella. Se moría de ganas de meterse en su coche, cerrar la puerta y marcharse. Se despidieron, prometieron hablar pronto y todas esas cosas y salieron del cementerio.

A medio camino de Tallahassee, el móvil de Lacy comenzó a vibrar: una llamada de Allie. Llegaría tarde y quería cenar pizza y vino frente a la chimenea. Lacy llevaba cuatro días sin verlo y de repente lo echaba de menos. Sonrió ante la idea de acurrucarse con un experimentado agente del FBI y hablar de algo que no fueran sus respectivos trabajos.

7

Darren Trope irrumpió en su despacho el miércoles a primera hora de la mañana y empezó con un:

—Bueno, bueno, ¿qué tal el día de asuntos personales? ¿Hiciste algo interesante?

—La verdad es que no.

—¿Nos echaste de menos?

—No, lo siento —respondió Lacy con una sonrisa.

Estaba a punto de coger un expediente, uno de los diez o doce que tenía pulcramente apilados en una bandeja de escritorio en la esquina de su mesa. Un juez del condado de Gilchrist estaba sacando de sus casillas tanto a los abogados como a los litigantes con su incapacidad para fijar fechas para los juicios. Se rumoreaba que el alcohol tenía algo que ver. Lacy había decidido, muy a su pesar, que las acusaciones estaban fundadas y había comenzado a prepararse para notificarle a su señoría que era objeto de una investigación.

—¿Te levantaste tarde? ¿Saliste a disfrutar de un largo y elegante almuerzo con nuestro chico del FBI?

—Se llaman días de asuntos propios por algo.

—Bueno, pues aquí no te perdiste nada.

—Eso lo tengo claro.

—Voy a salir a por un café decente. ¿Quieres algo?

—Sí, lo de siempre.

Los viajes a por café de Darren eran cada vez más largos.

Llevaba dos años en la CCJ y mostraba todos los signos habituales de haberse aburrido de aquella carrera profesional estancada. Salió del despacho de Lacy, ella cerró la puerta tras él e intentó concentrarse en otro juez borracho. Pasó una hora, en la que avanzó poco, y al final dejó el expediente a un lado.

Maddy Reese era la compañera en la que más confiaba de toda la oficina. Llevaba allí cuatro años y, de los cuatro abogados, ahora era la segunda con más antigüedad, muy por detrás de Lacy. Maddy dio unos golpecitos en la puerta con los nudillos al franquearla y preguntó:

—¿Tienes un minuto?

El último director había impuesto una política de puertas abiertas que había dado lugar a una cultura de espontaneidad en la que la privacidad era casi imposible y el trabajo se interrumpía de forma rutinaria. Pero ese director ya no estaba y, aunque la mayoría de las puertas de los despachos se mantenían cerradas, costaba romper con las viejas costumbres.

—Claro —contestó Lacy—. ¿Qué pasa?

—Cleo quiere que revises el tema de Handy, cree que tenemos que intervenir.

Cleo era Cleopatra, el apodo secreto de la actual directora, una mujer ambiciosa que había conseguido enemistarse con toda la oficina en cuestión de semanas.

—Otra vez Handy no... —protestó Lacy, frustrada.

—Pues sí. Al parecer, no para de anular las ordenanzas de zonificación a favor de cierto promotor, que da la casualidad de que es amigo de su sobrino.

—Esto es Florida. Eso no es raro.

—El hecho es que los propietarios de los terrenos colindantes están molestos y han contratado abogados. La semana pasada se presentó otra denuncia contra él y el asunto parece bastante sospechoso. Sé lo mucho que te gustan los casos de zonificación.

—Vivo para ellos. Tráeme el expediente y le echaré un vistazo.

—Gracias. Y Cleo ha convocado una reunión de personal a las dos de la tarde.

—Pensaba que esas las sufríamos los lunes por la mañana.

—Y así es. Pero Cleo está creando sus propias normas.

Maddy se fue sin cerrar la puerta y Lacy miró la pantalla de su ordenador de sobremesa. Bajó por la habitual retahíla de correos electrónicos que podía ignorar o posponer y se detuvo en uno de Jeri Crosby.

¿Podemos hablar? Yo te llamo. El número es el 776-145-0088. Tu móvil no lo reconocerá.

Lacy se quedó mirando el correo electrónico durante mucho rato mientras intentaba pensar en formas de evitar contestarlo. Se preguntó cuál de los cinco o seis teléfonos móviles estaría utilizando Jeri. El suyo empezó a vibrar y el número apareció en la pantalla.

—Hola, Jeri —dijo mientras se acercaba a la puerta para cerrarla.

—Gracias por lo de ayer, Lacy, no tienes ni idea de lo que significó para mí. Anoche dormí por primera vez en no sé cuánto tiempo.

«Vaya, me alegro de que tú sí durmieras». Pese a tener al lado el cálido cuerpo de Allie, le había costado desconectar de los acontecimientos del día.

—Qué bien, Jeri. Lo de ayer fue bastante interesante.

—Cuando menos. Entonces ¿qué pasa?

La pregunta la dejó desconcertada, pues de pronto se dio cuenta de que quizá su nueva amiga sintiera la necesidad de llamarla todos los días para que la pusiera al corriente.

—¿A qué te refieres?

—Bueno, ¿qué opinas? ¿Qué hacemos ahora?

—No lo he pensado —mintió—. Ayer no vine a la oficina y todavía estoy intentando ponerme al día.

—Claro, y no pretendo molestar. Perdóname, pero es que me siento muy aliviada de que ahora formes parte del caso. No tienes idea de lo sola que he estado.

—No creo que haya ningún caso, Jeri.

—Por supuesto que lo hay. ¿Has ojeado los expedientes?

—No, aún no he llegado a ese punto, Jeri. Ahora mismo estoy ocupada con otros temas.

—Entiendo. Oye, debemos vernos otra vez y hablar de las otras víctimas. Sé que para ti es mucha información que digerir en poco tiempo, pero me atrevería a decir que nada de lo que tienes encima del escritorio en estos momentos es tan importante como lo de Bannick.

Cierto. Todos los casos de la oficina palidecían en comparación con varias acusaciones de asesinato contra un juez.

—Jeri, no puedo dejarlo todo sin más y abrir un nuevo caso. La directora debe aprobar cualquier tipo de implicación por mi parte. ¿No te lo expliqué ya?

—Supongo que sí. —Dejó a un lado ese asunto y continuó—: Hoy y mañana tengo clase, pero ¿qué te parece el sábado? Esta vez iré yo, podemos quedar en algún lugar discreto.

—Ayer, durante las tres horas que tardé en volver a casa, no paré de darle vueltas, y sigo sin ver que tengamos ningún tipo de jurisdicción sobre este caso. No estamos preparados para investigar un asesinato, ni uno ni varios.

—A tu amigo Hugo Hatch lo asesinaron en un accidente de coche provocado, y creo que hubo otro asesinato en el caso del casino. ¿No, Lacy? En ese te metiste hasta el cuello.

El tono de Jeri comenzaba a tornarse agresivo, pero todavía tenía un dejo de fragilidad en la voz. Lacy le respondió calmada:

—Ya lo hablamos en su momento y te expliqué que en

ese caso participaron investigadores de verdad, incluso el FBI.

—Pero fuiste tú quien lo hizo posible, Lacy. Sin ti, los crímenes no se habrían resuelto.

—Pero, Jeri, ¿qué quieres que haga? ¿Que vaya a Signal Mountain, Tennessee, y a Little Rock, Arkansas, y a Marathon, Florida, y me ponga a hurgar en viejos expedientes policiales hasta, a saber cómo, encontrar unas pruebas que no existen? La policía, los profesionales, no fueron capaces de encontrarlas. Tú llevas veinte años intentándolo. No hay pruebas suficientes, punto.

—Seis personas muertas, todas asesinadas de forma idéntica, y las seis relacionadas con Bannick. ¿Y dices que eso no es suficiente? Venga, Lacy. No puedes decepcionarme así. Estoy desesperada. Si tú me das la espalda, ¿adónde voy?

«Adonde sea, pero, por favor, vete».

Lacy exhaló y se repitió que debía ser paciente.

—Lo entiendo, Jeri. Mira, ahora estoy ocupada. Ya hablaremos más tarde.

Si la oyó, no dio muestras de ello.

—Lo he comprobado, Lacy. Cada estado tiene una forma distinta de gestionar las denuncias judiciales, pero en casi todos se permite que la parte agraviada solicite una investigación de forma anónima. Estoy segura de que en Florida puede hacerse.

—¿Estás dispuesta a firmar una denuncia?

—Tal vez, pero tenemos que hablar más. Me parece que puede hacerse con un alias o algo así. ¿Tú qué crees?

—Ahora mismo no lo sé, Jeri. Por favor, hablemos mañana.

En cuanto consiguió dar por terminada la comunicación, Darren apareció al fin con su café con leche de almendras, casi una hora después de haberse marchado a buscarlo. Lacy le dio las gracias y, cuando tuvo la sensación de que su compañero quería quedarse por allí holgazaneando y compartir el descanso, le dijo que tenía que hacer una llamada. A mediodía se escabulló de su despacho, salió del edificio y caminó cinco manzanas para irse a comer con Allie.

El arma secreta de la CCJ era una mujer muy envejecida llamada Sadelle, una asistente legal de carrera que, décadas antes, había renunciado a aprobar el examen de abogacía. Antes fumaba tres paquetes de cigarrillos al día, muchos de ellos en la oficina, y no había sido capaz de dejarlo hasta que le diagnosticaron un cáncer de pulmón terminal. Repentinamente motivada, dejó el tabaco y se preparó para el final. Siete años más tarde seguía en su puesto y trabajando más horas que nadie. La CCJ era su vida y Sadelle no solo lo sabía todo, sino que además lo recordaba casi todo. Ella era el archivo, el motor de búsqueda, la experta en las muchas formas en que un juez podía cargarse su carrera.

Tras la reunión de personal, Lacy le envió un correo electrónico con varias preguntas. Quince minutos más tarde, Sadelle entró en su despacho en su silla motorizada, con un tubo de oxígeno conectado a la nariz. Aunque tenía la voz cansada, rasposa, a veces casi desesperada, seguía encantándole hablar, a veces demasiado.

—Ya lo hemos hecho alguna vez —dijo—. Recuerdo tres casos en los últimos cuarenta años en los que la parte agraviada estaba demasiado asustada para firmar. Puede que el más importante fuera el relativo a un juez de los alrededores de Tampa que descubrió la cocaína. La droga lo atrapó por completo y se convirtió en un verdadero problema. Debido a su posición, le resultaba difícil comprar la mercancía. —Se quedó callada un segundo para coger oxígeno—. Sin embargo, encontró la solución a sus problemas cuando un traficante de drogas compareció en su juzgado como acusado. Se hizo amigo del tipo, le impuso una sentencia leve y acabó compinchado con su camello, que trabajaba con un traficante importante. Con un suministro constante de cocaína garantizado, el juez terminó de irse a pique y la situación se deterioró mucho. No era capaz de hacer su trabajo, no era capaz de permanecer en el estrado durante más de quince minutos sin decretar un receso para meterse un chute rápido. Los abogados cuchicheaban, pero, como siempre, no querían dar la voz de alarma. Una taquígrafa del juzgado lo observaba de cerca y conocía todos los trapos sucios. Se puso en contacto con nosotros, aterrorizada, por supuesto, porque en la banda había unos cuantos tipos peligrosos. Al final presentó una denuncia anónima e intervenimos, enviamos citaciones y demás. La taquígrafa incluso nos pasó documentos, así que tuvimos muchas pruebas. Estábamos a punto de llamar a los federales cuando el juez aceptó renunciar al cargo, así que nunca se le llegó a encausar.

Se le desfiguró la cara mientras tragaba más oxígeno.

—¿Qué fue de él?

—Se suicidó. Dijeron que había sido una sobredosis accidental, pero parecía sospechoso. Estaba hasta arriba de coca. Supongo que se fue como quería irse.

—¿Cuándo fue esto?

—No estoy segura de la fecha exacta, pero fue antes de tu era.

—¿Qué le pasó a la taquígrafa judicial?

—Nada. Protegimos su identidad y nadie la supo nunca. Así que sí, puede hacerse.

—¿Y los otros dos casos?

—También anónimos. Ahora mismo no puedo decirte gran cosa, pero, si quieres, te los busco. Por lo que recuerdo, ambos se desestimaron tras la evaluación inicial, así que las acusaciones no tenían mucha base. —Otra pausa para recargar. Luego preguntó—: ¿Qué tipo de caso tienes?

—Asesinato.

—Vaya, eso sería divertido. No recuerdo ningún caso de ese tipo, salvo el del casino. ¿Tiene algún fundamento?

—No lo sé. Esa es la mayor dificultad ahora mismo: tratar de determinar cuál podría ser la verdad.

—Una acusación de asesinato contra un juez en activo.

—Sí. Tal vez.

—Me gusta. No dudes en mantenerme informada.

—Gracias, Sadelle.

—No hay de qué.

Sadelle se llenó los pulmones llenos de cicatrices, metió la marcha atrás de la silla y se fue.

8

El pintor se llamaba Lanny Verno. Un viernes por la tarde del mes de octubre anterior estaba subido a una escalera de mano en el salón de una casa inacabada, una de las varias decenas que se apiñaban en una calle sin asfaltar de una nueva y extensa zona residencial situada justo al otro lado del límite de la ciudad de Biloxi. Estaba retocando las molduras que bordeaban un techo de tres metros y medio de altura, con un bote de cinco litros de pintura blanca en una mano y un pincel de cinco centímetros en la otra. Se encontraba solo: su compañero de trabajo ya había dado por finalizados el día y la semana y se había ido al bar. Lanny consultó su reloj de pulsera y negó con la cabeza. Eran más de las cinco de la tarde de un viernes y seguía trabajando. En la cocina, una radio reproducía los últimos éxitos del country.

Él también deseaba largarse al bar para pasarse la noche de juerga y bebiendo cerveza, y ya se habría ido si no le hubieran prometido un cheque. Su contratista tenía que habérselo entregado antes de la hora de salida y la irritación de Lanny iba en aumento con cada minuto que pasaba.

La puerta delantera estaba abierta, pero la música ahogó el ruido que hizo la portezuela de una camioneta al cerrarse en el camino de entrada.

Un hombre apareció en el salón y lo saludó con cordialidad.

—Me llamo Butler, inspector del condado.

—Adelante —repuso Verno sin apenas mirarlo.

En aquella obra, el tráfico peatonal era constante.

—Se te ha alargado la jornada, ¿eh? —observó Butler.

—Sí, ya tengo ganas de marcharme a tomarme una cerveza.

—¿No hay nadie más por aquí?

—No, solo yo, y estoy a punto de irme.

Verno volvió a mirar hacia abajo y se fijó en que el inspector llevaba unos cubrezapatos desechables, de un suave color azul. «Qué raro», pensó durante un segundo. También llevaba ambas manos cubiertas por unos guantes desechables a juego. El tipo debía de ser un obseso de los gérmenes. En la mano derecha sostenía una carpeta.

—Recuérdame dónde está la caja de fusibles —pidió Butler.

Verno asintió y dijo:

—Al final del pasillo.

Untó el pincel en el bote y siguió pintando.

Butler salió del salón, recorrió el pasillo, echó un vistazo en los tres dormitorios y los dos baños y se dirigió a toda prisa hacia la cocina. Se asomó por la ventana del comedor y no vio a nadie. Su camioneta estaba aparcada en el camino de entrada, detrás de lo que solo podía ser la furgoneta de un pintor. Volvió al salón y, sin mediar palabra, se abalanzó sobre la escalera de mano. Verno gritó mientras caía y se daba un buen golpe en la cabeza contra los ladrillos de la estructura de la chimenea. Aturdido, intentó incorporarse y ponerse en pie, pero ya era demasiado tarde.

Butler se sacó del bolsillo derecho del pantalón una barra de acero de veinte centímetros con una bola de plomo de trescientos cincuenta gramos en la punta. Se refería a ella, de forma cariñosa, como Plomazo. La sacudió como un experto y la barra telescópica duplicó y luego triplicó su longitud. Le asestó una patada de kárate a Verno en las costillas y las oyó crujir. El pintor soltó un alarido de dolor y, antes de que le diera tiempo a emitir cualquier otro sonido, la bola de plomo le pegó de lleno en la nuca y le reventó el cráneo como si fuera una cáscara de huevo crudo. A todos los efectos estaba muerto. Si lo dejaba allí tirado, su cuerpo dejaría de funcionar enseguida y su corazón latiría cada vez más despacio hasta al cabo de diez minutos, cuando dejaría de respirar. Pero Butler no podía esperar tanto. Del bolsillo izquierdo del pantalón se sacó un trozo de cuerda corto: de nailon, de un centímetro de grosor, con doble trenzado, de calidad naval, de color azul intenso y blanco. Deprisa, la enrolló dos veces alrededor del cuello de Verno, luego le clavó la rodilla en la médula espinal entre los dos omóplatos y tiró de ambos extremos de la cuerda con salvajismo, tensando el cuello hacia atrás hasta que las vértebras superiores empezaron a crujir.

En sus últimos segundos, Verno gruñó por última vez e intentó moverse, como si su cuerpo luchara instintivamente por salvarse. No era un hombre pequeño y en sus tiempos jóvenes había tenido fama de camorrista, pero, con una cuerda cortándole la garganta y el cráneo fracturado, había perdido toda la fuerza. La rodilla en la espalda lo mantenía inmovilizado mientras aquel monstruo intentaba decapitarlo. Es posible que su último pensamiento fuera de asombro, ante el poder y la fuerza del tío de los cubrezapatos ridículos.

Butler había aprendido hacía años que la lucha correspondía al más apto. En esos segundos cruciales, la fuerza y la rapidez lo eran todo. Llevaba treinta años levantando pesas, practicando kárate y taekwondo, no por mejorar su salud ni para impresionar a las mujeres, sino por los ataques sorpresa.

Después de dos minutos de estrangulamiento, Verno se quedó inerte. Butler tiró aún más fuerte de la cuerda, luego enlazó los extremos como un marinero veterano y ató la cuerda con un ballestrinque doble perfecto. Se levantó, con cuidado de no pisar las salpicaduras de sangre, y se permitió contemplar su obra durante unos segundos. La sangre le molestaba. Resultaba excesiva y no había nada que detestara más que una escena del crimen sucia. Tenía los guantes quirúrgicos llenos y unas cuantas manchitas en sus pantalones de color caqui. Debería haberse puesto unos negros. ¿En qué había estado pensando?

Por lo demás, le pareció una escena admirable. El cuerpo estaba boca abajo, con los brazos y las piernas doblados en ángulos extraños. La sangre iba expandiéndose con lentitud desde el cadáver y contrastaba muy bien con el nuevo suelo de madera de pino. La pintura blanca había salpicado la chimenea y una pared, había llegado incluso hasta una ventana. La escalera de mano caída de lado le daba un buen toque. A primera vista, la siguiente persona que llegara a la escena pensaría que Verno había sufrido una mala caída y se había golpeado la cabeza. Sin embargo, cuando se acercara un paso más, la cuerda le contaría otra historia.

Lista de verificación: perímetro, teléfono, foto, sangre, huellas. Miró por una ventana y no detectó ningún movimiento en la calle. Fue a la cocina, lavó los guantes sin quitárselos de las manos y luego lo limpió todo muy cuidadosamente con un trozo de papel de cocina que se guardó en un bolsillo. Cerró las dos puertas traseras y echó el cerrojo. El teléfono de Verno estaba en la encimera, junto a la radio. Butler bajó el volumen de la radio para poder oír y se metió el teléfono en el bolsillo trasero. Recogió la carpeta y se encaminó hacia el vestíbulo, donde se detuvo y respiró hondo. No hay que perder ni un segundo, pero tampoco apresurarse.

Estaba a punto de posar la mano en el pomo de la puerta delantera cuando oyó el motor de una camioneta. Luego, un portazo. Se escabulló hacia el comedor y miró por la ventana.

—Mierda.

Una gigantesca camioneta Ram había aparcado junto al bordillo y en la puerta del conductor se leía: «DUNWOODY, CASAS A MEDIDA». El conductor ya estaba cruzando el patio delantero con un sobre en la mano. Estatura y peso medios, unos cincuenta años, una ligera cojera. Entraría y vería de inmediato el cuerpo de Verno en el salón, a su izquierda. A partir de ese momento, ya no sería consciente de nada más.

El asesino se colocó en posición con tranquilidad, con el arma a punto.

Una voz ronca gritó:

—Verno, ¿dónde estás? —Pasos, silencio y luego—: Lanny, ¿estás bien?

Dio tres pasos en el interior del salón antes de que la bola de plomo le hiciera añicos la nuca. Cayó de bruces y a punto estuvo de aterrizar encima de Verno, demasiado aturdido, demasiado herido para mirar a su espalda. Butler lo golpeó una y otra vez, astillándole el cráneo con cada impacto y rociando la habitación de salpicaduras de sangre.

Butler no había llevado cuerda suficiente para dos estrangulaciones y, además, Dunwoody no se la merecía. La cuerda era solo para la gente especial. Dunwoody gruñó y se revolvió mientras las heridas mortales le colapsaban los órganos. Giró la cabeza y miró a Butler, con los ojos rojos y vidriosos y sin ver nada. Intentó decir algo, pero solo logró volver a gruñir. Al final cayó de nuevo sobre el pecho y se quedó inmóvil por completo. Butler esperó con paciencia, viéndolo respirar. Cuando dejó de hacerlo, el asesino le sacó el móvil de un bolsillo de la chaqueta y lo añadió a su creciente colección.

De repente se sintió como si llevara allí una hora. Una vez más comprobó que no había movimiento en la calle, salió por la puerta delantera, la cerró tras él—ahora las tres puertas estaban cerradas, quizá eso los retrasara unos minutos— y se subió a su camioneta. Llevaba la gorra bien calada y las gafas de sol puestas, a pesar de que el día estaba nublado. Salió dando marcha atrás hacia la calle y se alejó despacio, como un inspector más que termina una semana de mucho trabajo.

Aparcó en un centro comercial, lejos de las tiendas y sus cámaras. Se quitó los guantes quirúrgicos y los cubrezapatos y los metió en una bolsa. Colocó los dos teléfonos robados en el asiento, donde podía verlos y oírlos. Tocó uno y en la pantalla apareció el nombre de MIKE DUNWOODY. Tocó el otro y vio el nombre de LANNY VERNO. No tenía ninguna intención de que lo pillaran con aquellos teléfonos, así que no tardaría en librarse de ellos. Se quedó allí un buen rato, poniendo las ideas en orden.

Verno se lo había buscado. Su nombre llevaba mucho tiempo en la lista, mientras saltaba de una ciudad a otra, de una mala relación a otra, viviendo de cheque en cheque. De no haber sido un capullo tan vago y lamentable, tal vez su vida hubiera tenido algún valor. Su temprano fallecimiento podría haberse evitado. Había firmado su sentencia de muerte años atrás, al amenazar físicamente al hombre que se hacía llamar Butler.

El único error de Dunwoody consistió en ser inoportuno. Él no había visto a Butler en su vida y, desde luego, no se merecía un final tan violento. Daños colaterales, como dicen en el ejército, pero en ese momento a Butler no le gustó lo que había hecho. Él no mataba a gente inocente. Seguro que Dunwoody era un hombre decente con una familia y una empresa, a lo mejor hasta iba a la iglesia y jugaba con sus nietos.

El teléfono de Dunwoody empezó a parpadear y vibrar a las siete y dos minutos. La llamada era de «Marsha». No dejó ningún mensaje de voz. Marsha esperó seis minutos y volvió a llamar.

«Debe de ser su esposa», pensó Butler. Era muy triste y

todo eso, pero él apenas tenía capacidad de sentir pena o remordimiento.

Daños colaterales. Nunca le había pasado, pero estaba orgulloso de cómo lo había gestionado.

Mike Dunwoody había dejado de beber hacía años, de modo que sus noches de viernes en los bares eran ya historia. A Marsha no le preocupaba que recayera, aunque aún conservaba vívidos recuerdos de los días en que Mike andaba de bar en bar con sus amigos, casi todos los cuales trabajaban en la construcción. En su última llamada de aquella tarde había sido muy concreta: pásate por la tienda y compra medio kilo de pasta y ajo fresco. Iba a hacer espaguetis y su hija iba a ir a cenar. Mike creía que llegaría a casa sobre las seis, después de pasarse por la obra a dejar unos cheques. Con alrededor de diez subcontratistas construyendo ocho casas, vivía pegado al teléfono y, si no cogía una llamada, normalmente era porque estaba hablando por otra línea. Si no podía atender una llamada, sobre todo si era de su esposa, la devolvía casi de inmediato.

A las 19.31, Marsha lo llamó al móvil por tercera vez. Butler miró la pantalla y casi sintió lástima, pero le duró solo un segundo.

La mujer llamó a su hijo y le pidió que condujera hasta la urbanización y buscara a su padre.

A Verno no lo llamaba nadie.

Butler conducía rumbo al norte por carreteras secundarias, alejándose de la costa. Se imaginaba que a esas alturas ya habrían encontrado los cuerpos y la policía sabría que los teléfonos habían desaparecido. Era el momento de deshacerse de ellos. Llegó al pueblo de Neely, de cuatrocientos habitantes, y lo atravesó. Ya había estado antes allí, reconociendo el terreno. El único negocio que parecía estar abierto los viernes por la noche era una cafetería situada en un extremo de la población. La oficina de correos estaba en el otro y tenía un antiguo buzón de color azul en la puerta, junto a un camino de grava. Butler aparcó delante del minúsculo edificio, bajó del coche y se dirigió hacia la puerta; la abrió, entró en el vestíbulo estrecho y vio una pared de pequeños casilleros de apartados de correos. Como no detectó ninguna cámara ni dentro ni fuera, salió del edificio y depositó tranquilamente un sobre acolchado de 13×20 en el buzón.

Dale Black era el sheriff del condado de Harrison. Había terminado de cenar con su esposa y le estaba poniendo el collar a su perro para salir a dar su paseo nocturno por el barrio. Su mujer ya estaba fuera, esperándolos, mirando el móvil. El de él empezó a sonar y le entraron ganas de soltar una palabrota. Era de la centralita, y ninguna llamada que le hicieran desde allí a las ocho de la noche de un viernes era una buena noticia.

Veinte minutos más tarde entró en la urbanización que estaban construyendo y se encontró con un impresionante despliegue de luces de emergencia. Aparcó y se dirigió a toda prisa hacia la escena. Un ayudante del sheriff, Mancuso, estaba esperándolo en la acera. El sheriff vio una camioneta y dijo:

—Esa es la camioneta de Mike Dunwoody.

—Y tanto que lo es.

—¿Dónde está Mike?

—Dentro. Es uno de los dos.

—¿Muerto?

—Sí. Con el cráneo machacado, diría yo. —Mancuso señaló con la cabeza hacia otra camioneta aparcada al otro lado de la casa—. ¿Conoces a su hijo Joey?

—Claro.

—Es ese de ahí. Vino a buscar a su padre, vio su camioneta, se acercó a la casa pero las puertas estaban cerradas. Cogió una linterna y miró por esa ventana delantera de ahí, vio los dos cadáveres en el suelo. No entró a la fuerza, sino que tuvo la sensatez de llamarnos.

—Debe de estar hecho polvo.

—Hecho polvo es poco.

Recorrieron el camino de entrada hasta la casa, dejando atrás a otros agentes y miembros de los servicios de emergencia, todos ellos a la espera de poder hacer algo.

—He abierto la puerta de la cocina a patadas para entrar a echar un vistazo, pero no he permitido que entrara nadie más —dijo Mancuso.

—Bien hecho.

Entraron por la cocina y encendieron todos los interruptores de la luz. Se detuvieron en la entrada del salón e intentaron asimilar la espantosa escena del crimen. Dos cuerpos sin vida, boca abajo, con la cabeza cubierta de sangre, charcos de color rojo oscuro a su alrededor, salpicaduras de pintura, la escalera de mano tumbada de lado.

—¿Has tocado algo? —preguntó Black.

—Nada.

—Supongo que es Mike —dijo Black, al tiempo que lo señalaba con la cabeza.

—Sí.

—¿Y el pintor?

—Ni idea.

—Parece que lleva cartera. Cógela.

En la cartera encontraron un carnet de conducir de Mississippi expedido a nombre de un tal Lanny L. Verno, con domicilio en Gulfport. El sheriff y el ayudante del sheriff estudiaron la escena durante unos minutos, sin decir nada, hasta que Mancuso preguntó:

—¿Alguna corazonada?

—¿Te refieres a teorías sobre lo que ha ocurrido?

—Algo así. Joey me ha dicho que su padre había venido a la urbanización a cerrar la semana, a pagar a los trabajadores subcontratados.

Black se rascó la barbilla y dijo:

—O sea que a Verno lo asaltaron, alguien a quien le caía fatal lo tiró de la escalera. Le partió el cráneo y luego lo remató con la cuerda. Entonces apareció Mike, en el momento equivocado, y tuvo que neutralizarlo. Dos asesinatos. El primero bien planeado y cometido por un motivo. El segundo no estaba planeado y se llevó a cabo para encubrir el primero. ¿Estás de acuerdo?

—No se me ocurre otra cosa.

—Es más que probable que sea obra de alguien que sabe lo que se hace.

—Se trajo la cuerda.

—Yo creo que tenemos que llamar a los chicos de la estatal. No hay prisa. Nosotros protegemos bien la escena y ellos que se encarguen de analizarla.

—Buena idea.

Nunca había vuelto a la escena del crimen. Había leído innumerables historias, algunas ficticias, otras se suponía que ciertas, sobre asesinos que se excitaban volviendo. Y hacerlo nunca entró en sus planes, pero de pronto aquel le pareció el momento adecuado. No había cometido ningún error. Nadie tenía ni idea de nada. Su camioneta gris se parecía a otras mil que había en la zona. Sus matrículas falsas de Mississippi eran tan perfectas que parecían auténticas. Y, si por alguna razón la situación le resultaba amenazante, siempre podía abortar y abandonar el estado.

Se lo tomó con calma y regresó serpenteando hasta la urbanización. Vio las luces antes de llegar a la calle. Estaba cortada por coches patrulla. Al pasar saludó con la cabeza al policía y miró hacia más allá. Un millar de luces rojas y azules iluminaban la calle. Tenía que haber ocurrido algo realmente malo.

Siguió conduciendo; sintió una ligera emoción, pero, desde luego, no excitación.

Poco antes de las diez de la noche, el sheriff Black y el ayudante del sheriff Mancuso se acercaron al pueblo de Neely. En el asiento trasero iba Nic, un universitario de veinte años que trabajaba en la comisaría como técnico a tiempo parcial del departamento. Mantenía la mirada clavada en el iPad y daba indicaciones.

—Estamos llegando —anunció—. Gira a la derecha. Me da la impresión de que está en la oficina de correos.

—¿En la oficina de correos? —repitió Mancuso—. ¿Por qué iba a dejar un móvil robado en una oficina de correos?

—Porque tenía que deshacerse de él —contestó Black.

—¿Por qué no tirarlo al río?

—No lo sé. Eso tendrás que preguntárselo a él.

—Ya estamos —dijo Nic—. Es aquí.

Black entró en el aparcamiento de grava y los tres se quedaron mirando la oscura y desierta oficina de correos de Neely. Nic toqueteó el iPad y dijo:

—Pues está justo ahí, en ese buzón azul.

—Claro —repuso Mancuso—. Tiene todo el sentido del mundo.

—¿Quién es el puñetero jefe de correos de este sitio? —preguntó Black.

—¿Quién querría serlo? —preguntó Mancuso a su vez.

Nic volvió a darle golpecitos a la pantalla y contestó:

—Herschel Dereford. Aquí tenéis su número.

Herschel estaba plácidamente dormido en su casita, a ocho kilómetros de Neely, cuando respondió a la llamada de emergencia de un tal sheriff Black. Tardó unos minutos en entender lo que ocurría y, al principio, Herschel se mostró reacio a intervenir. Decía que, según las directrices federales, no tenía autoridad para abrir «su» buzón y permitir que las autoridades locales hurgaran en «su» correo.

El sheriff Black continuó insistiendo y le informó de que aquella noche, no muy lejos de allí, habían asesinado a dos hombres y que estaban persiguiendo al asesino. La aplicación de rastreo de iPhone los había llevado hasta Neely, hasta «su» oficina de correos y, bueno, era fundamental echarle mano al teléfono cuanto antes. Eso consiguió asustar a Herschel lo suficiente como para que diera el brazo a torcer. Se presentó quince minutos más tarde, pero no le había hecho ninguna gracia que lo llamaran. Masculló algo acerca de violaciones de la ley federal mientras hacía tintinear las llaves. Explicó que recogía el correo todas las tardes a las cinco en punto, cuando cerraba la oficina de correos. Lo recogía un camión de Hattiesburg. Teniendo en cuenta que eran casi las once de la noche, no creía que hubiera nada en el buzón.

El sheriff Black le dijo a Nic:

—Saca el teléfono y grábalo. Todo.

Herschel hizo girar una llave y la puerta delantera del buzón se abrió. Del interior sacó una caja cuadrada de aluminio que depositó en el suelo. No tenía tapa. En su interior había un solo paquete. Mancuso lo iluminó con una linterna.

—Ya les había dicho que no habría gran cosa —señaló Herschel.

—Procederemos con sumo cuidado, ¿de acuerdo? —indicó el sheriff Black—. Bien, voy a sacar mi móvil y a marcar el número de Mike Dunwoody. ¿Entendido?

Los demás asintieron sin apartar la vista del sobre. Al cabo de unos segundos empezó a emitir un tono de llamada.

El sheriff Black colgó. Se tomó unos instantes y después dijo:

—Ahora llamaré al número de Lanny Verno, el que nos ha dado su novia.

Marcó el número, esperó y desde el paquete les llegó el estribillo de «On the Road Again», de Willie Nelson. Tal como les había dicho la novia.

Mientras Nic grababa con su iPhone, Mancuso sujetaba la linterna y Herschel parecía debatirse sobre qué debía hacer, si es que debía hacer algo, el sheriff explicó con calma:

—De acuerdo, hemos llamado a ambos números y cabe suponer que los dos móviles están en el paquete, de unos trece por veinte, aquí, en el buzón. —Se metió una mano en un bolsillo de la cazadora y sacó un par de guantes quirúrgicos. Nic lo grabó todo. Black continuó—: Ahora voy a coger el paquete, el sobre, pero no lo abriremos aquí. Lo más prudente es entregárselo al laboratorio de criminalística de la estatal y dejar que sus expertos lo analicen.

Se agachó, cogió el sobre con delicadeza, lo levantó para que todos lo vieran, y para que Nic lo grabara, y le dio la vuelta. En el reverso había una etiqueta con una dirección impresa en una fuente extraña: «Cherry McGraw, 114 Fairway n.º 72, Biloxi, MS 39503».

Exhaló, murmuró un «¡Mierda!» y estuvo a punto de dejar caer el sobre.

—¿Quién es, jefe? —preguntó Mancuso.

—Es la dirección de mi hija.

Su hija estaba alterada, pero ilesa. Llevaba casada menos de un año y vivía cerca de sus padres. Su marido se había criado en el campo, era un cazador entusiasta y poseía una buena colección de armas. Le aseguró al sheriff que estaban a salvo y que no corrían ningún riesgo.

Mandaron a un ayudante del sheriff a apostarse en el camino de entrada de Black. La esposa del sheriff le prometió a su marido que estaba segura.

Cuando volvían hacia la escena del crimen, Nic, desde el asiento trasero, dijo al fin:

—No creo que tuviera intención de enviarle los teléfonos a tu hija.

El sheriff Black no aguantaba a los tontos, estaba preocupado por otros asuntos y no tenía ganas de escuchar las teorías de un universitario que podría pasar por un chaval de catorce años.

—Vale —contestó.

—Sabía que encontraríamos los teléfonos, así de fácil. Hay unas diez maneras distintas de encontrar un móvil perdido, así que sabía que los localizaríamos. Según el jefe de la oficina, el correo de los viernes por la noche no se recoge hasta el lunes a las cinco de la tarde. Era imposible que el paquete pasara setenta y dos horas ahí sin que nadie lo encontrara. Tenía que saberlo.

—Entonces ¿por qué dirigir el sobre a mi hija?

—No lo sé. Seguro que porque es un psicópata inteligentísimo. Como muchos de ellos.

—O sea que solo se está divirtiendo un poco, ¿no? —dijo Mancuso.

—Ja, ja.

El sheriff no estaba de humor para charlas. Había demasiados pensamientos contradictorios, preguntas sin respuesta y escenarios aterradores.

9

El sobrenombre de «Cleopatra» la había seguido desde el Consejo de Turismo, una agencia estatal mucho más grande en la que trabajó durante unos años como abogada en plantilla. Antes de eso había pasado breves periodos en oficinas estatales que se ocupaban de asuntos tan variados como la salud mental, la calidad del aire y la erosión de las playas. Jamás se sabría quién la bautizó como «Cleopatra» y tampoco estaba claro, al menos para quienes trabajaban en la Comisión de Conducta Judicial, si Charlotte era siquiera consciente de cómo la llamaban sus subordinados. El apodo triunfó porque le pegaba, o porque se daba un aire a la versión de Elizabeth Taylor. Pelo negro como el carbón, largo y liso, con un flequillo odioso que le rozaba las cejas gruesas y que debía de requerir un cuidado constante; capas de base de maquillaje que pugnaban por rellenar las grietas y las arrugas a las que el bótox no llegaba; y lápiz de ojos y rímel suficientes para emperifollar a una decena de prostitutas en Las Vegas. Puede que una o dos décadas antes, Charlotte hubiera tenido una oportunidad de ser guapa, pero los años de trabajo constante y los retoques torpes le habían arrebatado cualquier posibilidad. Una abogada cuya reputación se centraba en los cotilleos sobre lo mal que se maquillaba y lo ajustadas que eran sus prendas y no en sus habilidades legales estaba condenada a trabajar para siempre en el inframundo de la profesión.

Tenía otros problemas físicos. Le gustaban las faldas que eran demasiado cortas y que dejaban al descubierto unos muslos demasiado gruesos. Fuera de la oficina llevaba unos tacones de quince centímetros que parecían dagas y harían sonrojar a una estríper. Llevarlos resultaba anormal y doloroso, por eso iba descalza en su despacho. No tenía gusto para la moda, cosa que no suponía ningún problema en la CCJ, donde lo barriobajero se había convertido en tendencia. El problema de Charlotte era que se las daba de auténtica creadora de estilos. Nadie los seguía.

Lacy había desconfiado de ella desde el primer día, por dos razones. La primera era que Cleo tenía fama de ser una trepa que siempre estaba al acecho de un puesto mejor, algo nada raro en el ámbito de las agencias gubernamentales. La segunda estaba relacionada con la primera, pero resultaba mucho más problemática. A Cleo no le gustaban las mujeres licenciadas en Derecho y las veía a todas como amenazas. Sabía que la mayoría de las contrataciones las llevaban a cabo hombres y, dado que toda su carrera se basaba en el siguiente ascenso, no tenía tiempo para las chicas.

—Puede que tengamos un problema grave —dijo Lacy.

Cleo frunció el ceño, aunque el flequillo le ocultaba bien las arrugas de la frente.

—De acuerdo. Cuéntame.

Era jueves, ya tarde, y la mayoría de sus compañeros ya se habían marchado. La puerta del enorme despacho de Cleo estaba cerrada.

—Estoy a la espera de recibir una denuncia que se presentará con un alias y que será complicada de manejar. No sé qué hacer.

—¿El juez?

—Sin identificar por ahora. Tribunal de distrito, diez años en el cargo.

—¿Vas a tardar mucho en llegar a los trapos sucios?

Cleo se consideraba una tía dura, una abogada que no se andaba por las ramas y no tenía tiempo ni para charlas triviales ni para pamplinas. Solo había que darle los hechos, porque desde luego que sería capaz de manejarlos.

—El presunto delito es asesinato.

El flequillo se bamboleó ligeramente.

—¿Cometido por un juez en activo?

—Eso acabo de decirte.

Lacy no era una persona brusca, pero entraba en todas sus conversaciones con Cleo con la guardia alta, con la lengua preparada para contraatacar, incluso para embestir primero.

—Sí, eso has dicho. ¿Cuándo se produjo el presunto asesinato?

—Bueno, ha habido varios. Presuntos asesinatos. El último fue hace unos dos años, en Florida.

—¿Varios?

—Sí, varios. La persona denunciante cree que pueden ser hasta seis, a lo largo de las últimas dos décadas.

—¿Y tú le crees?

—No he dicho que sea un hombre. Y ahora mismo no sé ni lo que creo. De lo que sí estoy segura es de que él o ella está a punto de presentar una denuncia ante esta oficina.

Cleo se levantó, mucho más baja sin los tacones, y se acercó a la ventana que había detrás de su escritorio. Desde allí tenía unas espléndidas vistas de otros dos edificios de oficinas estatales. Habló dirigiéndose al cristal.

—Bueno, la pregunta es obvia: ¿por qué no ha acudido a la policía? Seguro que ya se la has hecho, ¿verdad?

—En efecto, es obvia y fue mi primera pregunta. Su respuesta fue que no puede confiar en la policía, no en este punto. No puede confiar en nadie. Y está claro que no hay pruebas suficientes para demostrar nada.

—Entonces ¿qué tiene?

—Unas cuantas pruebas coincidentes bastante convincentes. Los asesinatos se produjeron a lo largo de un periodo de veinte años y en varios estados diferentes. Todos los casos están sin resolver y bastante estancados. El juez se cruzó en algún momento de su vida con todas las víctimas. Y cuenta con su propio método para matar. Todos los asesinatos son prácticamente iguales.

—Interesante, hasta cierto punto. ¿Puedo hacer otra pregunta obvia?

—Tú eres la jefa.

—Gracias. Si estos casos están tan estancados y los policías locales se han rendido, ¿cómo narices se supone que vamos a determinar nosotros que el asesino es uno de nuestros jueces?

—Esa es la pregunta obvia, desde luego. No tengo respuesta.

—A mí me parece que no está bien de la cabeza, cosa que, supongo, es lo normal por aquí.

—¿Te refieres a los clientes o al personal?

—A las partes denunciantes. No tenemos clientes.

—Ya. La ley dice que, una vez que se presenta la denuncia, no tenemos más alternativa que investigar las acusaciones. ¿Qué sugieres que hagamos?

Cleo se acomodó de nuevo en su silla giratoria de ejecutiva y volvió a parecer mucho más alta.

—No sé muy bien qué haremos, pero sí te aseguro lo que no haremos. Esta oficina no está preparada para investigar casos de asesinato. Si presenta la denuncia, no tendremos más remedio que remitirla a la policía estatal de Florida. Así de sencillo.

Lacy esbozó una sonrisa falsa y dijo:

—Me parece bien. Pero tengo dudas sobre si llegaremos a ver la denuncia.

—Esperemos que no.

La estrategia inicial fue informar a Jeri por correo electrónico e intentar evitar cualquier potencial melodrama. Lacy le envió una escueta nota formal que decía:

> Margie: Tras reunirme con nuestra directora, lamento informarte de que la denuncia que planteabas no será tramitada por nuestra oficina. Si la presentas, será remitida a la policía estatal.

Pocos segundos después recibió una llamada de un número no identificado en el móvil. En circunstancias normales la habría ignorado, pero se imaginó que sería Jeri, que inició la conversación con cordialidad:

—No podéis recurrir a la policía estatal. La ley dice que la investigación de las acusaciones os corresponde a vosotros.

—Hola, Jeri. Oye, ¿cómo estás?

—Pues ahora fatal. Es que no me lo creo. Resulta que yo estoy dispuesta a jugarme el pellejo y a presentar una denuncia, pero que la CCJ no tiene cojones para investigarla. A lo único que estáis dispuestos es a quedaros de brazos cruzados y a mover papeles de un sitio a otro mientras ese tío se sale con la suya y sigue matando.

—Creía que no te gustaban los teléfonos.

—Y no me gustan. Pero este no puede rastrearse. ¿Qué quieres que haga ahora, Lacy? ¿Que recoja veinte años de trabajo y dedicación y me vuelva a casa, que haga como si no hubiera pasado nada? ¿Que permita que el asesino de mi padre se vaya de rositas? Ayúdame, Lacy.

—La decisión no depende de mí, Jeri, te lo prometo.

—¿Has recomendado que la CCJ lo investigue?

—No hay nada que investigar, no hasta que se presente una denuncia formal.

—¿Para qué voy a tomarme la molestia de presentarla si

lo único que vais a hacer es salir corriendo a la policía? Me parece increíble, Lacy. Te juro que pensaba que tenías más agallas. Estoy perpleja.

—Lo siento, Jeri, pero hay casos que, sencillamente, no estamos preparados para gestionar.

—Eso no es lo que dice la ley. La ley ordena que la CCJ evalúe todas las denuncias que se presenten contra cualquier juez. No hay ni una sola palabra que diga que la CCJ pueda largarle la denuncia a la policía hasta después de haber hecho la evaluación. ¿Quieres que te envíe una copia del estatuto?

—No, no hace falta. La decisión no la he tomado yo, Jeri. Por eso existen los jefes.

—De acuerdo, le enviaré el estatuto a tu jefa. ¿Cómo se llama? La vi en la página web.

—No lo hagas. Ya conoce la ley.

—Pues no lo parece. ¿Qué tengo que hacer ahora, Lacy? ¿Olvidarme de Bannick? Le he dedicado los últimos veinte años.

—Lo siento, Jeri.

—No, no lo sientes. Pensaba ir el sábado y reunirme contigo en privado, exponerte todo lo de los seis asesinatos. Oriéntame un poco, Lacy.

—Este fin de semana estaré fuera de la ciudad, Jeri. Perdona.

—Qué casualidad. —Tras una larga pausa, se despidió con un—: Piénsatelo, Lacy. ¿Qué vas a hacer cuando vuelva a matar? ¿Eh? En algún momento, tú y tu CCJ os convertiréis en cómplices.

Colgó.

10

Con la disciplina cada vez más en declive, los viernes eran tranquilos en la oficina. Los viernes por la tarde eran como estar en una tumba, pues los altos cargos se iban a disfrutar de largos almuerzos de los que ya no volvían y el menguante personal contratado se escabullía en cuanto Cleo cerraba la puerta. A nadie le preocupaba mucho, porque Sadelle trabajaría hasta el anochecer y atendería cualquier posible llamada telefónica.

Lacy se marchó antes de la hora de comer sin intención de volver. Se fue a casa, se puso unos pantalones cortos, metió unas cuantas prendas en una bolsa de viaje, escondió una llave para Rachel, su nueva vecina, que también era la encargada de cuidarle al perro y, poco antes de la una de la tarde, se subió al coche con su novio y salió pitando hacia Rosemary Beach, a dos horas y media al oeste por la costa del golfo. Había más de veinticinco grados y ni una sola nube a la vista. No llevaba portátil ni expedientes ni documentos de ningún tipo. Y, según su acuerdo, Allie iba igual de desarmado: había dejado en su apartamento toda prueba de a qué se dedicaba. Solo se permitían los teléfonos móviles.

El objetivo obvio del fin de semana era salir de la ciudad, olvidarse del trabajo, jugar bajo el sol y ponerse morenos. La verdadera razón era mucho más seria. Ambos comenzaban a acercarse a los cuarenta y no tenían claro su futuro, ya fuera juntos o separados. Llevaban más de dos años siendo pareja y ya habían dejado atrás las fases iniciales de la relación: las citas, el sexo, el pasar la noche en un piso o el otro, los viajes, las presentaciones a las familias, las declaraciones a los amigos de que, en efecto, eran pareja, el tácito compromiso de fidelidad. No había ni un solo indicio de que ninguno de los dos quisiera dejar la relación; de hecho, ambos parecían felices de que siguiera adelante.

Lo que preocupaba a Lacy, y no estaba segura de si también preocupaba a Allie, era la incertidumbre del futuro. ¿Dónde estarían dentro de cinco años? Ella tenía serias dudas respecto a seguir mucho más tiempo en la CCJ. La frustración de Allie con el FBI era cada vez mayor. Le encantaba su trabajo y estaba orgulloso de lo que hacía, pero las semanas de setenta horas empezaban a pasarle factura. Si trabajara menos, ¿podrían pasar más tiempo juntos? Y de ser así, ¿llevaría eso a un acercamiento? ¿Les permitiría decidir al fin si se querían? Se decían «Te quiero» de vez en cuando, a veces casi como un juego, pero ninguno de los dos daba la sensación de estar totalmente comprometido con la expresión. La habían evitado durante el primer año y todavía la utilizaban a regañadientes.

Lo que a Lacy le daba miedo era no llegar a quererlo nunca de verdad, sino que la relación se arrastrara de una etapa a la siguiente hasta que ya no quedara más que una boda. Y entonces, a los cuarenta o cuarenta y tantos años, ya no sería capaz de dejarla. Se casaría con un hombre al que adoraba, pero al que en realidad no amaba. ¿O sí lo amaba?

La mitad de sus amigas le decían que, después de dos años, tenía que librarse de él. La otra mitad le aconsejaba que lo amarrara bien antes de que se le escapase.

En teoría, aquel fin de semana iba a dar respuesta a sus preguntas más serias, aunque Lacy había leído suficientes novelas malas y visto suficientes comedias románticas para saber que el gran apogeo, la gran escapada romántica, rara vez funcionaba. Los matrimonios que se desmoronaban no solían salvarse con unos días de playa, y los noviazgos con dificultades tampoco cobraban fuerza ni encontraban una definición clara.

Sospechaba que se lo pasarían bien tomando el sol mientras evitaban hablar del futuro y se limitaban a seguir postergando el problema.

—Estás preocupada por algo —dijo Allie, que continuó conduciendo con la mano izquierda y le acarició la rodilla con la derecha.

El fin de semana acababa de empezar y era demasiado pronto para meterse de lleno en asuntos serios, así que reaccionó con rapidez y respondió:

—Tenemos un caso que me está quitando el sueño.

—No sueles estresarte con tus casos.

—No suelen ser de asesinato.

La miró con una sonrisa y dijo:

—Cuenta.

—No puedo, ya lo sabes. Mis casos son estrictamente confidenciales como los tuyos. Aunque creo que podrías hacerte una idea de la historia si nos ceñimos a lo hipotético.

—Soy todo oídos.

—Vale, hay un juez, un juez hipotético, que digamos que tiene unos cincuenta años, lleva unos diez años en el cargo y es un sociópata. ¿Me sigues?

—Claro. Es un sociópata como la mayoría de los jueces, ¿no?

—Venga. Te estoy hablando en serio.

—Vale. Estudiamos a ese tipo de sujetos cuando nos formamos en Quantico. En la Unidad de Análisis de Conducta (UAC). Forma parte de nuestra formación rutinaria. Pero eso fue hace mucho tiempo y todavía no me he topado con ninguno en mi trabajo. Mi especialidad son los asesinos a sangre fría que trafican con cocaína y los neonazis que envían bombas por correo. Sigue.

—Todo lo que voy a contarte son especulaciones, nada que pueda probarse, al menos de momento. Según mi testigo, también anónima y demasiado aterrorizada para dar la cara, el juez ha asesinado al menos a seis personas a lo largo de los últimos veinte años. Seis asesinatos en seis estados distintos. Conocía a las seis víctimas, había tenido problemas con todas, claro, y las acechó con paciencia hasta el momento adecuado. Todos los asesinatos siguieron el mismo método: estrangulación con el mismo tipo de cuerda, todo igual. Su firma. Escenas del crimen perfectas, sin pruebas, solo la cuerda alrededor del cuello.

—¿Todos casos sin resolver?

—Sin resolver y abandonados. La policía no tiene nada: ni testigos, ni huellas, ni fibras, ni marcas de botas, ni sangre, ni móvil. Nada en absoluto.

—Si los conocía, entonces debe de haber un móvil.

—¡Qué agente del FBI tan listo!

—Gracias. Pero es bastante obvio.

—Sí. Los móviles varían. Algunos parecen serios, otros triviales. No los conozco todos.

—Él cree que son serios.

—Eso es.

Allie le quitó la mano derecha de la rodilla y se rascó la barbilla con ella. Al cabo de un momento preguntó:

—Y te lo han asignado a ti, ¿no?

—No. La testigo todavía no ha presentado la denuncia formal contra el juez. Está demasiado asustada. Y ayer Cleopatra me dijo que la CCJ no va a meterse en una investigación de asesinato.

—¿Y qué pasa ahora, entonces?

—Nada, supongo. Si no hay denuncia, no podemos hacer nada. Al juez no se le toca ni un pelo y sigue dedicándose a sus asuntos, aunque incluyan el asesinato.

—Parece que crees a la testigo.

—Así es. Llevo dándole vueltas desde el lunes, el día que la conocí, y he llegado a la conclusión de que la creo.

—¿Por qué no puede acudir a la policía con su sospechoso?

—Por varias razones. Una, está muerta de miedo y convencida de que el asesino se enterará y añadirá su nombre a su lista. Puede que su mayor duda sea que la policía no tiene motivos para creerla. Los polis de un pequeño pueblo de Carolina del Sur no tienen tiempo de preocuparse por un caso sin resolver en el sur de Florida. Los polis de Little Rock no tienen tiempo para un asesinato parecido ocurrido cerca de Chattanooga y para el que no hay pruebas.

Allie asintió mientras pensaba.

—Eso son cuatro. ¿Dónde fueron los otros dos?

—Todavía no me lo ha dicho.

—¿A quién asesinó en Little Rock?

—A un periodista.

—¿Y por qué había añadido su nombre a la lista?

—Nos estamos alejando de lo hipotético, agente Pacheco. No puedo darle más detalles.

—Lo entiendo. ¿Le has hablado del FBI?

—Sí, por encima, y de momento no muestra ningún interés. Está convencida de que es demasiado peligroso y también alberga serias dudas de que tu agencia quiera involucrarse. ¿Por qué iba a entusiasmarse el FBI con una retahíla de asesinatos que no tiene ninguna posibilidad de resolver?

—A lo mejor se sorprende de lo que somos capaces de hacer.

Lacy reflexionó sobre ello durante varios kilómetros, mientras escuchaban la radio y zigzagueaban entre el tráfico. Allie excedía los límites de velocidad de manera compulsiva y cuando el radar lo pillaba, al menos dos veces al año, le encantaba sacar su placa y guiñarle un ojo al agente de tráfico. Se jactaba de que nunca le habían puesto una multa.

Lacy le preguntó:

—¿Cómo irían las cosas? Me refiero a si la testigo decidiera desvelárselo todo al FBI.

Allie se encogió de hombros.

—No lo sé, pero puedo averiguarlo.

—Todavía no. Tengo que ser muy precavida con esta testigo. Está muy afectada.

—¿Afectada?

—Sí, su padre fue la víctima número dos.

—Ostras. Esto se pone cada vez mejor.

La costumbre más odiosa de Allie, hasta la fecha, era la de morderse las uñas, y solo las de la mano izquierda. Nunca atacaba las de la derecha. Cuando empezaba a mordisqueárselas era porque estaba absorto en algo, y Lacy casi oía cómo se estrujaba las meninges.

Unos kilómetros más tarde, mirando el parabrisas con el ceño fruncido, Allie dijo:

—Esto es bastante fuerte. Hipotéticamente, digamos que estás en una sala con un cuerpo policial, con nosotros, con la local, con la estatal, con quien sea, y dices: «Aquí tenéis a vuestro asesino». Nombre, profesión, documento identificativo, dirección. Y aquí están sus seis víctimas, todas estranguladas en los últimos veintitantos años y...

—Y no hay manera de demostrarlo.

—Y no hay manera de demostrarlo. A menos que.

—¿A menos que qué?

—A menos que se encuentren las pruebas del propio asesino.

—Eso requeriría una orden judicial, ¿no? Un documento imposible de obtener sin una causa probable. Y aquí no hay causa alguna, solo unas cuantas especulaciones descabelladas.

—Me pareció oírte decir que la creías.

—En principio sí.

—No estás convencida.

—No siempre. Tienes que admitir que es muy rebuscado.

—Sí, desde luego. Nunca había oído una cosa igual. Aunque, bueno, ya sabes que yo me dedico a perseguir a otro tipo de delincuentes.

—Conseguir una orden judicial es poco probable. Además, seguro que está paranoico y es demasiado listo para que lo cojan.

—¿Qué sabes de él?

—Nada. Es solo una hipótesis.

—Venga, si ya hemos llegado hasta aquí...

—Soltero, nunca se ha casado, diría que vive solo. Cámaras de seguridad por todas partes. Un juez respetado que sale lo suficiente para resultar aceptable desde el punto de vista social. Muy bien considerado entre sus colegas y los abogados. Y entre los votantes. Tú eres el que hace los perfiles, ¿qué más quieres?

—Yo no hago perfiles. Te repito que ese es un departamento distinto.

—Vale. Entonces, si cogieras los seis asesinatos y se los presentaras a los mejores creadores de perfiles del FBI sin mencionarles al sospechoso, ¿qué dirían?

—No tengo ni idea.

—Pero ¿podrías preguntarle a alguien? Así, como de forma extraoficial...

—¿Para qué? Ya sabes quién es el asesino.

Su hotel favorito era el Lonely Dunes, un pequeño y pintoresco establecimiento con carácter propio, cuarenta habitaciones —todas ellas con vistas al mar— y situado a apenas unos centímetros de la arena. Se registraron, dejaron las maletas sin deshacer en la habitación y bajaron a toda prisa a la piscina, donde buscaron una mesa a la sombra y pidieron la comida y una botella de vino frío. Una pareja joven retozaba en el extremo opuesto de la piscina; algo estaba ocurriendo justo debajo de la superficie. Al otro del patio, el golfo lanzaba intensos destellos azules mientras el sol caía a plomo sobre él.

Cuando ya habían vaciado la mitad de sus respectivas copas, el móvil de Allie empezó a vibrar sobre la mesa.

—¿Qué pasa? —preguntó Lacy.

—Perdona.

—Creía que habíamos acordado que nada de móviles durante la comida. Yo me he dejado el mío en la habitación.

Allie levantó el teléfono y dijo:

—Es el tipo del que te he hablado. Conoce a un par de los responsables de perfiles.

—No. Deja que suene. Te he contado demasiado y no quiero hablar del caso.

Al final el teléfono dejó de vibrar. Allie se lo guardó en el bolsillo como si no fuera a volver a tocarlo en su vida. Les llevaron las ensaladas de cangrejo y el camarero les sirvió más vino. Como si los hubieran estado esperando, las nubes aparecieron de golpe y el sol desapareció.

—Probabilidad de chubascos dispersos —dijo Allie—. Según recuerdo de mi aplicación del tiempo, que sigue en mi móvil, que está guardado en mi bolsillo y es intocable.

—Pasa de todo. Si llueve, que llueva. No vamos a movernos de aquí. Una pregunta.

—Dime.

—Son casi las tres de la tarde de un viernes. ¿Tu jefe sabe dónde estás?

—No exactamente, pero sí sabe que me he ido de fin de semana con mi novia. ¿Y Cleopatra?

—Me da igual si lo sabe o no. Y a ella también. Se largará en unos cuantos meses.

—¿Y tú, Lacy? ¿Cuánto tiempo piensas seguir ahí?

—Esa es la pregunta del millón, ¿no? Llevo demasiado tiempo en un sitio que es un callejón sin salida, hace tiempo que tendría que haberme marchado. Pero ¿adónde?

—No es un callejón sin salida. Disfrutas de tu trabajo y eso es importante.

—Quizá. A lo mejor de vez en cuando. Pero ya no es lo que se dice un reto. Me aburre y creo que te lo digo demasiado a menudo.

—Oye, que soy yo. Puedes contármelo todo.

—¿Mis más profundos y oscuros secretos?

—Por favor. Me encantaría oírlos.

—Pero tú no me los contarías, Allie. No estás hecho de esa pasta. Eres demasiado «agente» para bajar la guardia.

—¿Qué quieres saber?

Lacy le sonrió y bebió un sorbo de vino.

—Vale. ¿Dónde estarás dentro de un año?

Allie frunció el ceño y desvió la mirada.

—Eso es un golpe bajo. —Él también bebió vino—. No lo sé, la verdad. Llevo ocho años en el FBI y me encanta. Siempre había pensado que sería de por vida, que perseguiría a los malos hasta que a los cincuenta me metieran en una oficina y a los cincuenta y siete me dieran la patada, lo preceptivo. Pero ahora no lo tengo tan claro. Mi trabajo es por lo general emocionante y rara vez aburrido, pero está claro que es para alguien más joven. Veo a los compañeros que rondan los cincuenta y están quemados. Cincuenta no son tantos años, Lacy. No sé cómo terminará mi carrera de agente.

—¿Has pensado en dejarlo?

—Sí. —Le costó admitirlo, y Lacy dudó que lo hubiera verbalizado antes. Allie olisqueó el vino, bebió un poco y continuó—: Hay otra cosa. Llevo cinco años en Tallahassee y es hora de cambiar. Cada vez hay más rumores de traslado. Es parte de la profesión, algo que todos esperamos.

—¿Van a trasladarte?

—No he dicho eso. Pero puede que haya presiones a lo largo de los próximos meses.

Lacy se sintió aturdida, pero intentó que no se le notara. Al cabo de un momento se sorprendió de lo perturbador que le resultaba. La idea de no estar con Allie era..., bueno, inconcebible. Con la voz calmada consiguió preguntarle:

—¿Adónde irías?

Allie miró a su alrededor con despreocupación, como aprenden a hacerlo los agentes astutos, y no vio a nadie ni lo más remotamente interesado en ellos, así que contestó:

—Esto es confidencial. El director está organizando un cuerpo especial contra los grupos de odio a nivel nacional y medio me han invitado a presentarme a las pruebas para formar parte del equipo. No he dicho ni que sí ni que no y, si dijera que sí, no hay ninguna garantía de que me cojan. Pero es un grupo prestigioso de agentes de élite.

—Vale. ¿Adónde te mandarían?

—O a Kansas City o a Portland. Pero todo es provisional.

—¿Te has cansado de Florida?

—No. Me he cansado de perder los fines de semana persiguiendo cárteles. Me he cansado de vivir en un apartamento barato y de no tener claro el futuro.

—No soy capaz de llevar una relación a distancia, Allie. Prefiero tenerte cerca.

—Bueno, de momento no tengo intención de marcharme. Es solo una posibilidad. ¿Podemos hablar de ti?

—Soy un libro abierto.

—Todo lo contrario. La misma pregunta: ¿dónde estarás dentro de un año?

Lacy bebió un poco de vino. El camarero pasó por allí, se detuvo el tiempo justo para rellenarles las dos copas y desapareció.

—La verdad es que no lo sé —repuso al mismo tiempo que negaba con la cabeza—. Dudo que esté en la CCJ, pero eso ya llevo varios años diciéndolo. No sé si tengo agallas para dimitir y renunciar a un trabajo seguro.

—Eres licenciada en Derecho.

—Sí, pero tengo casi cuarenta años y no me he especializado en nada, justo lo contrario de lo que quieren los bufetes. Si me estableciera por mi cuenta y me pusiera a redactar testamentos me moriría de hambre. No he escrito uno en mi vida. Mi única opción es hacer lo que hacen la mayoría de los abogados de la administración pública: ascender en la cadena alimentaria para que me paguen más. Pero creo que quiero algo distinto, Allie. Tal vez sea una crisis de madurez a los cuarenta años. ¿Te interesa?

—¿Qué tal una crisis conjunta?

—Algo así. Más bien una colaboración. Mira, ambos tenemos dudas sobre nuestro futuro. Tenemos más o menos cuarenta años, seguimos solteros y sin hijos y podemos permitirnos el lujo de correr riesgos, de hacer alguna estupidez, estamparnos y volver a levantarnos.

Ahí estaba. Por fin encima de la mesa. Lacy respiró hondo, no podía creerse que hubiera llegado tan lejos y observó la expresión de Allie con atención. Era de curiosidad y sorpresa.

—Ha habido un par de palabras importantes en esa frase —dijo él—. La primera es «permitirnos». A mi edad, yo no estoy en condiciones de dejar de trabajar y lanzarme de cabeza a una crisis.

—¿Cuál era la segunda palabra?

—«Estupidez».

—Solo era una forma de hablar. Por regla general, ninguno de los dos hacemos estupideces.

El camarero apareció con una bandeja y empezó a recoger la mesa. Cuando cogió la botella de vino vacía, preguntó:

—¿Otra?

Ambos negaron con la cabeza.

Cargaron la comida a la habitación, que costaba doscientos dólares la noche, fuera de temporada. Cuando se fueran el domingo, se repartirían la cuenta. Trataban de pagarlo todo a medias. Ambos ganaban unos setenta mil dólares al año. No podía considerarse suficiente para jubilarse, pero en realidad nadie había hablado de jubilarse.

Salieron de la piscina y se acercaron a la orilla del mar, donde comprobaron que el agua estaba demasiado fría incluso para darse un chapuzón rápido. Cogidos del brazo, pasearon por la playa sin rumbo fijo, como las olas.

—Tengo que confesarte algo —dijo Allie.

—Tú nunca haces confesiones.

—Vale, tú lo has querido. Llevo un año ahorrando para comprarte un anillo.

Lacy se detuvo en seco, se soltaron y se miraron.

—¿Y? ¿Qué ha sido de él?

—No te lo he comprado porque no estoy seguro de si lo aceptarías.

—¿Y tú estás seguro de que quieres ofrecérmelo?

Allie dudó, durante demasiado rato, y al final dijo:

—Eso es lo que tenemos que decidir, ¿no, Lacy? ¿Adónde va esto?

Ella se cruzó de brazos y se dio unos golpecitos en los labios con el dedo índice.

—¿Quieres tomarte un descanso, Allie?

—¿Un descanso?

—Sí, darte un respiro. De mí.

—La verdad es que no. ¿Y tú?

—No. Me gusta tenerte cerca.

Se sonrieron, se abrazaron y continuaron caminando por la playa. Sin haber resuelto nada.

11

El correo electrónico le llegó a las 21.40 del domingo, cuando Jeri estaba sola, como siempre, en su casa adosada, preparándose las clases de la semana y planteándose si ver algo en la tele. La notificación era de una de las varias direcciones que mantenía de forma permanente, bien protegida y poco utilizada. Solo cuatro personas tenían acceso a ella y nadie podía seguirla. La persona que había al otro lado era un hombre a quien no había conocido nunca, al que desde luego nunca tendría motivos para conocer y cuyo verdadero nombre no sabía. Cuando Jeri le pagaba, siempre en efectivo, enviaba el dinero por correo, dentro de un libro de bolsillo fino y en un paquetito, al buzón de un apartado de correos de Camden, Maine, a nombre de una vaga organización llamada KL Data.

Él tampoco conocía su nombre. En internet, Jeri empleaba el seudónimo de «LuLu», y eso era lo único que el hombre quería o necesitaba saber. Como en este caso:

Hola, LuLu. Tengo una cosita que podría interesarte.??

¿LuLu? Jeri sonrió y negó con la cabeza, algo desconcertada ante la cantidad de personalidades que había construido a su alrededor a lo largo de los últimos veinte años. Sobrenombres, apartados de correos temporales, disfraces faciales, direcciones de correo electrónico impenetrables con autenticación de dos factores, una bolsa de teléfonos y móviles de prepago baratos.

En su solitario mundo se refería a aquel hombre como KL y, puesto que no tenía ni idea de qué significaban esas iniciales, lo había bautizado como Kenny Lee. Según una referencia de hacía años, en el pasado Kenny Lee había trabajado como agente de la ley, pero Jeri desconocía cómo y por qué había terminado aquella carrera profesional. Sí sabía, en cambio, que KL había perdido a un hermano en un asesinato sin resolver, un caso también estancado que lo obsesionaba y lo había orientado hacia su actual vocación.

—Vaya, hola, Kenny Lee —murmuró.

Le respondió:

¿Cuántas horas?

Menos de tres.

De acuerdo.

Jeri nunca había oído la voz del hombre y no tenía ni idea de si contaba cuarenta u ochenta años. Llevaban casi diez manteniendo aquella relación, si es que podía denominarse así. Se dijo: «A ver qué me ofreces, Kenny Lee».

El hombre cobraba una tarifa de doscientos dólares la hora y ella no podía permitirse sorpresas. Era un investigador independiente, un pistolero solitario que no rendía cuentas a nadie y trabajaba para cualquiera que estuviera dispuesto a pagar sus tarifas. Trabajaba para familias de víctimas, para policías de pueblos pequeños en decenas de estados, para el FBI, para periodistas de investigación, para novelistas y para productores de Hollywood. Él era la fuente ideal para todo el que buscara datos sobre delitos violentos. Casi nunca salía de su sótano y vivía conectado a internet rebuscando, troleando, recopilando, informando y vendiendo sus datos. Absorbía las estadísticas de asesinatos de los cincuenta estados y no habría resultado extraño que pasara más tiempo en el centro para el análisis de crímenes violentos del FBI que cualquier otra persona tanto de dentro como de fuera de la agencia.

Cuando se trataba de un asesinato, y en especial de un asesinato sin resolver, Kenny Lee era tu hombre. Por encima de la mesa dirigía su pequeña empresa a través de un abogado de Bangor que se encargaba de los contratos y de las transferencias de los honorarios. Su negocio funcionaba única y exclusivamente mediante el boca a boca y siempre de forma discreta. KL no se publicitaba y podía decirle que no a cualquiera. Por debajo de la mesa utilizaba alias y correos electrónicos codificados y cobraba sus honorarios en efectivo, cualquier cosa con tal de proteger la identidad de sus clientes y de los asesinos a los que acechaban.

Una hora después Jeri estaba sentada en la oscuridad, esperando, preguntándose qué haría si KL tenía otra víctima. No siempre acertaba. Nadie podía acertar siempre. Diez meses antes, Kenny Lee había aparecido de la nada y le había hablado de un estrangulamiento en Kentucky que al principio parecía prometedor. Jeri le pagó cuatro horas de trabajo y luego se pasó dos meses investigando antes de llegar a un callejón sin salida, bastante abrupto, cuando la policía detuvo a un hombre que confesó.

KL le había enviado una nota diciéndole que era una pena, que así era la vida. Seguía miles de casos en todo el país y muchos eran antiguos y no se resolverían jamás.

Todos los años, en Estados Unidos, se producían unos trescientos asesinatos clasificados de manera oficial como ahogamiento/estrangulamiento/asfixia. La mitad de ellos consistían en una embestida contra la garganta de la víctima para poner fin a una disputa doméstica y, por lo general, esos casos se resolvían con rapidez.

Los demás tenían que ver con estrangulación, con el acto de enredar algo con violencia alrededor del cuello, y en ellos el asesino solía dejar la ligadura en la escena del crimen. Cables eléctricos, cinturones, pañuelos, alambre de enfardar, cadenas, cordones de botas, perchas y cuerdas y cordeles de muchas marcas y variedades. El tipo de cuerda de nailon que habían utilizado para matar a su padre se usaba muchísimo. Era fácil de conseguir en cualquier tienda y en internet.

La mayoría de los asesinatos de esta segunda categoría no se resolvía nunca.

El ordenador portátil de Jeri emitió un pitido. Lo abrió, siguió sus protocolos de autenticación e insertó sus claves. Era Kenny Lee:

Hace cinco meses, en Biloxi, Mississippi, condado de Harrison, una víctima llamada Lanny Verno fue encontrada estrangulada. Todavía no tengo fotos de la escena del crimen, pero puede que pronto sí. La descripción de la ligadura se parece. Cuerda de nailon de un centímetro y atada con el mismo nudo para mantener la presión. Herida grave en la cabeza, es probable que anterior a la muerte. El fallecido tenía treinta y siete años y era pintor de casas, asesinado en el trabajo, sin testigos. Sin embargo, hubo una complicación. La policía cree que un testigo apareció en el momento equivocado y corrió la misma suerte, aunque sin cuerda. Heridas graves en la cabeza. La hipótesis de la policía es que la segunda víctima había pasado a entregarle un cheque a Verno —era viernes por la tarde y Verno esperaba cobrar— y que el segundo asesinato no fue planeado. El de Verno, por el contrario, sí estaba planeado. No hay pruebas en la escena del crimen, aparte de la cuerda. No hay muestras de sangre de nadie salvo de las dos víctimas. Ni fibras, ni huellas, ni restos, ni testigos. Otra escena limpia..., demasiado limpia. Investigación activa con poca información a la prensa. El expediente está sellado herméticamente, por eso no tengo fotos ni informes de autopsia. Como bien sabes, esto siempre lleva tiempo.

KL hizo una pausa para darle tiempo a Jeri a responder. Ella negó con la cabeza, frustrada, al recordar sus a menudo inútiles esfuerzos por revisar expedientes policiales que llevaban años acumulando polvo. Como siempre ocurría, cuantas menos pistas tenían los investigadores, más celosos se mostraban a la hora de proteger sus expedientes. No querían que nadie se enterara de sus insignificantes progresos.

Escribió:

¿Qué sabes de la cuerda y el nudo?

El método y el móvil. El primero estaba a plena vista para que los inspectores lo consideraran y los técnicos de laboratorio lo analizaran. El segundo, en cambio, podía requerir semanas y meses de rastreo.

KL respondió:

Tengo el informe que presentó el laboratorio de criminalística del estado en el centro para el análisis de crímenes violentos del FBI. La cuerda se describe como de nailon, de color verde, un centímetro de grosor, un trozo de setenta y cinco centímetros, atada y bien fijada y abandonada en la escena del crimen, obviamente. No se menciona ningún nudo, torniquete, trinquete o dispositivo de cualquier forma que mantuviera la cuerda en su sitio. El informe no contiene fotos. El crimen está, por supuesto, sin resolver, y la investigación abierta y en pleno desarrollo, por lo que la policía custodia la mayoría de los detalles relevantes. Procedimiento estándar. La misma jugada defensiva de siempre.

Jeri se fue a la cocina y sacó un refresco light de la nevera. Abrió la tapa, bebió un trago y volvió al sofá y a su portátil. Escribió:

De acuerdo, adelante. Envíame lo que tengas. Gracias.

Con mucho gusto. Dentro de quince minutos.

Si ibas por la Interestatal 10 a lo largo de la costa del golfo, Mobile estaba a solo una hora de Biloxi, pero las dos ciudades se hallaban en estados distintos, en mundos diferentes. El *Press-Register* de Mobile tenía pocos lectores en el estado vecino y el *Sun Herald* de Biloxi tenía aún menos suscriptores en Alabama.

A Jeri no le extrañaba que la prensa de Mobile no hubiera cubierto un doble asesinato perpetrado a cien kilómetros de distancia. Abrió el portátil, activó su VPN de seguridad y empezó a buscar. El sábado 19 de octubre, la primera página del *Sun Herald* estaba ocupada por la primicia de los dos homicidios. Mike Dunwoody era un constructor muy conocido en Biloxi y en la costa del golfo. Había una foto de Mike, sacada del sitio web de su empresa. Dejaba esposa —Marsha—, dos hijos y tres nietos. Los preparativos de su funeral aún no habían concluido cuando se había publicado el artículo.

De Lanny Verno se sabía mucho menos. Vivía en un parque de caravanas cercano a Biloxi. Un vecino había declarado que llevaba allí un par de años. Su novia iba y venía. Uno de sus empleados decía que Lanny era de algún rincón de Georgia, pero que había vivido en todas partes.

A lo largo de los siguientes días, el *Sun Herald* se esforzó mucho por mantener la historia viva. La policía permaneció increíblemente callada y no comentó casi nada. La familia

Dunwoody no decía ni una palabra. El funeral se celebró en una iglesia grande y atrajo a una multitud importante. A petición de la familia, los ayudantes del sheriff se encargaron de mantener alejados a los periodistas. Un primo lejano de Verno se presentó a regañadientes para reclamar el cuerpo y llevárselo de vuelta a Georgia. Tuvo un enfrentamiento con un reportero. Una semana después de los asesinatos, el sheriff Black convocó una rueda de prensa y no divulgó nada nuevo. Un periodista le preguntó si se había encontrado algún teléfono móvil en la escena del crimen, lo cual le granjeó un firme: «Sin comentarios».

«Pero ¿no es cierto que se hallaron dos teléfonos móviles en un buzón de correos en Neely?».

El sheriff puso la misma cara que si alguien acabara de revelar el nombre del asesino, pero consiguió reponerse con un adusto: «Sin comentarios».

Casi todas las demás preguntas recibieron la misma respuesta.

La falta de cooperación por parte del sheriff alimentó las habladurías de que se estaba cociendo algo gordo, de que tal vez se mostraran tan reservados porque estaban cerca del asesino y no querían asustarlo.

Sin embargo, no ocurrió nada y los días se convirtieron en semanas y en meses. La familia Dunwoody anunció una recompensa de veinticinco mil dólares a cambio de cualquier información sobre los asesinatos. Eso atrajo una avalancha de llamadas de chiflados que no sabían nada.

De la familia Verno no se tuvieron noticias en ningún momento.

A medianoche, Jeri estaba bebiendo café cargado y preparándose para otra noche en vela ante el ordenador. KL le envió su resumen junto con una copia del informe oficial sobre crímenes violentos que la policía del estado de Mississippi había presentado ante el FBI.

Jeri ya había pasado por esto muchas veces y no tenía ganas de abrir otro expediente.

12

La CCJ estaba gobernada por una junta directiva de cinco miembros, todos ellos jueces y abogados jubilados que gozaban del favor, o algo parecido, del gobernador. A los grandes donantes y a los pesos pesados se les premiaba con nombramientos mucho más prestigiosos que los de la CCJ: consejos universitarios, comisiones de juegos de azar y similares, puestos con buenos presupuestos y beneficios que permitían a los elegidos viajar y codearse con los poderosos, mientras que los miembros de la junta de la CCJ recibían comidas, habitaciones y cincuenta centavos por kilómetro. Se reunían seis veces al año —tres en Tallahassee y tres en Fort Lauderdale— para revisar casos, celebrar audiencias y, de vez en cuando, regañar a los jueces. La destitución era poco frecuente. Desde la creación de la CCJ en 1968, solo tres jueces habían sido expulsados del cargo.

Cuatro de los cinco miembros de la junta se reunieron a última hora de la mañana del lunes en una sesión programada. El quinto puesto estaba vacante y el gobernador se encontraba demasiado ocupado para asignárselo a alguien. Sus dos últimos elegidos rechazaron la invitación, así que había dicho que al diablo. Las reuniones se celebraban en una sala prestada en el Tribunal Supremo, porque la suite de la CCJ era demasiado deprimente para ocuparla durante todo un día.

El primer punto de la agenda era una cita a las diez con la directora, un repaso privado de una hora de duración de los casos asignados a la agencia, las finanzas, el personal y demás. Se había convertido en un ritual desagradable, porque Charlotte Baskin ya tenía un pie fuera y todos lo sabían.

Después de cubrir el expediente con ella, los miembros tenían programado continuar con la lista de casos pendientes.

Lacy agradecía no tener ningún caso pendiente y, por tanto, no tener que comparecer ante la junta. Su lunes comenzó como casi todos los lunes y requirió de su habitual charla motivacional para obligarse a ir a la oficina y, como investigadora veterana, llegar llena de sonrisas y ánimo y entusiasmo por servir a los contribuyentes. Pero la charla motivacional no funcionó, sobre todo porque, mentalmente, seguía estando en la playa y junto a la piscina. Allie y ella habían disfrutado de tres almuerzos tranquilos, con vino, y muchas siestas, sexo y largos paseos por la orilla del mar. En algún momento habían acordado que, temporalmente, debían olvidar el futuro y limitarse a vivir el instante. Ya se preocuparían de las cosas importantes más adelante.

Sin embargo, desde que se había alejado de él, no había parado de hacerse la pregunta que llevaba atormentándola desde el viernes: si me regalara un anillo, ¿qué haría con él?

La respuesta era escurridiza.

A las 9.48 le llegó otro correo electrónico, una vez más de Jeri. Había recibido al menos cinco durante el fin de semana y no les había hecho caso hasta entonces. Lacy ya había postergado lo bastante la difícil conversación. Hacía tiempo que había aprendido que la procrastinación no hacía sino volver la tarea aún más desagradable. Marcó un número en su móvil. No hubo respuesta. No saltó el buzón de voz. Probó con otro. Obtuvo el mismo resultado. Estaba perdiendo la paciencia a marchas forzadas con tanto secretismo cuando marcó el último número que tenía para Jeri.

—Hola, Lacy —la saludó la voz agradable pero cansada—. ¿Dónde has estado?

«¿Y a ti qué te importa?». Tragó saliva, respiró hondo y respondió:

—Buenos días, Jeri. Confío en que esta línea sea segura.

—Por supuesto. Lamento las molestias.

—Ya. Veo que te has pasado todo el fin de semana llamando y enviando correos.

—Sí, tenemos que hablar, Lacy.

—Ya estamos hablando, ahora, el lunes. Creía que te había explicado que no trabajo los fines de semana y que te había pedido que no me llamaras ni me escribieras, ¿no?

—Sí, tienes razón, y lo siento, pero esto es muy importante.

—Lo sé, Jeri, y tengo malas noticias. Volví a reunirme con mi jefa, le presenté las acusaciones y no cedió. No nos embarcaremos en una investigación de asesinato. Punto. Como ya te he dicho varias veces, no estamos preparados ni formados para ese tipo de tarea.

Un silencio. Un silencio que sería breve, puesto que Lacy sabía que Jeri no estaba acostumbrada a aceptar un no. Entonces habló:

—Pero tengo derecho a presentar una denuncia. Me he memorizado el estatuto. Y puedo hacerlo de forma anónima. Y por ley la CCJ está obligada a dedicar cuarenta y cinco días a evaluar las denuncias. ¿Verdad, Lacy?

—Sí, eso dice la ley.

—Entonces presentaré una queja.

—Y mi jefa dice que se la remitiremos inmediatamente a la policía estatal para que la investigue.

Lacy se esperaba una buena reprimenda, un discurso en

el que, sin duda, Jeri habría trabajado con ahínco. Esperó y esperó y al final se dio cuenta de que la llamada había terminado. Jeri había colgado sin más y la había dejado tirada.

No era tan ingenua como para pensar que nunca volverían a hablar. Aun así, quizá Jeri desapareciera durante una temporada. Hacía solo una semana que se habían conocido.

Y a lo mejor los asesinatos paraban.

Media hora después, Jeri ya había vuelto. Comenzó con:

—No estoy segura, Lacy, pero podría haber dos cadáveres más. Los números siete y ocho. Estoy investigando para confirmarlo y podría equivocarme. Desde luego, eso espero. En cualquier caso, él no va a parar.

—¿Confirmarlo? No sabía que habías confirmado el resto.

—Pues sí, al menos en mi cabeza. Puede que mi teoría esté basada en pruebas coincidentes, pero tienes que admitir que son abrumadoras.

—No sé si son abrumadoras, pero sí que no bastan para iniciar una investigación. Te lo repito otra vez, Jeri: no vamos a intervenir.

—¿Es decisión tuya o de tu directora interina?

—¿Qué más da eso? No vamos a intervenir.

—¿Tú lo harías si tuvieras la autoridad?

—Adiós, Jeri.

—Vale, Lacy, pero, a partir de ahora, tendrás las manos manchadas de sangre.

—Me parece que tu reacción está siendo un tanto exagerada.

Jeri murmuró de manera incoherente, como si intentara ocultar sus palabras. Al cabo de unos segundos, dijo:

—Últimamente mata más, Lacy, casi una víctima por año. Esto no es raro en los asesinos en serie, al menos en los inteligentes. Empiezan despacio, tienen cierto éxito, perfeccionan sus habilidades, pierden la reticencia y el miedo y se convencen de que son demasiado listos. Es entonces cuando empiezan a cometer errores.

—¿Qué tipo de errores?

—No voy a comentar esto por teléfono.

—Me has llamado tú.

—Sí, y no sé muy bien por qué.

Volvió a colgar.

Felicity apareció de repente en su escritorio sin hacer un solo ruido y le entregó un mensaje telefónico en una nota rosa, a la antigua.

—Será mejor que llames a este tío —le dijo—. Ha sido bastante maleducado.

—Gracias —repuso Lacy, que cogió el mensaje y miró a la recepcionista como si ya pudiera irse—. Por favor, cierra la puerta al salir.

Earl Hatley, el presidente en ese momento de la CCJ, era un juez jubilado, un caballero educado y simpático y uno de los pocos miembros que Lacy había conocido a lo largo de los años que realmente se preocupaba por mejorar la judicatura. Debía de tener el teléfono en la mano, porque contestó de inmediato. Le preguntó a Lacy si podía dejar lo que estuviera haciendo y acercarse cuanto antes al edificio del Tribunal Supremo para una reunión urgente.

Quince minutos más tarde, Lacy entró en la pequeña sala de reuniones donde se encontraban los cuatro. La saludaron y Earl le pidió que tomara asiento mientras señalaba una silla en un extremo de la mesa.

—Me saltaré los preliminares, Lacy, porque vamos con retraso y tenemos un asunto más urgente —le dijo.

Ella levantó ambas manos y contestó:

—Soy toda oídos.

—Nos hemos reunido con Charlotte Baskin a primera hora de la mañana y ha presentado su dimisión. Se marcha, hoy es su último día. Ha sido una separación de mutuo acuerdo. No encajaba bien en la CCJ, como no me cabe duda que ya sabes, y hemos recibido quejas. Así que, una vez más, estamos sin director ejecutivo.

—¿Sigo teniendo trabajo? —preguntó Lacy, sin inmutarse lo más mínimo.

—Oh, sí. Tú no puedes marcharte, Lacy.

—Gracias.

—Como bien sabes, Charlotte ha sido la cuarta directora ejecutiva en los últimos dos años. Tengo entendido que la moral está bastante baja entre los empleados.

—¿Qué moral? Todo el mundo está buscando otro puesto. Estamos ahí atrapados, un año tras otro, a la espera del siguiente hachazo. ¿Qué esperabas? Es difícil mantener el ánimo cuando nuestro escaso presupuesto sufre recortes todos los años.

—Lo entendemos. No es culpa nuestra. Estamos en el mismo bando.

—Sé quién tiene la culpa y no os la echo a vosotros. Pero es difícil hacer nuestro trabajo cuando el liderazgo es débil, en ocasiones incluso sin liderazgo de ningún tipo, y con cada vez menos apoyo por parte de la asamblea legislativa. Al gobernador no podría darle más igual lo que hacemos.

En ese momento intervino Judith Taylor:

—La semana que viene me reuniré con el senador Fowinkle. Es el presidente de finanzas, como ya sabes, y su personal cree que podemos conseguir más dinero.

Lacy sonrió y asintió, como si estuviera agradecida de verdad. Ya se lo habían dicho otras veces.

—Nuestro plan es el siguiente, Lacy —retomó la palabra Earl—. Eres la investigadora con más experiencia y la estrella de la organización. Tus compañeros te respetan, incluso te admiran. Vamos a pedirte que ocupes el puesto de directora interina hasta que encontremos a alguien permanente.

—No, gracias.

—Una respuesta rápida.

—Igual que vuestra petición. Llevo doce años aquí y sé cómo van las cosas. El despacho grande es el peor.

—Es solo temporal.

—Hoy en día todo es temporal.

—No estarás pensando en marcharte, ¿verdad?

—Todos pensamos en ello. ¿Quién puede reprochárnoslo? Como empleados del Estado, la ley dice que tenemos los mismos aumentos que los demás, si la asamblea legislativa se siente generosa. Así que, cuando nos recortan el presupuesto, no tenemos más remedio que recortar todo lo que no sean los sueldos: personal, herramientas, viajes, lo que sea.

Los cuatro intercambiaron miradas de derrota. La situación parecía desesperada y, en ese momento, ellos cuatro podían levantarse, dimitir, irse a casa y dejar que fueran otros los que se preocuparan de las denuncias judiciales.

Pero Judith aguantó con valentía y dijo:

—Ayúdanos, Lacy. Acepta el puesto durante seis meses. Estabiliza la agencia y danos algo de tiempo para apuntalar el presupuesto. Serás la jefa y dispondrás de toda la autoridad. Confiamos en ti.

Earl añadió enseguida:

—Confiamos muchísimo en ti, Lacy. Eres, de lejos, la más experimentada.

—El salario no está mal —señaló Judith.

—No tiene nada que ver con el dinero —replicó Lacy.

El sueldo era de noventa y cinco mil dólares al año, una buena mejora respecto a sus setenta mil actuales. Nunca había pensado mucho en el salario del director, al menos no de forma codiciosa. Pero se trataba, en efecto, de un aumento considerable.

—Puedes reestructurar la oficina como quieras —continuó Earl—. Contratar o despedir, nos da igual. Pero el barco se hunde y necesitamos estabilidad.

—¿Cómo tenéis pensado «apuntalar el presupuesto», usando vuestra misma expresión? —preguntó Lacy—. Este año la asamblea legislativa volvió a recortárnoslo hasta los 1,9 millones. Hace cuatro años, la CCJ recibió 2,3 millones. Una minucia en comparación con un gobierno estatal de sesenta mil millones de dólares, pero la misma asamblea legislativa fue la que nos creó y nos dio las órdenes.

Judith sonrió y contestó:

—Nosotros también estamos cansados de los recortes, Lacy, y vamos a por la asamblea legislativa. Deja que nosotros nos preocupemos de eso. Tú diriges la agencia y nosotros encontraremos el dinero.

De repente, Jeri Crosby irrumpió en los pensamientos de Lacy. ¿Y si sus sospechas eran ciertas? ¿Y si los asesinatos continuaban? Como directora, interina o no, tendría autoridad para hacer lo que quisiera con la denuncia de Jeri.

Y pensó en el dinero, en el nada despreciable aumento. La atraía bastante la idea de reestructurar la oficina, de deshacerse de unos cuantos pesos muertos y buscar jóvenes talentos. Pensó en su fin de semana con Allie y en el hecho de que no habían avanzado nada en cuanto a la planificación de su futuro, por lo que era poco probable que se produjeran cambios de escenario drásticos, al menos en breve.

Los cuatro le sonreían mientras esperaban, como si estuvieran desesperados por obtener la respuesta correcta. Lacy mantuvo el ceño fruncido y dijo:

—Dadme veinticuatro horas.

13

Siguiendo los pasos de Ross Bannick, había aprendido a trabajar con una conjetura fundamental: era un asesino con mucha paciencia. Había esperado cinco años para matar a su padre, nueve para matar al periodista, veintidós para matar a Kronke y alrededor de catorce para matar a su jefe de scouts. Encontrar el momento en el que su camino se había cruzado con el de Lanny Verno, si es que eso había ocurrido, requeriría de la habitual búsqueda minuciosa y tenaz entre una montaña de registros públicos que se remontaban hasta años, incluso décadas, atrás.

Jeri era profesora titular, daba clases tres días a la semana y sus horarios de oficina eran más o menos regulares. Llevaba años de retraso en el libro que estaba escribiendo. Se las ingeniaba para trabajar lo justo y aun así mantener satisfechos a su decano y a sus alumnos; sin embargo, estaba demasiado ocupada con aquellos crímenes como para convertirse en una profesora sobresaliente como su padre. Estaba divorciada y era atractiva, pero no tenía tiempo para pensar en amoríos. A su hija le iba bien en sus estudios de posgrado en Michigan y chateaban o se enviaban correos electrónicos cada dos días. Jeri no tenía casi ninguna otra distracción de su verdadera vocación, de su persecución. Trabajaba durante horas todas las noches, hasta la madrugada, siguiendo pistas, persiguiendo teorías descabelladas, llegando a callejones sin salida y consumiendo enormes cantidades de tiempo. «Estoy desperdiciando mi vida», se decía una y otra vez en su soledad.

Jeri suponía que, como pintor de brocha gorda itinerante, Verno no se tomaba la molestia de votar. No obstante, escarbó en los registros de inscripción de los condados de Chavez, Escambia y Santa Rosa. Encontró dos Lanny L. Verno. Uno era demasiado viejo, el otro estaba muerto. El registro de vehículos arrojó otro resultado, pero este aún estaba vivo.

Los localizadores en línea, tanto los gratuitos como los caros, encontraron a cinco Lanny Verno en la península de Florida. El problema obvio era que Jeri no tenía ni idea, ni forma de saber, cuándo había vivido su Lanny Verno en la zona y, si así era, cuándo se había mudado. Estaba claro que no vivía allí cuando lo asesinaron. Según el limitado informe policial que Kenny Lee había sacado del centro para el análisis de crímenes violentos del FBI, la compañera de Verno decía que «llevaban juntos» menos de dos años y que vivían en una caravana cerca de Biloxi.

Si tenía un historial complicado con las mujeres, a lo mejor había pasado por el juzgado para divorciarse. Jeri dedicó horas a buscar en ese tipo de registros de Florida y no encontró nada útil. Si Verno tenía hijos dispersos por ahí, quizá hubiera tenido problemas con la manutención, pero los registros judiciales tampoco aportaron nada. Como detective veterana con más de veinte años de experiencia, sabía lo precarios que eran los registros de los tribunales de familia y de menores. Gran parte de la información útil se mantenía sellada por cuestiones de privacidad.

Si siempre había sido pintor de brocha gorda, las probabilidades de que se hubiera metido en problemas con la policía eran bastante aceptables.

Lanny Verno no tenía condenas por delitos graves, al menos en Florida, y no se había visto involucrado en ningún litigio civil. Por suerte, el departamento de policía de la ciudad de Pensacola había digitalizado sus registros hacía una década y, de paso, había consignado treinta años de arrestos y antiguas listas de casos judiciales en algún recóndito lugar de la nube. A las dos y media de la mañana, mientras se tomaba otro refresco de cola light, sin cafeína, encontró una simple entrada para la detención de un tal Lanny L. Verno en abril de 2001. El presunto delito era intento de atraco a mano armada. Pagó quinientos dólares y salió bajo fianza. Jeri empezó a cotejar el arresto con las listas de casos judiciales y encontró otra anotación. El 11 de junio de 2001, el tribunal de la ciudad de Pensacola declaró no culpable a Verno. El caso se desestimó.

En aquel momento, Ross Bannick tenía treinta y seis años y llevaba diez ejerciendo la abogacía en la zona.

¿Sería ese el cruce de sus respectivos caminos? ¿Fue allí donde ocurrió?

Era una posibilidad remota, pero en el mundo de Jeri todo lo era.

Eligió a un detective privado de Mobile, uno que decía ser de Atlanta, o de donde fuera, en realidad. Los escasos restos de la familia de Verno lo habían enterrado cerca de Atlanta, según una publicación en línea de una empresa funeraria de baja categoría.

Odiaba pagar a detectives privados, pero muchas veces no le quedaba más remedio. Casi todos los investigadores de la policía eran tipos blancos y de cierta edad que no veían con buenos ojos que las mujeres metieran las narices en casos antiguos, en especial las mujeres de color. El suyo era un trabajo de hombres y, cuanto más blancos, mejor. La mayor parte del dinero que le sobraba a Jeri iba a parar a manos de detectives privados que se parecían mucho, tanto físicamente como a la hora de hablar, a los policías con los que trataban.

Se llamaba Rollie Tabor, expolicía, ciento cincuenta dólares la hora, eficiente y capaz de vivir con la ficción de Jeri. Ya lo había contratado antes y le gustaba cómo trabajaba. Tabor fue hasta Pensacola, entró en la comisaría de policía y pegó tanto la hebra con los agentes de la recepción como para que terminaran enviándolo a un almacén situado a varias manzanas de distancia donde guardaban todo el material antiguo. Había sobre todo pruebas —documentos presentados en juicios, kits de violación, miles de armas confiscadas de todo tipo—, pero también bienes no reclamados e hileras e hileras de armarios altos llenos de incontables expedientes retirados. Un anciano agente con un uniforme de policía descolorido lo recibió en el mostrador y le preguntó qué quería.

—Me llamo Dunlap, Jeff Dunlap —dijo Tabor.

Mientras el recepcionista garabateaba en una hoja de registro, Tabor se fijó en su placa de identificación. Sargento Mack Faldo. Llevaba allí al menos cincuenta años y ya ni recordaba cuándo había empezado a darle igual.

—¿Tiene algún documento identificativo? —gruñó Faldo.

Tabor tenía una impresionante colección de ellos. Sacó la cartera y extrajo un permiso de conducir del estado de Georgia a nombre de Jeff Dunlap, que, como persona real, vivía tranquilo y sin sospechas en la ciudad de Conyers, a las afueras de Atlanta. Si el sargento se tomaba la molestia de comprobarlo, cosa que ni siquiera se le pasó por la cabeza, encontraría a una persona real en una dirección real y enseguida perdería cualquier posible interés en él. Pero Faldo estaba demasiado hastiado hasta para echarle un vistazo al documento y luego mirar a Dunlap para comparar.

—Tengo que hacer una copia —volvió a gruñir.

Se acercó a una fotocopiadora viejísima, se tomó su tiempo y volvió con el carnet.

—Bien, ¿qué puedo hacer por usted? —preguntó, como si el mero hecho de hacer algo fuera a fastidiarle el día.

—Estoy buscando un expediente judicial de hace unos quince años. Arrestaron a un tipo llamado Lanny Verno, pero lo absolvieron en el juzgado. Lo asesinaron hace unos meses en Biloxi y su familia me ha contratado para investigar su pasado. Vivió aquí durante un tiempo y puede que haya dejado un par de hijos. Era un poco vagabundo.

Tabor le tendió una hoja impresa desde un ordenador en la que aparecían el nombre de Lanny L. Verno, su número de la seguridad social, su fecha de nacimiento y la fecha de su muerte. No era nada oficial, pero Faldo lo aceptó.

—¿Cuándo, exactamente?

—En junio de 2001.

Faldo entornó tanto los párpados que dio la sensación de que iba a echarse una siesta allí mismo y señaló una puerta con un gesto de la cabeza.

—Pase por ahí.

Ya al otro lado de la puerta, Tabor siguió al anciano hasta una sala cavernosa con más armarios archivadores. Todos los cajones llevaban etiquetas con meses y años. En 2001, Faldo se detuvo, levantó la mano, tiró con fuerza y sacó un cajón entero.

—Junio de 2001 —masculló. Lo llevó hasta una larga mesa cubierta de polvo y caos y dijo—: Aquí lo tiene. Diviértase.

Tabor miró a su alrededor y preguntó:

—¿Estas cosas no están ya digitalizadas?

—No todas. Estos expedientes son los de los casos que, por algún motivo, se desestimaron. Se supone que aquellos en los que se produjo una condena sí están en los archivos. Estos de aquí, señor Dunlap, hay que quemarlos.

—Entendido.

Faldo estaba cansado cuando llegó al trabajo y, a aquellas alturas, agotado.

—No puede hacer fotos sin autorización —advirtió—. Si necesita copias, llévemelas. Un dólar por página.

—Gracias.

—No hay de qué.

Faldo se marchó y dejó a Dunlap a solas con un millón de archivos sin valor.

El cajón de encima de la mesa contenía al menos cien, ordenados por fecha. En cuestión de minutos, Tabor encontró el 12 de junio, fue hojeándolo por orden alfabético y sacó un expediente a nombre de Lanny L. Verno.

En el interior había varias hojas de papel sujetas con un clip. La primera llevaba una etiqueta en la que se leía INFORME DE INCIDENTE y un agente llamado N. Ozment había escrito a máquina:

> La víctima [nombre tachado] acudió a la comisaría, dijo que ese mismo día había tenido un altercado en su garaje con Verno, dijo que se produjo una disputa por el pago de sus servicios, dijo que Verno le amenazó e incluso sacó una pistola; después las cosas se calmaron y Verno se marchó. No hubo testigos. La víctima [nombre tachado] juró la orden y acusó de intento de agresión.

Era obvio que alguien había ocultado el nombre de la presunta víctima con un rotulador negro y grueso.

La página dos era un INFORME DE ARRESTO con una foto policial de Verno en la cárcel municipal. En él figuraban su dirección, número de teléfono y número de la seguridad social y se señalaba su condición de trabajador autónomo. Sus antecedentes penales tan solo incluían una infracción por conducir bajo los efectos del alcohol.

La página tres era una copia de un acuerdo de fianza de

quinientos dólares que le había prestado AAA Bail, una empresa especializada en este tipo de créditos.

La página cuatro estaba etiquetada como SUMARIO JUDICIAL. Pero estaba en blanco.

Tabor dedicó los siguientes minutos a hojear los demás expedientes del cajón y estudiar los sumarios judiciales. Todos ellos consistían en un formulario estándar que, una vez rellenado, ofrecía un resumen conciso de lo sucedido en el juzgado, con los nombres del juez, el fiscal, el acusado, el abogado defensor (si lo había), la parte denunciante, la víctima y los testigos y pruebas. Todos y cada uno de los otros expedientes contenían un sumario judicial completo. Robos en tienda, agresión, perros sin correa, embriaguez pública, blasfemia pública, exposición indecente, acoso, etcétera. El cajón estaba lleno de todo tipo de acusaciones, ninguna de las cuales había llegado a probarse en el juzgado.

Un cartel advertía: PROHIBIDAS LAS FOTOS Y COPIAS SIN AUTORIZACIÓN.

Se preguntó quién, aparte de él y su clienta, iba a querer copias o fotos, autorizadas o no.

Se llevó el expediente al mostrador de la entrada y volvió a molestar a Faldo.

—¿Puede fotocopiarme este expediente? Cuatro páginas.

Faldo casi sonrió cuando se levantó y se acercó arrastrando los pies.

—Un dólar cada una —dijo al coger la carpeta.

Tabor lo observó mientras separaba metódicamente las cuatro hojas, las copiaba, volvía a ponerles el clip y las volvía a poner sobre el mostrador. El detective le ofreció un billete de cinco dólares, pero Faldo no lo aceptó.

—Solo con tarjeta —señaló.

—No tengo —contestó Tabor—. Las dejé tras una quiebra, hace años.

Aquello alteró sobremanera el mundo de Faldo, que frunció el ceño como si estuviera sufriendo un repentino ataque de colon irritable.

—No aceptamos efectivo, lo siento.

Las cuatro hojas fotocopiadas descansaban sobre el mostrador, innecesarias e indeseadas para cualquier otra persona del mundo.

Tabor dejó caer el billete de cinco dólares, cogió las copias y preguntó:

—¿Vuelvo a dejar el expediente en su sitio?

—No. Yo me encargo. Es mi trabajo.

Y qué trabajo tan fundamental.

—Gracias.

—No hay de qué.

Ya en el coche, Tabor llamó a Jeri, pero le saltó el buzón de voz. Entró en una cafetería y, para matar el tiempo, sacó fotos de las cuatro páginas y se las envió. Cuando ya iba por el tercer café, su clienta lo llamó al fin. Le describió lo que había encontrado y cómo eran los otros expedientes. Estaba claro que el de Verno lo habían manipulado.

—Este agente, N. Ozment, ¿sigue en activo? —preguntó ella.

—No. Ya lo he comprobado.

—¿Y no hay más nombres en el expediente, solo los de Verno y Ozment?

—Ninguno más.

—Bueno, eso nos facilita el siguiente paso. A ver si encuentras al señor N. Ozment.

Jeri estaba en su despacho del campus, con la puerta abierta para que cualquier alumno pudiera entrar a charlar, pero a solas, almorzando una ensalada ligera y tomándose un refresco light. Le costaba comer con el estómago encogido, como siempre que alguien a quien pagaba ciento cincuenta dólares la hora estaba investigando sin saber cuánto tiempo podría llevarle el encargo. También estaba la emoción de haber encontrado documentos manipulados. Se recordó que todavía no sabía si el Lanny Verno al que estaba rastreando en Pensacola era el mismo al que habían asesinado en Biloxi y reconoció que las probabilidades eran escasas. Había noventa y ocho personas llamadas Lanny Verno en todo el país.

Sin embargo, quizá los hechos empezaran a decantarse a su favor. Como reputado miembro de la judicatura, era obvio que el juez Bannick tendría fácil acceso a los expedientes y a las pruebas judiciales antiguos. La policía lo respetaría. Como funcionario electo, necesitaría su apoyo cada cuatro años. Podía ir y pasar por sus muchos protocolos y procedimientos.

¿Lanny Verno, pintor de casas, apuntando con una pistola a Ross Bannick, abogado de primera, hacía trece años? ¿Y ganándole el caso?

Como siempre, ojeó varios periódicos mientras comía. Hacía lo mismo durante el desayuno y la cena. Encontró un artículo interesante en el *Tallahassee Democrat*. Al final de la página seis, en la sección estatal, había un resumen de noticias relacionadas con el gobierno. La última entrada era el poco llamativo anuncio de que Lacy Stoltz había sido nombrada directora interina de la Comisión de Conducta Judicial en sustitución de Charlotte Baskin, a la que el gobernador había designado para dirigir la Comisión de Juegos de Azar.

14

Mientras trepaba por la escala profesional y pasaba de despacho en despacho, Cleo había aprendido a tener poco equipaje y a no llenar nunca los cajones ni decorar las paredes. Sin decir una palabra a nadie, aunque los rumores se propagaban con furia, recogió sus cosas y salió del edificio. Las habladurías no la siguieron, sino que se centraron en Lacy y en la grata posibilidad de que fuera ella quien tomase el relevo.

A la mañana siguiente, Lacy reunió a todo el mundo en la sala de trabajo contigua al deprimente despacho de la directora y confirmó que, en el futuro cercano, ella sería la directora en funciones, por supuesto como interina. La noticia entusiasmó a sus compañeros y al personal, así que hubo muchas sonrisas por primera vez desde hacía meses. La nueva directora anunció de inmediato varios cambios en las normas de la oficina: (1) se podría trabajar desde casa todo lo que se quisiera, siempre y cuando el trabajo saliese adelante; (2) tendrían los viernes por la tarde libres en verano, siempre y cuando alguien contestara al teléfono; (3) no se harían reuniones de personal a menos que fuese absolutamente necesario; (4) un fondo común para el café con el que se comprarían productos mejores; (5) se había acabado la política de puertas abiertas; (6) una semana extra de vacaciones, extraoficiales. Prometió buscar más financiación y reducir los niveles de estrés. Se quedaría con su antiguo despacho porque nunca le había gustado el grande y no quería que se la relacionara con él.

Todos la felicitaron y por fin se dirigió hacia su escritorio, donde un florista acababa de entregar un precioso ramo. La nota era de Allie, con amor y admiración. Felicity le entregó un mensaje telefónico. Jeri Crosby la llamaba para felicitarla por su gran ascenso.

Tabor captó el rastro al pasarse como quien no quiere la cosa por una subcomisaría de policía en la zona este de Pensacola, donde le preguntó al viejo policía que había detrás del mostrador de recepción si sabía qué había sido del agente Ozment.

—¿De Norris? —preguntó el sargento.

Como Tabor solo tenía la inicial «N» como nombre de pila, le echó un vistazo a un cuaderno en blanco, frunció el ceño y respondió:

—Sí, eso es. Norris Ozment.

—¿Qué ha hecho ahora?

—Nada malo. Ha muerto un tío suyo del condado de Duval y le ha dejado un cheque. Trabajo para los abogados que gestionan la herencia.

—Entiendo. Norris dimitió hace cinco, tal vez seis años, para dedicarse a la seguridad privada. Lo último que supe de él es que estaba en la costa, trabajando en un complejo turístico.

Tabor garabateó algo ilegible en su libreta.

—¿Recuerda cuál?

En ese momento entró otro policía y el sargento le preguntó:

—Oye, Ted, ¿tú te acuerdas de qué hotel contrató a Norris?

Ted le dio un mordisco a un dónut y reflexionó sobre la complicada pregunta.

—Era en Seagrove Beach, ¿no? ¿El Pelican Point?

—¡Ese! —exclamó el sargento—. Le dieron un buen puesto en el Pelican Point. No sé si seguirá allí.

—Muchas gracias, chicos —dijo Tabor con una sonrisa.

—Déjenos aquí el cheque —soltó el sargento, y todos estallaron en carcajadas. Menudo cómico estaba hecho.

Tabor salió de la ciudad por la Autopista 98 y se dirigió hacia el este por la carretera que serpenteaba a lo largo de la costa. Llamó al Pelican Point y confirmó que Norris Ozment seguía trabajando allí, aunque estaba demasiado ocupado para responder a su línea de teléfono fijo. No podían darle su número de móvil. Tabor llegó al hotel, lo encontró en el vestíbulo y activó el modo cordial. Continuó con su estratagema de hacerse pasar por un agente de seguridad de la zona de Atlanta, contratado por la familia de un caballero fallecido para que rastreara a algunos posibles descendientes.

—No necesito más de cinco minutos —le dijo con una sonrisa amistosa.

El vestíbulo estaba vacío, el complejo turístico medio lleno. Ozment pudo organizarse para disponer de unos minutos. Se sentaron a una mesa del asador y pidieron café.

—Se trata de un caso que tuvo en Pensacola en 2001 —empezó Tabor.

—Estará de broma, ¿no? Ni siquiera sé lo que hice la semana pasada.

—Ni yo. Fue en el juzgado municipal.

—Aún peor.

Tabor sacó una copia doblada del informe de la detención y se la pasó.

—A lo mejor esto le ayuda.

Ozment leyó lo que había escrito en otra vida, se encogió de hombros y dijo:

—Quiere sonarme de algo... ¿Por qué está tachado el nombre?

—No lo sé. Buena pregunta. A Verno lo asesinaron hace cinco meses en Biloxi. Su familia me ha contratado. ¿No hay nada que le suene en este viejo caso?

—Ahora mismo no. Mire, yo iba al juzgado municipal todos los días, una verdadera molienda. Fue una de las razones por las que lo dejé. Me cansé de los abogados y los jueces.

—¿Recuerda a un abogado llamado Ross Bannick?

—Claro. Conocía a la mayoría de los de por allí. Luego salió elegido juez. Creo que sigue ejerciendo.

—¿Hay alguna posibilidad de que sea él el otro implicado aquí, la supuesta víctima?

Ozment volvió a mirar el informe de la detención y al fin sonrió.

—Eso es. Tiene razón. Ahora lo recuerdo. Este tipo, Verno, se encargó de pintarle la casa a Bannick y aseguraba que Bannick no le había pagado todo lo que le debía. Bannick afirmaba que el trabajo no estaba terminado. Un día se enfrentaron y Bannick dijo que Verno había sacado una pistola. Verno lo negó. Si no recuerdo mal, el juez desestimó el caso porque no había más pruebas. Era la palabra del uno contra la del otro.

—Está seguro.

—Sí, ahora lo recuerdo. Fue bastante raro tener a un abogado involucrado en un caso como víctima. No declaré porque no vi nada. Recuerdo que Bannick se cabreó muchísimo porque era abogado y creía que el juez tendría que haber visto las cosas igual que él.

—¿Ha vuelto a ver a Bannick desde entonces?

—Sí. Cuando lo eligieron juez de distrito lo veía mucho. Pero ya hace años que lo dejé, y no lo he echado de menos ni un minuto.

—¿No ha sabido nada de él desde que dejó el cuerpo?

—No ha habido razón para ello.

—Gracias. Puede que tenga que llamarle más tarde.

—Cuando quiera.

Mientras hablaban, el personal de Ozment comprobó el número de matrícula del coche del investigador. Era de alquiler. Su historia apenas se sostenía. Si Ozment hubiera mostrado más interés, habría dado con el rastro de Jeff Dunlap. Pero un viejo caso del juzgado municipal no era de interés.

Mientras se alejaba en su coche de alquiler, Tabor llamó a su clienta.

Jeri sintió que se mareaba y le flaqueaban las rodillas. Se recostó en el sofá de su abarrotado apartamento, cerró los ojos y se obligó a respirar hondo. Ocho personas muertas en siete estados distintos. Siete víctimas del mismo tipo de estrangulamiento, todas ellas con la mala suerte de haberse cruzado en el camino de Ross Bannick.

Los policías de Biloxi no encontrarían a Norris Ozment jamás, y jamás sabrían de la disputa judicial entre Lanny Verno y Bannick. Indagarían lo suficiente como para saber que lo único que constaba en los antecedentes penales de Verno era una infracción por conducir bajo los efectos del alcohol en Florida y los considerarían insignificantes. Al fin y al cabo, Verno era la víctima, no el asesino, así que no les preocupaba demasiado su pasado. El caso ya estaba estancado; la investigación, en un callejón sin salida.

El asesino había acechado a su presa durante casi trece años. Le sacaba mucha ventaja a la policía.

«Respira hondo —se dijo—. No puedes resolver todos los asesinatos. Solo necesitas uno».

15

Aparte del considerable aumento de sueldo, que aceptó con gusto, y del despacho más grande, que rechazó con más gusto aún, el ascenso de Lacy ofrecía pocos beneficios. Uno de ellos, sin embargo, era un vehículo propiedad del Estado, un Impala último modelo con poco kilometraje. No hacía muchos años, todos los investigadores conducían coches estatales y nunca tenían que preocuparse por sus gastos de viaje. Los recortes presupuestarios habían cambiado las cosas.

Lacy había decidido que Darren Trope se convertiría en su mano derecha y, como tal, iba a tener que conducir mucho. Pronto se enteraría de la misteriosa testigo y de sus pasmosas acusaciones, aunque no conocería su verdadera identidad, al menos no en un futuro próximo.

Darren dejó el coche en el aparcamiento medio vacío de un hotel situado junto a la Interestatal 10, unos cuantos kilómetros al oeste de Tallahassee.

—El contacto nos verá entrar en el hotel, así que sabe que estás aquí —lo informó Lacy.

—¿El contacto?

—Lo siento, pero es lo máximo que puedo decirte de momento.

—Me encanta. Cuánta intriga.

—No tienes ni idea de en qué te estás metiendo. Espérame en el vestíbulo o en la cafetería.

—¿Dónde has quedado con el contacto?

—En una habitación del tercer piso.

—¿Y te sientes segura?

—Claro. Además, te tengo abajo, listo para acudir en mi rescate. ¿Has traído la pistola?

—Se me ha olvidado.

—Pero ¿qué tipo de agente eres?

—No lo sé. Creía que no era más que un investigador de poca monta que trabaja a cambio del salario mínimo.

—Te conseguiré un aumento. Si no he vuelto dentro de una hora, da por hecho que me han secuestrado y, casi seguro, torturado.

—¿Y entonces qué hago?

—Huye.

—Hecho. Oye, Lacy, ¿cuál es el propósito exacto de este encuentro?

—Bien, te refieres a qué estamos haciendo aquí, ¿no? Espero que el contacto me entregue una denuncia formal contra un juez de distrito, y en la denuncia habrá acusaciones de que ese juez ha cometido un asesinato mientras ostentaba el cargo. Quizá varios asesinatos. He intentado derivar el caso en numerosas ocasiones, preferiblemente al FBI o a algún otro cuerpo de lucha contra el crimen, pero el contacto se muestra inflexible y tiene miedo. La investigación, sea como sea, comenzará en nuestra oficina. E ignoro por completo dónde terminará.

—¿Y conoces bien a este contacto?

—No. Nos conocimos hace dos semanas. En la cafetería de la planta baja del Siler. Le sacaste fotos.

—Ah, así que es esa mujer...

—Sí.

—¿La crees?

—Me parece que sí. Doy bandazos. Es una acusación atrevida, pero el contacto presenta varias pruebas circunstanciales bastante sólidas. No tiene ninguna prueba real, ojo, pero sí suficientes conjeturas como para que la cosa se ponga interesante.

—Esto es genial, Lacy. Tienes que dejarme participar en la investigación. Me encantan estas operaciones clandestinas.

—Ya estás participando, Darren. Sadelle y tú. Ese es el equipo. ¿Entendido? Solo nosotros tres. Y tienes que prometerme que no preguntarás la verdadera identidad del contacto.

Él selló los labios y repuso:

—Prometido.

—Vamos.

Había una cafetería en el extremo izquierdo del vestíbulo, detrás del mostrador de recepción. Darren se separó de Lacy sin decir una palabra cuando ella se encaminó hacia los ascensores. Subió sola a la tercera planta, buscó la habitación y llamó al timbre.

Jeri abrió la puerta sin sonreír, sin hablar. Señaló con un gesto de la cabeza la habitación que tenía detrás y Lacy entró despacio, mirando a su alrededor. Era una habitación pequeña con una sola cama.

—Gracias por venir —dijo Jeri—. Siéntate.

Había una silla junto al televisor.

—¿Estás bien? —preguntó Lacy.

—Estoy fatal, hecha polvo. —Atrás habían quedado la ropa elegante y las monturas de diseño falsas. Jeri iba vestida con un chándal negro y viejo y unas zapatillas de deporte rozadas. No se había maquillado y parecía años más vieja—. Siéntate, por favor.

Lacy se sentó en la silla y Jeri hizo lo propio en el borde de la cama. Indicó los papeles que había encima del escritorio.

—Ahí está la denuncia. La he hecho breve y la he firmado como Betty Roe. ¿Tengo tu palabra de que nadie más llegará a saber mi verdadero nombre?

—No puedo prometértelo, Jeri. Ya hemos hablado de esto. Te garantizo que en la CCJ nadie sabrá quién eres, pero, más allá de eso, no puedo prometerte nada.

—¿Más allá de eso? ¿Qué hay más allá, Lacy?

—Ahora tenemos cuarenta y cinco días para investigar tu denuncia. Si encontramos pruebas que apoyen tus acusaciones, no nos quedará más remedio que acudir a la policía o al FBI. No podemos arrestar a este juez por asesinato, Jeri. Ya lo discutimos en su día. Podemos destituirlo, pero, para entonces, perder su trabajo será la menor de sus preocupaciones.

—Debes protegerme en todo momento.

—Haremos nuestro trabajo, es lo único que puedo prometerte. En la CCJ, nadie sabrá tu nombre.

—Prefiero no figurar en su lista, Lacy.

—Ya, y yo.

Jeri se metió las manos en los bolsillos y se balanceó hacia delante y luego hacia atrás, perdida en otro mundo. Tras un largo e incómodo silencio, dijo:

—Está matando otra vez, Lacy; aunque tampoco es que hubiera dejado de hacerlo.

—Me comentaste que podría haber otro.

—Y lo hay. Hace cinco meses mató a un hombre llamado Lanny Verno en Biloxi, Mississippi. El mismo método, la misma cuerda. He descubierto la razón. Yo, Lacy, no la policía, sino yo. Le he seguido el rastro a Verno hasta situarlo en Pensacola hace trece años. He buscado la intersección, el cruce de caminos, y la he encontrado, pero la policía no. No tienen ni idea.

—Tampoco tienen ni idea de lo de Bannick —señaló Lacy—. ¿Qué pasó?

—Una vieja disputa debida a una reforma en la casa de Bannick. Parece que Verno sacó un arma, tendría que haber apretado el gatillo. En aquel entonces Bannick solo era abogado, no juez, y lo llevó a juicio acusado de agresión. Perdió. Verno quedó libre y supongo que se ganó un puesto en la lista de Bannick. Esperó trece años, Lacy, es que es increíble.

—Sí.

—Ahora mata con más frecuencia, lo cual no es raro. Cada asesino en serie es distinto y, desde luego, es un juego sin normas, pero no es raro que suban el ritmo y luego lo bajen.

Seguía balanceándose despacio, hacia delante y hacia atrás, con la mirada clavada en el frente, como en trance.

—También está corriendo riesgos, cometiendo errores —prosiguió—. Casi lo pillan con Verno cuando un pobre hombre apareció en el momento y el lugar equivocados. Bannick le reventó el cráneo, lo mató, pero no usó la cuerda. Eso está reservado para los elegidos.

Lacy volvió a maravillarse de la seguridad con la que Jeri describía cosas que no había visto y que, desde luego, no podía probar. Era frustrante lo persuasiva que resultaba. Le preguntó:

—¿Y la escena del crimen?

—No sabemos mucho de ella porque es una investigación aún en curso y la policía lo mantiene todo en secreto. La segunda víctima era un constructor de la zona que tenía muchos amigos, así que le están dando caña a la policía. Pero, como siempre, parece que Bannick no dejó nada.

—Seis y dos son ocho.

—Que nosotras sepamos, Lacy. Podría haber más.

Lacy estiró una mano y cogió la denuncia, pero no la leyó.

—¿Qué hay aquí dentro?

Jeri dejó de mecerse y se frotó los ojos como si tuviera sueño.

—Solo tres asesinatos. Los tres últimos. El de Lanny Verno y Mike Dunwoody, del año pasado, y el de Perry Kronke, de hace dos. El caso de Kronke es el de los Cayos, el del abogado del gran bufete que supuestamente se negó a ofrecerle trabajo a Bannick cuando estaba terminando la carrera de Derecho.

—¿Y por qué estos casos?

—El de Verno porque es sencillo demostrar su conexión con Pensacola. Vivió allí un tiempo y yo fui capaz de localizarlo. Fácil, una vez que le digamos a la policía cómo hacerlo. Está relacionado con casos viejos enterrados en contenedores digitales y con expedientes también viejos apilados en almacenes. Cosas que yo he encontrado, Lacy. Si se lo damos todo mascado a la policía, a lo mejor consiguen reunir un caso.

—Necesitarán pruebas, Jeri, no meras coincidencias.

—Cierto. Pero nunca han oído el nombre de Ross Bannick. Una vez que se lo digas, una vez que les ates los cabos, entonces podrán entrar en tromba con sus citaciones.

—¿Y Kronke? ¿Por qué él?

—Es el único caso en Florida y lo obligó a viajar. Hay diez horas en coche desde Pensacola hasta Marathon, así que es probable que Bannick no hiciera los trayectos de ida y vuelta en un día. Hoteles, pagos de gasolina, quizá cogiera un avión. Muchas huellas en el camino. Tendríais que poder rastrear sus movimientos antes y después del asesinato. Mirar su lista de casos pendientes, ver cuándo estuvo en el estrado, ese tipo de cosas. Trabajo detectivesco básico.

—No somos detectives, Jeri.

—Pero sois investigadores, ¿no?

—Más o menos.

Jeri se puso de pie, se estiró y se acercó a la ventana. Mientras miraba por ella, preguntó:

—¿Quién es el chico que te has traído?

—Darren, un compañero del trabajo.

—¿Por qué lo has traído?

—Porque así es como quiero trabajar, Jeri. Ahora soy la jefa y pondré las reglas.

—Sí, pero ¿puedo confiar en ti?

—Si no confías en mí, entonces llévate la denuncia a la policía. Es donde debería estar, en realidad. Nunca te he pedido este caso.

De repente, Jeri se tapó los ojos con las manos y se echó a llorar. La súbita emoción dejó atónita a Lacy, que se sintió culpable por no haberse mostrado más compasiva. Estaba tratando con una mujer frágil.

Lacy le ofreció los pañuelos del baño y esperó a que pasara el momento. Cuando Jeri terminó de enjugarse la cara, dijo:

—Lo siento, Lacy. Estoy muy mal y no sé cuánto tiempo más podré seguir. Jamás pensé que llegaría a este punto.

—No pasa nada, Jeri. Prometo que haré todo lo que pueda y prometo proteger tu nombre.

—Gracias.

Lacy le echó un vistazo a su reloj de pulsera y se dio cuenta de que solo llevaba dieciocho minutos allí. Jeri había hecho un viaje de cuatro horas desde Mobile. No había rastros de café ni de agua ni de bollería, de nada relacionado con el desayuno.

—Necesito un café. ¿Tú quieres? —preguntó.

—Sí, gracias.

Lacy le envió un mensaje a Darren. Le dijo que pidiera dos tazas grandes para llevar y que lo vería en el vestíbulo, junto a los ascensores, al cabo de diez minutos. Mientras guardaba el teléfono, observó:

—Un momento. Has incluido a Verno porque vivió un tiempo en Pensacola y fue allí donde se cruzó con Bannick, ¿no?

—Sí.

—Pero no es el único de Pensacola. El primero, el jefe de

scouts, Thad Leawood, se crio en la ciudad, no muy lejos de Bannick. Lo asesinaron en 1991, ¿verdad?

—Sí, el año es correcto.

—¿Y crees que fue el primero?

—Eso espero, pero en realidad no lo sé. No lo sabe nadie salvo Bannick.

—Y el periodista, Danny Cleveland, trabajó para el *Pensacola Ledger* y vivió allí hace unos quince años. Lo encontraron muerto en su apartamento de Little Rock en 2009.

—Has hecho los deberes.

Lacy salió de la habitación negando con la cabeza. Recogió los cafés que les había comprado Darren y volvió a la habitación en cuestión de minutos. Jeri dejó su café en el aparador, intacto. Tras beber un largo trago, Lacy caminó hasta la puerta, volvió y dijo:

—En la primera ronda de expedientes, en el material que me entregaste al principio, hay dos mujeres entre sus víctimas. Pero no hablas mucho de ellas. ¿Puedes contarme algo más?

—Claro. Cuando estudiaba en Florida, Bannick conoció a una chica llamada Eileen Nickleberry. Él pertenecía a una fraternidad, ella estaba en una sororidad y se movían en los mismos círculos cuando salían por ahí. Una noche hicieron una fiesta en el campus, en la casa de la fraternidad de Bannick, y todo el mundo bebió más de la cuenta. Hubo mucho alcohol, mucha hierba, mucho sexo. Bannick se llevó a Eileen a su habitación, pero, como era de esperar, no fue capaz de mantener relaciones con ella. Eileen se rio de él, fue una bocazas, se lo contó a otra gente y Bannick se sintió humillado. Se convirtió en el blanco de muchas bromas en la fraternidad. Eso fue alrededor de 1985. Unos trece años después, Eileen fue asesinada cerca de Wilmington, Carolina del Norte.

Lacy la escuchó con incredulidad.

—La otra chica se llamaba Ashley Barasso —continuó

Jeri—. Estudiaron juntos en la facultad de Derecho de Miami, de eso no cabe duda. La asesinaron estrangulándola, con la misma cuerda, seis años después de que ambos se graduaran. Es de la víctima que menos sé.

—¿Dónde la mataron?

—En Columbus, Georgia. Casada con dos hijos pequeños.

—Eso es horrible.

—Todos son horribles, Lacy.

—Sí, tienes tazón.

—Verás, mi teoría es que Bannick tiene un problema serio con el sexo. Estoy casi segura de que se remonta al abuso que sufrió a manos de Thad Leawood cuando tenía once o doce años. Es probable que no recibiera la ayuda y el apoyo que necesitaba. No es nada raro en los casos de niños. Como sea, nunca se ha recuperado por completo. Asesinó a Eileen porque se rio de él. No sé qué pasó entre Ashley Barasso y Bannick y es posible que nunca llegue a saberlo. Pero fueron juntos a la facultad de Derecho, a la misma clase, así que debemos suponer que se conocían.

—Cuando las asesinaron, ¿sufrieron abusos sexuales?

—No, es demasiado listo para hacer algo así. En una escena del crimen, la prueba más importante es el cadáver. Puede revelar muchas cosas, y suele hacerlo. Bannick, sin embargo, es cuidadoso y lo único que deja en ella es la cuerda y el golpe en la cabeza. Su móvil siempre es la venganza, excepto en el caso de Mike Dunwoody. El pobre hombre solo calculó mal el momento.

—Vale, vale. Por favor, deja que te diga una cosa que es bastante obvia. Eres una mujer afroamericana.

—Cierto.

—Y supongo que, alrededor de 1985, la vida en las fraternidades de la Universidad de Florida era básicamente para los blancos.

—En efecto.

—¿Y tú nunca has estudiado allí?

—Nunca.

—Entonces ¿cómo has conseguido enterarte de la historia de Bannick y Eileen? No son más que habladurías, rumores y leyendas urbanas, y todo recordado y contado por un montón de críos ricos borrachos. ¿No?

—En su mayor parte, sí.

—¿Y?

Jeri cogió un maletín grande y bastante desgastado, abrió los cierres y sacó un libro. Se lo pasó a Lacy, que lo cogió y lo miró sin entender nada.

—¿Quién es Jill Monroe?

—Yo. Es un libro autopublicado, uno de varios, todos con diferentes seudónimos, todos escritos por mí. El editor es una imprenta no muy buena pero discreta del oeste del país. Es, básicamente, ilegible y en realidad no está pensado para que lo lea nadie. Es parte del disfraz, Lacy, parte de la ficción que es mi vida.

—¿De qué va el libro?

—Son crímenes reales, cosas sacadas de internet, todo robado pero sin derechos de autor.

—Te escucho.

—Los utilizo para atraer la atención y establecer una apariencia de credibilidad. Me presento como una veterana autora de crímenes reales e historias policiales. *Freelance*, claro, siempre *freelance*. Digo que estoy trabajando en un libro sobre casos aún sin resolver de jóvenes estranguladas. Para este repasé los listados de fraternidades y sororidades de la Universidad de Florida y terminé por juntar todas las piezas del puzle. Ninguno de los antiguos amigos de Eileen quiso hablar. Tardé meses, puede que años, pero al final di con un hermano de la fraternidad que era un bocazas. Quedé con él en un bar de St. Pete y me aseguró que había conocido a Eileen, que muchos chicos la habían conocido. Me dijo que llevaba años sin hablar con Bannick, pero, unas cuantas copas más tarde, me contó la historia de la mala noche con Eileen. Me dijo que la humillación de Bannick fue absoluta.

Lacy se paseó un poco mientras trataba de asimilarlo.

—Vale, pero ¿cómo te enteraste de la muerte de Eileen, para empezar?

—Tengo una fuente. Un científico loco. Un expolicía que recoge y estudia más estadísticas de crímenes que cualquier otra persona del planeta. Solo hay unos trescientos asesinatos por estrangulamiento al año. Todos se comunican de varias formas al centro para el análisis de crímenes violentos del FBI. Mi fuente estudia los casos sin resolver, busca patrones y similitudes. Encontró a Eileen Nickleberry hace diez años y me informó. Encontró el caso de Lanny Verno y me informó. No sabe nada de Bannick y no tiene ni idea de lo que hago con la información. Cree que soy una especie de escritora de novela policiaca.

—¿Está de acuerdo con tu teoría, la de que es un asesino en serie?

—No le pago para que esté de acuerdo conmigo, así que nunca lo comentamos. Le pago para que hurgue entre los escombros y me alerte si aparece algo sospechoso.

—Solo por curiosidad. ¿Dónde vive ese tipo?

—No lo sé. Utiliza nombres y direcciones distintos, como yo. No nos hemos visto nunca, nunca hemos hablado por teléfono y nunca lo haremos. Se compromete al más absoluto anonimato.

—Y, si no te importa que te lo pregunte, ¿cómo le pagas?

—Le mando el dinero en efectivo a un apartado de correos de Maine.

Lacy se sentía abrumada, así que se sentó. Bebió un sorbo de café y respiró hondo. Se dio cuenta de lo mucho que Jeri había descubierto y recopilado a lo largo de los últimos veintitantos años.

Como si le hubiera leído la mente, Jeri dijo:

—Sé que es muy fuerte. —Se sacó una memoria USB de un bolsillo y se la entregó—. Está todo ahí, más de seiscientas páginas de investigación, artículos de prensa, expedientes policiales, todo lo que he encontrado y podría ser útil. Y seguramente muchas cosas que no lo sean.

Lacy cogió el dispositivo y se lo guardó en un bolsillo.

—Está encriptado. Te enviaré un mensaje de texto con la clave —señaló Jeri.

—¿Por qué está encriptado?

—Porque toda mi vida está encriptada, Lacy. Todo lo que hacemos deja un rastro.

—¿Y crees que él está por ahí detrás, siguiendo el rastro?

—No lo sé, pero limito mi exposición.

—Bien, ahondando en el tema, ¿qué probabilidades hay de que Bannick sepa que hay alguien tras él? Hablas de ocho asesinatos, Jeri. Has cubierto mucho terreno.

—¿Crees que no lo sé? Ocho asesinatos en veintidós años, y sigue sumando. He hablado con cientos de personas, la mayoría de las cuales no resultaron de ninguna utilidad. Sin duda, existe la posibilidad de que alguien de su época universitaria le haya dicho que una desconocida anda preguntando por ahí, pero nunca uso mi nombre real. Y, sí, a un policía de Little Rock o de Signal Mountain o de Wilmington podría escapársele que hay un detective privado metiendo las narices en un viejo expediente de asesinato, pero no hay forma de vincularme con ello. Soy demasiado precavida.

—Entonces ¿por qué estás tan preocupada?

—Porque es muy inteligente, y muy paciente, y porque no me sorprendería que volviera.

Lacy se quedó callada y luego preguntó:

—¿Que volviera adónde?

—A las escenas del crimen. Ted Bundy lo hacía, por ejemplo, y varios asesinos más. Bannick no es tan incauto, pero quizá tenga vigilada a la policía y esté informado de qué pasa con los expedientes antiguos, de si alguien se ha pasado por allí últimamente.

—Pero ¿cómo?

—Internet. No le costaría piratear el sistema de la policía y controlar los expedientes. O con detectives privados, Lacy. Tú les pagas lo que piden y ellos te hacen el trabajo y no abren la boca.

El teléfono de Lacy comenzó a vibrar y ella lo miró. Darren quería saber cómo estaba.

—¿Va todo bien por ahí arriba? —preguntó.

—Sí, diez minutos.

Dejó el teléfono y miró a Jeri, que volvía a enjugarse la cara mientras se mecía.

—Bien, considera que tu denuncia está presentada y que el cronómetro ha empezado a correr —le dijo.

—¿Me mantendrás informada?

—¿Con qué frecuencia?

—¿Diaria?

—No. Te avisaré cuando hagamos algún progreso, si es que eso ocurre.

—Tenéis que hacerlos, Lacy, tenéis que detenerlo. Yo ya no puedo hacer nada más. Estoy destrozada por completo, estoy acabada física, emocional y económicamente, este es el final para mí. No me puedo creer que haya llegado hasta aquí y no sea capaz de seguir.

—Estaremos en contacto, te lo prometo.

—Gracias, Lacy. Ten cuidado, por favor.

16

El sábado 22 de marzo hacía un día cálido y precioso y Darren Trope, soltero y de veintiocho años, no tenía ganas de pasarlo encerrado en la oficina. Había llegado a Tallahassee hacía diez años para cursar primero de carrera, había estudiado Economía y Derecho durante ocho gloriosos años y de momento no tenía planes de alejarse demasiado del campus ni de las actividades relacionadas con la vida universitaria. Sin embargo, se había encaprichado de Lacy Stoltz, su nueva jefa, así que, cuando esta le dijo que se reuniera con ella en la oficina a las diez de la mañana del sábado y que llevara café de marca, Darren llegó diez minutos antes. También le llevó un café normal a Sadelle, el tercer miembro de su «comando especial». Como era el más joven, habían puesto a Darren a cargo de la tecnología, además del café.

Lacy le comunicó al resto del personal que estaba prohibido acudir a la oficina el sábado por la mañana, aunque tampoco era que le preocupara demasiado encontrársela atestada. Teniendo en cuenta que, por lo general, todo el personal se escaqueaba el viernes al mediodía, las probabilidades de que alguien hiciera horas extras durante el fin de semana eran escasas. El lunes por la mañana a las nueve llegaría demasiado pronto.

Se reunieron en la sala de reuniones que había junto al despacho de la directora. Como Darren había llevado en coche a su jefa a su encuentro con «El Contacto» el miércoles anterior, conocía algunos detalles y estaba ansioso por saber más. Sadelle, cenicienta, pálida, enferma e igual de fantasmagórica que desde hacía siete años, se sentó a la mesa en su silla motorizada y paladeó su oxígeno.

Lacy les entregó una copia de la denuncia de Betty Roe a cada uno y la leyeron en silencio. Sadelle inhaló vigorosamente y dijo:

—Así que esta es la denuncia de asesinato que mencionaste.

—Esta es.

—¿Y Betty Roe es nuestra chica misteriosa?

—Exacto.

—¿Se me permite preguntar por qué nos hemos metido en esto? Yo diría que les corresponde a los chicos que llevan pistola.

—He intentado disuadir a la testigo de que presentara la denuncia, pero no lo he conseguido. Le aterra ir a la policía porque le tiene miedo a Ross Bannick. Está convencida de que podría convertirla en otro de sus objetivos.

Sadelle le lanzó a Darren una mirada de incertidumbre y luego ambos volvieron a la denuncia. Cuando terminaron de leer, reflexionaron sobre las acusaciones y se sumieron en un prolongado silencio. Al final, Darren le dijo a Lacy:

—Has utilizado la palabra «objetivos». Como si la historia no acabara aquí.

Lacy sonrió.

—Hay ocho cadáveres, los tres que tenéis en la denuncia y otros cinco. Según la teoría de Betty, los asesinatos comenzaron en 1991 y han continuado al menos hasta el de Verno, hace cinco meses. Betty cree que Bannick sigue matando y que podría estar volviéndose descuidado.

—¿Es experta en asesinos en serie? —preguntó Darren.

—Bueno, no sé muy bien cómo se convierte una en experta en esas cosas, pero sabe muchísimo. Lleva acechando (palabra que utilizó ella, no yo) a Bannick desde hace más de veinte años.

—¿Y qué la hizo empezar?

—Asesinó a su padre, la víctima número dos, en 1992.

Otro silencio prolongado mientras Darren y Sadelle contemplaban la mesa de la sala de reuniones.

—Esa tal Betty... ¿es creíble? —preguntó Sadelle.

—A veces, sí. Bastante. Ella considera que Bannick mata por venganza y tiene una lista de víctimas potenciales. Lo ve como un hombre metódico, paciente y muy inteligente.

—¿Y los antecedentes del juez en la CCJ? —quiso saber Darren.

—Un historial casi perfecto desde que ocupa el cargo, ni una sola queja. Calificaciones altas en las evaluaciones del colegio de abogados.

Sadelle aspiró oxígeno y observó:

—Si es por venganza, eso significaría que conocía a todas sus víctimas, ¿no?

—Correcto.

Darren empezó a reírse por lo bajo y, cuando las dos mujeres lo miraron sin dar crédito, dijo:

—Lo siento, pero es que no puedo evitar pensar en los otros cuatro expedientes que tengo sobre la mesa ahora mismo. Uno de ellos está relacionado con un juez de noventa años que ya no puede acudir a los tribunales. Es posible que esté conectado a un sistema de respiración asistida. Otro se refiere a un juez que habló ante un Rotary Club y comentó un caso en trámite.

—Nos hacemos una idea, Darren —lo interrumpió Lacy—. Todos hemos gestionado esos casos.

—Lo sé, perdón. Es solo que ahora se supone que tenemos que resolver ocho asesinatos.

—No. La denuncia abarca solo tres.

Sadelle volvió a mirar su copia de la denuncia.

—Bien, los dos primeros sucedieron aquí. Lanny Verno y Mike Dunwoody —dijo—. ¿Cuál era la relación, o la supuesta relación, de Bannick con estas dos víctimas?

—No existe ninguna conexión con Dunwoody. Apareció en la escena del crimen poco después de que cayera Verno. Este último tuvo una disputa con Bannick en el juzgado de Pensacola hace unos trece años. La ganó Verno. Y también se ganó un puesto en la lista negra.

—¿Por qué ha decidido Betty incluir este caso?

—Está activo, la investigación sigue abierta y hay dos cadáveres en la misma escena. A lo mejor los policías de Mississippi saben algo.

—¿Y el otro, el de Perry Kronke?

—Es un caso activo y el único en el estado de Florida. Betty afirma que la policía de Marathon no tiene pistas. Bannick sabe lo que hace y no deja nada en la escena, solo la cuerda alrededor del cuello.

—¿Los ocho murieron estrangulados? —preguntó Darren.

—Dunwoody no. A los otros siete los estrangularon con el mismo tipo de cuerda. Atada y fijada con el mismo nudo marinero raro.

—¿Cuál era el vínculo con Kronke?

—¿Te refieres a cómo llegó a la lista?

—Eso mismo.

—Bannick terminó la carrera de Derecho en la Universidad de Miami. Consiguió unas prácticas en un bufete importante de la zona y conoció a Kronke, uno de los socios principales. Betty cree que el bufete le retiró una oferta de trabajo en el último minuto y que Bannick se quedó tirado. Eso debió de molestarle mucho.

—¿Esperó veintiún años? —preguntó Sadelle.

—Eso cree Betty.

—¿Y lo encontraron en su barco de pesca con una cuerda alrededor del cuello?

—Sí, según un informe policial preliminar. Como os digo, el caso sigue abierto, aunque es de hace ya dos años, no hay pistas y la policía protege el expediente.

Los tres bebieron un sorbo de café e intentaron poner sus pensamientos en orden. Al cabo de un rato, Lacy dijo:

—Tenemos cuarenta y cinco días para evaluar, para hacer algo. ¿Alguien tiene alguna idea?

Sadelle resopló y repuso:

—Creo que ha llegado el momento de que me jubile.

Aquel comentario provocó la risa de los otros dos, pese a que Sadelle no era conocida por su humor. Todos sus compañeros de la CCJ esperaban que muriera antes de jubilarse.

—Por la presente, tu carta de dimisión queda rechazada —replicó Lacy—. Debes estar a mi lado en esto. ¿Darren?

—No lo sé. Estos asesinatos los están investigando inspectores de homicidios que están formados y cuentan con experiencia. ¿Y no encuentran ninguna pista? ¿No tienen sospechosos? ¿Qué narices vamos a hacer nosotros, entonces? Me atrae la idea de involucrarme en un trabajo tan emocionante, pero es un caso para otra gente.

Lacy lo escuchó y asintió. Sadelle se dirigió a ella:

—Estoy segura de que ya has trazado un plan.

—Sí. A Betty le asusta acudir a la policía porque quiere permanecer en el anonimato. Por tanto, nos está utilizando para llegar a la policía. Sabe que nuestra jurisdicción es limitada, que nuestros recursos son limitados, que todo es limitado. También sabe que la ley nos obliga a investigar todas las denuncias, así que no podemos echar balones fuera sin más. Yo digo que lo hagamos con discreción, con seguridad, con cuidado de no mostrarle nuestras cartas a Bannick y que, pasados unos treinta días, reevaluemos. En ese momento, lo más probable será que le soltemos el marrón a la policía estatal.

—Ahora sí nos entendemos —dijo Darren—. Si Bannick es un asesino en serie, y tengo mis dudas, que sean los polis de verdad quienes lo persigan.

—¿Sadelle?

—A mí mantenedme fuera de su lista.

17

El martes siguiente, dos tercios del grupo de trabajo salieron de Tallahassee a las ocho de la mañana para hacer un viaje de cinco horas hasta Biloxi. Darren, la mano derecha, conducía mientras Lacy, la jefa, leía informes, hacía llamadas telefónicas y, en general, se comportaba como lo haría cualquier directora interina de la CCJ. Estaba aprendiendo a marchas forzadas que la gestión del personal era una parte desagradable de su trabajo.

Durante un momento de calma, Darren, que estaba agazapado a la espera de una oportunidad, dijo:

—Oye, he leído bastante sobre asesinos en serie estos días. ¿Quién tiene el récord de piezas en Estados Unidos?

—¿Piezas?

—Asesinatos. Cadáveres. Así los llama la policía.

—Vaya, no lo sé. ¿Ese tal Gacy no mató unas cuantas decenas de personas en Chicago?

—John Wayne Gacy se cobró treinta y dos víctimas o, al menos, esas fueron las que recordaba. Las enterraba debajo de su casa en las afueras. Los forenses encontraron restos de veintiocho personas, así que la policía se creyó su confesión. Dijo que había tirado a varias al río, pero no se acordaba de a cuántas.

—¿Ted Bundy?

—Oficialmente, Bundy confesó treinta asesinatos, pero

no dejaba de cambiar sus versiones. Antes de que lo frieran en la silla eléctrica, aquí, en nuestro querido estado, por cierto, pasó mucho tiempo con investigadores de todo el país, sobre todo en el oeste, de donde era originario. Tenía una mente brillante, pero era incapaz de recordar a todas sus víctimas. Mucha gente cree que llegó a matar a un centenar de chicas jóvenes, pero ha resultado imposible corroborarlo. Era habitual que matara a varias mujeres en un mismo día e incluso que secuestrase a sus víctimas en un mismo lugar. Se lleva mi voto al más enfermo de un puñado de gente muy enferma.

—¿Y el récord es suyo?

—No, el de víctimas confirmadas no. Un tío llamado Samuel Little confesó noventa asesinatos y estuvo en activo hasta hace diez años. Las autoridades siguen investigando y hasta ahora han confirmado unos sesenta.

—Estás disfrutando con esto, ¿no?

—Es fascinante. ¿Has oído hablar del asesino de Green River?

—Creo que sí.

—Confesó setenta asesinatos, lo condenaron por cuarenta y nueve. Casi todas trabajadoras sexuales del área de Seattle.

—¿Adónde quieres llegar?

—No he dicho que quiera llegar a ningún sitio. Lo fascinante es que ninguno de estos hombres mataba de la misma forma que Bannick. Todavía no he encontrado ni uno solo que se pasara veinte años matando y que asesinase solo a personas que conocía. Todos son sociópatas trastornados; algunos son muy inteligentes, la mayoría no, pero, hasta ahora, ninguno de los que he incluido en mi extensa investigación se parece ni remotamente a Bannick. Alguien que mata solo por venganza y que tiene una lista.

—No sabemos si tiene una lista.

—Llámala como quieras, ¿vale? Conserva los nombres de quienes lo han cabreado y los acecha durante años. Yo diría que eso es bastante inusual.

Lacy suspiró, negó con la cabeza y dijo:

—Todavía no me lo creo. Estamos hablando de un juez popular, elegido por los ciudadanos, como si supiéramos a ciencia cierta que ha asesinado a varias personas. Que las ha matado a sangre fría.

—¿No estás convencida?

—Todavía no lo sé. ¿Y tú?

—Yo creo que sí. Si los datos que ha recopilado Betty Roe son correctos y si es verdad que Bannick conocía a las primeras siete víctimas, es imposible que sea una mera coincidencia.

El teléfono de Lacy empezó a sonar y atendió la llamada.

Dale Black, el sheriff del condado de Harrison, los estaba esperando cuando llegaron a las dos de la tarde en punto. Los guio por un pasillo hasta una salita polivalente con una mesa al fondo y les presentó al inspector Napier, que estaba a cargo de la investigación. Se presentaron rápidamente y se sentaron alrededor de la mesa. El sheriff comenzó la conversación con:

—Bueno, os hemos buscado en internet y sabemos algo de vuestro trabajo. No sois investigadores criminales de verdad, ¿no?

Lacy sonrió, porque sabía que, cuando trataba con hombres de esa edad o mayores, su encantadora sonrisa solía conseguirle lo que quería o algo bastante parecido a lo que quería. Y, si no era así, siempre podía contar con desarmar a los hombres y neutralizar sus malas actitudes.

—Así es —dijo—. Somos abogados y revisamos las denuncias presentadas contra los jueces.

A Napier le gustó su sonrisa y le dedicó una de cosecha propia, aunque bastante menos atractiva.

—En Florida, ¿verdad? —preguntó.

—Sí, venimos de Tallahassee y trabajamos para el Estado.

A Darren le habían ordenado que guardara silencio y tomase notas y lo estaba cumpliendo a rajatabla.

—En ese caso, la pregunta obvia es ¿por qué estáis interesados en este doble asesinato? —preguntó Napier.

—Es obvio, ¿no? Estamos de pesca. Acaban de entregarnos una denuncia contra un juez, en un caso no relacionado, y a través de nuestro trabajo inicial hemos dado con cierta información sobre Lanny Verno. Sabéis que vivió en Florida una temporada, ¿no?

La sonrisa de Napier se desvaneció y miró a su jefe.

—Eso creo —masculló mientras abría un grueso expediente. Se lamió el pulgar, pasó unas cuantas páginas y dijo—: Sí, le pusieron una multa por conducir ebrio en Florida hace unos años.

—¿Tenéis algún documento que demuestre que vivió en el área de Pensacola alrededor de 2001?

Napier frunció el ceño, siguió pasando páginas, esta vez buscando. Al final negó con la cabeza, no.

Con gran amabilidad, Lacy continuó:

—Sabemos que vivió allí alrededor del año 2000 y que trabajaba como pintor y albañil. A lo mejor os resulta útil.

Napier cerró el expediente y logró esbozar otra sonrisa.

—Su novia, que vivía con él, nos dijo que se había mudado a esta zona hace unos años, pero ha resultado ser una fuente poco fiable, por decirlo con delicadeza.

—¿Y la familia de Verno es de la zona de Atlanta? —quiso saber Lacy.

Era una pregunta, pero su tono no dejó lugar a dudas de que sabía la respuesta.

—¿Cómo lo sabes?

—Encontramos su obituario, si es que puede llamárselo así.

—Hemos tenido poco contacto con su familia —dijo Napier—. Al contrario que con los Dunwoody.

Lacy ofreció otra sonrisa y preguntó:

—¿Os importa que os pregunte si tenéis algún sospechoso?

Napier miró al sheriff con el ceño fruncido y este le devolvió el gesto. Antes de que les diera tiempo a negarse a darle la información, Lacy añadió:

—No os pido el nombre del sospechoso, solo siento curiosidad por saber si contáis con pistas sólidas.

—No hay ningún sospechoso —contestó al fin abruptamente el sheriff.

—¿Tenéis alguno vosotros? —preguntó Napier.

—Quizá —respondió Lacy sin sonreír.

Ambos policías exhalaron con fuerza, como si de repente se hubieran quitado un peso de encima. Darren diría más tarde que los había sorprendido mirándose como si quisieran abalanzarse sobre su única palabra: «Quizá».

—¿Qué podéis contarnos sobre la escena del crimen? —preguntó Lacy.

Napier se encogió de hombros como si fuera una cuestión peliaguda.

—A ver, ¿aquí qué normas se siguen? —dijo Black—. No sois agentes de la ley, ni siquiera sois de este estado. ¿Hasta qué punto es confidencial esta charla? Si mencionamos detalles, no salen de aquí, ¿no?

—Por supuesto. No somos policías, pero a veces nos enfrentamos a conductas delictivas, así que entendemos la confidencialidad. No ganamos nada repitiendo lo que nos contéis. Tenéis mi palabra.

—La escena del crimen no reveló nada —contestó Black—. Ni huellas ni fibras ni pelos, nada. La única sangre pertenecía a las dos víctimas. No había signos de resistencia o forcejeo. A Verno lo estrangularon, pero también tenía una herida grave en la cabeza. Dunwoody tenía el cráneo hecho astillas.

—¿Y la cuerda?

—¿La cuerda?

—La cuerda con que estrangularon a Verno.

Napier estaba a punto de responder cuando Black lo detuvo.

—Un momento. ¿Puedes describirme la cuerda? —le preguntó a Lacy.

—Diría que sí. Un trozo de unos setenta y cinco centímetros, de nailon, con doble trenzado, de calidad naval, azul y blanca o verde y blanca. —Se quedó callada un instante y observó la expresión de incredulidad que les invadía el rostro. Después continuó—: Atada a la base del cráneo con un nudo de ballestrinque doble.

Ambos policías se recuperaron enseguida y volvieron a poner cara de póquer.

—Deduzco que conocéis a nuestro hombre de otra cosa —dijo Napier.

—Es posible. ¿Podemos echar un vistazo a las fotos?

Lacy no tenía ni idea de lo frustrados que se sentían. Desde hacía cinco meses, todas las pistas los llevaban a un callejón sin salida. Los chivatazos proporcionados por ciudadanos anónimos habían sido una pérdida de tiempo aún mayor. Toda hipótesis nueva terminaba por agotarse. El asesinato de Verno se había planeado tan cuidadosamente que tenía que obedecer a una razón, pero no conseguían dar con el móvil. Se sabía muy poco del pasado de la víctima, en el que no había nada destacable. Por otro lado, estaban convencidos de que Dunwoody tan solo había elegido el lugar y el momento equivocados. Lo sabían todo de él y no había nada que sugiriese un móvil.

¿Serían Lacy y la CCJ su primera oportunidad?

Pasaron media hora examinando las horripilantes fotos de la escena del crimen. El sheriff Black tenía reuniones importantes en otros sitios, pero de repente se cancelaron.

Cuando Lacy y Darren, que seguía sin abrir la boca, ya habían visto suficiente, recogieron el contenido de sus respectivos maletines y se dispusieron a marcharse.

Entonces el sheriff les preguntó:

—Bueno, ¿y cuándo hablamos de ese sospechoso vuestro?

Lacy sonrió.

—Ahora no —contestó—. Entendemos esta reunión como la primera de varias. Queremos establecer una buena relación laboral con vosotros, una relación basada en la confianza. Dadnos un poco de tiempo, dejadnos hacer nuestra investigación, y volveremos.

—Muy bien. Tenemos otra prueba que podría resultar útil. No está en el expediente porque la hemos mantenido en secreto desde que se produjeron los asesinatos. Cabe la posibilidad de que nuestro hombre cometiera un error. Sabemos qué vehículo conducía.

—¿Útil? Yo diría que es crucial.

—Puede ser. Habéis visto las fotos de los dos teléfonos móviles que les quitó a sus víctimas. Condujo más o menos una hora hacia el norte de aquí, hasta el pueblecito de Neely, Mississippi. Los metió en un sobre acolchado de trece por veinte y le puso la dirección de mi hija, en Biloxi. Introdujo el paquete en un buzón azul normal y corriente que hay en la puerta de la oficina de correos.

Napier sacó otra foto, una del sobre con la dirección.

El sheriff continuó:

—Rastreamos los teléfonos móviles en cuestión de horas y los encontramos en el buzón de Neely. Siguen en el laboratorio de criminalística del Estado, pero hasta el momento no nos han dado nada.

Miró a Napier, que tomó el relevo.

—Alguien lo vio parar en la oficina de correos. Eran alrededor de las siete de la tarde de aquel mismo viernes, unas dos horas después de los asesinatos. En Neely no había tráfico porque nunca lo hay, pero un vecino vio que una camioneta se detenía ante la oficina de correos. Un hombre se dirigió al buzón y metió el paquete, el único depositado después de las cinco de la tarde de ese viernes. En Neely tampoco hay mucho correo. Al vecino le pareció raro que alguien fuera a dejar un paquete a esa hora. Estaba en su porche, bastante alejado, así que no puede identificar al conductor. Pero la camioneta era una Chevrolet gris, de un modelo bastante reciente, con matrícula de Mississippi.

—¿Y estáis seguros de que era el asesino? —preguntó Lacy, una pregunta muy poco profesional.

—No. Estamos seguros de que era el hombre que dejó los móviles. Es probable que fuera el asesino, pero no estamos seguros.

—Ya. ¿Por qué se fue hasta allí para deshacerse de los teléfonos?

Napier se encogió de hombros y sonrió. Black dijo:

—Bienvenida a su juego. Creo que solo quería divertirse un poco con nosotros y, especialmente, conmigo. Tenía que saber que encontraríamos los teléfonos en cuestión de horas y que no llegarían a enviárselos a mi hija.

—O quizá quisiera que lo vieran conduciendo un vehículo con matrícula de Mississippi porque no es de Mississippi —añadió Napier—. Es muy inteligente, ¿no?

—Muchísimo.

—¿Y ya ha matado antes? —preguntó el sheriff.

—Creemos que sí.

—Y no es de Mississippi, ¿verdad?

—Creemos que no.

18

Jeri no estaba preparada para la siguiente fase de su vida. Llevaba más de veinte años persiguiendo el sueño de encontrar al asesino de su padre y enfrentarse a él. Identificarlo ya había sido bastante difícil, y lo había hecho con una determinación y una perseverancia que a menudo la hacían sorprenderse de sí misma. Acusarlo era otra cosa. Señalar con el dedo a Ross Bannick era un acto aterrador, no porque le diera miedo estar equivocada, sino porque le daba miedo el hombre en sí.

Pero lo había hecho. Había presentado su denuncia ante un organismo oficial, un organismo establecido por la ley para investigar a los jueces descarriados, y ahora la tarea de ir tras Bannick estaba en manos de la Comisión de Conducta Judicial. No tenía claro qué debía esperar de Lacy Stoltz y su CCJ, pero ahora era ella quien tenía el caso encima de la mesa. Si todo salía según lo previsto, Lacy pondría en marcha la detención y el enjuiciamiento de un hombre en el que Jeri no podía dejar de pensar jamás.

En los días posteriores a su último encuentro con Lacy, a Jeri le resultó imposible preparar clases, investigar para su libro o ver a los pocos amigos que tenía. Sí vio a su terapeuta, en dos ocasiones, y se quejó de sentirse deprimida, sola, inútil. Luchaba contra la tentación de volver a meterse en internet para investigar viejos crímenes. Muchas veces se quedaba mirando el móvil esperando una llamada de Lacy y tenía que contener el impulso de enviarle un correo electrónico cada media hora.

El décimo día, Lacy la llamó y charlaron durante unos minutos. Como cabía esperar, no había nada nuevo que contar. Su equipo y ella se estaban organizando, revisando el expediente, haciendo planes y demás. Jeri terminó la llamada de forma abrupta y salió a dar un paseo.

Faltaban treinta y cinco días y, al parecer, no estaba sucediendo nada, al menos no en las oficinas de la CCJ.

Según los registros de la oficina tributaria del condado de Chavez, Ross Bannick compró en mayo de 2012 una camioneta Chevrolet de segunda mano, un modelo de 2009, con una capacidad de carga de quinientos kilos y de color gris claro, y la conservó durante dos años antes de venderla el noviembre anterior, un mes después de los asesinatos de Verno y Dunwoody. Se la compraron en un concesionario de coches usados llamado Udell, que luego se la vendió a un hombre llamado Robert Trager, el actual propietario. Darren fue hasta Pensacola y se reunió con el señor Trager, quien le explicó que ya no tenía la camioneta. En Nochevieja, un conductor borracho se había saltado una señal de stop y se había empotrado contra él. La camioneta había terminado en siniestro total. Trager había llegado a un acuerdo con la aseguradora State Farm en virtud de su cobertura contra conductores no asegurados, había vendido la camioneta como chatarra y se sentía afortunado de estar vivo. Mientras tomaban un té helado en el porche, la señora Trager encontró una foto de Robert y de su nieto sosteniendo una caña de pescar y posando junto a la camioneta gris. Darren le sacó una foto a la imagen con su móvil y se la envió al detective Napier, de Biloxi, quien finalmente hizo el viaje hasta Neely y se la enseñó al único testigo ocular.

En el correo electrónico que le envió a Lacy, Napier escribió, en tono seco:

El testigo dice que es «muy parecida» a la que él vio. Eso lo reduce a unas cinco mil camionetas Chevrolet grises en este estado. Buena suerte.

Cuando indagaron un poco más, descubrieron que Bannick era todo un comerciante de coches. En los quince años anteriores había comprado y vendido al menos ocho camionetas usadas de diversas marcas, modelos y colores.

¿Por qué necesitaba un juez tantos vehículos distintos?

En la actualidad conducía un Ford Explorer de 2013, comprado en un concesionario local.

El lunes 31 de marzo, el decimotercer día del periodo de evaluación iniciado con la presentación de la denuncia, Lacy y Darren volaron desde Tallahassee hasta Miami, donde alquilaron un coche y se dirigieron hacia el sur a través de los Cayos hasta el pueblo de Marathon, que tenía una población de nueve mil habitantes. Allí era donde, dos años antes, habían encontrado muerto, golpeado y estrangulado en su barco de pesca a un abogado jubilado llamado Perry Kronke. El barco navegaba a la deriva por aguas poco profundas y cercanas a la reserva de la Gran Garza Blanca. Tenía el cráneo destrozado, había sangre por todas partes y la causa de la muerte había sido la asfixia provocada por un trozo de cuerda de nailon tensado alrededor del cuello con tanta violencia que le desgarró la piel. No hubo testigos, ni merodeadores ni sospechosos ni pruebas forenses. El caso se consideraba aún activo y no se habían publicado muchos detalles.

Kenny Lee, el hombre de confianza de Jeri, no había conseguido obtener fotos de la escena del crimen en el centro para el análisis de crímenes violentos del FBI.

El departamento de policía de Marathon era el territorio del jefe Turnbull, un emigrado de Michigan que nunca había vuelto a casa. Entre otras funciones, también era el inspector de homicidios. Saludó a Lacy y a Darren con cordialidad, pero también con recelo y, al igual que el sheriff Black en Biloxi, quiso aclarar la situación de inmediato señalando que ellos no eran policías.

—Ni pretendemos serlo —dijo Lacy con una sonrisa espectacular—. Investigamos las denuncias que se presentan contra los jueces y, teniendo en cuenta que hay alrededor de un millar en este estado, nos tienen siempre muy ocupados.

Risas nerviosas por todas partes. Hay que coger a esos jueces corruptos.

—Entonces ¿por qué les interesa el caso Kronke? —preguntó Turnbull.

A Darren habían vuelto a decirle que no abriera la boca. Su jefa sería quien hablara en todo momento. Habían ensayado su ficción y ambos consideraban que parecía plausible.

—Es solo un tema rutinario, en realidad —dijo Lacy—. Estamos investigando una denuncia presentada recientemente contra un juez de Miami y nos hemos topado con una posible actividad delictiva del difunto señor Kronke. ¿No lo conocería antes de que lo mataran, por casualidad?

—No. Él vivía en Grassy Key. ¿Conocen esta zona?

—No.

—Es un enclave de postín para jubilados situado en una bahía al norte de aquí. Los residentes tienden a relacionarse solo entre ellos. A mí se me escapa del presupuesto.

—El asesinato sucedió hace dos años. ¿Tiene algún sospechoso?

El jefe se echó a reír, como si la idea de disponer de una

pista decente fuera tan descabellada que resultara graciosa. Se recompuso enseguida y respondió:

—No sé si debo responder a esa pregunta, que además es muy atrevida. ¿Adónde quieren llegar a parar con esto?

—Solo estamos haciendo nuestro trabajo, jefe Turnbull.

—¿Qué grado de confidencialidad tiene esta conversación?

—El más alto. No ganamos nada repitiendo lo que nos cuente. Trabajamos para el estado de Florida y nuestro trabajo es investigar acusaciones de delitos, el mismo que el suyo.

El jefe reflexionó durante un momento, y miró primero a una y luego al otro con ojos nerviosos. Al final respiró hondo, se relajó y dijo:

—Sí, al principio tuvimos un sospechoso, o al menos pensamos que estábamos sobre la pista. Siempre dimos por hecho que el asesino iba en un barco. Se encontró al señor Kronke solo, pescando corvinas rojas, algo que hacía a todas horas. En la nevera ya había varios peces que había pescado. Su esposa nos dijo que había salido de casa sobre las siete de la mañana y que esperaba pasar un día agradable navegando. Fuimos a todos los puertos deportivos en un radio de ochenta kilómetros de aquí y comprobamos los registros de alquiler de embarcaciones. —Guardó silencio el tiempo justo para sacarse unas gafas de lectura del bolsillo de la camisa y abrir un expediente. Lo hojeó a toda prisa y encontró su número—. Se alquilaron veintisiete barcos aquella mañana, todos, por supuesto, a pescadores. El asesinato ocurrió el 5 de agosto, en temporada de corvina roja, ¿comprende?

—Por supuesto.

Lacy nunca había oído hablar de la corvina roja y no sabía muy bien qué era.

—Comprobamos los veintisiete nombres. Tardamos bastante, pero, bueno, es nuestro trabajo. Uno de los hombres era un delincuente convicto, había cumplido condena en una cárcel federal por agredir a un agente del FBI, un tipo bastante peligroso. Nos entusiasmamos y nos centramos en él durante algún tiempo. Pero al final pudimos verificar su coartada.

Lacy dudaba que, después de haber acechado a Perry Kronke durante más de veinte años, Ross Bannick hubiera sido tan descuidado como para alquilar un barco en las inmediaciones en un momento tan cercano al del asesinato, pero fingió un profundo interés. Después de pasar quince minutos con el jefe Turnbull y de ver su investigación, no se sentía impresionada.

—¿Pidió ayuda a la policía estatal? —preguntó.

—Por supuesto. Desde el principio. Ellos son los profesionales. Se encargaron de la autopsia, los análisis forenses, la mayor parte de la investigación preliminar. Trabajamos codo con codo, fue un esfuerzo conjunto en todos los aspectos. Grandes tipos. Me caen bien.

Estupendo.

—¿Podríamos echarle un vistazo al expediente? —preguntó Lacy con dulzura.

Unas gruesas arrugas surcaron la frente del jefe. Se quitó las gafas y movió la mandíbula como si masticara un hierbajo, fulminándola con la mirada como si acabara de preguntarle por la vida sexual de su esposa.

—¿Por qué? —exigió saber.

—En este caso podría haber algo relevante para nuestra investigación.

—No lo entiendo. Esto es un asesinato, lo suyo es un juez corrupto. ¿Qué relación guardan?

—No lo sabemos, jefe Turnbull, solo estamos indagando, como suele hacer usted. No es más que un buen trabajo policial.

—No puedo compartir el expediente. Lo siento. Consigan una orden judicial o algo así y estaré encantado de ayudarlos, pero, sin ella, la respuesta es un no.

—Muy bien. —Se encogió de hombros como si se diera por vencida. No había más que hablar—. Gracias por su tiempo.

—No hay de qué.

—Volveremos con una orden judicial.

—Genial.

—Una última pregunta, si no le importa.

—Pregunte.

—La cuerda utilizada por el asesino, ¿está incluida en el archivo de pruebas?

—Claro que sí. La tenemos.

—¿Y la conoce?

—Por supuesto. Es el arma homicida.

—¿Puede describirla?

—Por supuesto, pero no voy a hacerlo. Vuelva con la orden judicial.

—Seguro que es de nailon, de unos setenta y cinco centímetros de longitud, con doble trenzado, de calidad naval, de color azul y blanco o verde y blanco.

Las arrugas brotaron de nuevo, al mismo tiempo que se le abría la boca. Se recostó contra el respaldo de su silla y entrelazó las manos por detrás de la cabeza.

—Caray...

—¿Me he acercado? —preguntó Lacy.

—Sí. Bastante. Imagino que ya había visto el trabajo de este tipo.

—Tal vez. Puede que tengamos un sospechoso. Ahora no puedo hablar de él, pero quizá la semana que viene o el mes que viene sí. Estamos en el mismo equipo, jefe.

—¿Qué quiere?

—Quiero ver el expediente completo. Y todo es confidencial.

Turnbull se puso en pie y dijo:

—Síganme.

Dos horas más tarde aparcaron en un puerto deportivo y siguieron a Turnbull, su nuevo amigo, por un muelle hasta una lancha patrullera de nueve metros de eslora con la palabra POLICÍA pintada nítidamente a ambos lados. El capitán era un viejo agente vestido con los pantalones cortos del uniforme y les dio la bienvenida a bordo como si se dirigieran a un crucero de lujo. Lacy y Darren se sentaron rodilla con rodilla en un banco a estribor y disfrutaron del paseo sobre las aguas tranquilas. Turnbull se quedó de pie junto al capitán y ambos se pusieron a charlar en una indescifrable jerga policial. Quince minutos más tarde la embarcación redujo la velocidad hasta casi detenerse.

Turnbull se acercó a la parte delantera y señaló el agua.

—Lo encontraron por aquí. Como ven, es un lugar bastante remoto.

Lacy y Darren se levantaron y observaron el entorno, agua infinita en todas direcciones. La orilla más cercana estaba a unos dos kilómetros de distancia y salpicada de casas apenas visibles. No había ninguna otra embarcación a la vista.

—¿Quién lo encontró? —preguntó Lacy.

—Los guardacostas. Su mujer empezó a preocuparse cuando no apareció e hizo unas cuantas llamadas. Encontramos su camioneta y su remolque en el puerto deportivo y supusimos que seguía navegando. Llamamos a los guardacostas y empezaron a buscar.

—No es un mal sitio para asesinar a alguien —reflexionó Darren, que acababa de pronunciar las que casi eran sus primeras palabras del día.

Turnbull gruñó y repuso:

—Qué coño, yo diría que es casi perfecto.

El barco era de su propiedad, lo había comprado el año anterior, cuando el plan maestro terminó de tomar forma. No era un barco especialmente bonito, ni mucho menos tan elegante como el que tenía el objetivo, pero no pretendía impresionarlo. Para ahorrarse el remolque, el aparcamiento y todas esas molestias, alquiló un amarre en un puerto deportivo al sur de Marathon. La propiedad anularía la necesidad de alquilar. Más adelante lo vendería, al igual que el pequeño apartamento cerca del puerto, ambas cosas, si tenía suerte, con beneficios. Tras establecerse en la zona, y sin conocer a nadie, se dedicó a pescar en aquellas aguas, algo que llegó a disfrutar, y a acechar a su objetivo, algo para lo que vivía. El papeleo —la factura de la venta del barco, la cuenta bancaria en un banco de la zona, los registros de la propiedad, la licencia de pesca, los impuestos sobre la propiedad, los recibos del combustible— era fácil de falsificar. El papeleo estatal y local era un juego de niños para un hombre con cien cuentas bancarias, un hombre que compraba y vendía cosas con nombres falsos solo por diversión.

Un día se topó con Kronke en el muelle y se acercó tanto como para saludarlo. El muy imbécil no le contestó. Ya en su día tenía fama de gilipollas. Las cosas no habían cambiado. Haberse mantenido alejado de aquel bufete había sido una bendición.

El día elegido vigiló a Kronke mientras descargaba su embarcación, compraba combustible, guardaba sus cañas y señuelos y, por último, se alejaba del muelle, a demasiada velocidad, dejando una estela tras de sí. Menudo imbécil. Lo siguió de lejos, a una distancia cada vez mayor porque los motores de Kronke eran más potentes. Cuando el viejo encontró su lugar, se detuvo y empezó a lanzar la caña, Bannick retrocedió aún más y lo observó a través de unos prismáticos. Dos meses antes se había acercado a él y recurrido a la estratagema de que tenía problemas en el motor para pedirle ayuda. Kronke, siempre tan gilipollas, lo había dejado tirado a un par de kilómetros de la orilla.

El día elegido, mientras Kronke estaba ocupado con sus corvinas rojas, navegó directamente hacia su barco, que era más grande. Cuando Kronke se dio cuenta de que se estaba acercando, se quedó de piedra y lo miró como si fuera idiota.

—Eh, me está entrando agua —gritó Bannick sin dejar de acercarse despacio.

Kronke se encogió de hombros como diciendo: «Es tu problema». Soltó la caña.

Cuando los barcos se tocaron con fuerza, Kronke gruñó:

—¡Qué cojones haces!

Sus últimas palabras. Tenía ochenta y un años y estaba en forma para su edad, pero aun así fue un pasito o dos demasiado lento.

Deprisa, el asesino ató su cuerda a una cornamusa, saltó al barco de Kronke, sacó a Plomazo, la agitó dos veces y le estampó la bola de plomo en la sien al viejo abogado. Le reventó el cráneo. Le encantó el crujido. Le dio otro golpe, aunque ya era innecesario. Sacó la cuerda de nailon, se la enrolló dos veces alrededor del cuello, le colocó la rodilla en la parte superior de la médula espinal y tiró de ella con tanta fuerza como para desgarrarle la piel.

Estimado señor Bannick:

Hemos disfrutado de su trimestre de prácticas este pasado verano. Su trabajo nos ha impresionado y teníamos toda la intención de ofrecerle un puesto como asociado a partir del próximo otoño. Sin embargo, como tal vez ya sepa, nuestro bufete acaba de fusionarse con Reed & Gabbanoff, un gigante mundial con sede en Londres. Esta situación está provocando un importante desplazamiento de personal. Lamentablemente, no estamos en condiciones de contratar a todos los becarios del verano pasado.

Le deseamos un muy brillante futuro.

Con un cordial saludo,

H. Perry Kronke,
Socio Director

Mientras tiraba cada vez con más fuerza, no dejaba de repetir:

—Aquí tienes tu muy brillante futuro, H. Perry.

Habían pasado veintitrés años y el rechazo seguía escociéndole. El dolor continuaba ahí. Les ofrecieron trabajo a todos los demás becarios del verano. La fusión nunca se produjo. Alguien, sin duda otro becario despiadado, había iniciado el rumor de que a Bannick no le gustaban las chicas, de que no salía con mujeres.

Ató la cuerda con un ballestrinque doble y, durante unos segundos, admiró su obra. Miró a su alrededor y vio que la embarcación más cercana estaba a más o menos un kilómetro de distancia, camino de aguas abiertas. Agarró la cuerda de su embarcación y la acercó, luego se tiró al agua y se sumergió para lavarse cualquier posible resto de sangre que le hubiera salpicado.

«Aquí tienes tu muy brillante futuro, H. Perry».

Un año más tarde vendió tanto el barco como el apartamento con modestos beneficios. Ambas transacciones se hicieron a nombre de Robert West, uno de los treinta y cuatro del estado.

Le encantaba jugar a los alias.

19

Gracias a sus extensas lecturas sobre asesinos en serie, Jeri sabía que casi ninguno de ellos se detenía hasta que lo atrapaban o hasta que moría, ya fuera a manos de la policía o de su propia mano; a veces, la edad o la cárcel los obligaban a retirarse. Los demonios que los impulsaban eran implacables y crueles y no podían exorcizarse jamás. La muerte o el encarcelamiento eran lo único que lograba neutralizarlos, nada más. Los pocos asesinos que intentaban hacer frente a sus matanzas, lo hacían desde una celda.

Según la cronología de Jeri, una vez Bannick había pasado once años sin matar. Asesinó a Eileen Nickleberry cerca de Wilmington en 1998 y luego esperó hasta 2009 para pillar al periodista, Danny Cleveland, solo en su apartamento de Little Rock. Desde entonces había matado tres veces más. Estaba acelerando el ritmo, lo cual no era extraño.

Jeri se recordó que su cronología era esencialmente inútil, porque en realidad no tenía ni idea de cuántas víctimas habría por ahí. ¿Habría cadáveres aún sin descubrir? Algunos asesinos los escondían y luego, años más tarde, olvidaban dónde los habían enterrado a todos. Otros asesinos, como Bannick, querían que las víctimas fueran halladas, y con pistas. Como aficionada a la elaboración de perfiles, Jeri opinaba que Bannick pretendía que alguien —la policía, la prensa, las familias— supiera que los asesinatos estaban relacionados.

Pero ¿por qué? Seguro que se debía a su ego retorcido, al deseo de que se reconociera que era más inteligente que la policía. Se enorgullecía tanto de sus métodos que habrá sido una pena que no los admirasen, aunque fueran personas desconocidas y desde la distancia. Seguro que anhelaba que su trabajo se convirtiese en una leyenda.

Nunca había creído que Bannick quisiera que lo pillaran. Tenía estatus, prestigio, popularidad, dinero, educación... Tenía mucho más a su favor que el asesino en serie medio, si es que existía algo así. Pero le encantaban los juegos arteros. Era un sociópata que mataba por venganza, pero gozaba con la planificación y la ejecución, y con la perfección de sus crímenes.

Ocho asesinatos, al menos que ella supiera, en siete estados, a lo largo de veintidós años. Bannick tenía solo cuarenta y nueve años y era posible que estuviera en su mejor momento como asesino. Cada asesinato le confería aún más confianza, más emoción. Ya era un veterano y debía de pensar que no iban a cogerlo jamás. ¿Quién más figuraba en su lista?

El papel eran folios normales y corrientes, blancos y lisos, de 21×28, comprados un año antes en un Staples de Dallas. El sobre, igual de sencillo e ilocalizable. El procesador de textos, un antiguo Olivetti de primera generación con una pantalla pequeña y poca memoria, de alrededor de 1985. Jeri lo había comprado de segunda o de tercera mano en un almacén de antigüedades de Montgomery.

Se puso unos guantes de plástico desechables, colocó con cuidado varias hojas de papel en la bandeja, abrió la pantalla y se quedó mirándola durante mucho tiempo. Se le formó un nudo en el estómago y no pudo seguir adelante. Al final consiguió teclear despacio, con torpeza, tecla a tecla:

Juez Bannick: La Comisión de Conducta Judicial de Florida está investigando sus recientes actividades, relativas a Verno, Dunwoody, Kronke.

¿Es posible que haya más? Yo creo que sí.

Por lo general comía poco, así que se sorprendió cuando se le revolvió el estómago y tuvo que salir corriendo al baño, donde vomitó y continuó teniendo arcadas hasta que le dolieron el pecho y la espalda. Moviéndose con cautela, bebió agua y al final consiguió volver a su escritorio. Leyó lo que había escrito, una nota que había compuesto mil veces en su cabeza, palabras que había pronunciado y practicado una y otra vez.

¿Cómo reaccionaría Bannick? Recibir aquella carta anónima le resultaría catastrófico, devastador, aterrador, le cambiaría la vida. O, al menos, eso esperaba ella. Era un hombre demasiado frío, tenía la sangre demasiado fría para dejarse arrastrar por el pánico, pero su mundo nunca volvería a ser el mismo. Su mundo se tambalearía y sus demonios y él se volverían aún más locos sabiendo que alguien les seguía la pista. Bannick no podría contárselo a nadie, no podría confiar en nadie, no podría recurrir a nadie.

Jeri quería ponerle la vida patas arriba. Quería que Bannick tuviese que vigilar cada paso que daba, que viviera mirando por encima del hombro, que se sobresaltara ante cada ruido, que estudiase a los desconocidos. Quería que se pasara las noches en vela, atento a cada ruido y temblando de miedo, como había vivido ella durante tanto tiempo.

Pensó en Lacy y volvió a plantearse la estrategia de exponerla. Jeri se había convencido de que Bannick era demasiado inteligente para cometer alguna estupidez. Además, Lacy era una chica dura que sabía cuidarse sola. En algún momento no muy lejano, Jeri la advertiría.

Imprimió la nota en una hoja de papel y la metió en el

sobre. Teclear su nombre le produjo otro escalofrío. «R. Bannick, Eastman Lane 825, Cullman, Florida, 32533».

El sello era genérico y se pegaba sin saliva. Jeri estaba sudando y se tumbó en el sofá un buen rato.

La siguiente nota también la imprimió en un folio blanco, pero de un fabricante distinto. Tecleó:

Ahora que sé quién eres personalmente
desde mi tumba te envío recuerdos
de esa noche contigo y con Dave hace mucho tiempo
en un lugar muy distante
acechaste y esperaste tantos años
para encontrarme en un lugar aislado
y hacer realidad tu ira y tus miedos
en una chica a la que Eileen habías llamado

Pese a su inestabilidad, consiguió reírse a carcajadas de la imagen de Bannick leyendo su poema. Se rio de su horror, de su incredulidad y de su rabia ante el hecho de que una víctima lo hubiera alcanzado.

El sábado, Jeri salió de Mobile y condujo una hora hasta Pensacola. En un centro comercial de las afueras encontró un buzón azul de correos plantado entre uno de FedEx y otro de UPS. La cámara de seguridad más cercana estaba lejos, encima de la puerta de una cafetería. Con guantes y sin bajarse del coche metió la primera carta por la ranura. El lunes le pondrían el matasellos en el centro de distribución de Pensacola y, a más tardar el martes siguiente, la entregarían en el buzón que Bannick tenía junto a la puerta de su casa.

Dos horas más tarde salió de la autopista en Greenville, Alabama, y depositó su poema en la oficina de correos de la ciudad. Lo recogerían el lunes y lo trasladarían en camión a

Montgomery, donde le pondrían el matasellos y lo enviarían de nuevo hacia el sur, a Pensacola. Bannick lo tendría todo el miércoles siguiente, el jueves como máximo.

Volvió a Mobile cogiendo carreteras secundarias y disfrutó del viaje. Escuchó jazz en la radio por satélite Sirius y no paró de verse sonreír en el espejo. Había enviado las dos primeras cartas. Había reunido el valor necesario para enfrentarse al asesino o, al menos, para poner en marcha el juego que acabaría con él. La fase de caza había terminado y eso la hacía sentirse eufórica. Ahora entraba en la siguiente etapa, aún sin nombre. Su labor no había concluido, ni mucho menos, pero el trabajo más oneroso ya estaba hecho, veintidós años después, nada más y nada menos.

Ahora el caso era cosa de Lacy y, con el tiempo, implicaría a la policía estatal, tal vez al FBI. Y Bannick jamás sabría quién lo acechaba.

Aquella noche, ya tarde, estaba leyendo una novela, bebiéndose su segunda copa de vino y luchando contra la tentación de conectarse a internet y seguir investigando. Su teléfono emitió el pitido de un correo electrónico entrante en una de sus cuentas seguras. Era KL, o Kenny Lee, y le preguntaba si estaba despierta. Se sintió repentinamente cansada de sus pesquisas y lo único que quería era que la dejaran en paz, pero era un viejo amigo al que nunca conocería.

Le respondió:

Hola. ¿Cómo te va la vida?

Genial, un sueño. Tengo otra muerte por estrangulamiento con cuerda en Missouri, el caso es de hace cuatro meses, es parecido.

Como siempre, Jeri esbozó una mueca de dolor ante la noticia de otro asesinato y, como siempre, sacó la apresurada conclusión de que era cosa de Bannick. Pero ya estaba harta y no quería gastar más dinero ni desperdiciar más energía.

¿Cómo de parecido?

Todavía no hay fotos ni descripción de la cuerda. Pero tampoco hay sospechosos ni se ha encontrado nada en la escena.

Jeri se recordó que trescientas personas al año morían asesinadas por estrangulamiento y que alrededor del sesenta por ciento de esos casos se resolvían. Eso dejaba unos ciento veinte casos sin resolver, demasiados de los que culpar a un solo hombre.

Deja que lo consulte con la almohada.

En otras palabras, no pongas en marcha el reloj a doscientos dólares la hora. Kenny Lee la había llevado a cuatro de las víctimas de Bannick y ya le había pagado bastante.

Dulces sueños.

¿Sigue habiendo nieve ahí?

Le enviaba los pagos en efectivo a un apartado de correos en Camden, Maine. Imaginaba que vivía en algún lugar cercano.

Está cayendo ahora mismo. ¿Cuál es el número de bajas hasta el momento?

Ocho. Siete con la cuerda y Dunwoody.

Es hora de pedir ayuda. Hay que detener a ese tipo. Tengo contactos.

Yo también. Las cosas se están moviendo.

Vale.

20

El grupo de trabajo se dio cita el lunes a última hora de la mañana en la sala de reuniones para compartir sus avances. El periodo de evaluación había comenzado hacía veinte días y no habían obtenido gran cosa a cambio de sus esfuerzos. Lacy le relató a Sadelle su viaje a Marathon en compañía de Darren, pero la pobre mujer estaba medio dormida o colocada por culpa de los analgésicos.

Darren, sin embargo, sí tenía noticias interesantes. Mientras se tomaba su café de buena calidad, anunció:

—Estuve charlando con un tal Larry Toscano, socio del bufete Paine & Steinholtz, en Miami, que desciende, después de todos estos años, de Paine & Grubber, el antiguo bufete donde Bannick pasó el verano de 1989 como becario. Al principio, Toscano se mostró reacio a involucrarse, pero, cuando le expliqué que en ciertos casos la CCJ tiene autoridad para enviar citaciones y que, si era necesario, haríamos una redada en sus oficinas y empezaríamos a llevarnos sus expedientes, cosa que, por supuesto, es un chiste con nuestras limitaciones de personal, el farol funcionó y Toscano empezó a colaborar. Encontró los archivos enseguida y me confirmó que, en efecto, Bannick había trabajado allí el verano anterior a su último año de carrera. Me dijo que el expediente del chico estaba limpio y que había hecho un buen trabajo, que había recibido buenas calificaciones de su supervisor y demás, pero que no se le había ofrecido un puesto de asociado. Presioné a Toscano para que me diera más detalles y tuvo que volver al expediente. Al parecer, aquel verano contaron con veintisiete becarios procedentes de varias facultades de derecho y todos menos Bannick recibieron una oferta de empleo. Veintiuno la aceptaron. Le pregunté por qué dejaron tirado a Bannick si su expediente estaba limpio y, como es lógico, Toscano no tenía ni idea. En aquel momento, Perry Kronke era uno de los dos socios directores y el encargado del programa de prácticas de verano. Toscano me dijo que en el expediente se incluía una copia de una carta que Kronke le escribió a Bannick y en la que no se le ofreía ningún puesto. Después de que volviera a mencionarle las citaciones, me envió una copia de todo el expediente. No es gran cosa, pero demuestra lo que ya sabíamos: que sus caminos se cruzaron en 1989.

Sadelle tragó un poco de aire y gruñó:

—Repítemelo otra vez: ¿cómo conocía Betty Roe este vínculo?

—En su denuncia afirma que encontró a un antiguo socio del bufete, un tipo de la misma edad que Bannick y que también formó parte de la remesa de becarios de 1989 —contestó Lacy—. Por eso conocía bien a nuestro hombre; por lo que sabemos, a lo mejor hasta siguen siendo amigos. Dice que Bannick deseaba mucho aquel trabajo y que se tomó muy mal el rechazo.

—Lo agregó a su lista —observó Sadelle—. Apunta un nombre ahora, te machaca años después.

—Algo así. Veintitantos años.

—De verdad que espero no haber hecho nada para cabrearlo. Aunque yo ya estoy más muerta que viva.

—Vale ya con eso.

—Nos enterrarás a todos —apuntó Darren.

—¿Nos apostamos algo?

—¿Cómo cobro si gano?

—Bien pensado.

Lacy cerró el expediente y miró a su grupo de trabajo.

—Bueno, amigos, ¿en qué punto nos encontramos ahora exactamente? Sabemos que Bannick conocía a dos de las víctimas, cosa que Betty ya alegaba en su denuncia. Como ya os he comentado, Betty también me ha entregado documentación, extraoficial hasta ahora, sobre otros cinco asesinatos cuyas víctimas tuvieron la desgracia de hacer enfadar al juez Bannick en algún momento de su vida. Por suerte, no tenemos que preocuparnos por ellos.

—¿Por qué no acudimos ya a la policía estatal? —preguntó Sadelle.

—Porque ya están trabajando en el caso, están en ello desde el asesinato de Kronke. Hemos visto el expediente, cientos de páginas.

—Miles —puntualizó Darren.

—Vale, miles. Hablaron con decenas de personas que conocían a Kronke, en Marathon y en los alrededores. Nada. Comprobaron los registros de todos los alquileres de barcos, de todas las compras de combustible, de todas las licencias de pesca nuevas. Nada. Hablaron con sus antiguos socios del bufete de Miami. Nada. Y con antiguos clientes. Nada. Con su familia. Nada. Han hecho un exhaustivo trabajo de investigación del pasado y el presente de la víctima y no han encontrado nada de nada. Ni una pista decente en ninguna parte. Han cumplido con su cometido y no les ha reportado ni un solo indicio, así que ahí lo tienen, otro caso sin resolver a la espera de que suceda un milagro.

—El miércoles me voy otra vez a Miami para reunirme con los investigadores de la estatal —dijo Darren—. He hablado varias veces con ellos por teléfono y parecen dispuestos, como mínimo, a atendernos. Estoy seguro de que me enseñarán el mismo expediente que vimos en Marathon, pero nunca se sabe. Quizá estén al tanto de algo que el jefe Turnbull desconoce.

Sadelle resolló y preguntó:

—Entonces ¿por qué no les contamos lo de Bannick? Si sabemos el nombre del asesino, o al menos tenemos una denuncia jurada que lo acusa de serlo, ¿por qué no pasarles esa información a los investigadores? —Arqueó los hombros y se preparó para otra inhalación. Su máquina emitió un zumbido un poco más alto a causa del esfuerzo—. Es que, a ver, Lacy, estamos dando palos de ciego. En realidad no podemos hacer gran cosa. Los policías de verdad disponen de presupuestos multimillonarios, tienen desde sabuesos hasta helicópteros y satélites, y no son capaces de resolver los crímenes. ¿Cómo vamos a hacerlo nosotros? Yo digo que le pasemos el marrón a la policía estatal y dejemos que sean ellos quienes lo persigan.

—Hacia eso vamos —señaló Darren.

—Tal vez —repuso Lacy—, pero le prometí a Betty que no involucraríamos a la policía hasta que ella nos diera el visto bueno.

—Aquí las cosas no funcionan así, Lacy —replicó Sadelle—. Una vez que se presenta la denuncia, la jurisdicción es nuestra. La parte denunciante no puede dictar nuestra manera de proceder. Lo sabes de sobra.

—Sí, pero gracias por el sermón.

—No hay de qué.

—Nos está utilizando, Lacy —añadió Darren—. Ya lo hablamos la semana pasada. Betty quiere esconderse detrás de nosotros y conseguir que la policía se involucre. Así que ese es nuestro siguiente paso.

—Ya veremos. Ve a Miami, reúnete con los chicos de la estatal y preséntanos un informe el lunes que viene.

Aquella tarde Lacy salió pronto y cruzó la ciudad en coche hasta llegar a un complejo lleno de edificios de oficinas de dos plantas. La suite de R. Buford Furr era tranquila, lujosa y estaba bien equipada: hablaba de un abogado de éxito. No había más clientes esperando en la zona de recepción y un becario joven y apuesto atendía el teléfono. A las cuatro en punto la acompañó a una amplia sala de guerra donde Buford, en efecto, combatía contra el mundo. La abrazó con cariño, como si fueran amigos desdc hacía años, y le señaló un sofá que debía de costar más que el coche de Lacy.

Furr era uno de los mejores abogados litigantes de Florida y tenía muchos veredictos importantes de los que presumir. Y lo hacía, con titulares de periódicos y fotos enmarcadas en las paredes. Todos los abogados lo conocían y, cuando Lacy decidió demandar por el accidente de coche provocado en el que ella resultó herida y Hugo Hatch, su antiguo compañero, perdió la vida, no tuvo otra opción.

Verna Hatch, la viuda de Hugo, lo contrató en primer lugar, y juntos presentaron una demanda de muerte por negligencia en la que pedían diez millones de dólares. Una semana después, Furr demandó en nombre de Lacy. Las demandas se habían visto obstaculizadas por un impedimento poco habitual: la abundancia de dinero en efectivo. El sindicato del crimen que había robado millones de un casino indio había enterrado su botín a lo largo y ancho de todo el mundo. Los federales aún no habían terminado de encontrarlo, y el hecho de que hubiera tantísimo atraía a un asombroso número de agraviados. Y a sus respectivos abogados. Las listas de casos pendientes, tanto las estatales como las federales, estaban repletas de demandas.

El obstáculo más serio para que se alcanzara una resolución era un enorme y complicado pleito federal relacionado con las demandas contradictorias de los nativos americanos a los que pertenecía el casino. Hasta que se resolviera ese lío, nadie sabría con exactitud cuánto dinero quedaba para las demás partes agraviadas, entre ellas Lacy y Verna Hatch.

Furr la puso al corriente de las últimas novedades del procedimiento de confiscación de bienes y de los demás litigios. Frunció el ceño cuando le dijo:

—Lacy, me temo que quieren tomarte declaración.

—No quiero pasar por eso —contestó ella—. Ya lo hemos hablado.

—Lo sé. Uno de los problemas es que los abogados designados por el tribunal para repartir el dinero trabajan por horas, con muy buenas tarifas, y no tienen ninguna prisa por que las cosas acaben.

—Caramba. Eso es nuevo.

Furr se echó a reír y precisó:

—No hablamos de los honorarios de la pequeña ciudad de Tallahassee. Esos tíos facturan ochocientos dólares por hora. Tendremos suerte si queda algo cuando todo esto acabe.

—¿No puedes quejarte a los jueces?

—Hay muchas quejas. Ahora mismo todo va por lo contencioso. —Lacy pensó un momento mientras Furr la observaba—. Declarar no sería tan terrible —le dijo él.

—No sé si soportaría revivir ese accidente, la imagen de Hugo cubierto de sangre. Muriéndose, supongo.

—Te prepararemos. Te irá bien la experiencia, porque puede que tengas que subir al estrado si el caso llega a juicio.

—No quiero llegar a juicio, Buford. Lo he dejado muy claro. No me cabe duda de que a ti te gustaría montar una gran producción, sentar a un montón de malos a la mesa de la defensa y meterte al jurado en el bolsillo, como siempre. Otro gran veredicto.

Furr volvió a reírse.

—Vivo para eso, Lacy. ¿Te imaginas trasladar a esos delincuentes desde la cárcel para que asistan al juicio? Es el sueño de todo abogado.

—Pues el mío no. Aguantaría una declaración, pero no un juicio. Lo que de verdad quiero es llegar a un acuerdo, Buford.

—Y lo alcanzaremos, te lo prometo. Pero ahora mismo tenemos que entrar en el juego del intercambio de pruebas.

—No sé si seré capaz.

—¿Quieres desestimar el caso?

—No. Quiero que desaparezca en cuanto lleguemos a un acuerdo. Todavía tengo pesadillas y la demanda no ayuda.

—Lo entiendo, Lacy. Pero confía en mí, ¿vale? He pasado por esto muchas veces. Te mereces un acuerdo generoso y te prometo que te lo conseguiré.

Ella asintió en señal de gratitud.

21

El sargento Faldo estaba reindexando kits de violación cuando el teléfono que llevaba en el bolsillo comenzó a vibrar. Era su jefe, el jefe, el jefe de toda la policía de Pensacola, y fue tan contundente como de costumbre. Le dijo que el juez Ross Bannick tenía que revisar un expediente viejo esa tarde. Estaría en el juzgado hasta por lo menos las cuatro, pero se reuniría con Faldo a las cuatro y media en punto. Faldo recibió la orden de hacer todo lo que su señoría quisiera.

—Tú lámele el culo, ¿vale?

—Sí, señor —respondió Faldo.

No era necesario que le dijeran cómo debía hacer su trabajo.

Tenía el vago recuerdo de que Bannick ya se había pasado por allí hacía años. Era raro que un juez de distrito, o que cualquier otro tipo de juez, fuera al almacén de pruebas. Los visitantes de Faldo eran casi en exclusiva policías que estaban trabajando en algún caso, que le llevaban pruebas para que las almacenara hasta el juicio o que rebuscaban en expedientes antiguos. Pero hacía décadas que Faldo había aprendido que el tesoro de pistas viejas que custodiaba podía atraer a casi cualquier persona. Había registrado en el sistema a detectives privados, a periodistas, a novelistas, a familias desesperadas en busca de jirones de pruebas, incluso a una médium y, como mínimo, a una bruja.

A las cuatro y media, el juez Bannick apareció con una sonrisa agradable en la cara y lo saludó. Se mostró verdaderamente encantado de conocer al sargento y le preguntó por su distinguida carrera en el cuerpo. Como buen político, le dio las gracias a Faldo por los servicios prestados y le pidió que lo llamara si alguna vez necesitaba algo.

Le interesaba un expediente viejo, de hacía bastante tiempo, del año 2001. Un caso en un juzgado municipal, una desestimación, un asunto trivial que no tenía transcendencia alguna para nadie salvo para un amigo jubilado de Tampa que le había pedido un favor. Y ese fue el cuento.

Mientras se adentraban en las entrañas del almacén, charlando de fútbol, a Faldo le dio por pensar que aquel expediente le sonaba de algo. Encontró abril, mayo y luego junio y sacó un cajón entero.

—El nombre del acusado es Verno —señaló Bannick mientras observaba a Faldo hojear la hilera de expedientes.

—Aquí está —dijo el sargento con orgullo, y entonces lo sacó y se lo entregó.

Bannick se ajustó las gafas de leer y preguntó:

—¿Lo ha consultado alguien últimamente?

Entonces Faldo lo recordó.

—Sí, señor. Un hombre que vino hace unas semanas, qué curioso. Saqué una copia de su carnet de conducir. Tendría que estar ahí.

Bannick cogió una hoja de papel y miró la cara de un tal Jeff Dunlap, de Conyers, Georgia.

—¿Qué quería?

—No lo sé, solo el expediente. Se lo fotocopié, a un dólar la página. Cuatro dólares si no recuerdo mal.

También se acordaba de que Dunlap había dejado un billete de cinco dólares sobre el mostrador porque Faldo solo aceptaba tarjetas de crédito, pero eso decidió no mencionárselo. Había sido un hurto sin importancia, un pequeño chanchullo por parte de un policía veterano que siempre había estado muy mal pagado.

Bannick estudió las páginas, con las gafas de lectura puestas en equilibrio en la punta de la nariz, con aire inteligente.

—¿Quién ha tachado el nombre de la parte denunciante? —preguntó, aunque en realidad no esperaba que Faldo supiera la respuesta.

«Bueno, pues debió de ser usted, señor. Según el libro de registro que tengo ahí fuera, solo ha habido dos personas interesadas en este expediente en los últimos trece años. Usted, hace veintitrés meses, y ahora este tipo, Dunlap». Pero Faldo había interpretado correctamente la situación y no quería problemas.

—No tengo ni idea, señor.

—Bien. ¿Puede hacerme una copia del carnet de conducir de este hombre?

—Sí, señor.

El juez Bannick se alejó en su SUV de la marca Ford, nada ostentoso, nada que llamara la atención. Nunca.

Un detective privado de Georgia había viajado hasta Pensacola para rebuscar en un viejo e inútil expediente policial unos trece años después de que el caso se cerrara. Al hacerlo había encontrado los escasos registros de la detención y el juicio de Lanny Verno, que en paz descansara. Era extraño y difícil de explicar, aparte de lo obvio: que alguien estaba escarbando en su pasado.

Bannick llevaba veinticuatro horas dándole vueltas a la cabeza sin parar y alimentándose de ibuprofeno para combatir las jaquecas. Era fundamental pensar con claridad, con inteligencia y con calma, ser capaz de anticiparse, pero muchas imágenes estaban borrosas. Se dirigió a la zona norte de Pensacola y se detuvo en un centro comercial, uno de los dos que poseía. Había un supermercado Kroger en un extremo y un cine de cuatro plantas en el otro, y entre ambos había ocho negocios más pequeños, todos al día con el pago del alquiler. Aparcó cerca de un popular gimnasio, al que él acudía casi a diario, y echó a andar por una acera cubierta como cualquier otro comprador. Entre el gimnasio y un estudio de yoga, giró hacia un amplio callejón cubierto y se detuvo ante una puerta sin ningún distintivo. Allí escaneó una tarjeta de acceso y miró fijamente al escáner facial. La puerta emitió un clic y Bannick entró deprisa. Apagó las alarmas cuando la puerta se cerró a su espalda.

Era su otro despacho, su santuario, su refugio, su cueva. No tenía ventanas, solo había una entrada, disponía de varias alarmas y estaba vigilada por cámaras ocultas las veinticuatro horas del día. No había constancia de su existencia: ni permisos comerciales ni facturas de servicios. Nadie más que él tenía acceso a aquel lugar. La electricidad, el agua, el alcantarillado, internet y la televisión por cable se los desviaban desde el gimnasio, situado al otro lado de un muro grueso, y después ajustaba en consecuencia el alquiler con el arrendatario mediante un apretón de manos. En teoría infringía varias ordenanzas y normas de poca importancia y, como juez, no le gustaba el hecho de hacer esas pequeñas trampas. Pero nadie lo sabría jamás. La privacidad que le proporcionaba su otro despacho superaba con creces cualquier posible sentimiento de culpabilidad.

Vivía a poco más de quince kilómetros de distancia, en la ciudad de Cullman, en una casa bonita con el típico estudio de hombre ocupado que bien podía ser allanado por hombres con órdenes judiciales. Y su oficina profesional era un despacho, más bien sombrío, en la segunda planta del juzgado del condado de Chavez, un espacio propiedad de los contribuyentes y, aunque no exactamente abierto al público, desde luego susceptible de ser registrado.

Que vinieran. Que requisasen todos los expedientes y los ordenadores de su casa y de su despacho oficial, porque no encontrarían ni una sola prueba contra él. Que lo investigaran en internet, que hurgasen en sus ordenadores y en los archivos del servidor de datos judiciales, que rastrearan todos los correos electrónicos que había enviado desde esos ordenadores, porque no encontrarían nada.

Había vivido la mayor parte de su vida adulta con miedo a que lo detuvieran, a las órdenes de registro, a los detectives, a que lo pillaran. El miedo lo había consumido tan por completo durante tanto tiempo que sus rutinas diarias incluían todo tipo de medidas de precaución. Y, hasta entonces, se había mantenido siempre por delante de los sabuesos.

El miedo a que lo cogieran no venía motivado por el miedo a pagar las consecuencias. Era, más bien, miedo a tener que parar.

Su pasión por la tecnología, la seguridad, la vigilancia, la ciencia poco convencional, incluso el espionaje, tenía sus raíces en una película cuyo título hacía tiempo que había olvidado. La vio cuando era un crío de trece años, asustado y vulnerado, solo, en el sótano, una noche después de que sus padres se fueran a la cama. El protagonista era un chico escuálido y marginado que se había convertido en el blanco favorito de los abusones del barrio. En lugar de levantar pesas y aprender kárate se había adentrado en el mundo de la ciencia extraña, el espionaje, el armamento, la balística, incluso la guerra química. Se compró el primer ordenador del pueblo y aprendió a programarlo. A su debido tiempo se había vengado de los abusones y había cabalgado feliz hacia el atardecer. No era una gran película, pero inspiró al joven Ross Bannick para volcarse en la ciencia y la tecnología. Les suplicó a sus padres que le regalaran un ordenador Apple II por Navidad y también por su cumpleaños. Además aportó cuatrocientos cincuenta dólares de sus propios ahorros.

Durante el instituto y la universidad destinó hasta el último sueldo y hasta el último dólar que le sobraba a hacerse con la última actualización, con el último artilugio. Durante sus años de juventud había pinchado teléfonos a escondidas, grabado a hermanos de la fraternidad manteniendo relaciones sexuales con sus novias, grabado clases que estaban vedadas, desactivado cámaras de vigilancia, forzado cerraduras, entrado en despachos cerrados y corrido cientos de riesgos estúpidos de los que jamás se había arrepentido. Nunca lo pillaron o, ni siquiera se habían acercado.

La llegada de internet le ofreció un sinfín de posibilidades.

Se quitó la corbata y la chaqueta y las tiró en un sofá de cuero, un mueble en el que dormía a menudo. Tenía ropa en un armario en la parte de atrás y una nevera pequeña con refrescos y bebidas de fruta. Había una cafetería a cien metros, cerca del cine, y muchas veces comía allí, solo, cuando trabajaba hasta tarde. Se acercó a una gruesa puerta de metal, marcó un código, esperó a que los cerrojos de plomo se descorrieran, la abrió y se adentró aún más en su mundo secreto. La Cámara Acorazada, como la llamaba con orgullo, aunque solo cuando hablaba consigo mismo, era un despacho de unos 4,5 metros cuadrados, insonorizado, ignífugo, resistente al agua, resistente a todo. Nadie lo había visto nunca y nadie lo vería jamás. En el centro había un escritorio con dos pantallas de ordenador de treinta pulgadas. Una de las paredes estaba cubierta de cámaras de red que mostraban su casa, su despacho, el juzgado y el edificio en el que se encontraba. En otra pared había un televisor con un pantalla de plasma de sesenta pulgadas. Las otras dos paredes estaban desnudas: nada de darse ínfulas, no había premios ni menciones ni diplomas. Todas esas birrias se reservaban para las paredes que podían verse. De hecho, en este otro despacho no había nada, en ningún sitio, que indicara quién era el dueño del mismo. El nombre de Ross Bannick no aparecía por ninguna parte.

Si al día siguiente cayera muerto, sus ordenadores y teléfonos esperarían pacientemente durante cuarenta y ocho horas, luego se borrarían por completo.

Se sentó a su escritorio, encendió el ordenador y esperó a que la pantalla cobrara vida. Sacó de su maletín las dos cartas y se las puso delante. Una iba en un sobre con matasellos de PENSACOLA y lo informaba de la investigación de la CCJ. La otra, un poema ridículo, iba en el sobre con matasellos de MONTGOMERY. Las dos las había enviado la misma persona más o menos al mismo tiempo.

Se conectó a internet, activó su VPN para traspasar los muros de seguridad y se abrió paso a golpe de contraseñas hasta la web oscura, donde Rafe siempre lo estaba esperando. Como empleado del Estado, hacía mucho tiempo que Bannick había empezado a entrar de manera ilegal en las redes de datos del gobierno de Florida. Sirviéndose de su programa espía personalizado, llamado Maggotz, había creado su propio detective de datos, un trol al que bautizó como Rafe y que vagaba por los sistemas y la nube bajo el anonimato más absoluto. Como Rafe no era un delincuente, no robaba ni retenía datos para pedir un rescate por ellos, sino que solo husmeaba en busca de información esotérica, sus posibilidades de que lo descubrieran eran casi nulas.

Rafe podía, por ejemplo, acceder a los memorandos internos que circulaban entre los siete miembros del Tribunal Supremo de Florida y sus secretarios; así Bannick sabía con exactitud qué decisión iba a tomarse en uno de sus casos en apelación. Como no podía hacer nada respecto al caso, la información era básicamente inútil, pero, sin duda, resultaba muy interesante saber en qué dirección soplaba el viento.

Rafe también veía la correspondencia sensible que intercambiaban el fiscal general y el gobernador. Leía comentarios de los fiscales sobre los jueces en activo. Profundizaba en los archivos de la policía estatal e informaba de sus progresos, o de la ausencia de ellos.

Y, lo que era aún más importante en ese momento, Rafe podía observar las idas y venidas de la Comisión de Conducta Judicial. Bannick las comprobó por segundo día consecutivo y no encontró nada con su nombre. Aquello le resultaba confuso y problemático.

Qué narices, en ese momento todo era problemático.

Engulló otro ibuprofeno y pensó en tomarse un chupito de vodka. Pero no era muy bebedor y tenía intención de ir al gimnasio. Necesitaba dos horas de levantar pesas para mantener el estrés a raya.

Se divirtió leyendo las denuncias que la CCJ estaba investigando en la actualidad. Disfrutaba con las acusaciones contra sus compañeros de la judicatura, a algunos de los cuales conocía bien y a un par de los cuales despreciaba. Sin embargo, prolongar la diversión quedaba descartado.

Bannick se deleitó en su maldad. Las demás denuncias que trataban en la CCJ eran una minucia en comparación con sus crímenes. Pero ahora había alguien más que conocía su historia. Y, si se había presentado una denuncia contra él, ¿por qué la estaban ocultando?

Esto hizo que la cabeza se le acelerara aún más y buscó las pastillas.

La persona que había enviado la carta, y el poema, sabía la verdad. Esa persona mencionaba a Kronke, a Verno y a Dunwoody e insinuaba que había otros. ¿Cuánto sabía? Si esa persona había presentado la denuncia ante la CCJ, lo había hecho con la condición de que no quedara constancia de ella, al menos durante el periodo de evaluación de cuarenta y cinco días.

Se dirigió a una habitación pequeña que había en la parte trasera, se desnudó, se dio una ducha larga y caliente y se puso ropa de deporte. De vuelta a su escritorio, envió a Rafe a los archivos confidenciales de la policía estatal, archivos tan sensibles y protegidos que Rafe llevaba ya casi tres años paseándose por ellos. Encontró el expediente de Perry Kronke, de la ciudad de Marathon, y se quedó atónito al ver una nueva entrada del inspector Grimsley, el investigador principal del estado. Decía:

> Llamada hoy del jefe Turnbull, de Marathon; el 31 de marzo recibió la visita de dos abogados de la Comisión de Conducta Judicial de Florida, Lacy Stoltz y Darren Trope; le dijeron que sentían curiosidad por el asesinato de Kronke; comentaron que podrían tener un sospechoso, pero se negaron a revelar nada; no dieron nombres; fueron al lugar aproximado en que se encontró a Kronke; no desvelaron nada; se marcharon y prometieron contactar de nuevo con él más adelante; Turnbull no estaba muy impresionado, dice que no espera volver a tener noticias suyas, que no se requiere ninguna acción por nuestra parte.

No había dejado nada en la escena del crimen de Kronke. Hasta se había sumergido en el mar.

«Podrían tener un sospechoso», repitió para sí. Después de veintitrés años de invisibilidad, ¿era posible que alguien lo considerara al fin «sospechoso»? Y, si era así, ¿quién? No eran ni Lacy Stoltz ni Darren Trope. Esos dos no eran más que unos burócratas de tres al cuarto que debían responder a una denuncia, una denuncia presentada por la misma persona que ahora le enviaba cartas a él.

Las respiraciones profundas y la meditación no le bastaron para controlar el estrés.

Se encaminó hacia el vodka, pero al final se fue al gimnasio y cerró su otro despacho a su espalda, siempre atento, siempre fijándose en todo, en cada persona. A pesar de lo desconcertado y asustado que estaba, se dijo que debía relajarse y pensar con claridad. Dio la vuelta a la esquina, llegó al gimnasio y se apuntó a una clase de Bikram Yoga para sudar veinte minutos antes de empezar con los hierros.

22

El viernes 11 de abril por la mañana, Norris Ozment acababa de sentarse a su escritorio, junto a la recepción principal del complejo turístico Pelican Point, cuando recibió una llamada del operador del hotel a través del teléfono fijo.

—Un tal juez Bannick, de Cullman.

Le resultó curioso volver a oír el nombre del juez tan pronto, así que contestó a la llamada. Ambos aseguraron que se recordaban de los viejos tiempos de Ozment en la policía de Pensacola; entonces, con esa puerta bien abierta, Bannick dijo:

—Un viejo amigo de Tampa me ha pedido un favor y estoy buscando información sobre un tal Lanny Verno. Al parecer es una auténtica escoria, lo asesinaron hace unos meses en Biloxi. Tuvo un caso en el juzgado municipal hace años y tú fuiste el agente que lo arrestó. ¿Te suena algo de todo esto?

—Bueno, juez, en circunstancias normales no me sonaría, pero ahora sí. Recuerdo el caso.

—¿En serio? Fue hace trece años.

—Sí, señor, exacto. Emitieron una orden tras su acusación jurada y fui yo quien arrestó a Verno.

—Eso es —dijo Bannick con una risa sonora y falsa—. Ese tipo me apuntó con una pistola en mi propia casa y el juez lo dejó libre.

—Ha pasado mucho tiempo, juez. No echo de menos

aquellos días en el juzgado municipal y he intentado olvidarlos. Estoy seguro de que no me habría acordado del caso si no fuera porque un detective privado se presentó aquí el mes pasado haciendo preguntas sobre Verno.

—No me digas.

—Sí, señor.

—¿Qué quería?

—Me dijo que solo tenía curiosidad.

—Espero que no te moleste que te pregunte en qué consistía su curiosidad.

La verdad era que a Ozment sí le molestaba que se lo preguntara, pero Bannick era un juez de distrito con jurisdicción sobre los asuntos penales. Seguro que, si le daba la gana, podía enviar una citación para que le presentaran todos los registros del Pelican Point. Además estaba implicado en el proceso de Verno como presunta víctima. Esos fueron los pensamientos que asaltaron a Ozment mientras se planteaba cuánto debía revelar.

—Me dijo que habían matado a Verno y que su familia de Georgia lo había contratado para que descubriera si los rumores de que había dejado un par de críos por ahí desperdigados eran ciertos o no.

—¿De dónde era el detective?

—Me dijo que era de Georgia, de la zona de Atlanta, de Conyers.

—¿Te quedaste con alguna copia de su documentación?

—No, señor. No me dio su tarjeta de visita y yo tampoco se la pedí ni le di la mía. Pero nuestras cámaras grabaron su coche en el aparcamiento y rastreamos la matrícula. Lo había alquilado en un Hertz de Mobile.

—Interesante.

—Supongo. En aquel momento me imaginé que había llegado en avión desde Atlanta hasta Mobile y que había alquilado el coche allí. Si le soy sincero, juez, no le di mucha importancia. Fue un caso penal menor en un juzgado municipal hace un siglo, y al acusado, Verno, lo declararon inocente. Ahora lo han matado en Mississippi. No creo que sea asunto mío.

—Entiendo. ¿Viste su coche?

—Sí, señor. Lo tenemos grabado.

—¿Te importaría enviarme el vídeo por correo electrónico?

—Bueno, tendré que consultarlo con nuestro gerente. Puede que haya algún problema de seguridad.

—No tengo ningún problema en hablar con tu gerente.

El tono de la afirmación fue ligeramente amenazante. Era juez y, como tal, estaba acostumbrado a conseguir lo que quería.

Hubo un silencio mientras Ozment echaba un vistazo en torno a su despacho vacío.

—Claro, juez. Deme su correo.

Su señoría le facilitó una dirección temporal, una de las muchas que usaba y desechaba, y media hora más tarde estaba mirando dos fotos: la primera, una imagen de la parte de atrás de un Buick blanco, un sedán con matrícula de Luisiana; en la segunda, de la misma cámara, aparecía Jeff Dunlap. Bannick contestó a Ozment dándole las gracias y adjuntó al correo un folleto inútil en el que se describían la misión y los deberes de los jueces y funcionarios del vigésimo segundo distrito judicial de Florida. Cuando Ozment lo abrió y lo descargó, Maggotz se coló por la puerta trasera y la red del Pelican Point quedó infectada de inmediato. En realidad Bannick no necesitaría curiosear nunca en ella, pero de repente tenía acceso a las listas de huéspedes del complejo, a los registros financieros, a los expedientes del personal y a toneladas de datos bancarios y de tarjetas de crédito. Y no solo del Pelican Point. El hotel formaba parte de una pequeña cadena de veinte complejos turísticos y ahora Rafe tenía incluso más que explorar si alguna vez quería hacerlo.

Pero había asuntos más urgentes. Bannick llamó a su despacho y habló con su secretario. Aparte de una reunión con unos abogados a las once, no tenía nada importante en la agenda.

Había siete Jeff o Jeffrey Dunlap en la zona de Atlanta, pero solo dos en la ciudad de Conyers. Uno era un maestro de escuela cuya esposa tenía voz de quinceañera. El otro era un conductor de autobús urbano jubilado que le dijo que no había estado nunca en Mobile.

Ambos confirmaron lo que Bannick había sospechado desde el principio: Jeff Dunlap era una fachada falsa para el detective privado. Más tarde llamaría a los otros cinco, solo para asegurarse.

Llamó a una oficina de Hertz en Mobile y habló con una joven llamada Janet, que fue bastante atenta y le explicó con detalle todo lo que debía hacer para alquilar un coche el fin de semana. Janet envió la confirmación a una de las direcciones de correo electrónico de Bannick y este le respondió con un: «Gracias, Janet. Hay una diferencia de ciento veinte dólares entre el presupuesto que he recibido y tu confirmación telefónica. Por favor, revisa el archivo adjunto y aclara la discrepancia». En cuanto Janet abrió el adjunto, Rafe entró a hurtadillas en la red de Hertz Norteamérica. Bannick odiaba piratear esas empresas tan grandes porque su seguridad era mucho más sofisticada, pero, mientras Rafe se limitara a fisgonear y no intentase robar ni extorsionar, lo más probable era que no lo detectaran. Bannick esperaría unas horas y después cancelaría el alquiler. Mientras tanto, envió a Rafe a los registros de los vehículos de Hertz matriculados en Luisiana.

Por experiencia previa sabía que Hertz tenía medio millón de vehículos de alquiler en Estados Unidos y que repartía las matriculaciones entre los cincuenta estados. Enterprise, la mayor empresa de alquiler de vehículos, hacía lo mismo con más de seiscientos mil coches.

A Rafe le costó bastante trabajo, pero no se quejó, no se detuvo en ningún momento. Estaba programado para trabajar sin descanso todos los días de la semana si era necesario. Mientras él se afanaba en la sombra, Bannick volvió al teléfono para asegurarse de que todos los Jeff Dunlap de la zona de Atlanta quedaban descartados.

A las diez y media se enderezó el nudo de la corbata, se estudió con detenimiento en el espejo y pensó que tenía un aspecto bastante demacrado y preocupado, con razón. Había dormido poco y se le estaba viniendo el mundo encima. Por primera vez en su vida se sentía un fugitivo. Al cabo de quince minutos llegó en su coche al juzgado del condado de Escambia, en Pensacola, para la reunión. Todos los abogados eran del centro de la ciudad y Bannick había programado la cita cuando más les convenía. Consiguió cambiar de chip y mostrarse tan cálido y afable como siempre. Escuchó a todas las partes y prometió una mediación rápida. Luego se apresuró a volver a su otro despacho y se encerró en él.

El 11 de marzo, el Buick fue alquilado a un tal Rollie Tabor, un detective privado con una licencia expedida por el estado de Alabama. Lo utilizó durante dos días y lo devolvió el 12 de marzo, con un kilometraje de solo 677 kilómetros.

La presencia de Tabor en internet era bastante escasa, como la de la mayoría de los detectives privados. Tendían a anunciarse lo justo para atraer clientes, pero no tanto como para revelar nada útil. Su página web decía que había sido inspector, que tenía experiencia, era de confianza y muy discreto. ¿Qué iba a decir si no? Aceptaba casos de personas desaparecidas, de divorcio, de custodia de menores, de investigación de antecedentes, lo típico. Dirección postal de la oficina en el centro de Mobile, número de teléfono de la oficina y correo electrónico. No había ninguna fotografía de Tabor.

Cuando comparó la imagen tomada por la cámara de seguridad del complejo turístico con la del carnet de conducir falso que había fotocopiado el sargento Faldo, le quedó claro que era el mismo hombre, un tipo que se hacía llamar Jeff Dunlap, el que había acudido a ambos lugares en busca de información sobre Lanny Verno. En realidad se llamaba Rollie Tabor, así que ¿por qué mentía?

Bannick estuvo una hora maquinando y planeando, descartando un ardid tras otro. Cuando por fin le llegó la inspiración, se creó otra cuenta de correo electrónico y le envió una nota a Tabor:

Estimado señor Tabor. Soy un médico de Birmingham y necesito los servicios de un detective privado en la zona de Mobile. Un posible asunto de relaciones domésticas. Me han recomendado mucho su trabajo. ¿Está disponible? Y, si es así, ¿a cuánto asciende su tarifa por hora?

Dr. Albert Marbury

Bannick envió el correo electrónico, lo rastreó y esperó. Treinta y un minutos después, Tabor lo abrió y respondió:

Dr. Marbury. Gracias. Estoy disponible. Mi tarifa es de 200 dólares la hora. RT

Bannick resopló ante los doscientos dólares por hora. Se trataba, sin duda, de la tarifa especial para médicos. Le envió otro correo para aceptar las condiciones y adjuntó un enlace a la página web del hotel de Gulf Shores en el que sospechaba que podría estar alojada su esposa. Cuando Tabor abrió el correo electrónico y miró el archivo adjunto, Rafe volvió a colarse por la puerta trasera y se puso al acecho. Comenzó buscando clientes actuales. El método de conservación de registros de Tabor era, en el mejor de los casos, rudimentario, al menos en lo que a los datos que introducía en el ordenador se refería. Bannick sabía muy bien que muchos detectives privados llevaban dos libros de cuentas, uno para la Administración y otro para ellos. El dinero en efectivo seguía siendo un lubricante que gozaba de mucha popularidad. Una hora más tarde, aún no había encontrado nada. Ni una sola mención a Lanny Verno, a Jeff Dunlap o al viaje a Pensacola y Seagrove Beach que había hecho un mes antes. Desde luego, tampoco había encontrado ni una sola pista acerca de la identidad del cliente que había propiciado la investigación.

Se tomó un ibuprofeno y un Valium para calmar los nervios. Se dio cuenta de que estaba débil a causa del hambre, pero tenía los sistemas alterados y le daba miedo tentar a su estómago con más comida. Estaba harto de la Cámara Acorazada y en ese momento lo único que quería era sentarse al volante y conducir, marcharse, salir a la carretera y largarse de la ciudad durante todo el fin de semana. Tal vez desde un muelle, una playa o una montaña lejanos fuera capaz de despejarse, de mirar las cosas con perspectiva y encontrarles sentido.

Alguien lo sabía. Y ese alguien sabía mucho.

Salió de la Cámara Acorazada y se dirigió a la pequeña habitación del fondo, donde se quedó en calzoncillos y luego se puso unos pantalones cortos de deporte y una camiseta. Necesitaba aire fresco, una caminata por el bosque, pero no podía irse. No en un momento tan crucial. Encontró una naranja en la nevera y se la comió acompañada de un café solo.

Maggotz estaba escondido entre las sombras del Departamento del Sheriff del Condado de Harrison desde los asesinatos de Lanny Verno y Mike Dunwoody. Una vez que los encontraron, Rafe cobró vida y empezó a husmear.

Cuando se terminó la naranja, Bannick saludó a Rafe y lo envió a los archivos del inspector Napier, el investigador jefe de Biloxi. En un registro diario, Napier había introducido una nota fechada el 25 de marzo:

> Hoy reunión con Lacy Stoltz y Darren Trope, de la Comisión de Conducta Judicial de Florida, relativa a los asesinatos de Verno/Dunwoody. Se les garantizó acceso al expediente, pero no se llevaron ni copiaron nada. Hicieron una referencia vaga a un sospechoso, aunque no facilitaron más detalles. Saben más de lo que están dispuestos a reconocer. Haremos un seguimiento. ENapier.

Bannick soltó un taco y se alejó de su escritorio. Se sentía como un animal ensangrentado que avanzaba dando tumbos por el bosque y oía a los sabuesos cada vez más cerca.

Eileen era la número cuatro. Eileen Nickleberry. Tenía treinta y dos años en el momento de su muerte. Divorciada, según el obituario.

Le encantaba coleccionar los obituarios. Los tenía todos en sus archivos.

La encontró trece años más tarde, trece años después de que se burlase de él en su dormitorio de la fraternidad, trece años después de que bajara las escaleras a trompicones, borracha como todos los demás, y le anunciase al resto de la fiesta que a Ross «no se le levantaba». Que no había sido capaz de cumplir. Eileen se rio y le dio a la lengua sin contemplaciones, aunque a la mañana siguiente la mayoría de los juerguistas se había olvidado del incidente. Pero ella siguió hablando y se corrió la voz en sus círculos comunes. Bannick tiene un problema. A Bannick no se le levanta.

Seis años más tarde encontró a su primera víctima, el jefe de los scouts. Su asesinato había salido tan perfectamente como lo había planeado. No experimentó ni una pizca de remordimiento, ni siquiera un ápice de lástima cuando dio un paso atrás y miró el cuerpo de Thad Leawood. Sintió euforia, en realidad, y se llenó de una indescriptible sensación de poder, control y, lo mejor, venganza. A partir de ese momento supo que no se detendría jamás.

Siete años después de Leawood, y ya con tres en su haber, al fin encontró a Eileen. Se dedicaba a vender propiedades en el norte de Myrtle Beach, así que su hermosa y sonriente cara aparecía en todos y cada uno los carteles de jardín que se lo permitían, como si se presentara a las elecciones municipales. Gestionaba varias propiedades en una urbanización de cuarenta viviendas, junto a la playa. Bannick alquiló una de ellas para el verano de 1998, antes de convertirse en juez. Un domingo por la mañana, la citó en una casa vacía, una de las que intentaba vender, ¡PRECIO REBAJADO!, y, en el mismo instante en que ella se quedó paralizada como si se acordara de él, Bannick le reventó el cráneo con Plomazo. Mientras la cuerda le producía desgarrones en el cuello y Eileen exhalaba su último aliento, él le susurró al oído recordándole su burla.

Pasaron cinco horas antes de que empezara el alboroto. Mientras se desataba el caos y la gente gritaba, Bannick permanecía sentado en el balcón de su casa de alquiler con una cerveza en la mano, observando desde el otro lado del patio a los equipos de emergencias que corrían de un lado a otro. El ruido de las sirenas lo hacía sonreír. Esperó una semana a que los policías fueran a llamar a las puertas buscando testigos, pero nunca lo hicieron. Pagó la totalidad de su alquiler y no volvió más al piso.

El crimen tuvo lugar en la localidad costera de Sunset

Beach, en el condado de Brunswick, Carolina del Norte. El condado tardó nueve años en digitalizar sus registros y, cuando lo hizo, Bannick ya estaba esperando con su primera generación de programas espía. Como hacía con todos los demás departamentos de policía, actualizaba sus datos a menudo, siempre al acecho de cualquier movimiento, siempre alerta con sus últimos juguetes de pirata informático.

La historia de Eileen se había enfriado al cabo de un par de años. Nunca llegaron a tener un sospechoso serio. El expediente reflejaba el ocasional interés de algún escritor de novela negra, de periodistas, familiares y otros departamentos de policía.

El viernes a media tarde Bannick envió a Rafe a husmear por primera vez desde hacía meses. Según el último sello digital de fecha y hora, el expediente llevaba tres años sin tocarse, desde que una persona, que era o decía ser periodista, había querido echarle un vistazo.

23

Aguantó la naranja en el estómago. Intentó echarse una siesta, pero estaba demasiado alterado. Cogió la bolsa del gimnasio y se dirigió a la vuelta de la esquina, donde pasó dos horas haciendo *spinning*, remando, levantando pesas y machacando la cinta de correr. Cuando estaba más que agotado, asomó la cabeza al interior del baño turco. Cuando se aseguró de que estaría solo, se desnudó, entró y se tumbó sobre la toalla.

Había sido un error llamar a Norris Ozment, pero no le había quedado más remedio. Ahora Ozment podía relacionarlo directamente con Verno, de la misma manera en que lo había hecho Tabor. Pero era poco probable que las autoridades de Mississippi llegaran a encontrar a Ozment, y todavía más improbable que él se molestara en acudir a ellas. ¿Por qué iba a hacerlo?

El juez se masajeó las sienes e intentó respirar despacio mientras el vapor le aliviaba los pulmones. La persona que había presentado la denuncia ante la CCJ lo había hecho de forma anónima y con la condición de que no se introdujera nada en ningún archivo digital. Todo se mantendría alejado de internet. La persona que había contratado a Rollie Tabor para que se hiciera pasar por Jeff Dunlap y husmease en el antiguo caso judicial lo había hecho con el acuerdo de que Tabor no almacenara nada en línea. La persona que le había enviado las dos cartas anónimas se había esforzado mucho en eliminar todas las pistas posibles.

La persona sabía lo de Eileen Nickleberry.

Todas esas personas eran la misma. No cabía otra explicación, así de sencillo. Las pruebas eran demasiado coincidentes. Era imperativo encontrar a esa persona.

Y, si encontraba a ese hombre, ¿qué haría el buen juez? Desde luego podría matarlo, no le resultaría difícil. Pero ¿era ya demasiado tarde? ¿Tenía la señora Stoltz, de la CCJ, las suficientes pruebas condenatorias como para recurrir a la policía? Se dijo que la respuesta era no, y se lo creyó. Acusar e imputar era bastante sencillo, pero condenarlo sería imposible. Él presidía juicios por asesinato, estudiaba medicina forense y sabía más que los expertos sobre esa ciencia. Y, lo que era aún más importante, sabía cuántas pruebas se necesitaban para condenar. ¡Un montón! Hasta más allá de toda duda razonable. Muchas más de las que cualquier policía mal pagado habría sido capaz de encontrar a lo largo de su rastro de cadáveres.

Había alrededor de una docena de entradas en su lista. Más o menos. Diez tachadas, le faltaban dos. Puede que tres. Dunwoody no contaba porque nunca estuvo en la lista. Había llegado en el momento menos oportuno y era una víctima que seguía preocupando al juez. No merecía morir, como los demás. Sin embargo, por muy preocupado que estuviera, no podía hacer nada al respecto.

Y ahora tenía problemas mucho más graves.

Un asesino no puede evitar mirar por encima del hombro y durante años había temido este ajuste de cuentas. De hecho, había tenido tanto tiempo para pensar en él que había concebido varias reacciones posibles. Una de ellas era marcharse, sin más, desaparecer antes de verse sometido a la humillación de una acusación, una detención y un juicio. Tenía mucho dinero y el mundo era muy grande. Había viajado mucho y había visitado varios lugares en los que no le costaría pasar desapercibido y donde no lo encontrarían jamás. Prefería los países que escapaban al alcance de los tratados de extradición de Estados Unidos.

Otra estrategia era quedarse y luchar. Declararse inocente, incluso alegar acoso, y blindarse de abogados para el gran juicio. Sabía muy bien a quién contrataría para su defensa. Ningún jurado podría condenarlo porque ningún departamento de policía disponía de pruebas para que lo hicieran. Tenía la firme convicción de que ningún fiscal lo encausaría, por la misma razón. En Estados Unidos nunca se había juzgado por asesinato a un juez en activo, y hacerlo provocaría un circo mediático de proporciones épicas. Hasta el fiscal más ambicioso rehuiría el horror de perder ante semejante público.

¿Cuál de sus asesinatos resultaría más fácil de probar en un juicio? Era la gran pregunta con la que jugueteaba casi todos los días. Por su astucia y brillantez, era de la altiva opinión de que ninguno de ellos superaría la fase de acusación. Quedarse y luchar era la opción más atractiva.

Quedarse le permitiría terminar con su lista.

La última estrategia era la más fácil. Podía ponerle fin a la partida y llevarse sus crímenes a la tumba.

El juez Bannick se permitía tomar un martini los viernes por la tarde, por lo general acompañado de otro par de jueces, y en la zona había varios bares que le gustaban. Uno de sus favoritos estaba en un club frente al mar, con unas vistas del golfo que se extendían hasta el horizonte. Ese viernes, no obstante, no tenía ganas de socializar, pero sí que necesitaba el martini. Se lo preparó en la sala de atrás y se lo fue tomando a sorbos en la Cámara Acorazada y, mientras lo hacía, se formuló la pregunta obvia: «¿Quién es esta persona?».

Un policía no se tomaría la molestia de enviar cartas anónimas. ¿Por qué perder el tiempo? ¿Por qué alertar al sospechoso? ¿Por qué esos juegos? Y la policía ni siquiera lo estaba buscando. Había pirateado los sistemas de todos los departamentos de policía y sabía lo estancados que estaban los expedientes. El sheriff de Biloxi y su inspector Napier seguían trabajando en el caso todos los días, pero solo porque había dos víctimas y una era de la zona. No habían conseguido nada pese a sus esfuerzos y ahora, seis meses más tarde, comenzaban a seguir el mismo patrón que los demás.

Un detective privado costaría demasiado dinero. Daba igual lo que cobrara por hora: vincular el asesinato de Eileen en 1998, en Carolina del Norte, con el de Perry Kronke en 2012 y luego con el de Verno y Dunwoody en Biloxi el pasado otoño, era, sin duda, demasiado trabajo. Nadie podía permitirse sufragar semejante proyecto. Bannick conocía bien a sus víctimas y a sus familias. Perry Kronke era, con diferencia, el más rico del grupo, pero su viuda no estaba bien de salud y seguro que era reacia a gastarse una fortuna intentando encontrar al asesino de su marido. Sus dos hijos vivían en Miami y eran empresarios con un éxito modesto.

Bannick se acercó a un rincón y apartó una alfombra. Con una llave abrió la caja fuerte oculta en el suelo y sacó de ella una memoria USB. La conectó a su ordenador, clicó aquí y allá y, en cuestión de segundos, apareció un archivo llamado KRONKE. Como había investigado y escrito personalmente todo lo que contenía el archivo, se lo sabía de memoria, pero la revisión constante de su pasado formaba parte de su vida. La vigilancia perpetua era tan importante como la planificación meticulosa.

La herencia de Kronke se había legitimado en el condado de Monroe, Florida, cuatro meses después de su asesinato. Había nombrado albacea de su testamento a Roger, su hijo mayor, y así lo designó el tribunal. Los inventarios de bienes se presentaron a tiempo. No había hipotecas ni deudas más allá de los cargos habituales en las tarjetas de crédito. En el momento de su muerte, Kronke y su esposa compartían la titularidad de la casa en la que se habían jubilado, tasada en ochocientos mil dólares, dos casas que alquilaban —valoradas en doscientos mil dólares cada una—, una cartera de acciones con un valor de 2,6 millones de dólares, un fondo de inversión con un saldo de trescientos cuarenta mil dólares y varias cuentas bancarias cuyos respectivos saldos sumaban noventa mil dólares. Con sus coches, el barco y otros activos menores, el inventario de bienes ascendía a 4,4 millones de dólares.

El expediente de la herencia era de dominio público. Colarse en el correo electrónico de la oficina del juez testamentario había sido pan comido gracias a Maggotz y a sus conocimientos de todo el sistema judicial de Florida. Rafe también estaba espiando a la señora Kronke y a su situación financiera como nueva viuda. Les echó un vistazo a sus registros bancarios y supo que la mujer recibía un cheque de dos mil dólares al mes de la Seguridad Social, otro cheque de cuatro mil quinientos dólares al mes de la jubilación del bufete de abogados y tres mil ochocientos dólares más de un plan de jubilación individual.

La conclusión era que tenía mucho dinero en efectivo, pero no había indicios de que estuviera extendiendo cheques jugosos a detectives privados. No enviaba muchos correos electrónicos, pero sí había correspondencia entre ella y los dos hijos. La anciana estaba planteándose vender la casa y mudarse a un carísimo complejo de viviendas asistidas para jubilados. Los correos electrónicos entre los dos hijos transmitían las típicas preocupaciones sobre la posibilidad de que mamá se gastara demasiado dinero y los dejase sin herencia.

En ningún momento se había hablado de invertir tiempo y dinero en la búsqueda del asesino.

Bannick se convenció de que «la persona» no lo acosaba por orden de la familia Kronke.

En el otro extremo de la escala económica estaba Lanny Verno. Como no tenía ningún patrimonio, no se había legitimado nada. No dejaba bienes ni hijos ni familia cercana, nada que piratear, nada salvo una conviviente que había ido y venido y se había llevado todo lo que había podido. Verno era la última persona de su lista que podría haberle enviado a los investigadores.

Bannick saltó a otro archivo, llamado EILEEN NICKLEBERRY.

Su familia despertaba las mismas dudas. Había muerto hacía dieciséis años, sin testamento y con pocos bienes. Habían forzado a su madre a acudir a los tribunales para actuar como administradora del patrimonio. El piso y el coche de Eileen se empeñaron y vendieron para liquidar los préstamos y pagar los cargos de sus tarjetas de crédito. Después de satisfacer a todos los deudores, sus padres, que estaban divorciados, y sus dos hermanos se repartieron unos cuatro mil dólares.

Curiosamente, su padre había contratado a un abogado para estudiar la posibilidad de presentar una demanda de muerte por negligencia contra el propietario de la urbanización donde la asesinaron. Rafe vigiló los correos electrónicos durante alrededor de un año, mientras la demanda se iba desvaneciendo en el aire. A Bannick le intrigaba la idea de que fueran abogados, y no policías, quienes investigaban en el asesinato. La policía estaba perpleja desde el principio, como los abogados, y las pesquisas no llegaron a ningún sitio. Aparte de un trabajador de mantenimiento sin antecedentes penales y con una coartada sólida, nunca hubo ningún sospechoso.

Otro asesinato perfecto.

El último mencionado por «la persona» era Mike Dunwoody. Bannick entró en su archivo, convencido de que su familia no había contratado a detectives privados. Su asesinato databa de hacía solo cinco meses y el sheriff Black y el inspector Napier estaban haciendo y diciendo todo lo que debían para convencer al público de que avanzaban en la investigación. La familia parecía conformarse con llevar el duelo en privado y confiar en las autoridades. El testamento de Dunwoody se lo dejaba todo a su esposa y la nombraba ejecutora. Cinco meses después, aún no había iniciado el proceso de legitimación. Según sus registros bancarios, personales y comerciales, la empresa seguía la misma línea que la de la mayoría de los contratistas de viviendas: un año subía, al siguiente bajaba, funcionaba bien en general, pero nadie se hacía rico. Le resultaba imposible creer que estuvieran en condiciones de gastarse decenas de miles de dólares en una investigación propia.

La persona no era un policía ni un detective privado. Sin embargo, estaba claro que utilizaba a gente como Rollie Tabor para que husmeara por ahí. ¿Quién contrataría a un investigador de Mobile?

Alguien que buscara una historia, un periodista, un reportero independiente, un escritor, no tendría paciencia para perseguir un proyecto así durante tanto tiempo. La motivación de esa gente era el dinero y ¿quién podía sobrevivir durante décadas sin recibir ninguna compensación?

Se preparó otro martini y se lo llevó a la sala delantera, donde se sentó en el sofá rodeado de oscuridad. Se lo bebió despacio y sintió que la ginebra se abría paso hasta su cerebro abotargado. Durante unos instantes, el dolor disminuyó. Estaba harto de hallarse ahí encerrado, pero en aquel lugar se sentía a salvo. Nadie lo veía. No había nadie en el mundo que supiera dónde se encontraba. Siendo un hombre que había dedicado la mayor parte de su vida adulta a acechar a sus presas, le resultaba aterrador que ahora hubiera alguien observándolo a él. Sus víctimas nunca tuvieron ni idea. Él, en cambio, conocía la terrible verdad de que había alguien siguiéndole los pasos.

Había perdido la noción del tiempo y había dejado el móvil en la Cámara Acorazada. Se tumbó en el sofá y se quedó profundamente dormido.

Mientras él dormía, Rafe continuó con su labor hurgando en la escasa e inconexa red de Atlas Finders, empresa también conocida como el pequeño despacho de Rollie Tabor, detective privado. Se coló en el ordenador de una secretaria a tiempo parcial llamada Susie y allí encontró varias fotos. Una era de ella y de su jefe, el señor Tabor.

Horas más tarde, Bannick observó la cara sonriente de Rollie y la identificó sin problema con la que aparecía en la foto sacada por la cámara de seguridad de Norris Ozment y también con la del carnet de conducir falso de Dunlap. Confirmó lo que ya sabía: alguien había contratado a Rollie Tabor, un detective privado normal y corriente de Mobile, para que rebuscara entre los sucísimos trapos de Bannick.

Pero Rafe no encontró ninguna otra pista en Atlas. Necesitaría piratear el teléfono móvil de Tabor, una tarea para la que Bannick no estaba del todo capacitado. Estudiando con gran disciplina y con mucha práctica se había convertido en un consumado hacker aficionado de ordenadores, pero los smartphones eran harina de otro costal. Estaba aprendiendo, sin embargo todavía no había llegado a ese punto.

Aún no había amanecido cuando por fin se aventuró a salir de su búnker apenas unos minutos antes de las seis de la mañana del sábado. El gimnasio, que abría las veinticuatro horas del día, estaba desierto, igual que el aparcamiento. Estaba ansioso por llegar a casa, así que se marchó a toda prisa. El suyo era el único coche que circulaba por las inmediaciones. Cuando giró hacia la calle, se sorprendió mirando por el retrovisor y luego casi le entró la risa por lo ridículo que resultaba.

Veinte minutos más tarde atravesó las verjas de su bien protegida urbanización de Cullman y aparcó delante de su garaje mientras el sol asomaba entre las nubes del este. Apagó el motor, cogió su móvil, desconectó el sistema de seguridad y comprobó las cámaras de vigilancia y las grabaciones recientes. Convencido de que la situación era segura, por fin salió del coche y entró en casa, donde encendió las luces y preparó una cafetera. La observó mientras hervía y trató de librarse de las telarañas de la ginebra. Se sirvió una taza de café y cruzó despacio la sala de estar hasta la puerta principal. La abrió, salió al porche, miró hacia uno y otro lado de la calle y luego metió la mano en el pequeño buzón que había junto a la puerta.

Otro sobre blanco liso, sin remitente.

parecía del todo inofensivo
 otro parque acuático en la playa
arrasa, quema y construye
 otra mina de oro al alcance de la mano estirada
trataste de esconderte en la oscuridad
 tu buena reputación siempre salvada
encogido detrás de tus compañeros
 dirigiendo la jugada

oh la belleza de una prensa libre
 para encontrar la sinceridad, exponer las falsedades
echar a los corruptos de la administración
 mantener a los jueces justos y sus verdades
tu pérdida ante el viejo te hizo daño
 y a tu enorme orgullo causó males
así que me culpaste de tu corrupción
 y el día de mi muerte disfrutaste a raudales

24

La perezosa mañana del sábado, Lacy sufrió dos interrupciones antes de llegar a la cafetera. La primera llamada la despertó tres minutos después de las ocho. Número desconocido, posible spam. En otras palabras, no contestes. Pero algo le dijo que lo hiciera y que, si resultaba ser una llamada robótica, colgase sin más, como siempre.

—Buenos días, Lacy —la saludó Jeri en voz baja.

Un destello de ira atravesó a Lacy rápidamente antes de que consiguiera controlarse.

—Buenos días, Jeri. ¿A qué debo este honor?

—Es solo que estoy pensando mucho en ti estos días. ¿Cómo te encuentras?

—Pues, hasta que has llamado, estaba durmiendo, Jeri. Es sábado, un día libre, y hoy no trabajo. Pensé que te lo había dejado claro.

—Perdona —dijo Jeri en un tono que transmitía cualquier cosa menos remordimiento—. ¿Por qué hay que considerarlo trabajo? ¿Por qué no podemos hablar como amigas?

—Porque todavía no somos amigas, Jeri. Somos conocidas que se vieron por primera vez hace más o menos un mes. Quizá algún día lleguemos a serlo, cuando el trabajo que nos ha unido esté terminado, pero aún no hemos llegado a ese punto.

—Comprendo.

—La palabra «amiga» se utiliza con demasiada liberalidad, ¿no crees?

—Supongo.

—Y, además, sea cual sea el motivo de esta llamada, no tiene nada que ver con la amistad. Seguro que tiene mucho más que ver con el trabajo.

—Estás en lo cierto, Lacy. Siento haberte molestado.

—Es sábado por la mañana, Jeri, y estaba durmiendo.

—Lo entiendo. Oye, colgaré enseguida, pero primero deja que te diga lo que quería decirte, ¿vale?

—Adelante.

—Es muy probable que Bannick conozca la existencia de la denuncia y que sepa que estás investigando su pasado. No puedo demostrarlo, pero empiezo a creer que tiene una especie de superpoder, percepción extrasensorial o algo así. No lo sé. Pero es extremadamente inteligente y concienzudo y, bueno, también es posible que yo ande un poco paranoica. Llevo tanto tiempo viviendo con él que doy por hecho que está en todas partes. Ten cuidado, Lacy. Si sabe que le estás siguiendo la pista, es capaz de hacer cualquier cosa.

—Ya lo había pensado, Jeri.

—Vale. Adiós.

Finalizó la llamada y Lacy se sintió fatal de inmediato por haber sido tan brusca. La pobre mujer estaba destrozada y llevaba muchos años en ese estado; Lacy debería haber tenido más paciencia.

Pero era sábado por la mañana temprano.

Cerró los ojos e intentó dormirse de nuevo, pero el perro no paraba de hacer ruidos. Pensó en Allie y en lo agradable que sería tenerlo al lado. Y, ya desvelada por completo, pensó en Jeri Crosby y en lo triste que era su vida.

En lo que no le dio por pensar fue en su hermano mayor, el único que tenía. Cuando Gunther llamó menos de diez mi-

nutos después que Jeri, Lacy tuvo el presentimiento de que
su día tranquilo no saldría como había planeado. Gunther le
dijo que tenía un avión nuevo del que quería presumir y que,
con el tiempo tan espléndido que hacía en ese día primaveral,
le habían entrado ganas de volar hasta allí e invitar a su hermana pequeña a comer.

—Estoy en la pista a punto de despegar, aterrizaré en Tallahassee dentro de ochenta y cuatro minutos. Nos vemos en
el aeropuerto.

Qué típico de Gunther. El mundo giraba en torno a él y
todos los demás eran actores secundarios. Lacy dio de comer
al perro y lo dejó salir a pasear, se embutió en unos vaqueros,
se lavó los dientes y se encaminó hacia el aeropuerto: su sábado de relax se había ido al traste. Pero en realidad no estaba sorprendida. Nada de lo que pudiera hacer su hermano la
sorprendía. Era un piloto entusiasta que cambiaba de avión
casi a la misma velocidad con que compraba y vendía coches
deportivos. También se movía rápido con las mujeres y con
los banqueros e inversores. Cuando los mercados estaban al
alza, Gunther se pulía el dinero y, cuando la economía se
desinflaba, continuaba pidiendo préstamos hasta no poder
más. Incluso cuando sus centros comerciales y sus urbaniza-
ciones tenían mucha demanda, el hermano de Lacy parecía
vivir al borde del desastre financiero. Como era famoso por
adornar —y directamente inventarse— sus historias, Lacy
había perdido la cuenta de cuántas veces se había declarado
en quiebra. Creía que eran tres, además de los dos divorcios
y una casi imputación.

Pero, a pesar de sus problemas, Gunther dormía a pierna
suelta todas las noches y atacaba cada día con entusiasmo y
confianza. Sus ansias de vivir eran contagiosas y, si le apetecía volar hasta Tallahassee para ir a comer con ella, no había
manera de impedírselo, con independencia de lo que ella tuviera planeado.

Mientras esperaba en la terminal privada, observando las idas y venidas de las avionetas y tomándose una taza de café malo, Lacy temía y a la vez estaba deseando ver a Gunther. Tras la muerte de sus padres, su hermano y ella se necesitaban. Ambos estaban solteros y no tenían hijos, así que parecía que iban a ser la última generación de la familia. Trudy, la hermana de su madre, intentaba convertirse en la matriarca y se entrometía demasiado. Lacy y Gunther se habían unido en la resistencia.

Pero tampoco la entusiasmaba verlo porque su hermano tenía muchas opiniones respecto a casi todo. Desde el accidente de coche de Lacy, Gunther tenía demasiado que decir sobre la demanda que había presentado, sobre el abogado que se la llevaba, sobre las estrategias legales que estaban empleando. También sostenía que Lacy estaba perdiendo el tiempo en la CCJ. No le caía muy bien Allie Pacheco, aunque eso era una reacción a la aversión de Lacy hacia todas las novias que él se había atrevido a presentarle. Asimismo, pensaba que Tallahassee era una ciudad de paletos y que su hermana tenía que mudarse a Atlanta. No le gustaba el actual coche de Lacy. Y así todo.

Allí estaba: salió de un elegante avioncito, bajó de un salto del ala, sin equipaje, sin maletín, un vividor que había ido a dar una vuelta y a comer bien. Se abrazaron en la puerta y se alejaron de la terminal.

En cuanto se abrochó el cinturón, Gunther dijo:

—¿Sigues conduciendo este cacharro barato?

—Mira, Gunther, me alegro mucho de verte, como siempre. Pero lo último que necesito oír hoy es un flujo constante de críticas sobre mi vida. Coche incluido. ¿Entendido?

—Caray, hermanita. ¿Te has levantado con el pie izquierdo?

—Sí.

—¿Has visto mi avión? ¿A que es una preciosidad?

—Sí, lo he visto. Es todo lo precioso que puede serlo un avión.

—Se lo compré el mes pasado a un tipo cuya esposa lo pilló engañándola. Todo muy triste.

Gunther estaba de todo menos triste.

—¿Qué avión es? —preguntó Lacy, aunque solo porque tenía que hacerlo.

—Un Socata TBM 700 turbopropulsado con todos los extras posibles. Imagínate que es un Ferrari con alas. Quinientos kilómetros por hora. Ha sido un chollazo.

Para Gunther, un chollazo quería decir que había convencido a otro banquero más para que le concediera un préstamo.

—Qué emocionante. Parece bastante pequeño.

—Tiene cuatro plazas, más que de sobra para mí. ¿Quieres ir a dar una vuelta?

—Creía que íbamos a comer.

Lacy había sido pasajera de su hermano en dos ocasiones y ya había tenido suficiente. Gunther era un piloto serio que no hacía tonterías ni corría riesgos, pero seguía siendo Gunther.

—Vale —dijo él, y de repente se puso a mirar el móvil. Cuando volvió a guardarlo, preguntó—: ¿Cómo está Allie? ¿Sigues saliendo con él?

—Sí, todo muy apasionado. ¿Con quién estás liado tú ahora?

—Con unas cuantas. Oye, yo creo que ya es hora de que ese tipo dé el siguiente paso o de que cada uno siga su camino. ¿Cuánto tiempo lleváis ya, dos años?

—Ah, así que ya has resuelto todos los entresijos del matrimonio, ¿no?

Gunther se echó a reír y, al cabo de unos instantes, Lacy lo siguió. La idea de que su hermano ofreciera consejos en el terreno romántico era, en efecto, graciosa.

—Vale, no toquemos el tema. ¿Has hablado con la tía Trudy estos últimos días? ¿Adónde vamos?

—A casa, para que me duche. Antes no me ha dado tiempo.

—¿Cómo puedes malgastar de esta manera una mañana de sábado tan bonita?

—No, no he hablado con Trudy. Le debo una llamada telefónica. ¿Y tú?

—No, yo también la estoy evitando. Pobrecita. Está perdida sin mamá. Era su mejor amiga y ahora se ha quedado sola con ese marido suyo.

—Ronald no es tan horrible.

—Es un cerdo y lo sabes. En realidad no se caen bien, pero supongo que después de cincuenta años ya no saben salir de ahí.

—Hablemos de otra cosa. ¿Cómo te van los negocios últimamente?

—Prefiero hablar de Ronald.

—Bastante mal, ¿eh?

—No, en realidad estoy triunfando. Necesito ayuda, Lacy, y quiero que te vengas a Atlanta a trabajar conmigo. Luces de neón, una ciudad grande, muchas más cosas que hacer. Ganaremos una fortuna y podría presentarte a una decena de tipos estupendos.

—No sé yo si me apetece salir con amigos tuyos.

—Venga, Lacy. Confía en mí. Esos hombres tienen dinero y futuro. ¿Cuánto gana Allie al año en el FBI?

—No tengo ni idea y me da igual.

—No mucho. Trabaja para el gobierno.

—Como yo.

—A eso voy. Puedes aspirar a mucho más. La mayoría de estos tipos ya son millonarios con empresas propias. Lo tienen todo.

—Sí, incluido el pago de una pensión alimenticia y de la manutención de los hijos.

Gunther se echó a reír y dijo:

—Sí, también hay algo de eso.

Como no podía ser de otra manera, el móvil de Gunther comenzó a sonar y no tardó en perderse en una tensa conversación sobre una línea de crédito. ¿El sábado por la mañana?

Seguía al teléfono cuando Lacy aparcó cerca de su apartamento. Entraron y dejó a Gunther en la sala de estar mientras ella subía a su dormitorio en el piso superior.

Comieron al aire libre, en la terraza sombreada de un restaurante de lujo alejado del centro de la ciudad. Lacy convenció al encargado de las reservas de que les diera una mesa a primera hora, sobre todo porque aún albergaba la esperanza de salvaguardar parte de su tarde a solas. A las once y media ya estaban sentados, la terraza estaba desierta.

Lacy se apresuró a pedir té helado para empezar, adelantándose a Gunther. Si su hermano pedía su habitual botella de vino, no volaría aquella tarde. Se sintió aliviada cuando él hizo caso omiso de la carta de vinos y se centró en los platos. Normalmente, cuando comía en Tallahassee, hacía algún comentario conciso sobre la ausencia de buena comida. Atlanta, de nuevo, era muy superior. Pero esta vez lo dejó pasar y se decidió por una ensalada de cangrejo. Lacy pidió gambas a la plancha.

—Sigues comiendo como un pajarito —observó mientras admiraba a su hermana—. Y estás en muy buena forma, Lacy.

—Gracias, pero no nos obsesionemos con mi peso. Sé adónde quieres llegar.

—Venga. No has ganado ni un kilo en veinte años.

—No, y no pienso empezar a hacerlo ahora. ¿De qué otra cosa te gustaría hablar?

—Desde luego, después del accidente de coche no eras

más que un saco de huesos. Lo he llamado «accidente», pero no fue tan sencillo, ¿eh?

Una buena forma de introducir el tema de la demanda, algo que Lacy ya se esperaba. Sonrió y dijo:

—Cuando me quitaron todos los yesos y las gasas, pesaba cuarenta y cinco kilos.

—Lo recuerdo, y has mejorado muchísimo desde entonces. Estoy orgulloso de ti, Lacy. ¿Sigues yendo a terapia?

—¿Física o de otro tipo?

—Física.

—Sí, dos veces a la semana, pero ya casi he acabado. He aceptado el hecho de que siempre tendré pequeños dolores y molestias, algo de rigidez aquí y allá, pero he tenido suerte, supongo.

Gunther le añadió un poco de limón a su té y miró hacia otro lado.

—Yo no lo llamaría suerte, pero has salido mejor parada que Hugo. Pobre hombre. ¿Sigues en contacto con su viuda?, ¿cómo se llamaba?

—Verna, y sí, seguimos siendo buenas amigas.

—Tiene el mismo abogado que tú, ¿verdad?

—Sí. Intercambiamos impresiones y nos apoyamos la una a la otra. Ninguna queremos ir a juicio. No creo que ella pudiera soportarlo.

—Un caso así nunca llega al juzgado. Esos matones os ofrecerán un acuerdo.

Gunther tenía mucha más experiencia que ella en litigios civiles, aunque sus pleitos estaban más relacionados con incumplimientos de contratos e impagos de préstamos. Que Lacy supiera, su hermano no tenía ninguna experiencia en el terreno de las lesiones y los daños personales.

—Supongo que ahora las cosas están estancadas en el intercambio de pruebas —dijo para intentar abrirse camino hacia el meollo del asunto.

—Eso parece. Mi abogado dice que a lo mejor tengo que prestar declaración. Imagino que tú ya has pasado por eso.

Gunther soltó una risotada desdeñosa y contestó:

—Uf, sí. Es muy divertido. Te sientas a una mesa enfrente de cinco abogados, todos ellos maquinando para abalanzarse sobre cada una de tus palabras, de tus sílabas, salivando mientras fantasean con quitarte más dinero. ¿Por qué tu abogado no es capaz de conseguir un acuerdo? El caso tendría que haberse cerrado hace meses.

—Es complicado. Está claro que hay muchísimo dinero en juego, pero eso solo atrae a más buitres, a más abogados hambrientos.

—Eso lo entiendo. Pero ¿qué acuerdo aceptarías tú, Lacy? ¿Cuál es tu cifra?

—No lo sé. Todavía no hemos llegado a ese punto.

—Te corresponden millones, hermanita. Esos cabrones te tendieron una trampa y se estrellaron contra tu coche a propósito. Tú...

—Por favor. Todo eso ya lo sé, Gunther, y no vamos a darle vueltas al tema otra vez.

—Vale, perdona, pero es que me preocupo por ti. No tengo claro que tu abogado sea el más adecuado para este caso.

—Como ya te he dicho en otras ocasiones, Gunther, sé cuidar de mí misma y de mis asuntos legales. No hace falta que pierdas el tiempo preocupándote por eso.

—Lo sé. Lo siento. Soy tu hermano mayor y no puedo evitarlo.

Les sirvieron los platos y ambos parecieron agradecer la interrupción. Comenzaron a comer y se sumieron en el silencio. Resultaba obvio que Gunther estaba preocupado por algo, pero no conseguía introducir el tema en la conversación.

El mayor temor de Lacy era que su hermano necesitara

una inyección de dinero en efectivo justo en el mismo momento en el que su pleito se resolviera con un acuerdo. Gunther jamás le pediría el dinero directamente, como un regalo, sino que utilizaría la estratagema de que se trataba de un préstamo urgente. Si esto ocurría, Lacy estaba decidida a decir que no. Sabía que su hermano pedía prestado a unos para pagar a otros, que empeñaba todo lo que poseía y se movía sobre la fina línea que separa la prosperidad de la ruina financiera. Cuando lo tuviera, si es que llegaba a tenerlo alguna vez, Lacy no pensaba permitirle que tocase su dinero y, si su negativa creaba un distanciamiento, que así fuera. Prefería quedarse con el dinero y enfrentarse a unas consecuencias poco agradables que entregárselo, ver cómo lo perdía y luego enfrentarse a un futuro lleno de promesas vacías.

Gunther evitó seguir hablando de la demanda y pasó a hablar de su tema favorito: su último proyecto. Sería una urbanización bien planificada, con viviendas mixtas, una plaza central con un juzgado falso en el centro, iglesias y escuelas, mucha agua y senderos, y el obligatorio campo de golf. Una utopía normal y corriente. Una promoción de cincuenta millones de dólares, con otros inversores, por supuesto. Lacy se obligó a parecer interesada.

La terraza comenzó a llenarse y, poco tiempo después, se encontraron rodeados de una multitud. Gunther se planteó tomarse una copa de vino con el postre, pero cambió de opinión cuando Lacy pidió un café solo. A la una pagó la cuenta y dijo que había llegado la hora de marcharse al aeropuerto. Otro acuerdo pendía de un hilo y lo necesitaban en Atlanta.

Lacy se despidió de él con un abrazo dentro de la terminal privada y lo vio alejarse en su avión. Lo quería mucho, pero respiró hondo y se relajó cuando se marchó.

25

De su bien surtido armario, el juez Bannick eligió un traje de diseño de Zegna —de color gris claro, de lana peinada—, una camisa blanca con puños franceses y una corbata lisa azul marino. Se contempló en el espejo y pensó que el conjunto era bastante europeo. El sábado a última hora de la tarde salió de su casa de Cullman y se dirigió al centro de Pensacola, a un distrito histórico conocido como North Hills. Las copas de los viejos robles daban sombra a las calles y sus gruesas ramas estaban cubiertas de musgo español. Muchas de aquellas casas tenían doscientos años de antigüedad y habían resistido a huracanes y recesiones. Cuando era pequeño y vivía en Pensacola, Ross y sus amigos paseaban en bicicleta por North Hills y admiraban las hermosas mansiones. Jamás se le ocurrió pensar que algún día sería bienvenido en el barrio.

Enfiló el camino de entrada adoquinado de una casa victoriana perfectamente conservada y aparcó su SUV junto a un reluciente sedán de la marca Mercedes. A continuación cruzó el patio trasero y llamó a una puerta. Melba, la anciana asistenta que mantenía en orden la vida de Helen, lo saludó con su habitual sonrisa cálida y le dijo que la señora se estaba vistiendo. ¿Quería tomar algo? Bannick contestó que un ginger-ale y ocupó su sillón favorito en la sala de billar.

Helen era viuda y una especie de novia para Bannick, aunque a él no le interesaban las relaciones románticas. A ella tampoco. Su tercer o cuarto marido había muerto de viejo y la había dejado rica, así que prefería aferrarse al dinero. Daba por hecho que todos los posibles pretendientes de su edad iban detrás de sus bienes. Por eso su relación no era más que de conveniencia. A Helen le encantaba que un hombre guapo y más joven, y que además era juez, la sacara por la ciudad. A él le gustaba Helen porque era ingeniosa y extravagante y jamás supondría una amenaza.

Ella decía que tenía sesenta y cuatro años, pero era un dato bastante dudoso. Años de operaciones agresivas le habían alisado algunas arrugas, le habían curvado la barbilla y le habían dado brillo a sus ojos, pero Bannick sospechaba que tenía al menos setenta. Su harén, como el juez lo llamaba, aunque solo para sus adentros, estaba formado por varias mujeres de edades comprendidas entre los cuarenta y un años y Helen. Para ser aptas debían ser ricas o acomodadas y estar felizmente solteras. Él no buscaba una mujer con la que casarse y, a lo largo de los años, había descartado varias relaciones que se habían complicado.

Melba le llevó la bebida y se marchó sin decir una palabra. La cena era a las siete y media y ya era imposible que llegaran a tiempo. Bannick era un juez que exigía puntualidad en la mayoría de los asuntos, así que tener que esperar a Helen le requería mucha paciencia. Aguardó deleitándose en los finos asientos de cuero gastado, en las alfombras persas, en las paredes forradas con paneles de madera, en las estanterías de roble cargadas de libros antiguos, en la magnífica lámpara de araña de otro siglo. La casa comprendía mil metros cuadrados distribuidos en cuatro plantas y Helen y Melba utilizaban una parte muy pequeña de la propiedad.

Cerró los ojos y recitó el último poema. Su autor lo había relacionado ahora con Danny Cleveland, el antiguo reportero del *Ledger* asesinado en 2009, hacía solo cinco años. Y, antes de eso, con Eileen Nickleberry, en 1998. Y, después, con

Perry Kronke, en 2012, y, por último, con Verno y Dunwoody, a quienes había matado hacía menos de un año. Se sentía como si sus víctimas hubieran empezado a salir a rastras de su tumba y a alinearse como zombis para ir a por él. Vivía en un estado de incredulidad atónita, sus pensamientos eran una masa de destellos descontrolados, se enzarzaba consigo mismo en debates sobre estrategias que cambiaban por momentos.

Cerró los ojos de nuevo y respiró hondo; luego se llevó una mano al bolsillo, sacó un ansiolítico en comprimido y se lo tragó acompañado de un sorbo de ginger-ale. Estaba tomando demasiadas pastillas. Se suponía que debían aplacarle la ansiedad y relajarlo, pero ya no le funcionaban.

¿Cabía la posibilidad de que estuviera a punto de perder su elevada y privilegiada posición en la vida? ¿Estaban a punto de desenmascararlo de alguna forma inimaginable? El pasado que con tanto esfuerzo e inteligencia había ocultado hasta el momento empezaba a darle alcance. El presente y todo su estatus se hallaban en peligro. El futuro era demasiado horrible como para pensar en él.

—Hola, caaariño —dijo Helen al entrar en la habitación.

Bannick se puso en pie de un salto, extendió los brazos para estrecharla cortésmente entre ellos y besó el aire a su lado de la manera más asexuada posible mientras decía:

—Estás estupenda, Helen.

—Gracias, querido —contestó ella, que bajó la mirada hacia el vestido rojo y sin mangas que llevaba—. ¿Te gusta? Chanel.

—Precioso, impresionante.

—Gracias, caaariño.

Helen era de un pequeño pueblo de Georgia y se consideraba una verdadera belleza sureña. Pronunciaba «cariño» alargando la «a» un poco más de la cuenta.

Se acercó a Bannick, frunció el ceño y dijo:

—Tienes cara de cansado, señoría. Se te han oscurecido

mucho las ojeras. ¿Estás volviendo a tener problemas de insomnio?

Él nunca había tenido problemas de insomnio, pero respondió:

—Supongo. Tengo un calendario de juicios muy apretado.

Era demasiado educado como para replicarle: «Bueno, Helen, en ese caso, noto un michelín extra en torno a la antigua cintura de avispa. Ya no estás tan esbelta como te piensas».

Lo bueno de Helen, algo que él admiraba muchísimo, era que nunca dejaba de intentarlo. Siempre estaba a dieta, sudando, atenta a la última moda, estudiando las siguientes alternativas quirúrgicas, comprando el maquillaje más caro y aplicándolo con afán. Aseguraba estar a la espera de la Viagra femenina perfecta para poder aplicarse en la cama como una adolescente. Los dos se habían reído de aquel comentario, puesto que el sexo era un tema que ambos evitaban.

Helen se esforzaba tanto por tener buen aspecto que Bannick jamás podría decir nada que desinflara su considerable ego. Le miró los pies, que nunca eran un lugar aburrido, y sonrió ante los zapatos con estampado de piel de leopardo.

—Me encantan tus tacones de puta —dijo entre risas—. ¿Jimmy Choo?

—Siempre, caaariño.

Se despidieron de Melba y se marcharon. Como de costumbre, cogerían el Mercedes, porque, siendo como era una completa esnob, Helen se sentiría humillada si la vieran llegar al club de campo en un Ford. Bannick le abrió la puerta del pasajero y se sentó al volante. Ya eran las siete y cuarenta y el club estaba a quince minutos de distancia. Charlaron sobre la ajetreada semana de él, sobre los nietos de ella —que vivían en Orlando y tenían los problemas que solo podían tenerse estando podrido de dinero— y, cuando llevaban unos diez minutos circulando, ella le dijo:

—Pareces distraído, señoría. ¿Qué te pasa?

—Nada en absoluto. Solo que tengo muchas ganas de disfrutar de una cena fabulosa: pollo gomoso y guisantes fríos.

—En realidad no es tan horrible. Pero sí que es cierto que nos cuesta conservar a los chefs.

Ambos eran miembros del club y sabían la verdad. Todos los nuevos jefes de cocina cocinaban durante unos seis meses y luego los despedían. A todos les resultaba imposible satisfacer los exigentes deseos de una clientela de alto nivel que se había convencido de que conocía la buena comida y el buen vino.

El Escambia Country Club tenía cien años de antigüedad y quinientos socios, además de un centenar de aspirantes en la lista de espera. Era «el» club de campo de la zona de Pensacola y el lugar al que toda familia acomodada quería pertenecer. Las arribistas también. Estaba situado en una bahía y el gran salón estaba rodeado de agua por tres lados. Las cuidadas calles del campo de golf serpenteaban en varias direcciones. Todo el recinto, desde el sinuoso y sombreado camino de entrada hasta las ochenta hectáreas de perfecta vegetación, apestaba a dinero viejo y exclusividad.

La entrada se encontraba bajo un amplio pórtico al que los miembros llegaban en coches alemanes para ser recibidos por porteros vestidos de etiqueta. Solo faltaba una alfombra roja para los afortunados. A Helen le encantaba decir «buenas noches, Herbert» cuando este le abría la puerta, le tendía la mano y la ayudaba a salir del coche, tal como llevaba años haciendo. Una vez destrabada del viejo Herbert, se agarró del brazo del juez Bannick y entró en el magnífico vestíbulo, donde varios camareros circulaban con bandejas de champán. Helen prácticamente atacó a uno para hacerse con una copa, que, desde luego, no era la primera del día. El juez pidió un vaso de agua con gas. Le esperaba una larga noche y un domingo aún más largo.

No tardaron en perderse entre la multitud de adinerados miembros de la alta sociedad: los hombres con los trajes y corbatas requeridos, las mujeres con todo tipo de atuendos de diseño. Las más mayores se decantaban por los tejidos ceñidos, los escotes pronunciados en exceso y la ausencia de mangas, como si estuvieran decididas a exhibir cuanta más carne envejecida mejor para demostrar que aún podían excitar. Las más jóvenes, una pequeña minoría, se mostraban satisfechas con su figura y no sentían la necesidad de alardear de nada. Todos hablaban y reían a la vez mientras la multitud avanzaba despacio por un pasillo amplio, cubierto de alfombras gruesas y con grandes retratos en las paredes. Dentro de la sala principal se abrieron paso zigzagueando entre las enormes mesas redondas y por fin encontraron los asientos que se les habían asignado. Durante aquella velada no habría ningún orador, ni estrado ni mesas destacadas para los patrocinadores. En el extremo más alejado, una banda de música afinaba detrás de una pista de baile.

El juez y Helen se sentaron con ocho personas a las que conocían bien, otras cuatro parejas, todas debidamente casadas, aunque en realidad esas formalidades no importaban a nadie. Un médico, un arquitecto, un empresario de la grava y sus respectivas esposas. Y un hombre, el más viejo de la mesa, que cenaba en el club todas las noches con su mujer y que, por lo que se comentaba, había heredado más dinero que todos los demás juntos. El vino corría y las conversaciones rugían.

El juez Bannick cambió de chip, y volvió a cambiar, y se obligó a reír y a sonreír y a hablar en voz alta sobre pocas cosas que importasen. A veces, sin embargo, sentía el peso del futuro, la incertidumbre del correo postal del lunes, el miedo a quedar desnudo y expuesto, y se sumía en momentos de reflexión. Era imposible no mirar a su alrededor, a la sala llena de amigos y líderes, de personas a las que siempre había conocido y admirado, sin preguntarse: ¿qué dirán?

Él, que vestía de Zegna y se codeaba con los ricos, era un juez muy respetado, admirado por gente importante, y también era, al menos en su opinión, el asesino más brillante de la historia de Estados Unidos. Había estudiado a los demás. Todos unos matones. Algunos, francamente ignorantes.

Se dijo que tenía que librarse de esos pensamientos y respondió a una pregunta sobre un vertido de petróleo en el golfo. Parte del crudo se dirigía hacia Pensacola y las alarmas habían saltado. Sí, deducía que se producirían muchos litigios en un futuro próximo. Ya sabes cómo son los abogados, dijo, demandarán en cuanto la marea negra asome a lo lejos, puede que incluso antes. El vertido había sido portada y, durante un rato, toda la mesa interrogó a su señoría sobre quién podría demandar a quién. Pasó rápido; las mujeres perdieron el interés e iniciaron sus propias charlas insignificantes mientras les servían la cena.

Los camareros estaban bien enseñados y eran eficientes, así que no se descuidó ninguna copa, y menos la de Helen. Como de costumbre, no le daba tregua al Chardonnay y hablaba cada vez más alto. Antes de las diez estaría borracha y Bannick tendría que meterla en la casa a rastras con ayuda de Melba.

Se alegró de poder callar y escuchar a los demás. Echó un vistazo en torno a la enorme sala, sonrió, asintió y saludó a algunos amigos. El ambiente era festivo, incluso tumultuoso, y todo el mundo llevaba ropa bonita. Los peinados de las mujeres eran perfectos. Todas las que superaban los cuarenta tenían la misma nariz y la misma barbilla gracias a la destreza de un tal doctor Rangle, el cirujano de estiramientos faciales más solicitado de toda la península de Florida. Estaba sentado dos mesas más allá con su segunda esposa, una preciosa rubia de edad indeterminada, aunque se rumoreaba que tenía poco más de treinta años. Cuando Rangle no estaba esculpiendo mujeres, estaba acostándose con ellas; les resultaba irresistible y sus escapadas sexuales eran fuente de interminables cotilleos procaces en la ciudad.

Bannick detestaba a aquel hombre, como muchos maridos, pero también envidiaba secretamente su libido. Y a su actual esposa.

Había dos personas en la sala a las que le gustaría matar. Rangle era la segunda. La primera era un banquero que le había denegado un préstamo cuando tenía treinta años e intentaba comprar su primer edificio de oficinas. Le dijo que sus cuentas eran demasiado flojas y que sus probabilidades de ganar dinero de verdad como abogado eran demasiado bajas. La ciudad ya estaba saturada de talentos legales mediocres y la mayoría de los don nadie del juzgado apenas conseguían pagar sus facturas. Era el típico banquero, se creía que lo sabía todo. Bannick compró otro edificio, lo llenó de inquilinos y después se compró otro. Cuando prosperó en el ejercicio de la abogacía, se unió al club de campo e hizo caso omiso del banquero. En el momento en que ascendió a la categoría de juez, a los treinta y nueve años, el banquero sufrió un derrame cerebral y tuvo que retirarse.

Ahora estaba sentado a una mesa de la esquina, viejo y arrugado y capaz de balbucear solo con su mujer. Estaba triste y merecía compasión, una emoción ajena a Bannick.

Pero matarlos, a Rangle o a él, resultaría demasiado arriesgado. Un crimen local en una ciudad pequeña. Y las transgresiones de aquellos dos eran demasiado menores en comparación con las de los demás. Nunca se había planteado de forma seria incluirlos en la lista.

Cuando la cena llegó a su fin, la banda comenzó a tocar con suavidad, sobre todo los viejos éxitos de la Motown que aquel público adoraba. Unas cuantas parejas ansiosas se lanzaron a la pista durante el postre. A Helen le gustaba bailar y Bannick se defendía en la pista. Se saltaron la tarta, hicieron su entrada y luego se menearon y giraron al ritmo de Stevie

Wonder y Smokey Robinson. Sin embargo, unas cuantas canciones más tarde, Helen estaba muerta de sed y necesitaba una copa. Bannick la dejó en la mesa con sus amigas y salió al patio, donde los hombres fumaban puros negros y bebían whisky.

Se alegró de ver que Mack MacGregor estaba solo cerca del borde del patio, con una copa en una mano y un teléfono en la otra. Tras diez años en el estrado, Bannick conocía a todos los abogados que trabajaban entre Pensacola y Jacksonville, entre muchos otros, y Mack siempre había sido uno de sus favoritos. Ambos se habían incorporado a bufetes de la zona más o menos al mismo tiempo y luego se habían independizado para montar cada uno su propio despacho. A Mack le encantaba la sala del tribunal y no había tardado en convertirse en un hábil y muy solicitado abogado litigante. Era uno de los pocos profesionales de la ciudad capaz de coger un caso desde el principio —la lesión o la muerte— y llevarlo hasta un veredicto de éxito. Era un abogado litigante puro, no un perseguidor de demandas colectivas, y también llevaba casos penales. Bannick había visto su trabajo de primera mano, pero nunca se había permitido creer que algún día necesitaría los servicios de Mack.

A lo largo de los tres últimos días se había sorprendido pensando en MacGregor demasiado a menudo. Si se le cayera el mundo encima, aunque Bannick seguía creyendo que eso no llegaría a ocurrir, Mack sería su primera llamada.

—Buenas noches, juez —lo saludó el abogado mientras guardaba el móvil—. ¿Has perdido a tu chica?

—Ha subido a hacer un pis. ¿Quién es tu novieta de esta noche?

—Una nueva, toda una monada. Me la ha buscado mi secretaria.

Mack estaba divorciado desde hacía unos diez años y se sabía que siempre andaba al acecho.

—Todo un bombón.

—Es lo único que tiene, créeme.

—Con eso basta, ¿no?

—Servirá. ¿Quién va a llevarse el caso de ese bar hawaiano en Fort Walton?

—Aún no lo sé. La decisión es del juez Watson. ¿Lo quieres?

—Tal vez.

Un mes antes, dos motoristas de Arizona habían iniciado una pelea en un antro cutre a las afueras de Fort Walton Beach, cerca del mar. Pasaron de las manos a los cuchillos y a las pistolas y, cuando los cristales dejaron de hacerse añicos, había tres personas muertas. Los motoristas consiguieron huir durante un tiempo, pero habían terminado deteniéndolos cerca de Panama City Beach.

De acuerdo con el principio de que toda persona acusada de un delito grave tiene derecho a un buen abogado, Mack y su socio se ofrecían voluntarios para al menos un caso de asesinato todos los años. Eso los mantenía cerca de la sala del tribunal y al día respecto a la ley. Además añadía algo de emoción a su rutina diaria. Mack disfrutaba de los detalles escabrosos, a menudo macabros, de un buen caso de asesinato. Le gustaba pasearse por la cárcel. Le encantaba conocer a hombres que eran capaces de matar.

—Yo diría que es un caso de los que a ti te gustan.

—Las cosas están muy aburridas últimamente.

«Bueno, Mack, puede que eso cambie muy pronto para ambos», pensó Bannick.

—Si quieres ofrecerte voluntario, yo te lo organizo.

—Deja que lo consulte en la oficina. Te llamo el lunes. No creo que sea un caso de pena de muerte, ¿no?

—No. Está claro que no fue premeditado. Tiene más pinta de que un par de idiotas se emborracharon y se pusieron a buscar pelea. ¿Vas a aceptar casos del vertido?

—Nos llevaremos unos cuantos —respondió Mack entre risas—. La mitad del colegio de abogados está ahora mismo en el golfo subida en un barco y buscando crudo. Será una época de vacas gordas.

—Además de otro desastre medioambiental.

Mataron el tiempo intercambiando anécdotas sobre los abogados que ambos conocían y los pleitos que seguían. Mack sacó una purera de cuero y le ofreció un Cohíba. Ambos se encendieron un puro y se hicieron con una copa de whisky. Dejaron las conversaciones sobre abogados y volvieron al mucho más agradable tema de las mujeres más jóvenes. Al cabo de un rato, el juez Bannick supo que su cita lo estaría buscando. Se despidió de Mack y, mientras se alejaba, esperó no tener que verlo pronto.

26

El traspaso fue complicado, como de costumbre. Incluso descalza, Helen se mostraba poco estable mientras se arrastraban por los ladrillos de su patio trasero.

—Entra a tomar una copa, caaariño —zureó entre jadeos.

—No, Helen, ya hace mucho que deberíamos estar en la cama y tengo un dolor de cabeza tremendo.

—¿A que la banda era magnífica? Qué velada tan maravillosa.

Melba los estaba esperando junto a la puerta y la abrió. Bannick le entregó los zapatos de tacón, luego le entregó a Helen y después se dio la vuelta y se marchó.

—Tengo que irme, querida, te llamo mañana por la mañana.

—Pero quiero una copa.

Bannick negó con la cabeza, miró a Melba frunciendo el ceño y se dirigió a toda prisa hacia su SUV. Llegó a su centro comercial y aparcó cerca de otros vehículos, junto al cine. Caminó hasta su otro despacho, obtuvo la autorización de los escáneres y, una vez dentro, se quitó el traje y la corbata y se puso ropa de deporte. Media hora después de haber dejado a Helen, estaba tomándose un café solo y de nuevo perdido en la red oscura, siguiendo las últimas aventuras de Rafe.

La vigilancia llevaba mucho tiempo y no solía ser productiva. Bannick seguía examinando los archivos policiales de sus casos, aún sirviéndose de Maggotz y enviando a Rafe a curiosear por aquí y por allá. Hasta el momento, ningún departamento había conseguido proteger sus datos y su red de manera eficaz con un cortafuegos. Algunos eran más fáciles de piratear que otros, pero ninguno le había dado excesivos problemas. La laxitud y la debilidad de la seguridad que utilizaban la mayoría de los gobiernos de los condados y las ciudades continuaba maravillándolo. El noventa por ciento de todas las violaciones de datos podrían evitarse con un esfuerzo modesto. Era habitual que se emplearan contraseñas estándar como «Admin» y «Contraseña».

El trabajo más tedioso era mantenerse actualizado respecto a las víctimas. Había diez grupos, diez familias que él había destruido. Madres y padres, maridos y esposas, hijos, hermanos y hermanas, tíos y tías. No se compadecía de ellos. Solo quería que se mantuvieran alejados.

La persona que lo acechaba no era ni policía ni detective privado, ni tampoco un escritor de crímenes reales en busca de emociones fuertes. La persona era una víctima, alguien que llevaba muchos años agazapado a su sombra, observando, acumulando, rastreando.

Se había instaurado una nueva realidad y él, en su genialidad, se ocuparía de ella. Encontraría a la víctima y pondría fin a las cartas. Pondría fin a los poemas ridículos.

Había descartado a las familias de Eileen Nickleberry, Perry Kronke, Lanny Verno y Mike Dunwoody. Volvió al principio, a su triunfo más satisfactorio. Abrió el archivo de Thad Leawood y miró las fotos: varias imágenes viejas, en blanco y negro, de sus días de boy scout; una de toda la tropa en un congreso de exploradores; otra sacada por su madre en una ceremonia de entrega de premios: Ross de pie, orgulloso, vestido con su elegante uniforme, la banda de insignias de mérito llena de círculos de colores, Leawood pasándole un brazo sobre los hombros. Estudió el rostro de los demás chicos, de sus amigos más cercanos, y se preguntó, como siempre, cuántos más habrían sufrido los abusos de Leawood. Le había dado demasiado miedo preguntar, hablar de sus experiencias. Walt Sneed le había comentado una vez que a Leawood le gustaba demasiado tocar y abrazar para el gusto de un niño de doce años, lo había llamado «asqueroso», pero Ross estaba muy asustado y no se había atrevido a seguir la conversación.

¿Cómo era posible que un joven aparentemente normal violara a un crío, a un chaval? Habían pasado muchos años, pero seguía odiando a Leawood. Por aquel entonces, Bannick no tenía ni la menor idea de que un hombre pudiera hacer esas cosas.

Dejó atrás las fotos, siempre dolorosas, y continuó con su trabajo estudiando el triste árbol genealógico de Leawood. En su breve esquela se enumeraban los nombres de sus supervivientes: sus padres, un hermano mayor, no había esposa. Su padre había muerto en 2004. Su madre tenía noventa y ocho años y vivía, demenciada, en una residencia de ancianos bastante básica de Niceville. Bannick se había planteado en muchas ocasiones liquidarla porque sí, solo por el gusto de vengarse de la mujer que había creado a Thad Leawood.

A lo largo de los años había pensado en muchos objetivos.

El hermano, Jess Leawood, abandonó la zona poco después de que salieran a la luz los rumores de abusos y se instaló en Salem, Oregón, donde llevaba viviendo al menos los últimos veinticinco años. Tenía setenta y ocho, estaba jubilado y era viudo. Seis años antes, Bannick había utilizado un teléfono desechable para llamar a Jess y explicarle que era un escritor de novelas policiacas que estaba consultando unos viejos archivos policiales de Pensacola. ¿Estaba la familia de Thad al corriente de que lo habían investigado por abuso infantil? La línea se cortó, la llamada había terminado. No le sirvió para nada, salvo para castigar a un Leawood.

Hasta donde Bannick sabía, Jess no mantenía ningún contacto con su ciudad natal. ¿Y quién podía reprochárselo?

El último poema hablaba de Danny Cleveland, el antiguo reportero del *Pensacola Ledger*. Cuando murió, tenía cuarenta y un años, estaba divorciado y mantenía a dos hijos adolescentes. Su familia lo trasladó a Akron para celebrar el funeral y enterrarlo. Según las redes sociales, en la actualidad su hija cursaba su tercer año de estudios en la Western Kentucky y su hijo se había alistado en el ejército. A Bannick le resultaba imposible creer que alguno de los dos tuviera la edad suficiente como para trazar un plan así de elaborado y localizar a un brillante asesino en serie. Por otro lado, cabía suponer que a su exmujer le diera igual quién lo hubiese matado.

Pasó a otros archivos. Ashley Barasso, la única chica a la que había amado. Se conocieron en la facultad de Derecho y tuvieron una aventura encantadora que terminó de forma abrupta cuando ella lo dejó por un jugador de fútbol americano. Se quedó destrozado y cargó con las heridas durante seis años, hasta que la atrapó. Cuando Ashley al fin dejó de moverse, el dolor de Bannick desapareció de repente, se le curó el corazón roto. El marcador estaba igualado. El marido de Ashley concedió entrevistas y ofreció cincuenta mil dólares de recompensa, pero el tiempo fue pasando y nadie los reclamó, así que el hombre pasó página. Se casó de nuevo al cabo de cuatro años, tuvo más hijos y vivía cerca de Washington DC.

Preston Dill había sido uno de sus primeros clientes. Su mujer y él querían un divorcio de mutuo acuerdo, pero no consiguieron reunir los quinientos dólares de sus honorarios. Ambos se odiaban y ya tenían a los futuros cónyuges esperando en la cola, pero el abogado Bannick se negó a llevarlos ante el juez hasta que le pagaran. Entonces Preston acusó a Bannick de acostarse con su mujer y todo estalló por los aires.

Presentó una queja ante el Colegio de Abogados del Estado, una de las muchas que presentaría a lo largo de los años. Su jugada consistía en contratar a un abogado, timarlo con los honorarios y luego presentar una queja cuando el trabajo no salía adelante. Todas las denuncias de Dill se desestimaban por frívolas. Cuatro años más tarde, lo encontraron en un vertedero cerca de Decatur, Alabama. Su familia estaba dispersa, no tenía nada de especial y seguro que no sospechaba nada.

El profesor Bryan Burke, muerto a la edad de sesenta y dos años. Encontraron su cadáver junto a un sendero estrecho no muy alejado de su pequeña y encantadora cabaña cerca de Gaffney, Carolina del Sur. Corría el año 1992. Cuando miraba la foto del profesor en el anuario de la facultad de Derecho, Bannick casi oía el retumbar de su intenso tono de barítono en el aula. «Háblenos de este caso, señor...», y siempre guardaba unos instantes de silencio para que sufrieran y rezasen por que llamara a cualquier otro. Con el tiempo, los alumnos llegaban a admirar al profesor Burke, pero Bannick no aguantó mucho más en aquella facultad. Tras sufrir una crisis nerviosa, una crisis de la que culpaba directamente a Burke, se trasladó a Miami y empezó a planear su venganza.

Burke tenía dos hijos adultos. Su hijo, Alfred, trabajaba en una empresa tecnológica de San José, estaba casado y tenía tres hijos. O al menos esa era la situación la última vez que Bannick se había puesto al día con él, hacía unos dieciocho meses. Indagó durante un rato y no consiguió verificar el empleo actual de Alfred. Ahora su domicilio lo ocupaba otra persona. Estaba claro que había cambiado de trabajo y se había mudado. El juez se maldijo por no haberse enterado antes. Tardó una hora en encontrar a Alfred viviendo en Stockton, con un empleo desconocido.

La hija de Burke se llamaba Jeri Crosby. Cuarenta y seis

años, divorciada, con una hija. Según la última actualización, vivía en Mobile y era profesora de ciencias políticas en la South Alabama. Entró en la página web de la universidad y comprobó que seguía trabajando allí. Qué curioso: en el directorio del claustro había fotos de todos los profesores del Departamento de Ciencias Políticas y Justicia Penal menos de ella. Estaba claro que era muy reservada.

En un archivo anterior figuraba que se había licenciado en Stetson, que había cursado un máster en la Universidad de Howard, en Washington DC, y que se había doctorado en Ciencias Políticas en Texas. Se casó con Roland Crosby en 1990, tuvo una hija el primer año y se divorció seis años después. En 2009 se había incorporado al claustro de la South Alabama.

El vínculo con Mobile era interesante. Rollie Tabor, el investigador que la persona había contratado, tenía el despacho en Mobile.

Bannick envió a Rafe de vuelta a los registros de Hertz y se quedó dormido en el sofá.

Lo despertó la alarma que se había puesto a las tres de la madrugada, tras haber dormido dos horas. Se lavó la cara, se cepilló los dientes, se puso unos vaqueros y unas zapatillas de deporte y cerró a cal y canto la Cámara Acorazada y la puerta exterior. Salió de la ciudad por la Autopista 90, paralela a la playa, y se detuvo a repostar en una gasolinera que abría toda la noche, seguía aceptando dinero en efectivo y solo disponía de una cámara de seguridad. Después de llenar el depósito, aparcó en la oscuridad, junto al establecimiento, y cambió las matrículas. La mayoría de las autopistas de peaje de Florida fotografiaban ahora a todos los vehículos que pasaban por ellas. Tomó una carretera desierta que se dirigía hacia el norte, entró en la Interestatal 10, fijó la velocidad a ciento veinte y se preparó para un largo día. Tenía casi mil kilómetros por delante y mucho tiempo para pensar. Bebió un sorbo de café cargado de un termo, se tomó una anfeta y trató de disfrutar de la soledad.

Había hecho un millón de kilómetros en la oscuridad. Nueve horas no eran nada. Café, anfetaminas, buena música. Con la guarnición adecuada, era capaz de conducir durante días.

Dave Attison había sido uno de sus hermanos de fraternidad en la Universidad de Florida, un chico muy juerguista que, además, había terminado entre los primeros de su clase. Ross y él habían compartido habitación en la casa de la fraternidad, y también muchas resacas, durante dos años. Cuando se graduaron, cada uno siguió su camino: uno se matriculó en la facultad de Derecho y el otro empezó a estudiar odontología. Dave se especializó en endodoncia y se convirtió en un reputado dentista de la zona de Boston. Hacía cinco años se había cansado de la nieve y de los inviernos largos y regresó a su estado natal, donde compró una consulta en Fort Lauderdale y había prosperado sin hacer nada más que endodoncias a mil dólares la pieza.

Llevaba sin ver a Ross desde su vigésima reunión de exalumnos, celebrada siete años antes en un complejo turístico de Palm Beach. La mayoría de los antiguos miembros de la fraternidad eran cumplidores con los correos electrónicos y los mensajes de texto, otros no. Ross nunca había mostrado mucho interés en mantener el contacto con la pandilla. Ahora, de repente, estaba de paso y quería que se vieran para tomar algo rápido. Un domingo por la tarde. Estaba alojado en el Ritz-Carlton y quedaron en el bar de la piscina.

Ross ya estaba esperándolo cuando Dave llegó. Se abrazaron como viejos compañeros de habitación que eran y, enseguida, se examinaron el pelo canoso y la barriga. Ambos estuvieron de acuerdo en que el otro se conservaba muy bien. Tras unos cuantos insultos, apareció un camarero y pidieron algo de beber.

—¿Qué te trae por aquí? —preguntó Dave.

—He venido a ver unos edificios de apartamentos en East Sawgrass.

—¿Te dedicas a comprar apartamentos?

—Somos varios. Un grupo de inversores. Compramos de todo en todas partes.

—Creía que eras juez.

—Debidamente elegido en el vigésimo segundo distrito judicial. Llevo ya diez años en el cargo. Pero un juez de Florida gana ciento cuarenta y seis mil dólares al año, y con eso no te haces rico, que digamos. Hace veinte años empecé a comprar propiedades para alquilar. Nuestra empresa ha ido creciendo poco a poco y nos va bien. ¿Cómo estás tú?

—Muy bien, gracias. Las existencias de dientes doloridos que hay por ahí no se acaban nunca.

—¿Y tu mujer y tus hijos?

Ross quería abordar el tema de la familia antes de que fuera Dave quien tuviera la oportunidad de hacerlo, en parte para demostrar que no le asustaba hablar de ello. Desde sus días de estudiante, siempre había sospechado que sus hermanos dudaban de él. El incidente con Eileen era legendario. Aunque más tarde había mentido y afirmado que era activo con otras chicas, nunca había dejado de notar sus sospechas. El hecho de que no se hubiera casado tampoco ayudaba.

—Todos bien. Mi hija está en la Universidad de Florida y mi hijo en el instituto. Roxie juega al tenis cinco días a la semana y no me da la lata.

Según otro compañero de la fraternidad, el matrimonio de Dave y Roxie había sido de todo menos estable. Se habían marchado de casa por turnos. Lo más seguro era que, cuando el hijo de ambos se fuera de casa, tirasen la toalla.

Les sirvieron las cervezas frías y brindaron. Un biquini muy bien puesto pasó junto a ellos y ambos le tomaron a fondo las medidas.

—Qué tiempos aquellos —dijo Ross con admiración.

—¿Eres consciente de que tenemos casi cincuenta años?

—Eso me temo.

—¿Crees que alguna vez dejaremos de mirar?

—Si sigo respirando, sigo mirando —dijo Ross, repitiendo el mantra.

Se bebió la cerveza despacio mientras se calentaba. Solo quería tomarse una. El viaje de vuelta a casa duraría las mismas nueve horas.

Sacaron a relucir unos cuantos nombres, viejos amigos de los buenos tiempos. Se rieron de las estupideces que habían cometido, de las bromas que habían gastado, de las huidas por los pelos. Las mismas charlas de siempre entre compañeros de fraternidad ya talluditos.

Ross comenzó su historia de ficción con:

—El año pasado tuve un encuentro extraño. ¿Te acuerdas de Cora Laker, de Phi Mu?

—Claro, era guapa. Se hizo abogada, ¿no?

—Sí. Fui a la convención estatal del Colegio de Abogados en Orlando y me topé con ella. Es socia de un gran bufete en Tampa, le va muy bien. Sigue estando buena. Nos tomamos una copa y luego otra. Al final, no sé cómo, terminó hablándome de Eileen, creo que eran buenas amigas, y se puso medio a llorar. Decía que el caso no iba a resolverse nunca. Me contó que una especie de investigador la había localizado porque quería que le hablara de cuando Eileen estaba en la sororidad. Colgó y no hubo más, pero le molestó que alguien la hubiera rastreado así.

Dave resopló y miró hacia otro lado.

—A mí también me llamaron.

Bannick tragó con dificultad. Puede que el viaje relámpago, pese a lo bestial que había sido, terminara valiendo la pena.

—¿Para preguntarte por Eileen? —dijo.

—Sí, debió de ser hace tres o cuatro años. Ya estábamos viviendo aquí, a lo mejor fue hace cinco. La mujer me dijo que era escritora de novela negra y que estaba investigando sobre la época universitaria de Eileen. Me dijo que estaba trabajando en un libro sobre casos sin resolver. Mujeres a las que habían acosado o algo así.

—¿Era una mujer?

—Sí. Me contó que había publicado varios libros, se ofreció a enviarme uno.

—¿Te lo mandó?

—Qué va, le colgué el teléfono. Eso fue en otra vida, Ross. Lo que le pasó a Eileen es una verdadera tragedia, pero yo no puedo hacer nada al respecto.

Una mujer. Metiendo las narices en sus casos sin resolver. El largo trayecto de ida y el de vuelta habían merecido la pena.

—Qué raro —dijo Ross—. ¿Solo mantuvisteis una conversación?

—Sí. Me libré de ella. Y, la verdad, tampoco tenía nada que ofrecerle. Las liábamos tanto en aquella época que no me acuerdo de todo. Demasiado alcohol y demasiada hierba.

—Qué tiempos aquellos.

—¿Por qué no te vienes a cenar? Roxie sigue siendo una pésima cocinera, pero podemos pedir comida a domicilio.

—Gracias, Dave, pero he quedado con unos inversores para cenar dentro de un rato.

Una hora más tarde, Bannick estaba de nuevo en la carretera, luchando contra el tráfico de la Interestatal 95, con mil kilómetros por delante.

27

Sadelle llegó diez minutos tarde a la reunión de recapitulación del lunes por la mañana y, cuando apareció en su motito, tenía aspecto de estar aún más cerca de la muerte. Se disculpó y dijo que estaba bien. Lacy le había sugerido varias veces que se tomara unos días de descanso. Eso aterraba a Sadelle. El trabajo la mantenía con vida.

Darren comenzó con:

—Hemos hecho todo lo posible con los registros de los viajes. Por fin hemos tenido noticias de Delta, tras amenazarlos de nuevo con enviarles una citación, así que ya tenemos los datos de todas las compañías aéreas. Delta, Southwest, American y Silver Air. Hemos comprobado todos los vuelos con origen en Pensacola, Mobile, Tallahassee e incluso Jacksonville y con destino a Miami y Fort Lauderdale. El resultado es que, durante el mes anterior al asesinato de Perry Kronke, nadie llamado Ross Bannick cogió un vuelo hacia el sur.

—Estás dando por hecho que usó su nombre real —dijo Lacy.

—Claro. No conocerás por casualidad alguno de sus alias, ¿no?

Lacy no le hizo caso y volvió a concentrarse en su café. Darren continuó:

—Desde Pensacola hasta Marathon son once horas de viaje en coche y, ni que decir tiene, no hay forma de seguirle la pista si fue en coche.

—¿Los registros de los peajes?

—El estado los conserva solo seis meses, luego los elimina. Y es fácil evitar los peajes.

—¿Y qué hay de los hoteles?

Sadelle gruñó al intentar llenarse los pulmones.

—Otra aguja en otro pajar —contestó—. ¿Sabes cuántos hoteles hay en el sur de Florida? Miles. Seleccionamos cien de los más probables, de precio medio, y no encontramos nada. Hay once en Marathon y alrededores. Nada.

—Estamos perdiendo el tiempo con estas búsquedas —sentenció Darren.

—Se llama investigar —señaló Lacy—. Algunos de los crímenes más infames se han resuelto gracias a pequeñas pistas que al principio parecían insignificantes.

—¿Qué sabes tú de resolver crímenes infames?

—No gran cosa, pero estoy leyendo muchos libros sobre asesinos en serie. Es un tema fascinante.

Sadelle inhaló dolorosamente y, oxigenada hasta cierto punto, preguntó:

—¿Suponemos que hizo el trayecto de ida y vuelta a Biloxi en coche para asesinar a Verno?

—Y a Dunwoody. Sí, esa es nuestra hipótesis. No son más de... ¿qué, dos horas?

—Sí, dos, más o menos —respondió Darren—. Eso es lo que me fascina. Si te fijas en los ocho asesinatos, y sé que no debemos fijarnos en los ocho, sino solo en tres, todos están a una distancia asumible en coche desde Pensacola. Danny Cleveland, en Little Rock, a ocho horas de distancia. Thad Leawood, cerca de Chattanooga, a seis horas. Bryan Burke, en Gaffney, Carolina del Sur, a ocho horas. Ashley Barasso, en Columbus, Georgia, a cuatro horas. Perry Kronke, en Marathon, y Eileen Nickleberry, cerca de Wilmington, ambos a doce horas. No tuvo ni que coger aviones ni que alquilar coches ni que pagar habitaciones de hotel. Pudo ir en su propio coche.

—Esos son solo los asesinatos de los que tenemos noticia —puntualizó Lacy—. Me apuesto lo que quieras a que hay más. Y a que cada escena del crimen se produjo en un estado distinto.

—Sabe más que nosotros de matar —dijo Sadelle.

—Supongo que ha tenido más experiencia —añadió Darren—. Y que es más listo.

—Cierto, pero nosotros tenemos a Betty y ella lo ha localizado —rebatió Lacy—. Pensadlo. Si Betty tiene razón, ha identificado al asesino, algo que un ejército de inspectores de homicidios no ha sido capaz de hacer.

—Y algo que nosotros no estamos preparados para hacer, ¿verdad? —replicó Sadelle.

—No, pero eso lo sabemos desde el principio. Sigamos insistiendo.

—Bueno, ¿cuándo vamos a la policía? —preguntó Darren.

—Pronto.

Los dos inspectores de la policía estatal llamaron al timbre a las ocho de la mañana en punto, tal como les habían pedido. Vestían traje oscuro, conducían un coche oscuro, llevaban unas gafas de sol de aviador oscuras e idénticas y cualquiera que los viera a cien metros de distancia sabría de inmediato que pertenecían a algún cuerpo policial.

Los habían convocado en casa de un juez de distrito, algo bastante inusual. Habían conocido a muchos jueces, pero siempre en su sala del tribunal, nunca en su casa.

El juez Bannick se deshizo en sonrisas mientras los guiaba hacia su amplia cocina y les servía sendas tazas de café.

Encima de la mesa había un único sobre blanco, de tamaño legal, dirigido al juez, con la dirección de la casa en la que se encontraban en aquel preciso instante. Bannick lo señaló y dijo:

—Me llegó con el correo del sábado, aquí, a esta casa. Lo metieron en el buzón que hay junto a la puerta delantera. Es el tercero en una semana. Cada sobre contenía una carta escrita a máquina por una persona a todas luces trastornada. De momento me guardaré las cartas para mí. Esta tercera es, con mucho, la más amenazante. Cuando la vi, después de haber tocado y abierto las dos primeras, fui más cuidadoso. Me puse guantes y toqué el papel lo mínimo posible. Estoy seguro de que el cartero ha tocado las tres.

—Es lo más probable, sí —contestó el teniente Ohler.

—A saber lo que encuentran, pero seguro que hay huellas de mi cartero, ninguna mía y, si tenemos suerte, algún indicio que haya dejado ese loco.

—Desde luego, juez.

El teniente Dobbs sacó una bolsa de plástico e introdujo el sobre dentro con mucho cuidado.

—Nos pondremos a ello enseguida —añadió—. ¿Le importaría decirnos hasta qué punto es urgente?

—¿La amenaza es grave? —precisó Ohler.

—Bueno, no voy a salir de casa con un arma bajo el brazo, pero sin duda estaría bien saber quién se encuentra detrás de esto.

—¿Tiene a alguien en mente? —quiso saber Dobbs.

—La verdad es que no. A ver, todos los jueces tienen siempre algún loco al que le da por escribirles cartas, pero no se me ocurre nadie en concreto.

—Bien. Lo llevaremos al laboratorio de criminalística hoy mismo. Mañana ya sabremos si hay alguna huella de calidad. Si es así, intentaremos averiguar a quién pertenecen.

—Gracias, señores.

Mientras se alejaban, Ohler razonó:

—¿No te extraña que no nos haya enseñado las tres cartas?

—Eso es lo que me parece curioso —respondió Dobbs—. Está claro que no quiere que nadie las vea.

—¿Y los otros dos sobres?

—Los ha tocado y es probable que tengan sus huellas.

—Y tenemos sus huellas, ¿no?

—Claro. Hay que tomárselas a todos los abogados antes de que obtengan la licencia.

Pasaron varios segundos y atravesaron las verjas de la comunidad cerrada. Ya en la carretera, Ohler volvió a preguntar:

—¿Qué probabilidades hay de que encontremos alguna huella útil en el sobre?

—Yo diría que ninguna. Los locos que envían cartas anónimas son lo bastante listos como para ponerse guantes y tomar otras precauciones. Tampoco hace falta ser un genio.

—Tengo una corazonada —dijo Ohler.

—Fantástico. Otra corazonada. A ver, cuenta.

—El juez sabe quién es.

—¿En qué te basas?

—En nada. Es una corazonada. Las corazonadas no tienen que basarse en nada.

—Sobre todo las tuyas.

Una hora más tarde, el juez Bannick aparcó en su plaza reservada junto al Juzgado del Condado de Chavez y entró por la puerta trasera. Charló unos instantes con Rusty y Rodney, los viejísimos conserjes gemelos, que, como siempre, iban ataviados con monos de trabajo idénticos, y subió por la escalera de atrás hasta el primer piso, donde llevaba diez años gobernando con mano de hierro. Dio los buenos días a su personal y le pidió a Diana Zhang, su secretaria de toda la vida y única confidente de verdad, que lo acompañara a su despacho. Cerró la puerta, le pidió que tomara asiento y le dijo con gravedad:

—Diana, tengo una muy mala noticia. Me han diagnosticado cáncer de colon, en estadio cuatro, y no tiene buena pinta.

La mujer se quedó demasiado estupefacta para reaccionar. Ahogó un grito e inmediatamente empezó a enjugarse los ojos.

—Tengo una oportunidad de luchar, además siempre hay milagros.

Diana consiguió preguntarle:

—¿Cuándo te has enterado?

Lo miró a través de las lágrimas y, una vez más, se dio cuenta de lo cansado y demacrado que estaba.

—Hace alrededor de un mes. Me he pasado las dos últimas semanas hablando con médicos de todo el país y he decidido seguir un tratamiento alternativo a través de una clínica de Nuevo México. Es lo único que puedo decirte ahora mismo. He informado al juez principal Habberstam de que voy a cogerme una baja de sesenta días a partir de hoy. De momento, él se encargará de reasignar mis casos. Vosotros seguiréis cobrando el sueldo completo, aunque sin mucho que hacer.

Bannick logró esbozar una sonrisa, pero Diana se había quedado demasiado aturdida para devolvérsela.

—En principio, las cosas estarán mucho más tranquilas por aquí durante los dos próximos meses. Te llamaré siempre que pueda para asegurarme de que todo va bien.

Diana se sentía totalmente perdida. El juez no estaba casado, no tenía hijos ni nadie a quien pudiera acudir con comida, regalos y compasión.

—¿Andarás por aquí o en Nuevo México? —murmuró.

—Estaré yendo y viniendo. Como ya te he dicho, seguiremos en contacto y puedes llamarme siempre que quieras. Pasaré por aquí para ver cómo vas. Si me muero, no será hasta dentro de unos meses.

—¡Para!

—Vale, vale. No pienso morirme pronto, pero puede que los próximos meses sean complicados. Quiero que te pongas en contacto con todos mis abogados y los informes de que otros jueces se ocuparán de sus casos. Si preguntan por qué, diles que es por una enfermedad. Cuando me vaya dentro de unos minutos, comunícaselo a los demás, por favor. Prefiero no enfrentarme a ellos.

—No me lo puedo creer.

—Ni yo. Pero la vida es injusta, ¿no?

La dejó sollozando y se marchó a toda prisa sin decir una sola palabra más. Se dirigió a un concesionario de la GM en Pensacola, donde cambió de coche y se hizo con un nuevo Chevrolet Tahoe. Firmó el montón de documentos, extendió un cheque por la diferencia, de una de sus muchas cuentas, y esperó mientras atornillaban sus antiguas placas de matrícula a su nuevo SUV. Detestaba el color plateado, pero, como siempre, quería algo que pasara desapercibido.

Se acomodó en el suave asiento de cuero e inhaló el intenso olor a coche nuevo. Jugueteó con el GPS, les echó un vistazo a las aplicaciones, conectó su teléfono y arrancó para dirigirse al oeste por la Interestatal 10. Su móvil emitió un pitido: un mensaje de otro juez. Lo leyó en la enorme pantalla multimedia:

> Juez Bannick. Siento mucho la noticia. Ya sabes dónde estoy si me necesitas. Cuídate. TA.

Otro pitido, otro mensaje. La noticia se estaba propagando con rapidez entre los círculos jurídicos del distrito y, a mediodía, todos los abogados, secretarios, alguaciles y colegas jueces sabrían que estaba enfermo y de baja.

No tenía paciencia con quienes se aprovechaban de la mala salud. Odiaba tener que recurrir a la ficción de una enfermedad para cubrir sus huellas. Como funcionario electo tendría que someterse de nuevo a las urnas al cabo de dos años, pero no se permitiría angustiarse con la política. Que sufriera cáncer tal vez animase a algún posible oponente a empezar a hacer planes, pero ya se ocuparía de eso más adelante. De momento era imperativo que se mantuviese oculto, que se encargase de las tareas que tenía entre manos, que se quitara de encima a su perseguidor y, posiblemente, que esquivase una investigación de la Comisión de Conducta Judicial. Le entró la risa al pensar en que un organismo tan pequeño intentara resolver unos asesinatos que los policías veteranos habían abandonado casi por completo hacía años. La señora Stoltz y su variopinto grupo de empleados trabajaban con un presupuesto cada vez más reducido y unos estatutos ineficaces.

Había hecho un recuento de casi setenta personas, todas relacionadas por sangre o matrimonio con sus víctimas. Las había estudiado una por una y las había descartado a todas menos a cinco, de las cuales había cuatro a las que consideraba poco probables. Estaba convencido de haber encontrado a su verdugo. Era una mujer con muchos secretos, una persona reservada en extremo que se creía demasiado lista para los piratas informáticos.

Aunque Mobile no estaba lejos, no había pasado mucho tiempo allí y desconocía la ciudad. La había cruzado cientos de veces, pero no recordaba la última vez que se había detenido allí por alguna razón.

Su nuevo sistema de navegación funcionaba a la perfección y encontró la calle donde vivía Jeri. Más tarde examinaría el barrio. El apartamento de la mujer estaba a apenas sesenta minutos de su casa de Cullman.

La había encontrado, la tenía casi delante de las narices.

28

La información era demasiado importante para intercambiarla por correo electrónico o por teléfono. Una reunión cara a cara sería mejor, le explicó el sheriff Black. Él estaba a cuatro horas de distancia, en Biloxi, y se ofreció a dividir el camino. Acordaron encontrarse en un restaurante de comida rápida junto a la Interestatal 10, en la pequeña población de DeFuniak Springs, Florida, a las 15.00 horas del miércoles 16 de abril.

Cuando salieron de Tallahassee, Darren le pidió a Lacy que condujera porque él tenía que terminar de corregir un informe. En efecto, debía de estar muy mal escrito, porque no habían recorrido ni treinta kilómetros antes de que se quedara dormido. Cuando se despertó tras una siesta de por lo menos treinta minutos, Darren se disculpó y reconoció que había trasnochado demasiado la noche anterior.

—¿Cuál será la gran noticia? —preguntó Lacy—. Por lo que se ve es demasiado importante para susurrarla por teléfono o escribirla en un correo...

—A mí no me mires. Aquí la detective eres tú.

—Que ahora lea sobre asesinos en serie no quiere decir que me haya convertido en detective.

—¿Y qué quiere decir?

—No lo sé. La verdad es que se trata de un tema que da bastante miedo. Hay tíos que están muy enfermos.

—¿Metes a Bannick en esa misma categoría?

—No hay categoría que valga. Cada caso es totalmente distinto, cada asesino está enajenado a su manera. Pero todavía no he encontrado a ninguno tan paciente como Bannick ni cuya motivación sea solo la venganza.

—¿Cuál es la motivación habitual?

—No existe tal cosa, pero el sexo suele ser un factor importante. Es sobrecogedor lo pervertidos que están algunos de esos tipos.

—¿Esos libros que estás leyendo tienen fotografías?

—Algunos sí. Mucha sangre y mutilación. ¿Quieres que te los preste?

—Mejor que no.

El teléfono de Darren vibró y el joven leyó el mensaje.

—Interesante —comentó—. Es Sadelle. Ha revisado la agenda de Bannick para hoy y han cancelado todos sus juicios. También los de ayer y los de mañana. Ha llamado a su despacho y le han dicho que su señoría se ha cogido una baja por cuestiones de salud.

Lacy dedicó unos instantes a asimilar la información y dijo:

—Me gusta lo bien que ha elegido el momento. ¿Crees que nos estará vigilando?

—¿Qué tiene que vigilar? No hay nada en internet y no tiene ni idea de lo que estamos haciendo.

—A menos que tenga vigilada a la policía.

—Supongo que es posible. —Darren se rascó la barbilla, sumido en sus pensamientos—. Pero, aun así, Bannick no sabría nada porque nosotros no sabemos nada, ¿no?

Avanzaron en silencio durante unos cuantos kilómetros.

Un sedán sin ningún tipo de distintivo era el único vehículo que había en el aparcamiento, aparte del suyo. Dentro del establecimiento, el sheriff Black y el inspector Napier estaban tomándose un café, mientras observaban y esperaban, vestidos de paisano. Se habían sentado lo más lejos posible de la barra. No había más clientes. Lacy y Darren también pidieron café y los saludaron. Los cuatro se apiñaron en torno a una mesa pequeña e intentaron darse espacio los unos a los otros. Nadie se había tomado la molestia de llevarse el maletín.

—No deberíamos robaros mucho tiempo con esto —dijo Black—. Aunque, en realidad, puede que sí.

Le hizo a Napier un gesto con la cabeza para que empezara y el inspector se aclaró la garganta y miró a su alrededor como si temiera que alguna persona inexistente los estuviese escuchando.

—Como ya sabéis, el asesino se llevó de la escena del crimen dos teléfonos que luego dejó en el buzón de una pequeña oficina de correos situada a una hora de distancia.

—En un sobre con la dirección de tu hija en Biloxi, ¿no? —preguntó Lacy.

—Exacto —confirmó Black.

—El caso es que el FBI lleva todo este último mes con los dos teléfonos en su laboratorio y les ha hecho todas las pruebas posibles —continuó Napier—. Ahora están seguros de que hay una huella parcial de un pulgar en el teléfono de Verno. Otras curiosidades: no hay ni una sola huella más, ni siquiera de Verno, así que el asesino fue lo bastante cuidadoso como para limpiar bien los móviles. En el de Mike Dunwoody no hay absolutamente nada. Una vez más, el tipo fue muy cuidadoso, cosa que no es de extrañar, teniendo en cuenta cómo fue la escena del crimen. ¿Cuánto sabéis del tema de las huellas dactilares?

—Supongamos que no sabemos casi nada —respondió Lacy.

Darren asintió para confirmar su ignorancia.

Como ya esperaba, Napier prosiguió:

—Vale. En este país se le han tomado las huellas dactilares a alrededor del veinte por ciento de las personas, y la mayoría de ellas quedan almacenadas en un enorme banco de datos gestionado por el FBI. Como ya os habréis imaginado, disponen de los programas informáticos más modernos y mejorados, con todo tipo de algoritmos y esos rollos, cosas que a mí me quedan un poco grandes y que les permiten verificar una huella desde cualquier lugar en cuestión de minutos. En este caso empezaron por Florida.

El sheriff se echó un poco hacia delante y dijo:

—Damos por hecho que vuestro sospechoso es de Florida.

«Qué listo», pensó Lacy, pero asintió y repuso:

—Buena suposición.

Darren, ansioso por hablar, intervino:

—Es obligatorio que te tomen las huellas dactilares antes de que te admitan en el colegio de abogados. En todos los estados.

Napier le dio el gusto y contestó:

—Sí, lo sabemos. Y los analistas del FBI también. De todas maneras, no han encontrado ninguna coincidencia en Florida, ni en ningún otro lugar, en realidad. Han sometido esa huella a todas las pruebas posibles y han llegado a la conclusión de que... Bueno, de que la han alterado.

Napier guardó silencio unos instantes para permitir que asimilaran la información. El sheriff Black tomó el relevo:

—Entonces, la primera pregunta, la primera de muchas, es si vuestro sospechoso es capaz o no de alterarse las huellas dactilares.

A Lacy le costaba encontrar las palabras, así que Darren preguntó:

—¿Las huellas dactilares pueden alterarse?

—La respuesta corta es que sí, aunque es casi imposible

—contestó Napier—. A veces los canteros y albañiles pierden las huellas dactilares tras años de duro trabajo manual.

—Nuestro hombre no es albañil —señaló Lacy.

—Es juez, ¿verdad? —preguntó Black.

—Sí.

—Con el tiempo, es posible desgastar la piel de las yemas de los dedos, lo que se denominan las crestas de fricción, pero es algo rarísimo —prosiguió Napier—. Se necesitarían años de rascado constante con papel de lija. Pero, da igual, porque ese no es el caso que nos encontramos aquí. En esta huella, las crestas están bien definidas, pero hay indicios de que podrían haber sido quirúrgicamente alteradas.

—¿Y la huella no podría ser de la novia de Verno o de algún otro conocido suyo? —preguntó Lacy

—Lo han comprobado. Para sorpresa de nadie, la novia tiene unos cuantos arrestos en su haber, así que sus huellas figuran en el banco de datos. No coinciden. Hemos pasado horas con ella y no conoce a nadie más que pudiera haber tocado el teléfono de Verno. Ni siquiera se acordaba de la última vez que lo tocó ella.

Los cuatro bebieron de sus respectivos vasos de papel y evitaron el contacto visual. Al cabo de un instante, Darren dijo:

—¿Quirúrgicamente alteradas? ¿Cómo se hace eso?

Napier sonrió.

—Bueno, algunos expertos dicen que es imposible, pero ha habido varios casos. Hace unos años, la policía holandesa recibió un chivatazo e hizo una redada en un pequeño apartamento de Ámsterdam. El sospechoso era un auténtico profesional, un delincuente astuto que se había forjado una gran carrera robando arte contemporáneo. Una parte de su botín, valorada en muchos millones, se encontró escondida detrás de las paredes del apartamento. Sus antiguas huellas dactilares no coincidían del todo con las nuevas. Como lo pillaron in fraganti, decidió hacer un trato y confesar. Dijo que en Argentina había un cirujano estético sin licencia que en los bajos fondos era conocido como el tipo al que tenías que recurrir si necesitabas una cara nueva o unas cuantas cicatrices recientes. También estaba especializado en alterar las crestas de fricción de las yemas de los dedos. Solo para divertiros un rato, entrad en internet y buscad «alteración de huellas dactilares». Si seguís buscando, terminarán por saliros anuncios de gente que se dedica a hacerlo. En realidad, alterarte las huellas dactilares no es ilegal.

—Solo había pensado en estirarme un poco la cara —dijo Lacy.

—¿Por qué? —preguntó el sheriff con una sonrisa.

—En cualquier caso, es algo que, con tiempo, puede hacerse —concluyó Napier—. ¿Vuestro sospechoso es un hombre paciente?

—Muy paciente —contestó Darren.

—Sospechamos que lleva más de veinte años en activo —añadió Lacy.

—¿En activo?

—Sí. Es probable que Verno y Dunwoody no sean los únicos.

Los dos policías digirieron el dato con más café. Fue Napier quien preguntó:

—¿Dispondría de dinero para costearse una cirugía de ese tipo?

Ambos asintieron.

—Supongo que podría haber dividido el proyecto a lo largo de mucho tiempo hasta acabar haciéndose los diez dedos —apuntó Lacy.

—Eso supone una dedicación tremenda —señaló Black.

—Bueno, es un hombre dedicado, decidido y muy inteligente.

Más café, más pensamientos a los que darles vueltas. ¿Sería esta su gran oportunidad después de tantos callejones sin salida?

—En realidad, no tiene sentido —dijo el sheriff—. Si ese tipo es tan inteligente, ¿por qué no tiró los teléfonos a un lago o a un río? ¿Por qué hacerse el listo y meterlos en un buzón de correos para que los enviaran al apartamento de mi hija? Tenía que saber que los rastrearíamos y los localizaríamos en cuestión de horas. Era viernes. Era imposible que los dos móviles permanecieran allí sin ser descubiertos hasta el lunes.

—No creo que nunca lleguemos a entender lo que lo empuja a actuar de una determinada manera o lo que piensa —comentó Lacy.

—En mi opinión, fue una estupidez.

—Está cometiendo errores. Primero, Mike Dunwoody estuvo a punto de pillarlo. Luego vieron su camioneta cerca de la oficina de correos cuando fue a dejar los teléfonos. Y ahora parece que se le salió un guante, o que se le rasgó un poco, y que tenemos una huella del pulgar.

—Sí, tenemos una huella —repitió el sheriff—. Así que ahora la cuestión es qué hacemos con ella. El siguiente paso es obvio: obtener las huellas del sospechoso. Si coinciden, entonces podremos ponernos manos a la obra.

—¿Qué posibilidades hay de conseguir sus huellas? —quiso saber Napier.

Lacy le lanzó una mirada inexpresiva a Darren, que negó con la cabeza como si no tuviera ni idea.

—¿Una orden de registro? —preguntó el sheriff.

—¿Basada en qué? —repuso Lacy—. No hay causa probable, al menos por ahora. Nuestro sospechoso es un juez que conoce tanto la ciencia forense como el procedimiento penal. Sería imposible convencer a otro juez de que emita una orden.

—¿O sea que lo protegerán?

—No. Pero querrán ver muchas más pruebas de las que tenemos ahora mismo.

—¿Vais a darnos su nombre?

—Todavía no. Os lo diremos, y no tardando mucho, pero de momento no podemos contaros más.

El sheriff Black se cruzó de brazos y la fulminó con la mirada. Napier apartó la vista, frustrado. Lacy continuó:

—Estamos en el mismo equipo, lo prometo.

Los policías estaban que echaban humo y, durante un instante, les costó mantener la calma.

—Me temo que no lo entiendo —dijo Napier al fin.

Lacy sonrió.

—A ver, tenemos un confidente, una fuente, la persona que nos trajo el caso. Esta persona sabe mucho más que nosotros y vive con miedo, vive aterrorizada desde hace años. Le hicimos varias promesas respecto a cómo procederíamos. Eso es lo único que puedo deciros por ahora. Tenemos que ser muy cautelosos.

—Entonces, ¿qué se supone que debemos hacer ahora? —preguntó el sheriff Black.

—Esperar. Terminaremos nuestra investigación y volveremos a reunirnos.

—A ver si me ha quedado claro. Tenéis un firme sospechoso en un caso de asesinato doble, aunque reconocéis que no investigáis asesinatos, ¿no? Y el tipo en cuestión es un juez que ejerce en Florida y que ha cometido otros delitos, ¿correcto?

—Eso es, aunque en ningún momento me he referido a él como «firme sospechoso». Hasta hoy no teníamos pruebas físicas de su participación en ningún delito. Todavía existe la posibilidad, señores, de que nuestro sospechoso no sea el hombre que buscamos. ¿Y si la huella parcial del pulgar no coincide?

—Habrá que averiguarlo.

—Y lo haremos, pero no ahora.

La reunión terminó con apretones de manos y sonrisas forzados.

El teniente Ohler, de la policía estatal de Florida, llamó con la previsible noticia de que el sobre no había revelado nada interesante. Se habían encontrado dos huellas que, según habían comprobado, pertenecían al hombre que repartía el correo todos los días hacia las doce.

29

El jueves ya estaba harto de quienes le deseaban lo mejor, de sus mensajes de texto y de voz, de sus desvelos por su salud. Esperó hasta que el cartero pasó por allí a mediodía. Se puso unos guantes, cogió el correo y vio otro sobre normal y corriente. Dentro había otro poema:

> *saludos desde la tumba*
> *aquí abajo hace frío y está oscuro como la pez*
> *susurros, voces, gemidos*
> *no faltan cosas que temer*
>
> *tus crímenes no requirieron valor*
> *la conmoción, la cuerda, el nudo*
> *eres un cobarde en tu enfermedad*
> *el peor de un odioso grupo.*
>
> *un estudiante de derecho patético*
> *de la clase el más pomposo*
> *te sabía un fracasado*
> *un idiota inepto y pretencioso*

«Ahora escribe sobre su padre», se dijo Bannick mientras contemplaba la hoja de papel, encima de la mesa de la cocina.

Tenía la maleta preparada. Cogió el coche, condujo hasta

el centro comercial de Pensacola y aparcó delante del gimnasio. Se dirigió a su otro despacho, abrió la Cámara Acorazada, metió la última carta en una carpeta, ordenó un poco las cosas, revisó las cámaras y las grabaciones y, cuando estuvo convencido de que su mundo seguía siendo perfectamente seguro, se fue al aeropuerto y esperó tres horas para embarcarse en un vuelo a Dallas. Allí cambió de avión y aterrizó en Santa Fe cuando ya había anochecido. Había hecho las reservas para el vuelo, el coche de alquiler y el hotel a su verdadero nombre y las había pagado con su tarjeta de crédito.

Pidió la cena al servicio de habitaciones. Intentó ver un partido de béisbol en la televisión por cable, pero al final lo cambió por una hora de porno. Se quedó dormido y consiguió descansar unas horas antes de que, a las dos de la mañana, le sonara el despertador. Se duchó, se tomó una anfeta, guardó sus herramientas en una bolsa de deporte pequeña y salió del hotel. Houston estaba a quince horas de distancia.

A las nueve, hora del Este, llamó a Diana Zhang y le dijo que estaba en el centro de tratamiento del cáncer de Santa Fe. Le contó que se encontraba bien y que estaba mentalmente preparado para comenzar su lucha contra la enfermedad. Empleó un tono optimista y le prometió que estaría de vuelta en el estrado antes de que lo echaran de menos. Ella le transmitió los habituales mensajes de ánimo y preocupación y le dijo que todo el mundo estaba muy afectado. No por primera vez, Bannick le explicó a su secretaria que una de las razones por las que había decidido tratarse tan lejos era que no le apetecía recibir toda esa atención. Sería un viaje largo y solitario que debía afrontar solo. A Diana se le había empezado a quebrar la voz cuando el juez colgó.

Qué mujer tan abnegada.

Apagó el móvil y le quitó la batería.

Al amanecer se detuvo en un área de descanso cerca de El Paso y cambió las placas de matrícula. Ahora conducía un

Kia de cuatro puertas registrado a nombre de un tejano que no existía. Y lo conducía con cuidado, con el regulador de velocidad ajustado con precisión al límite establecido y siguiendo al pie de la letra todas y cada una de las normas de circulación. Una multa por exceso de velocidad o, Dios no lo quisiera, un accidente echarían por tierra la misión. Como siempre, llevaba una gorra bien calada, una de las muchas de su colección, y no se quitó las gafas de sol en ningún momento. Pagó la gasolina y algo de comer con una tarjeta de crédito válida y emitida a nombre de uno de sus alias. Los extractos mensuales le llegaban a un apartado de correos de Destin.

No solía escuchar música ni libros y no soportaba el incesante parloteo de la radio. Más bien, aprovechaba siempre la soledad de la carretera para planear su siguiente paso. Le encantaban los detalles, las maquinaciones, los «¿y si...?». Se había vuelto tan experto, tan hábil y tan despiadado que ya hacía años que creía que no lo atraparían jamás. Otras veces repasaba sus antiguos crímenes para mantenerlos frescos en la memoria y asegurarse de que no se le había escapado nada.

«Cuando asesinas a alguien, cometes diez errores. Si consigues recordar siete, eres un genio». ¿Dónde lo había leído? O a lo mejor lo había visto en una película.

¿Cuál había sido su error?

¿Cómo había sucedido? Tenía que saberlo.

Había vivido con la certeza de que jamás se vería obligado a planificar la Salida.

En 1993, cuando hacía apenas dos años que había salido de la facultad de Derecho, el bufete de Pensacola para el que trabajaba se fue al garete cuando los socios discutieron por unos honorarios bastante cuantiosos, la más típica fuente de disgustos. Se encontró en la calle y sin despacho. Le pidió prestados cinco mil dólares a su padre, abrió su propio bufete y se declaró dispuesto a demandar. Un nuevo pistolero en la ciudad. No pasaba hambre, pero el negocio tardaba en arrancar. Se mantenía ocupado redactando testamentos para gente con pocos bienes y apretándoles las clavijas a delincuentes de poca monta en los juzgados municipales. Su gran oportunidad llegó cuando un barco para fiestas cargado de damas de honor se hundió en el golfo y seis jóvenes murieron ahogadas. Se desató la habitual y frenética lucha encarnizada entre los abogados de la zona, que echaban espumarajos por la boca y se peleaban por los casos. Uno de ellos aterrizó en el despacho de Bannick, en parte gracias a un testamento de cincuenta dólares que había preparado para un cliente.

Mal Schnetzer, un astuto abogado especializado en sacar tajada de ese tipo de accidentes, firmó con tres de las familias y presentó la primera demanda, casi podría decirse que antes de que terminaran los funerales. Sin el menor miramiento ni reserva por las sutilezas éticas, se presentó en casa del cliente de Bannick e intentó robarle el caso. Bannick lo amenazó; se insultaron el uno al otro y estuvieron de uñas hasta que Bannick aceptó unirse a la demanda. Él no tenía experiencia en casos de decesos y Schnetzer lo engatusó con el tema de ir a juicio.

Pronto se descubrió que el botín era mucho más pequeño de lo que habían soñado los abogados de los demandantes. La empresa propietaria del barco para fiestas no tenía más activos y se declaró en quiebra. Al principio, la aseguradora de la empresa negó toda responsabilidad, pero las amenazas de Schnetzer fueron eficaces y consiguió que pusieran algo de dinero sobre la mesa. Después, Schnetzer volvió a actuar a espaldas de Bannick y le dijo al único cliente de este que conseguiría entregarle de inmediato un cheque de cuatrocientos mil dólares si accedía a deshacerse de su abogado y a afirmar que en realidad nunca lo había querido como tal.

Antes de que Bannick tuviese tiempo de calcular su siguiente movimiento, Schnetzer alcanzó un acuerdo para todos los demandantes y repartió el dinero entre los clientes, él mismo y los demás abogados, a excepción, por supuesto, del novato al que acababa de ganarle la partida por completo. Bannick no había negociado un acuerdo conjunto con el equipo de responsabilidad civil y el trato que había establecido con su excliente era verbal. Habían acordado que el abogado recibiría un tercio de cualquier posible acuerdo.

Un tercio de cuatrocientos mil dólares era una cantidad enorme para un abogado joven y ávido, pero el dinero se había esfumado. Bannick se quejó ante el juez, que no cooperó. Se planteó demandar a Schnetzer, pero decidió no hacerlo por tres razones. La primera, que le daba miedo enmarañarse con aquel ladrón. La segunda, que dudaba de que aun así fuera a ver un solo centavo. Y la tercera, y más importante, que no quería tener que pasar el bochorno de participar en un pleito público en el que él desempeñaba el papel de un abogado aún muy verde al que un picapleitos sin escrúpulos había engañado. Ya sufrió suficiente humillación cuando la historia circuló por todos los juzgados.

Así que añadió a Mal Schnetzer a la lista.

Para gran alegría de Bannick, Mal terminó desplumando a unos cuantos clientes más, lo pillaron, lo imputaron, lo condenaron, lo inhabilitaron y lo mandaron dos años a la cárcel. Cuando salió en libertad, se trasladó a Jacksonville, donde se dedicó a trabajar para una banda de abogados especializados en demandas por daños. Ganó algo de dinero y tuvo la desvergüenza de montar un pequeño bufete en Jacksonville Beach, en el que cerraba acuerdos en casos de accidentes de tráfico sin estar siquiera colegiado. Cuando lo acusaron de ejercer la abogacía sin licencia, cerró el despacho y abandonó el estado.

Bannick lo vigilaba y seguía sus movimientos.

Pasaron los años y Schnetzer reapareció en Atlanta, donde trabajaba en negro como pasante para unos abogados de divorcios. En 2009, Bannick lo encontró en Houston, ejerciendo de «consultor» en un conocido bufete que se encargaba de casos de responsabilidad civil por daños.

Dos meses antes, Bannick había alquilado una unidad amueblada, de veinticinco metros cuadrados, en un parque de caravanas fijas de lujo a las afueras de Sugar Land, a media hora del centro de Houston. Era un lugar enorme, con ochocientas caravanas blancas idénticas dispuestas en hileras largas y ordenadas y calles amplias. Las reglas eran estrictas y se hacían cumplir: solo dos vehículos por caravana, nada de embarcaciones ni motocicletas, nada de ropa colgada en los tendederos, nada de carteles en el jardín, nada de ruidos excesivos. El personal de mantenimiento se hacía cargo de cuidar los pequeños jardines con césped. Todas las sillas de jardín, las bicicletas y las barbacoas se guardaban en cobertizos idénticos detrás de las caravanas. Había estado allí dos veces y, aunque nunca había soñado con vivir en una caravana, le resultaba relajante. No había nadie en mil kilómetros a la redonda que supiera quién era o qué hacía.

Tras echarse una siesta rápida, cogió el coche y se acercó a un bazar, donde pagó cincuenta y ocho dólares en efectivo por un Nokia con una tarjeta SIM de prepago válida para setenta y cinco minutos. Como no había contrato, el dependiente no le pidió sus datos personales. Si lo hubiera hecho, Bannick tenía toda una colección de carnets de conducir falsos a su disposición en la cartera. A veces querían ver algún tipo de identificación, pero por lo general les daba igual. Había comprado muchísimos teléfonos de prepago que después había tirado.

De vuelta a la caravana, llamó al bufete de abogados a media tarde del viernes y preguntó por Mal Schnetzer, que ya se había marchado para el resto del fin de semana. Le explicó a la secretaria que era urgente y que necesitaba hablar con él. La secretaria, a todas luces bien entrenada por sus jefes, indagó un poco y consiguió que le dijera que el caso se refería a un joven que había sufrido quemaduras graves en una plataforma petrolífera, propiedad de ExxonMobil, en alta mar. La mujer se ofreció a buscar a otro abogado del bufete, pero el señor Butler le dijo que no, que un amigo le había recomendado al señor Schnetzer y le había dicho que era con él con quien tenía que hablar.

Diez minutos más tarde, su móvil barato empezó a vibrar y allí estaba la voz que reconoció enseguida. Agudizó la suya una octava e intentó hablar en un tono algo más chillón.

—Mi hijo está en el hospital de Lake Charles con quemaduras en el ochenta por ciento del cuerpo. Es horrible, señor Snitcher.

—Es Schnetzer, por favor. —El mismo imbécil de siempre—. Y el incidente tuvo lugar en una plataforma, ¿verdad?

Todas las lesiones sucedidas en una plataforma en alta mar estaban cubiertas por la Ley Jones, un chollo para los abogados.

—Sí, señor. Hace tres días. No sé si sobrevivirá. Estoy intentando desplazarme hasta allí, pero soy discapacitado y ahora mismo no puedo conducir.

—Usted está en Sugar Land, ¿no?

—Sí, señor. Y hay un montón de abogados llamándome a todas horas, no paran de molestarme.

—¿Por qué será que no me sorprende?

—Acabo de colgarle a uno.

—No hable con ellos. ¿Qué edad tiene su hijo?

—Diecinueve. Es un buen chaval, trabaja mucho, nos mantiene a su madre y a mí. Aún no se ha casado. Es lo único que tenemos, señor Schnetzer.

—Entiendo. Entonces ¿no puede desplazarse hasta el bufete?

—No, señor. Mi esposa podría llevarme si estuviera aquí, pero está volviendo de Kansas. Somos de allí. Tenemos que ir al hospital a ver a nuestro hijo. No sé qué hacer, señor. Necesitamos su ayuda.

—De acuerdo. Mire, si le va bien, estaré allí dentro de una hora.

—¿Puede venir hasta aquí?

—Sí, creo que puedo organizar una visita rápida.

—Sería todo un detalle, señor Schnetzer. Necesitamos a alguien que nos ayude.

—Usted no se mueva de ahí, ¿de acuerdo?

—¿Puede hacer que los demás abogados nos dejen en paz?

—Por supuesto, me encargaré de ellos, no hay problema. ¿Me da su dirección?

Los minutos iban pasando y, a través de los postigos, Bannick estudiaba todos y cada uno de los coches que circulaban por allí. Por fin, una larga y brillante camioneta Ford con cabina para cuatro personas y unas ruedas de tamaño exagerado redujo la velocidad, se detuvo, dio marcha atrás y aparcó detrás de su coche de alquiler.

Los años no habían tratado bien a Mal Schnetzer. Había ganado muchísimo peso, tenía una impresionante barriga que le colgaba por encima del cinturón y le tensaba la camisa, y una cara bien redonda le coronaba la papada. Llevaba el espeso pelo gris peinado hacia atrás y recogido a la altura de la nuca. Se bajó del coche, echó un vistazo al barrio, observó la caravana y rozó con la mano la pistola automática que llevaba en una funda a la altura de la cadera.

Bannick nunca se había encontrado con una víctima armada y eso redobló la excitación. Se movió deprisa, cogió un bastón del sofá, abrió la puerta y salió al pequeño porche, encorvado como un hombre dolorido.

—Hola —gritó cuando Schnetzer pasó junto al coche de alquiler.

—¿Qué tal? —le contestó el otro.

—Soy Bob Butler. Gracias por venir. Tengo cerveza fría dentro. ¿Quiere una?

—Claro.

Pareció relajarse al mirar con detenimiento a Butler, doblado por la cintura y en absoluto amenazante.

Hacía veintiún años que no se veían las caras, desde sus tiempos de abogados en Pensacola. Bannick dudaba de que fuera a reconocerlo y, con la gorra bien calada y la montura de gafas barata, estaba seguro de que Schnetzer no se daría cuenta. Entró, le sujetó la puerta y ambos se encontraron en la estrecha sala de estar de la caravana.

—Gracias otra vez por venir, señor Schnetzer.

—No hay de qué.

Mal se dio la vuelta, como buscando un sitio donde sentarse, y, en esa fracción de segundo, Bannick se sacó rápidamente a Plomazo del bolsillo, la agitó para que la barra telescópica duplicara y luego triplicara su longitud y después se la estampó a Mal en la nuca. La bola de plomo se hundió con fuerza y le astilló el cráneo. El hombre levantó las manos de golpe mientras gruñía e intentaba darse la vuelta. Plomazo le impactó en la sien izquierda y Mal cayó sobre una mesita de centro barata. Bannick le abrió la funda de la pistola a toda prisa, sacó el arma y cerró la puerta. Schnetzer pataleaba y se revolvía, lo miraba con los ojos desorbitados e intentaba hablar. Bannick lo golpeó una y otra vez hasta destrozarle el cráneo en cien pedazos.

—Ciento treinta y tres mil dólares —dijo Bannick casi escupiendo las palabras—. Unos buenos honorarios que me robaste. Dinero que me merecía y que necesitaba con urgencia. Qué sinvergüenza, Mal, qué pedazo de mierda de abogado que eras. Me alegré mucho cuando te metieron en la cárcel.

Mal gruñó y Bannick volvió a golpearlo. Más sangre salpicó el sofá y una pared.

El juez inspiró hondo y observó cómo intentaba respirar su víctima. Se puso los guantes de plástico, cogió la cuerda, se la enrolló dos veces en torno al cuello y lo miró a los ojos inyectados en sangre mientras tiraba de ella con fuerza. Le puso un pie en el pecho y trató de aplastárselo mientras tensaba la cuerda y la veía desgarrarle la piel. Pasó un minuto, luego otro. A veces morían con los ojos abiertos, esos eran sus favoritos. Ató la cuerda y se puso de pie para admirar su obra.

—Ciento treinta y tres mil dólares que le quitaste a un crío, que le robaste a otro abogado. Pedazo de mierda.

Cuando Mal exhaló su último aliento, los ojos inyectados en sangre se le quedaron abiertos, como si allí dentro hubiese algo que quisiera presenciar la limpieza. La sangre le cubría la cara y el cuello y comenzaba a formar un charco sobre la alfombra barata. Menudo desastre.

Bannick se quedó quieto y cogió aire. Aguzó el oído para ver si captaba voces en el exterior, cualquier ruido inusual, pero no oyó nada. Se dirigió al dormitorio que daba hacia la parte delantera y miró por la ventana. Pasaron dos niños en bicicleta.

Demorarse en la escena del crimen era un lujo del que rara vez había disfrutado. Sin embargo, en esta ocasión no tenía ninguna prisa. Rebuscó en los bolsillos de los pantalones de Mal y encontró unas llaves. Le sacó el teléfono móvil de uno de los traseros y se lo puso encima de la barriga, donde lo dejaría. En un armario encontró el aspirador barato que había comprado hacía un mes, en efectivo, en una tienda de saldos, y limpió los suelos de la cocina y la sala de estar con cuidado de no tocar la sangre. Cuando terminó, quitó la bolsa y la sustituyó por otra nueva. Cogió un paquete de bayetas de cocina y limpió a Plomazo y la pistola. Se cambió los guantes de plástico y metió el par viejo en una bolsa de la compra vacía. Limpió los pomos de las puertas, la encimera de la cocina, las paredes y todas las superficies del baño, aunque no había tocado casi nada. Tiró de la cadena y cerró la llave de paso de la cisterna. Se desnudó hasta quedarse en calzoncillos y metió la ropa en la pequeña lavadora. Tras ponerla en marcha, sacó una lata de un refresco dietético de la nevera vacía y se sentó en la cocina, con su viejo amigo Mal a escasos metros.

Acababa de quitarse de encima un peso irritante y persistente que había cargado durante veinte años y se sentía en paz.

Cuando el programa de la lavadora terminó, metió la ropa en la secadora y esperó otro rato. El teléfono de Mal estaba vibrando. Alguien quería saber dónde estaba. Eran casi las siete, faltaba al menos una hora para que anocheciera.

Conociendo a Mal, supuso que aquel ratero no le habría dicho a nadie de su bufete lo que andaba haciendo. No habría dejado ninguna nota ni el número de teléfono ni la dirección de su posible nuevo cliente. Había muchas probabilidades de que Schnetzer ni siquiera se hubiera pasado por el despacho, seguro que había salido disparado hacia Sugar Land para hacerse con un caso lucrativo, un caso que intentaría quedarse para sí con la intención de robar los honorarios.

Pero cabía la posibilidad de que le hubiera dicho algo a la secretaria. La demora se tornó monótona y, cuanto más avanzaba el reloj, más aumentaban los riesgos.

Cuando la ropa estuvo seca, se la puso y metió sus cosas en la bolsa de la compra: a Plomazo, las bayetas usadas, la bolsa del aspirador, la pistola. Cuando anocheció, salió de la caravana y se dirigió a la camioneta Ford. Había unos niños dándole patadas a un balón de fútbol en la calle, más abajo. Todavía con los guantes puestos, se subió a la camioneta, puso el motor en marcha y arrancó. Tres manzanas más allá, la dejó en el aparcamiento de un mercado central en el que había una gasolinera, un ultramarinos, varias tiendas baratas y el despacho de la dirección. Dejó las llaves en el contacto y desapareció en la oscuridad. Diez minutos más tarde estaba de vuelta en su caravana. Entró para coger la bolsa de la compra y echarle un último y satisfecho vistazo a Mal, que seguía bastante muerto.

Apagó el móvil de prepago, le quitó la batería y se marchó.

Una hora más tarde entró en un área de descanso para camioneros de la Interestatal 45, al sur de Huntsville, y aparcó detrás de un tráiler. Cambió las placas de matrícula y metió las falsas en la bolsa de la compra. Después la tiró a un contenedor enorme y sucio. Que lo pillaran con la Glock de Mal era impensable.

De repente sintió mucha hambre, así que entró y disfrutó de unos huevos con tostadas en compañía de los camioneros. Santa Fe estaba a doce horas de distancia y tenía ganas de empezar el viaje.

30

El vuelo de Jeri aterrizó en el Aeropuerto Internacional de Detroit a las 14.40 del viernes. Mientras avanzaba por la concurrida terminal, experimentó una sensación de libertad, de alivio, por estar tan lejos de Mobile, de Florida y de todo lo que la preocupaba allí. En el avión se había convencido de que su pesadilla estaba llegando a su fin, de que había dado los primeros pasos audaces en la búsqueda de la justicia para su padre y de que nadie la estaba vigilando. Recogió su coche de alquiler y se encaminó hacia Ann Arbor.

Hacía dos años que Denise, su única hija, cursaba un doctorado en Física en la Universidad de Michigan. Se había criado en Athens, Georgia, en la época en la que Jeri daba clases allí. Denise había acabado la universidad en tres años sin ningún problema y había conseguido una beca importante en Michigan. Su padre, el ex de Jeri, trabajaba para el Departamento de Estado en Washington. Había vuelto a casarse y, aunque no estaba muy en contacto con Jeri, sí seguía de cerca los pasos de su hija.

Jeri llevaba sin verla desde las vacaciones de Navidad, cuando las dos habían pasado una semana en una playa de Cabo. Había ido dos veces a Ann Arbor y le había gustado la ciudad. Hacía muchos años que Jeri vivía sola y envidiaba la ajetreada vida social de su hija y su amplio círculo de amigos. Cuando aparcó en la calle, delante del edificio de apartamentos de Kerrytown en el que vivía Denise, su hija la estaba esperando. Se abrazaron, se miraron la una a la otra y ambas se sintieron satisfechas de lo que vieron. Las dos se mantenían en forma y sabían vestir, aunque Denise llevaba ventaja: todo le quedaba bien, incluidos los vaqueros y las zapatillas de deporte que se había puesto aquel día. Después dejaron las maletas en el pequeño apartamento en el que la joven vivía sola. El edificio estaba lleno de estudiantes de posgrado y de Derecho y, por lo general, siempre había música a todo volumen y algún tipo de fiesta. Sobre todo un viernes de finales de abril. Había un barril de cerveza junto a la piscina y ambas salieron al patio. Denise disfrutó presentando a su madre a sus amigos y, alguna que otra vez, se refirió a ella como la doctora Crosby. Jeri se sintió bien bebiendo cerveza en un vaso de plástico y escuchando las charlas y las risas de aquellos jóvenes a los que les sacaba veinte años.

Un estudiante de Derecho se acercó y dio la sensación de mostrar más interés que los demás. Denise le había dejado caer por teléfono que podría haber un chico en su vida, así que su madre tenía el radar activado. Se llamaba Link, era un guapo joven de Flint, y Jeri no tardó en darse cuenta de que era algo más que otro de los amigos de su hija. Secretamente se alegró de que fuera afroamericano. Denise había salido con personas de todo tipo y a Jeri le parecía bien, pero, en el fondo, era como la mayoría de la gente. Quería que sus nietos se parecieran a ella.

Sin consultárselo a Jeri, Denise invitó a Link a tomar una copa con ellas. Los tres salieron del complejo de apartamentos y dieron un tranquilo paseo por Kerrytown. Se hicieron con una mesa al aire libre en el Grotto Watering Hole y se dedicaron a contemplar el interminable desfile de estudiantes que no se dirigían a ningún sitio en concreto. Jeri luchó contra la tentación de interrogar a Link sobre su familia, sus estudios, sus intereses y sus planes para el futuro. Si lo hacía, irritaría a su hija, y se había prometido evitar todo tipo de dramas durante aquel fin de semana. Denise y ella pidieron vino, Link se decantó por una cerveza de barril. Un punto en la columna de positivos. Jeri conocía lo bastante bien a los estudiantes, sobre todo a los varones, como para enarcar una ceja ante los que comenzaban la velada con un licor fuerte.

Link era un chico con labia que se reía con facilidad y que parecía interesadísimo en el currículo de la doctora Crosby. Jeri sabía que se la estaba camelando, pero, aun así, lo disfrutó. En más de una ocasión sorprendió a los dos tortolitos mirándose con pura adoración. O quizá fuera lujuria.

Después de pasar una hora con Link, Jeri empezó a pensar que a lo mejor ella también se estaba enamorando de él.

En algún momento, Denise hizo una señal que Jeri no captó y Link dijo que tenía que marcharse. Su equipo de sófbol de la facultad de Derecho tenía un partido nocturno en la liga de la universidad y, por supuesto, él era la estrella. Jeri lo invitó a cenar con ellas más tarde, pero Link dijo que no. A lo mejor al día siguiente.

En cuanto se fue, Jeri se volvió hacia Denise y preguntó:

—Vale, ¿es una relación seria?

—Venga, mamá, no empieces.

—Hija, no estoy ciega. ¿Vais muy en serio?

—No tanto como para hablar de ello, por ahora.

—¿Te estás acostando con él?

—Pues claro. ¿Tú no te acostarías con él?

—No me hagas esas preguntas.

—¿Y con quién te acuestas?

—Con nadie, y ese es el problema.

Ambas se echaron a reír, aunque algo nerviosas.

—Cambiando de tema, Alfred me llamó hace un par de días —dijo Denise—. Hablamos de vez en cuando.

—Todo un detalle por su parte. Me alegro de que al menos llame a alguien.

Alfred era el hermano mayor de Jeri, el tío de Denise, y Jeri llevaba por lo menos tres años sin verlo. Habían estado muy unidos hasta el asesinato de su padre, tras el cual intentaron apoyarse el uno al otro. Pero la obsesión de Jeri por encontrar al asesino acabó por separarlos. En su opinión, Alfred se había rendido demasiado pronto. Una vez que su hermano se convenció de que el caso no se resolvería nunca, dejó de hablar de él. Y como ella apenas hablaba de otra cosa, al menos en aquella época, Alfred la expulsó de su vida. Para alejarse y empezar de nuevo, se mudó a California y no tenía intención de volver. Se había casado con una mujer a la que Jeri detestaba y tenía tres hijos a los que Jeri adoraba, pero estaba demasiado lejos como para desempeñar algún tipo de papel en su vida.

Durante unos minutos disfrutaron del vino en silencio y observaron a los estudiantes. Al final Jeri dijo:

—Seguro que tu padre también te llama de vez en cuando.

—Mira, mamá, vamos a zanjar todos los temas familiares de golpe y así nos los quitamos de encima, ¿vale? Papá me manda cien dólares al mes y me llama cada dos semanas. Nos enviamos mensajes y correos electrónicos y así nos mantenemos informados. Me gustaría que no me mandara el dinero. No lo necesito. Tengo una beca y un trabajo y soy independiente.

—Es la culpa, Denise. Nos dejó cuando eras prácticamente un bebé.

—Ya lo sé, mamá, y se acabaron los temas familiares. Vamos a cenar.

—¿Te he dicho que estoy orgullosa de ti?

—Al menos una vez a la semana. Yo también estoy orgullosa de ti.

Cenaron en el Café Zola, un restaurante muy popular emplazado en un precioso y antiguo edificio de ladrillo rojo a la vuelta de la esquina. Denise había reservado una mesa cerca de la entrada y se dispusieron a deleitarse con una larga cena y con una charla aún más larga. Pidieron otra copa de vino y luego ensalada y pescado. Para satisfacer el interés de Jeri, Denise le habló de sus estudios y de su trabajo de laboratorio, y utilizó términos científicos que a su madre se le escapaban por completo. El gen de las ciencias y las matemáticas lo había heredado de su padre, el de la historia y la literatura, de su madre.

A media cena, Jeri se puso seria y anunció:

—Tengo que contarte algo importante.

—¿Estás embarazada?

—En más de un sentido, eso es biológicamente imposible.

—Era una broma, mamá.

Denise sospechaba que la gran noticia tenía que ver con el asesinato, un tema que rara vez abordaban.

—Lo sé.

Jeri dejó el tenedor y cogió la copa, como si necesitara refuerzos.

—Ya... sé quién mató a mi padre.

Denise dejó de masticar y la miró con incredulidad.

—Así es —continuó Jeri—. Tras veinte años de investigación, he encontrado al asesino.

Aún incapaz de hablar, Denise tragó y bebió un sorbo de vino. Asintió con la cabeza: adelante.

—Se lo he notificado a las autoridades y, bueno, puede que esta pesadilla esté llegando a su fin.

Denise exhaló y siguió asintiendo, pero todavía le costaba encontrar las palabras.

—¿Se supone que tiene que hacerme ilusión? Lo siento, pero no sé cómo reaccionar. ¿Existe alguna posibilidad de que terminen arrestándolo?

—Eso creo. Habrá que esperar y rezar.

—Eh..., ¿dónde está?

—En Pensacola.

—Eso está muy cerca de Mobile.

—Sí, bastante.

—No me digas cómo se llama, ¿vale? No creo que esté preparada para algo así.

—No se lo he dicho a nadie, solo a las autoridades.

—¿Has ido a la policía?

—No. Hay otras autoridades que pueden investigarlo en Florida. Ahora el caso está en sus manos. Supongo que se lo notificarán a la policía en un futuro cercano.

—¿Tienes pruebas? ¿Es un caso blindado, como dicen ellos?

—No. Me temo que será difícil demostrarlo y, por supuesto, eso me preocupa mucho.

Denise bebió vino hasta apurar la copa. En aquel momento, la camarera pasó por allí y le pidió otra. Miró a su alrededor y bajó la voz.

—Vale, mamá, pero, si no hay pruebas, ¿cómo van a pillar a ese tipo?

—No tengo todas las respuestas, Denise. Eso dependerá de la policía y los fiscales.

—¿O sea que habrá un gran juicio y todo ese rollo?

—De nuevo, eso espero. No podré pegar ojo hasta que lo condenen y lo encierren.

La obsesión de su madre era una fuente habitual de preocupación para Denise. Alfred pensaba que su hermana se tambaleaba al borde del delirio. Una obsesión tan extrema por cualquier cosa, y sobre todo por algo tan traumático como un asesinato, no era saludable. Denise y Alfred habían hablado de ello varias veces a lo largo de los años, aunque hacía un tiempo que no lo comentaban. Se preocupaban por Jeri, pero no podían hacer nada por cambiarla.

Para el resto de la familia, el asesinato era un tema a evitar.

—¿Tendrás que testificar en el juzgado?

Estaba claro que aquella idea la inquietaba.

—Imagino que sí. El Estado siempre suele llamar a un familiar del fallecido entre los primeros testigos.

—¿Y estás preparada para algo así?

—Sí, estoy más que preparada para enfrentarme con el asesino en los tribunales. No me perderé ni una palabra del juicio.

—No voy a preguntarte cómo has encontrado a ese tío.

—Es una historia larga y complicada, Denise, y algún día te la contaré. Pero no ahora. Disfrutemos del momento y pensemos en cosas más agradables. Solo es que me pareció que te gustaría saberlo.

—¿Se lo has contado a Alfred?

—No, todavía no. Pero no tardaré en hacerlo.

—Supongo que debería estar contenta. Es una buena noticia, ¿no?

—Solo si lo condenan.

Comenzaron la mañana del sábado tarde, desayunando yogur en el sofá, la cama de Jeri durante el fin de semana. Se quedaron en pijama hasta pasado el mediodía, pero al final se ducharon y se aventuraron a salir, en primer lugar a una cafetería de la calle Huron. Hacía un día de primavera perfecto y se sentaron al sol para hablar de la vida, del futuro, de moda, de programas de televisión, de películas, de chicos, de cualquier cosa que se les ocurriera. Jeri saboreaba el tiempo que pasaba con Denise y sabía lo valioso que era hasta el último segundo. Su hija se estaba convirtiendo en una joven inteligente y ambiciosa con un futuro prometedor que probablemente la llevaría muy lejos de Mobile, un lugar en el que, de todas formas, nunca había vivido.

A Denise le preocupaba que a su madre se le estuviera

escapando la vida sin tener a nadie con quien compartirla. A los cuarenta y seis años seguía siendo guapa y sexy y tenía mucho que ofrecer, pero había elegido comprometerse en exclusiva con la búsqueda de la justicia para su padre. Su obsesión había impedido cualquier posibilidad de relación romántica seria, incluso de amistad. Evitaron ese tema durante todo el día.

La facultad de Derecho estaba participando en un torneo de sófbol que duraba todo el día; había doce equipos que jugaban a doble eliminación. Con Denise al volante de su pequeño Mazda, llegaron al complejo deportivo, descargaron las sillas y una nevera y buscaron un hueco bajo un árbol al otro lado de la valla del campo izquierdo. Link las encontró enseguida y se sentó en una manta en el suelo. Se tomó una cerveza antes del partido —la mayoría de los jugadores estaban disfrutando de una bebida, incluso en el campo— y Jeri le preguntó sobre su futuro. Su sueño era trabajar en el Departamento de Justicia en Washington, para empezar, y luego quizá un puesto en un bufete privado. No le gustaba el exceso de trabajo de los grandes bufetes y quería litigar por los derechos civiles de los discapacitados. Su padre había sufrido un accidente de trabajo y se había quedado en silla de ruedas.

Cuanto más lo veía cerca de su hija, más se convencía Jeri de que Link era el futuro. Y se alegraba. Era un chico atractivo, inteligente, ingenioso y, sin duda, estaba enamorado de Denise.

Cuando se fue a jugar, Denise le dijo:

—Oye, mamá, quiero saber cómo has encontrado a ese tío.

—¿A qué tío?

—Al asesino.

Jeri sonrió, negó con la cabeza y al final preguntó:

—¿La historia entera?

—Sí. Quiero saberla.

—Puede que tardemos un rato.

—¿Tienes alguna otra cosa que hacer durante las próximas horas?

—Vale.

31

A media mañana del sábado, Lacy y su novio salieron de Tallahassee para hacer un viaje de tres horas hasta Ocala, al
norte de Orlando. Allie conducía y Lacy se encargaba del
entretenimiento. Empezaron con un audiolibro de Elmore
Leonard, pero Lacy no tardó en decidir que ya estaba harta
de crímenes y cadáveres y cambió a un pódcast sobre política. El pódcast también se volvió deprimente enseguida, así
que buscó la emisora NPR y se rieron con un concurso hu-
morístico sobre temas de actualidad. Su cita con Herman Gray
era a las dos de la tarde.

El señor Gray era una leyenda del FBI que había supervisado
la Unidad de Análisis de Conducta en Quantico durante dos
décadas. Ahora, a punto de cumplir los ochenta años, se había
jubilado y se había ido a vivir a una urbanización de Florida
con su esposa y sus tres perros. Había sido un superintendente
quien se lo había recomendado a Allie y había hecho las llamadas necesarias. Herman le había dicho que estaba aburrido y
que tenía mucho tiempo, sobre todo si la conversación versaba
sobre asesinos en serie. Había dedicado toda su carrera a ras-
trearlos y estudiarlos y, según la leyenda, sabía más que nadie
acerca de ellos. Había publicado dos libros sobre el tema, aunque ninguno de ellos resultaba especialmente útil. Ambos eran,

más o menos, una recopilación de sus batallitas personales, con fotografías sangrientas y demasiada autocomplacencia.

Los recibió con cordialidad y pareció alegrarse de veras de tener visita. Su esposa les ofreció que se sentaran a comer, pero ellos rechazaron la invitación. Les sirvió un té helado sin azúcar y, durante la primera media hora, charlaron en el patio, con los spaniels lamiéndoles los tobillos. Cuando Gray empezó a hablar de su trayectoria profesional, Lacy lo interrumpió con mucha educación diciendo:

—Hemos leído sus dos libros, así que ya conocemos parte de su trabajo.

Al anciano le gustó el comentario e intentó abundar en él con un:

—La mayoría de esas cosas son exactas. Puede que las adornara un poco aquí y allá.

—Es fascinante —dijo ella.

—Como le expliqué por teléfono —intervino Allie—, a Lacy le gustaría repasar con usted todas las víctimas y conocer su opinión.

—La tarde es suya —contestó Herman con una sonrisa.

—Es un asunto extremadamente confidencial y no usaremos nombres reales —aclaró Lacy.

—Entiendo la necesidad de discreción, señora Stoltz. Créame que sí.

—Llámenos Lacy y Allie, si le parece bien.

—Claro, y yo soy Herman. Veo que has traído un maletín, así que imagino que tienes documentos, tal vez fotos.

—Sí.

—Entonces será mejor que entremos en la cocina y usemos la mesa.

Lo siguieron al interior, igual que hicieron los perros, y la señora Gray les rellenó el vaso. Herman se sentó a un lado de la mesa, frente a sus dos invitados. Lacy respiró hondo y comenzó:

—Tenemos noticia de ocho asesinatos. El primero data de 1991, el más reciente es de hace menos de un año. Los siete primeros se produjeron por estrangulamiento, utilizando el mismo tipo de cuerda y siguiendo el mismo método, pero en el último no se usó la cuerda. Solo varios golpes en la cabeza.

—Veintitrés años.

—Sí, señor.

—¿Nos dejamos de «señores»?

—Sí.

—Gracias. Cumplo ochenta años dentro de dos meses, pero me niego a considerarme viejo.

Delgado como un fideo, tenía aspecto de ser capaz de caminar quince kilómetros a pleno sol.

—Como es obvio, creemos que nuestro sospechoso mató a las ocho víctimas. Seis hombres, dos mujeres.

—Sabéis que es probable que haya más, ¿no?

—Sí, pero no tenemos conocimiento de ellas.

Herman sacó un bolígrafo y buscó una libreta.

—Habladme de Número Uno.

Allie abrió el maletín y le entregó un expediente a Lacy.

—Número Uno era un hombre blanco de cuarenta y un años. De hecho, todas las víctimas menos una eran blancas —dijo Lacy—. Lo encontraron junto a una pista de senderismo en Signal Mountain, Tennessee.

Le pasó a Herman una hoja de papel que había preparado con las palabras «NÚMERO UNO» impresas en negrita en la parte superior. La fecha, el lugar, la edad de la víctima, la causa de la muerte y una foto en color de Thad Leawood tendido entre los arbustos.

Herman estudió el resumen y la foto y tomó notas. Ellos lo observaron con gran atención y sin decir nada. Cuando terminó de revisarlo, preguntó:

—Aparte del cuerpo, ¿había algo más en la escena del crimen?

—La policía no encontró nada. Ni huellas ni fibras ni pelos ni más sangre que la de la víctima. Como en el resto de las escenas del crimen.

—Es un nudo extraño, parecido a un ballestrinque.

—Un ballestrinque doble, no es muy común.

—Es raro, desde luego. Si lo ha usado siempre, entonces está claro que es su tarjeta de visita. ¿Cuántos golpes en la cabeza?

—Dos, con lo que parece ser la misma arma.

—¿Autopsia?

—El cráneo astillado, con numerosas grietas que parten del punto de contacto. La policía de Wilmington, Carolina del Norte, en otra escena del crimen, consideró que se trataba de una especie de martillo o de una bola metálica pequeña y redonda.

—Nunca falla, aunque monta un buen cuadro en la escena. La sangre salpica hasta tal punto que es muy probable que la ropa del sospechoso también se manchara.

—Por supuesto, nunca la encontraron.

—Por supuesto que no. ¿Móvil?

—La teoría es que Número Uno abusó sexualmente del asesino cuando este era un crío.

—Eso es un móvil bien grande. ¿Alguna prueba que lo confirme?

—No.

—Vale. ¿Qué me dices de Número Dos?

Lacy le entregó la hoja correspondiente a Bryan Burke y dijo:

—Al año siguiente, en 1992.

Herman miró el papel y dijo:

—Carolina del Sur.

—Sí, cada asesinato sucedió en un estado diferente.

Herman sonrió y apuntó algo.

—¿Móvil?

—Sus caminos se cruzaron en la universidad en la que estudió el asesino. Número Dos era uno de sus profesores.

Lacy no había pronunciado las palabras «facultad de Derecho» a propósito. Eso vendría después. Allie no le había contado a Herman gran cosa sobre ella y no le había revelado dónde trabajaba ni a quién investigaba. De nuevo, eso se comentaría más adelante.

La víctima Número Tres era Ashley Barasso.

—Cuatro años más tarde, en Columbus, Georgia —dijo Lacy—. No sabemos nada del móvil, solo que fueron compañeros de clase.

—¿En la universidad?

—Sí.

—¿La víctima sufrió algún tipo de abuso sexual?

—No. Estaba totalmente vestida, no había nada que llamara la atención, ningún indicio de abuso.

—Eso es poco habitual. El sexo interviene en cerca del ochenta por ciento de los asesinatos en serie.

La Número Cuatro era Eileen Nickleberry, en 1998.

Respecto a la Número Cinco, Danny Cleveland, Lacy señaló:

—Nuestro hombre se tomó un descanso de once años, al menos hasta donde nosotros sabemos.

—Es un lapso bastante largo —comentó Herman mientras estudiaba la foto—. El mismo nudo. No quiere que lo pillen, es demasiado listo para eso, pero sí quiere que alguien sepa que está ahí fuera. No es nada extraordinario.

El hombre garabateó más notas mientras su mujer se acercaba y les ofrecía galletas. La señora Gray no se quedó en la cocina, pero a Lacy le dio la impresión de que andaba por allí cerca, seguro que escuchando.

La Número Seis era Perry Kronke, en Marathon. El anciano estudió las imágenes y preguntó:

—¿De dónde las has sacado?

—Nos las entregó una fuente que lleva muchos años trabajando en esto. Recurre a la Ley de Libertad de Información, al centro para el análisis de crímenes violentos del FBI, lo normal. Tenemos fotografías de las seis primeras escenas del crimen, pero no de la última.

—Demasiado reciente, supongo. Este pobre hombre había salido a pescar, estaba tan tranquilo, sin meterse con nadie... A plena luz del día.

—He estado en el lugar de los hechos y estaba bastante apartado.

—De acuerdo. ¿Móvil?

—Mantuvieron una relación profesional, es probable que el móvil sea una discrepancia en torno a una oferta laboral que no llegó a materializarse.

—¿O sea que también lo conocía?

—Los conocía a todos.

Herman, que creía que lo había visto todo, estaba visiblemente impresionado.

—De acuerdo, veamos el último.

Lacy le entregó «NÚMERO SIETE» y «NÚMERO OCHO» y le explicó su teoría de que la primera víctima era el objetivo y la segunda llegó a la escena en el momento menos oportuno. Herman estudió los resúmenes y las fotos durante un largo rato y al final preguntó con una sonrisa:

—Bien, ¿alguno más?

—Ninguno más, que nosotros sepamos.

—Podéis estar seguros de que los hay, y podéis estar seguros de que seguirá habiéndolos.

Ambos asintieron y le dieron un mordisco a una galleta.

—Bueno, supongo que ahora queréis un perfil, ¿no? —dijo Herman.

—Sí, esa es una de las razones por las que hemos venido —respondió Allie.

Herman soltó el bolígrafo, se puso de pie, estiró la espalda y se rascó la barbilla mientras pensaba.

—Hombre blanco, de cincuenta años, comenzó sus travesuras cuando rondaba los veinticinco. Soltero, es probable que no se haya casado nunca. Salvo en los dos primeros casos, mata los viernes y los fines de semana, un claro indicio de que tiene un trabajo importante. Me habéis dicho que fue a la universidad y resulta obvio que es inteligente, incluso brillante, y muy paciente. No hay componente sexual, así que es posible que sea impotente. Conocéis el móvil, lo impulsa una necesidad enfermiza de venganza. Mata sin remordimientos, como suele ser habitual en estos casos. Carácter sociopático, como mínimo. Antisocial, pero, al ser un hombre culto, debe de ser capaz de mantener las apariencias y llevar lo que parece una vida normal. Siete escenas del crimen en siete estados distintos a lo largo de un periodo de veintitrés años. Muy poco común. Sabe que la policía no investigará tanto como para relacionar los crímenes. ¿Y el FBI no está metido en el caso?

—Todavía no —respondió Allie—. Esa es otra de las razones por las que hemos venido.

—Sabe de ciencia forense y conoce los procedimientos policiales y la ley —añadió Lacy.

Herman volvió a sentarse, despacio, y consultó sus notas.

—Es muy inusual. Puede que único. Este tipo me ha dejado impresionado. ¿Qué sabéis de él?

—Que encaja a la perfección con tu perfil —contestó Lacy—. Es juez.

Herman dejó escapar una exhalación, como si se sintiera algo abrumado. Negó con la cabeza y reflexionó durante un buen rato. Al final preguntó:

—¿Un juez en activo?

—Debidamente elegido por los votantes.

—Guau. Muy inusual. Narcisista, con doble personalidad,

capaz de vivir en un mundo como un miembro respetado y productivo de la sociedad mientras en otro pasa sus horas libres tramando el siguiente asesinato. Será difícil atraparlo. A menos que...

—A menos que cometa un error, ¿verdad? —dijo Allie.

—Exacto.

—Creemos que ha cometido uno, en su última parada —explicó Lacy—. Has preguntado por el FBI: no están participando en la investigación, pero han encontrado una pista. Dejó una huella parcial de un pulgar en un teléfono móvil. El laboratorio de Quantico le ha dedicado meses, le ha hecho todas las pruebas posibles. El problema es que no han encontrado ninguna coincidencia en ningún sitio. El FBI cree que se ha alterado las huellas.

El anciano sacudió la cabeza con incredulidad.

—Bueno, no soy experto en huellas, pero sé que eso es casi imposible sin someterse a una operación de envergadura.

—Puede permitírselo y ha tenido mucho tiempo —apuntó Lacy.

—He preguntado por ahí, he hablado con varios de nuestros expertos —intervino Allie—. Ha habido unos cuantos casos en los que se habían alterado las huellas.

—Si tú lo dices... Tengo mis dudas.

—Nosotros también —convino Lacy—. Si no conseguimos esa coincidencia, el caso parece perdido. No hay más pruebas, aparte del móvil, y con eso no basta, ¿verdad?

—No lo sé. Supongo que no hay manera de conseguir sus huellas actuales, ¿no?

—Sin una orden judicial es imposible —respondió Lacy—. Tenemos sospechas, pero eso no será suficiente para convencer a un juez de que la emita.

—Necesitamos consejo, Herman —dijo Allie—. ¿Cuál debe ser nuestro siguiente paso?

—¿Dónde vive este hombre?

—En Pensacola.

—Y la huella está en Mississippi, ¿verdad?

—Correcto.

—¿Creéis que las autoridades de allí llamarán al FBI?

—No me cabe la menor duda de que lo harán. Están desesperados por resolver los asesinatos.

—Entonces tenéis que empezar por ahí. Una vez que nuestros chicos estén en el ajo, será más fácil convencer a un magistrado federal para que emita una orden de registro.

—¿Y qué registramos? —preguntó Lacy.

—Su casa, su despacho, cualquier lugar en el que pueda haber huellas.

—Puede que en ese caso surjan un par de problemas —señaló Allie—. El primero es que este tío es capaz de no dejar huellas en ningún sitio. El segundo es que podría desaparecer al primer atisbo de lío.

—Deja que sean nuestros chicos quienes se preocupen por las huellas. Las encontrarán. Nadie es capaz de eliminarlas por completo de su casa o de su despacho. En cuanto al numerito de la desaparición, es un riesgo que hay que correr. No podéis arrestarlo hasta que se encuentre una coincidencia con las huellas, ¿verdad? ¿No hay más pruebas?

—Hasta ahora, ninguna —contestó Lacy.

—Podría haber otro problema —dijo Allie—. ¿Cabe la posibilidad de que el FBI se niegue a involucrarse?

—¿Por qué?

—Por las escasas posibilidades de éxito. Las primeras seis escenas del crimen no aportaron ni una sola prueba. Esos casos están estancados desde hace años. Ya conoces la política de Quantico. Y sabes que la UAC sufre de una permanente escasez de personal. ¿Es posible que estudien el tema con detenimiento y decidan pasar?

Herman le quitó importancia a la idea con un gesto de la mano.

—No, no lo veo. No será la primera vez que nos pasamos años persiguiendo a un asesino en serie al que no llegamos a encontrar jamás. Algunos de los casos en los que trabajé hace treinta años siguen sin resolverse, no se resolverán nunca. La UAC no se dejará disuadir por eso. Es el meollo de su trabajo. Además, tened en cuenta que no necesitan resolver todos los asesinatos, bastaría con uno para encerrar a ese tipo.

Herman dejó el bolígrafo y se cruzó de brazos.

—No os queda más remedio que recurrir al FBI. Percibo algunas dudas —continuó.

Lacy le contó la historia de Betty Roe y de su larga cruzada de veinte años de duración en busca del asesino de su padre. Herman la interrumpió diciendo:

—¿Está buscando trabajo? Creo que el FBI la necesita.

—No, ya tiene otra carrera profesional —dijo Lacy después de reírse—. Presentó una denuncia ante la Comisión de Conducta Judicial, que es donde trabajo yo. Está muy frágil, tiene mucho miedo y le prometí que no meteríamos a la policía en esto hasta que termináramos la investigación inicial.

A Herman no le convenció la explicación y replicó:

—Se siente. Ella ya no cuenta. Tenéis a un asesino muy sofisticado todavía en activo y ha llegado el momento de recurrir al FBI. Cuanto más esperéis, más cadáveres encontrarán. Este tío no va a parar.

32

El martes, el *Pensacola Ledger* publicó un breve artículo en la página cinco de su sección de noticias. A Mal Schnetzer, un abogado que hacía años había ejercido en la zona, lo habían asesinado el sábado anterior en una caravana de Sugar Land, Texas, al oeste de Houston, ciudad en la que residía. La policía apenas había facilitado detalles y solo dijo que fue estrangulado en una caravana fija alquilada por una persona a la que aún no habían localizado. El artículo recordaba los días de Schnetzer como reputado abogado demandante en la península, antes de que lo inhabilitaran y lo metiesen en la cárcel por robar a sus clientes. Había una fotografía pequeña de Mal en sus buenos tiempos.

Jeri vio la noticia en internet y la leyó mientras se tomaba el café de la mañana. Reunió de inmediato el resto de los artículos: Danny Cleveland, el antiguo reportero del *Ledger*, al que habían estrangulado en su apartamento de Little Rock en 2009; Thad Leawood, estrangulado en 1991 cerca de Signal Mountain, Tennessee, y Lanny Verno, asesinado en Biloxi el año anterior. Schnetzer, Cleveland y Leawood eran personajes conocidos en Pensacola y el *Ledger* había informado sobre su muerte. Verno estaba solo de paso y no lo conocía nadie, por eso no había habido cobertura en los periódicos locales. Buscó los artículos sobre los asesinatos publicados en los diarios de Little Rock, Chattanooga, Houston y Biloxi y los metió todos en una carpeta que le envió, a través de una nueva cuenta de correo electrónico, a una periodista llamada Kemper, la mujer que había escrito sobre el asesinato de Schnetzer. Adjuntó una nota críptica:

> Cuatro estrangulaciones sin resolver de personas estrechamente vinculadas con Pensacola. Verno vivió aquí en 2001. ¡¡Haz los deberes!!

Hasta ese momento, Jeri no había sabido nada del asesinato de Schnetzer y no tenía la menor intención de ponerse a investigar. Estaba agotada, casi arruinada y se veía incapaz de encontrar la energía necesaria para iniciar otra investigación, así de simple. Como siempre, sospechaba de Bannick, pero tendría que ser otra persona quien se preocupara del caso.

A la mañana siguiente, en la parte inferior de la portada, había un artículo sensacionalista acerca de los cuatro hombres de Pensacola que habían sido asesinados en otros estados. La policía local no había querido hacer comentarios y eludía todas las preguntas porque no sabía nada. Los asesinatos no se habían producido en su jurisdicción. La policía estatal también se había negado a hacer comentarios.

Jeri lo leyó con regocijo y se lo envió enseguida, codificado como siempre, a Lacy Stoltz. Minutos después, le envió un mensaje con la clave del código.

Lacy estaba sentada a su escritorio leyendo evaluaciones de otras denuncias cuando vio el correo y abrió el archivo. No había ningún mensaje. ¿Quién sino Jeri iba a enviarle un correo electrónico privado y luego la clave? ¿Quién sino ella tendría los viejos artículos del *Ledger* y de los demás periódicos? Una vez más se quedó asombrada ante la minuciosidad de la investigación de Jeri y ante su tenacidad, y hasta se le escapó la risa al recordar el comentario de Herman Gray acerca de que el FBI la necesitaba.

Cerró la puerta de su despacho y pasó mucho rato releyendo los informes de los asesinatos más antiguos y de los nuevos. Intentó calcular el impacto que tendría aquel artículo matutino y al final llegó a la conclusión de que no había forma de predecir qué ocurriría. Sin embargo, resultaba indudable que cambiaría el panorama. Bannick lo vería, seguramente ya lo habría visto. ¿Quién diantres era capaz de imaginarse cuál sería su siguiente paso?

El juez Bannick estaba en una habitación de hotel de Santa Fe cuando lo vio. Como siempre, le estaba echando un vistazo a la versión digital del *Ledger* en busca de todas las noticias relacionadas con su ciudad y, en cuanto lo vio, empezó a soltar tacos.

La única persona, aparte de él, que podía vincular a Lanny Verno con Pensacola era Jeri Burke. Y tal vez el expolicía, Norris Ozment, pero él no estaba al tanto de todo lo demás.

Puede que unos cuantos abogados de los más viejos recordaran su asociación con Schnetzer y su posterior disputa por los honorarios, allá por 1993. Tal vez algún periodista del *Ledger* se acordase de Danny Cleveland y su artículo sobre los trapos sucios de Bannick cuando se presentó por primera vez a las elecciones, aunque lo dudaba mucho. Cleveland había ido a por varios promotores turbios. Que él supiera, ya no quedaba nadie que pudiera relacionarlo con Thad Leawood. No se habían presentado cargos penales y las víctimas asustadas se escondieron detrás de sus padres, que no tenían ni idea de qué hacer.

Tenía trece años y había alcanzado el rango Vida con dieciocho insignias de mérito, entre ellas todas las requeridas. Su objetivo era llegar a Águila antes de cumplir los catorce, algo a lo que su padre lo animaba porque después llegarían los años de instituto y el escultismo se convertiría en algo menos importante. Era el líder de la Patrulla Tiburón, la mejor de la tropa al completo. Le encantaba todo lo que hacían: los fines de semana en el bosque, el entrenamiento para el kilómetro y medio de natación, los congresos de scouts, el reto de llegar a Águila, la búsqueda de más insignias de mérito, las ceremonias de entrega de premios, los servicios a la comunidad.

Después de la agresión faltó a una reunión, algo que no había ocurrido nunca. Cuando se saltó la segunda, sus padres sintieron curiosidad. No soportaba llevar la carga solo, así que se lo contó. Se quedaron horrorizados y desolados y no tenían ni idea de adónde acudir en busca de ayuda. Al final su padre se reunió con la policía y se angustió mucho al saber que un chico que no deseaba que su identidad saliera a la luz había presentado otra denuncia.

Él sospechó que se trataba de Jason Wright, un amigo que había abandonado la tropa repentinamente dos meses antes.

La policía quiso reunirse con Ross, pero la mera idea lo aterraba. Había empezado a dormir a los pies de la cama de sus padres y detestaba salir de casa. La familia decidió que proteger a su hijo era más importante que exigir un castigo. La pesadilla empeoró aún más cuando el *Ledger* publicó un artículo sobre una investigación policial acerca de las «acusaciones de conducta sexual indebida» hacia Thad Leawood, de veintiocho años. En opinión del doctor Bannick era obvio que la noticia la había filtrado la policía, y en la ciudad se montó un revuelo enorme.

Leawood se escabulló y no se volvió a saber de él. Pasaron catorce años hasta que pagó por sus crímenes.

A media tarde del miércoles, a Lacy ya se le habían acabado las excusas y estaba harta de procrastinar. Cerró la puerta de su despacho con llave y llamó al primero de los varios números de teléfono de Betty Roe. No contestó en ninguno, algo que no era inusual. Unos minutos más tarde recibió un mensaje de texto de un número desconocido en el móvil. Betty le escribía: «Ve a la línea verde». Una clave que significaba: «Utiliza el teléfono de prepago». Lacy buscó el móvil desechable y esperó un minuto más a que le llegara la llamada.

Betty comenzó diciendo en tono alegre:

—¿Qué te ha parecido el artículo del *Ledger*?

—Cuando menos interesante. Me gustaría saber cómo han vinculado tan rápido todos los asesinatos.

—Ah, no lo sé. Seguro que ha sido un correo electrónico anónimo de alguien que está familiarizado con los asesinatos, ¿no crees?

—Sí, eso es justo lo que creo.

—Me pregunto cómo habrá reaccionado nuestro chico.

—Yo diría que le ha fastidiado el día.

—Espero que le haya dado un derrame cerebral masivo y haya muerto ahogado en su vómito. De todas maneras, dicen que no anda bien de salud. Se rumorea que tiene cáncer de colon, pero lo dudo. Me parece más bien una buena excusa para marcharse de la ciudad.

—Te noto muy animada.

—Estoy de bastante buen humor, Lacy. El fin de semana pasado me fui a Michigan a pasar unos días con mi hija, fue una visita estupenda.

—Bien, porque tengo noticias que quizá no quieras oír. Hemos terminado nuestra evaluación de tu denuncia y consideramos que tiene fundamento. Vamos a remitírsela a la policía estatal y al FBI. Nuestra decisión es definitiva.

Silencio al otro lado de la línea. Lacy continuó:

—No debería sorprenderte, Betty. Es lo que siempre has querido. Nos has utilizado para iniciar la investigación y darle credibilidad mientras tú te escondías entre las sombras. No tiene nada de malo y te aseguro que tu nombre no se ha utilizado en ningún momento. Seguiremos protegiendo tu identidad, en la medida de lo posible.

—¿Qué significa eso de «en la medida de lo posible»?

—Significa que no sé cómo irá la investigación a partir de ahora. No sé si el FBI querrá hablar contigo, pero, si es así, estoy segura de que saben proteger a un testigo clave.

—No pegaré ojo hasta que lo arresten y lo encierren. Tú también tendrías que estar preocupada, Lacy. Ya te lo advertí.

—Sí, me lo advertiste, y estoy siendo muy cuidadosa.

—Es más listo que nosotras, Lacy, y siempre está alerta.

—¿Crees que sabe que estamos involucradas?

—Supón que sí, ¿vale? Tú ponte en lo peor. Está ahí detrás acechándonos, Lacy.

Lacy cerró los ojos y le entraron ganas de poner fin a la llamada. A veces la paranoia de Betty le resultaba irritante.

33

Las redes informáticas y telefónicas del Departamento del Sheriff del Condado de Harrison estaban en manos de Nic Constantine, un joven de veinte años que estudiaba en una universidad pública de la zona y trabajaba en el departamento a media jornada. Le gustaba lo que hacía y le encantaba relacionarse con los ayudantes del sheriff y con otros agentes de la ley, la mayoría de los cuales necesitaban mucha ayuda con la tecnología. Tenía un gran talento para ella y era capaz de diseñar y arreglar cualquier cosa. Se pasaba la vida instándolos a actualizar esto y aquello, pero siempre había problemas de presupuesto.

Nic sabía que el caso Verno/Dunwoody era alto secreto. Los buitres de la prensa seguían al acecho y el sheriff Black había limitado todas las comunicaciones, la mayoría de las cuales se mantenían alejadas de internet. Para su gran alegría, Nic había estado en la escena del crimen y, más tarde, había guiado al sheriff y al ayudante Mancuso hasta los dos teléfonos móviles hallados en el pueblecito de Neely, Mississippi. Un trabajo fácil que cualquier niño de doce años podría haber llevado a cabo.

Nic peinaba la red en busca de virus de manera rutinaria, pero no había sido capaz de detectar a Rafe y a sus malvados compañeros de Maggotz. Estaban inactivos la mayor parte del tiempo. El error lo cometió el inspector Napier, que envió un correo electrónico sin encriptar al sheriff para confirmarle una reunión con el FBI el viernes 25 de abril en la oficina de la agencia federal en Pensacola. Napier se refirió al FBI como «los Hoovies» (por John Edgar Hoover, claro) e informó de que un equipo de Washington se desplazaría hasta allí con un experto, el teléfono móvil y la HPP. Napier se dio cuenta enseguida de su error, borró el correo electrónico, buscó a Nic y le pidió que lo eliminara de la red. Este lo rastreó en el servidor interno del departamento y quedó convencido de que lo había borrado todo.

Entonces Napier y Nic fueron a ver al sheriff y le explicaron lo sucedido. Nic soñaba con trabajar para el FBI y estaba entusiasmado con la noticia de la reunión. Se ofreció a estar presente, advirtiéndoles que tal vez lo necesitaran para solventar otros errores, en caso de que se produjeran. Al sheriff Black no le hizo mucha gracia.

Rafe, inactivo pero siempre presente, vio el correo electrónico. Treinta minutos más tarde, el juez Bannick también lo vio y se dejó invadir por el pánico. Sabía lo mucho que le gustaban las siglas al FBI. Conocía la jerga tan bien como cualquier agente de campo. HPP: huella parcial de pulgar.

A toda prisa comprobó las cámaras de vigilancia y los sistemas de seguridad de su casa, el despacho del juzgado y la Cámara Acorazada. No se había producido ninguna entrada. Reservó el primer vuelo a casa que salía de Santa Fe y dejó la habitación de hotel.

El viaje se le hizo interminable, pero le dio mucho tiempo para pensar. Estaba seguro de que no había dejado ninguna huella, pero ¿y si hubiera sido así? Si la habían sacado de uno de los teléfonos móviles, no encontrarían ninguna coincidencia. Tras años de alteraciones, esa huella solo coincidiría con una de las actuales, con la de algo que hubiera tocado en la última década.

Llegó a su casa a las tres de la mañana y, aunque necesitaba descansar, las anfetas le estaban haciendo demasiado efecto. No encendió las luces del techo para que los vecinos no supieran que estaba en casa, trabajó envuelto en la penumbra. Se puso unos guantes de plástico y llenó el lavavajillas con la primera carga. Varias de las tazas y vasos fueron a parar a una gran bolsa de basura.

Cuando limpias casi cualquier superficie, las huellas latentes se emborronan y quedan inservibles. Sin embargo, el plan no consistía en emborronarlas. Mezcló una solución de agua, alcohol destilado y zumo de limón y limpió las encimeras y los electrodomésticos con un paño de microfibra. Los interruptores de la luz, las paredes, los estantes de la despensa. Sacó del frigorífico los tarros, las latas, las botellas y los envoltorios de plástico y tiró el contenido al triturador. Los envases terminaron en la bolsa de la basura. No cocinaba mucho y la nevera nunca estaba llena.

Las huellas latentes pueden durar años. Mientras maldecía para sí, no paraba de murmurar: «HPP».

En el baño frotó las superficies, las paredes, el inodoro, los grifos de la ducha y el suelo. Vació el armario y dejó solo un cepillo de dientes, una maquinilla de afeitar desechable, espuma de afeitar y un tubo medio vacío de Colgate. Era casi imposible obtener huellas de la tela, pero, aun así, llenó la lavadora de toallas de baño y de mano.

En la sala de estar tiró el mando de la televisión y limpió la pantalla LED. Tiró también todas las revistas y un par de periódicos viejos. Frotó las paredes y los sillones de cuero.

En su despacho limpió el teclado, un portátil viejo, dos teléfonos móviles anticuados y un montón de hojas de carta y sobres. Se quedó mirando un armario lleno de expedientes y decidió encargarse de ellos más tarde.

La limpieza le llevaría horas, si no días, y sabía que aquella era solo la primera pasada. Habría una segunda y, con suerte, una tercera. Al amanecer, antes de que los vecinos empezaran a salir de casa, cargó tres enormes bolsas de basura negras en su SUV y se sentó a descansar un rato.

Le resultó imposible dormir. A las ocho se duchó y se cambió y después tiró las toallas y la ropa. Le echó un vistazo a su armario y se dio cuenta de la cantidad de cosas que tenía que tirar. Llenó la lavadora de ropa interior y otras prendas de vestir y echó el doble de detergente.

Se vistió de manera informal y se fue. Llamó a Diana Zhang, le dijo que había vuelto a la ciudad, que se encontraba bien y que quería pasarse a saludar por el juzgado. Cuando llegó a las nueve, su personal lo recibió como a un héroe. Charló con ellos un rato, les aseguró que la primera ronda de quimioterapia había ido bien y que sus médicos eran optimistas. Pasaría unos cuantos días en casa antes de volver a Santa Fe.

Les pareció que estaba cansado, incluso demacrado.

Se sentó a su escritorio y le dictó a su secretaria una lista de cosas por hacer. Tenía que hacer unas llamadas y le pidió que saliera. Cerró la puerta con llave y paseó la mirada por su despacho. El escritorio, las sillas de cuero, la mesa de reuniones, los armarios archivadores, las estanterías repletas de libros y tratados. Por suerte, hacía años que apenas los tocaba. La tarea se le antojaba imposible, pero no le quedaba más remedio. Abrió el maletín, se puso unos guantes de plástico, sacó tres paquetes de toallitas con alcohol y se puso manos a la obra.

Al cabo de dos horas, le dijo a su personal que se iba a casa a descansar. Que, por favor, no lo llamaran. En realidad, cogió el coche y se dirigió a su despacho secreto de Pensacola. Dudaba mucho que alguien que anduviera buscando sus huellas terminase dando con aquel lugar, pero no podía correr riesgos. Lo había diseñado con extrema precaución, con cuidado de no dejar ninguna pista en caso de emergencia. Todo estaba digitalizado: no había libros ni expedientes ni facturas, nada que dejara un rastro.

Se tumbó en el sofá y consiguió dormir dos horas.

Según el horario de Jeri, publicado oficialmente en internet, impartía una clase de política comparada a las 14.00 en el edificio de Humanidades. Tardó una hora en llegar a Mobile y encontró el edificio siguiendo el mapa del campus que había memorizado.

El coche de Jeri, un Toyota Camry blanco de 2009, estaba aparcado junto a otros cien en un aparcamiento para profesores y estudiantes al que solo se podía acceder si se disponía de las pegatinas que lo autorizaban. Bannick se marchó, llevó el coche a un lavadero situado a varias manzanas de distancia, pasó su nuevo Tahoe por la máquina de autolavado y luego aparcó junto a los aspiradores y abrió las cuatro puertas. Mientras se afanaba en la limpieza, cambió las placas de matrícula y pasó a estar registrado en Alabama. Cuando todo quedó reluciente e impecable, volvió al edificio de Humanidades y aparcó lo más cerca posible del Camry. Abrió el capó del Tahoe, sacó el gato y la rueda de repuesto y se puso a fingir que cambiaba una rueda trasera que no estaba pinchada.

Un guardia de seguridad del campus que conducía un viejo Bronco pasó junto a la hilera de coches aparcados y se detuvo detrás del Tahoe.

—¿Necesita que le eche una mano? —preguntó con amabilidad, sin hacer amago de bajarse.

—No, gracias —contestó Bannick—. Lo tengo controlado.

—No veo la pegatina del aparcamiento.

—No, señor. Se me ha pinchado ahí fuera. —Señaló la calle con un gesto de la cabeza—. Me iré enseguida.

El guardia se alejó sin decir nada.

¡Mierda! Un error que no podía evitarse.

Con el Tahoe levantado con el gato y sin tocar ni una sola tuerca de la llanta, sacó un localizador GPS BlueCloud TS-180 con soporte magnético. Pesaba cuatrocientos gramos y tenía el tamaño de un libro de bolsillo grueso. Se acercó con aire despreocupado al Camry, observando cualquier posible movimiento desde detrás de las gafas de sol, se fijó en tres estudiantes que entraban en el edificio, pero que, desde luego, no le estaban prestando ninguna atención, y se agachó y pegó el dispositivo a toda prisa en el lado del depósito de gasolina. Disponía de una batería que duraba ciento ochenta horas y que se activaba con el movimiento; así descansaba un rato cuando el coche estaba parado. Volvió a su Tahoe, le quitó el gato, guardó la rueda de repuesto, cerró el capó y salió del aparcamiento. No había ni rastro del guardia de seguridad.

Dos horas más tarde, el Camry empezó a moverse. El juez lo rastreó con su móvil y no tardó en tenerlo a la vista. Jeri paró en una tintorería, hizo lo que tuviera que hacer y después se dirigió a su apartamento.

El localizador funcionaba de maravilla.

Bannick volvió a Cullman, esperó hasta las cinco y media, cuando el juzgado ya estaba cerrado, y entró por una puerta trasera con su propia llave. Llevaba diez años entrando y saliendo a su antojo y rara vez se topaba con nadie fuera del horario laboral. No estaba cometiendo ningún delito, solo ordenando su despacho.

Lo limpió de nuevo y se marchó de noche, con dos gruesos maletines llenos de expedientes y cuadernos. Un juez muy trabajador.

34

El viernes por la mañana, Lacy y Darren llegaron a un edificio de oficinas del centro de la ciudad a las 9.45 para asistir a una reunión, una especie de cumbre, a las diez en punto. El despacho del FBI estaba en la sexta planta y allí los recibió el agente especial Dagner, de Pensacola, junto al ascensor.

Desde una habitación del tercer piso de un hotel situado a dos manzanas de distancia, el juez Bannick vigilaba el aparcamiento a través de un telescopio monocular de mano. Vio a Lacy y a Darren desaparecer en el interior del edificio. Diez minutos más tarde vio llegar un sedán sin distintivos y con matrícula de Mississippi. De él se bajaron dos hombres vestidos de paisano que incluso se habían puesto traje y corbata para la gran reunión. A continuación llegó un SUV negro. Las cuatro puertas se abrieron a la vez y los federales, tres hombres y una mujer, ataviados con trajes oscuros más elegantes, salieron y se apresuraron a entrar. Los dos últimos llegaron en un coche con matrícula de Florida. Más trajes oscuros.

Cuando el tráfico se detuvo a las 10.10, Bannick se sentó en el borde de la cama y se frotó las sienes. Había llegado el FBI, los Hoovies de la gran oficina de Washington, acompañados de la policía estatal y de los chicos de Mississippi.

No tenía forma de saber lo que se estaba diciendo allí. Rafe no había conseguido introducirse en la red.

Pero el juez se hacía una idea bastante clara de lo que estaba pasando y sabía cómo averiguarlo.

Se sentaron en torno a una mesa larga en la sala más grande de la oficina y dos secretarias les llevaron café y pastas. Tras una ronda de presentaciones —tantos nombres que Darren intentó anotarlos todos—, el jefe llamó a los congregados al orden. Se trataba de Clay Vidovich, el agente especial a cargo (AEC), y había ocupado la cabecera de la mesa. A su derecha estaban los agentes especiales Suarez, Neff y Murray. A su izquierda estaban el sheriff Dale Black y el inspector Napier de Biloxi. Junto a estos últimos había dos investigadores de la policía estatal de Florida, Harris y Wendel. Lacy y Darren se habían sentado al extremo opuesto de la mesa, como si estuvieran fuera de lugar entre los policías de verdad.

La ausencia de la policía de Pensacola llamaba la atención. El sospechoso era un hombre residente en la zona y con muchos contactos. Había que tener en cuenta lo de que el pez por la boca muere y demás. Los chicos de la local no habrían hecho más que estorbar.

Vidovich comenzó diciendo:

—Bien, ya se ha presentado todo el papeleo y se han aclarado todos los protocolos, así que el FBI está oficialmente involucrado en el caso. Ahora esto es un grupo de trabajo conjunto en el que todos cooperamos al cien por cien. Sheriff, ¿qué pasa con la policía estatal de Mississippi?

—Pues los hemos mantenido al tanto, pero se me pidió que no les mencionara esta reunión inicial. Doy por hecho que estarán preparados si los necesitamos.

—Ahora no, tal vez más adelante. Teniente Harris, ¿ha avisado a la policía de Marathon?

—No, señor, pero lo haré si los necesitamos.

—Bien. Procedamos sin ellos. Veamos, todos hemos leído

los resúmenes y creo que estamos al día. Señora Stoltz, ya que fue usted quien empezó todo esto, ¿por qué no dedica unos minutos a recordarnos los datos básicos?

—Por supuesto —contestó Lacy con una sonrisa deslumbrante.

Solo había otra mujer en la sala, la agente Agnes Neff, una curtida veterana a la que aún no se había visto sonreír.

Lacy se puso de pie y apartó su silla.

—Todo empezó con una denuncia contra el juez Bannick presentada por una tal Betty Roe, un alias.

—¿Cuándo conoceremos su verdadero nombre?

—Bueno, ahora el caso es suyo, así que supongo que cuando quieran. Pero yo preferiría mantenerla al margen el mayor tiempo posible.

—Muy bien. ¿Y qué relación guarda ella con este asunto?

—En 1992 asesinaron a su padre cerca de Gaffney, Carolina del Sur. El caso se convirtió en un callejón sin salida casi de inmediato y ella se empeñó en encontrar al asesino. Lleva años obsesionada con el caso.

—Y estamos hablando de ocho asesinatos, ¿verdad?

—Ocho que ella sepa. Podría haber más.

—Creo que podemos dar por supuesto que hay más. Y lo único que tiene es un móvil, ¿no?

—Y un método.

Vidovich miró a Suarez, que negó con la cabeza y dijo:

—Es el mismo hombre. Utilizar el mismo tipo de cuerda y el nudo es su firma. Tenemos las fotos de la escena del crimen de Schnetzer en Texas: la misma cuerda y el mismo nudo. Hemos estudiado las autopsias: el mismo tipo de golpe en la cabeza, con el mismo instrumento. Algo parecido a un martillo de uña que revienta el cráneo en un punto de impacto definido e irradia líneas de ruptura en todas direcciones.

Vidovich miró al teniente Harris y le preguntó:

—Y el asesino lo conocía de otra vida, ¿no?

—Así es —respondió Harris—. Los dos fueron abogados aquí, en Pensacola, hace muchos años.

—Usted no conoce a este juez, ¿verdad, señora Stoltz?

—No, no he tenido el placer. Nunca se había presentado ninguna queja contra él. Tiene un historial impoluto y una reputación intachable.

—Eso es llamativo —le dijo Vidovich a la mesa, y todos fruncieron el ceño para demostrar que estaban de acuerdo—. Señora Stoltz —continuó—, ¿qué cree que haría el sospechoso si le pidiéramos que se pasara por aquí a contestarnos unas preguntas? Es un juez conocido, un funcionario del tribunal. No sabe lo de la HPP. ¿Por qué no iba a querer cooperar?

—Bueno, si es culpable, ¿por qué iba a cooperar? En mi opinión, desaparecería o se pondría en manos de un abogado. Pero no vendría de forma voluntaria.

—¿Y hay riesgo de que se fugue?

—Sí, eso creo. Es inteligente y dispone de activos. Lleva veinte años evitando que lo detecten, ha hecho un magnífico trabajo al respecto. Opino que podría desvanecerse en un abrir y cerrar de ojos.

—Gracias.

Lacy se sentó y observó las caras que rodeaban la mesa.

—Es obvio que necesitamos sus huellas, las actuales —dijo Vidovich—. Agnes, háblanos de la orden de registro.

Aún sin sonreír, la agente se aclaró la garganta y miró su bloc de notas.

—Me reuní con el Departamento Jurídico ayer en Washington y creen que podemos conseguirla. Es el sospechoso principal de un asesinato, de dos, en realidad, y hay una misteriosa huella parcial que no coincide con nada y está relacionada con ese mismo caso de Biloxi. Los de Jurídico dicen que podemos hacer bastante presión para que nos den una orden.

El fiscal del distrito de Mississippi está informado y tiene a un magistrado en espera.

—¿Puedo preguntar qué piensan registrar? —intervino Lacy.

—Su casa y su despacho —respondió Vidovich—. Estarán llenos de huellas suyas. Si conseguimos una coincidencia, se acabó el juego. Si no hay coincidencia, nos disculpamos y nos marchamos de la ciudad. Betty Roe podrá volver a su vida de Sherlock Holmes.

—Entiendo, pero es un obseso de la seguridad y la vigilancia. En cuanto alguien tire una puerta abajo o entre de alguna otra forma, lo sabrá. Y se esfumará.

—¿Sabemos dónde está en este momento?

Un gesto de negación unánime. Vidovich le lanzó una mirada asesina a Harris, que dijo:

—No, no lo tenemos vigilado. No hay razón para ello. No hay caso ni expediente. Todavía no es sospechoso.

—Además, está de baja por razones médicas —señaló Lacy—. Afirma que se está tratando un cáncer, según una fuente que tenemos aquí, en Pensacola. En su despacho le dijeron a uno de nuestros contactos que no se sentará en el estrado durante al menos los dos próximos meses. La página web del tribunal del distrito lo confirma.

Vidovich frunció el ceño y se rascó la mandíbula mientras todos los demás esperaban.

—Vale —dijo al fin—, empecemos por la vigilancia, tenemos que localizar a ese tipo. Mientras tanto hay que conseguir que el magistrado de Mississippi nos firme una orden de registro, traérsela al magistrado de aquí y esperar hasta que demos con él. En ese momento no podrá desaparecer y ejecutaremos la orden.

Debatieron la organización de la vigilancia durante una hora: quién, dónde, cómo. Lacy y Darren se aburrieron, su entusiasmo inicial se disipó y, al final, pidieron que los excusaran

Vidovich prometió mantenerlos informados, pero estaba claro que su labor había terminado.

Mientras salían de la ciudad, Darren preguntó:

—¿Vas a informar a Betty de esto?

—No. No tiene por qué saber lo que está pasando.

—¿Hemos terminado con ella? ¿Podemos cerrar el caso?

—No lo tengo claro.

—Vaya, ¿no eras la jefa?

—Así es.

—Entonces ¿por qué no tienes claro si la CCJ ya no está involucrada?

—¿Te has cansado del caso?

—Somos abogados, Lacy, no policías.

Las tres horas del viaje de vuelta hasta Tallahassee fueron un alivio. Eran casi las doce del mediodía de un viernes primaveral y extrañamente fresco, así que decidieron olvidarse de la oficina.

Mientras ellos discutían su destino, el juez Bannick hizo un trayecto de diez minutos hasta su centro comercial y desapareció en el interior de su otro despacho y de la Cámara Acorazada. Limpió los ordenadores a fondo, quitó los discos duros, sacó las memorias USB de las cajas fuertes ocultas y volvió a fregarlo todo. Al salir reinició las cámaras y los sensores de seguridad y se encaminó hacia Mobile.

Pasó la tarde deambulando por un centro comercial, tomando cafés en un Starbucks, bebiendo refrescos en un bar oscuro, merodeando por el puerto y dando vueltas en el coche hasta el anochecer.

35

El sobre blanco, tamaño legal, contenía copias de los tres poemitas. Lo había cerrado y había escrito el nombre con gruesos trazos de tinta negra: *Jeri Crosby*. No había añadido ninguna dirección postal, pero tampoco hacía falta. Había garabateado las palabras «Entregado en mano» debajo del nombre. Esperó hasta las nueve de la noche y aparcó junto a la acera, a dos pequeñas manzanas de distancia.

Jeri estaba pasando otra noche de viernes sin hacer nada, saltando de un canal a otro en la televisión y resistiéndose a la tentación de conectarse a internet para buscar más asesinatos. Lacy la había llamado después de comer con la noticia de que el FBI estaba en la ciudad y había asumido el control de la investigación. Tendría que sentirse de mejor humor ahora que su trabajo había terminado y que los profesionales se estaban encargando de perseguir a Bannick. Sin embargo, comenzaba a darse cuenta de que las obsesiones no desaparecen con facilidad y de que era imposible accionar un interruptor y pasar página sin más. Había vivido en la vida de Bannick durante tanto tiempo que no conseguía expulsarlo de su ser. No tenía ningún otro propósito vital, aparte del trabajo que tanto había descuidado y de su preciosa hija. Y seguía aterrorizada. Se preguntó cuánto tiempo le duraría el miedo. ¿Sería capaz, en algún momento de su vida, de pasar una hora entera sin mirar por encima del hombro?

El timbre de la puerta la sobresaltó. Agarró el mando a distancia con torpeza, silenció el televisor, cogió la pistola más cercana de la mesa que había junto a la puerta y se asomó a través de los postigos. Una farola iluminaba los jardines delanteros de los cuatro bloques que había en su hilera y no revelaba nada. No pensaba abrir la puerta, no a las nueve de la noche de un viernes, y no se le ocurría nadie que pudiera pasarse a verla sin avisarla primero. Ni siquiera los candidatos políticos trabajaban a esas horas. Esperó a que el timbre sonara de nuevo, empuñando la pistola y conteniendo el impulso de mirar por la mirilla. Pasaron varios minutos y el hecho de que quienquiera que estuviese ahí fuera no volviera a llamar y en realidad no quisiese verla no hizo sino empeorar la situación. ¿Serían unos críos gastando bromas? Era algo que no había ocurrido nunca, no en aquella calle tan tranquila. Se dio cuenta de que estaba sudando y de que se le había formado un nudo en el estómago. Intentó respirar hondo, pero tenía el corazón desbocado.

Despacio, se acercó a la puerta y dijo lo bastante alto como para que la oyeran al otro lado:

—¿Quién es?

Por supuesto, no hubo respuesta. Se armó de valor y miró por la mirilla, medio esperando encontrarse con un globo ocular inyectado en sangre que la mirara con lascivia, pero no había nada. Dio un paso atrás, volvió a respirar hondo, sostuvo la pistola con la mano derecha y descorrió el cerrojo con la izquierda. Con la cadena echada, miró a través de la contrapuerta, pero no vio a nadie. ¿Estaba oyendo ruidos inexistentes otra vez? ¿De verdad había pulsado alguien el timbre?

¡La cámara, idiota! El timbre de su casa se utilizaba tan poco que se había olvidado de la cámara. Se dirigió a la cocina, cogió su móvil y, pese al fuerte temblor de manos, consiguió encontrar la aplicación. Se quedó mirando el vídeo, boquiabierta. La cámara del timbre se activaba con el movimiento y la grabación comenzaba cuando la persona salía de entre unos arbustos, a metro y medio de distancia. El hombre subía de un salto las escaleras de la entrada, metía un sobre en la contrapuerta y desaparecía. Lo vio una y otra vez y se le revolvió el estómago.

Hombre, con el pelo largo y rubio hasta los hombros. Una gorra bien calada, sin ningún logotipo. Gafas de montura gruesa y, debajo de ellas, una máscara de color carne con marcas de acné y cicatrices, como sacada de una película de terror.

Encendió las luces y se sentó en el sofá con la pistola y el teléfono. Volvió a reproducir el vídeo. Duraba seis segundos, aunque a él solo se le veía durante tres. Esos tres segundos bastaban. Jeri cayó en la cuenta de que estaba llorando, algo que odiaba, pero las lágrimas no tenían nada que ver con la pena. Eran lágrimas de puro terror. Se le contrajo el estómago y sintió ganas de vomitar. Se estremeció de los pies a la cabeza y se le aceleró el corazón.

Y las cosas no tardarían en empeorar.

Al final, se obligó a levantarse y a caminar hasta la puerta. Volvió a descorrer el cerrojo y a abrirla una rendija; después quitó el pestillo de la contrapuerta. El sobre cayó al suelo. Lo cogió, cerró todo de nuevo y regresó al sofá, donde se quedó mirándolo durante diez minutos.

Cuando lo abrió y vio sus ridículos poemas, instintivamente se llevó las manos a la boca para que amortiguaran su grito.

A la policía le molestó recibir una llamada tan frívola. Tardaron veinte minutos en llegar, por suerte sin sacar provecho de sus luces azules, y ella los recibió en las escaleras de la entrada.

—¿Un merodeador? —preguntó el primero.

Para tranquilizarla, el segundo rebuscó entre el arbusto de flores con una linterna, aunque no vio nada.

Jeri les mostró el vídeo.

—No es más que una broma, señora —dijo el primero, que negó con la cabeza ante tal molestia—. Alguien que solo quiere darle un buen susto.

Era viernes por la noche en una ciudad grande y tenían asuntos mucho más urgentes de los que ocuparse: crímenes violentos, traficantes de drogas y adolescentes borrachos.

—Pues está claro que la broma le ha salido bien —replicó ella.

El señor Brammer, el vecino de la puerta de al lado, se acercó y los policías lo interrogaron. Jeri llevaba semanas sin hablar con él, igual que con el resto de sus vecinos. Tenía fama de ser muy solitaria y no precisamente simpática.

Su vecino le dijo que lo llamara si volvía a ocurrir. Los policías decidieron marcharse y prometieron patrullar la zona durante las horas siguientes. Cuando se fueron, Jeri volvió a fortificar su apartamento y se sentó en el sofá, con todas las luces encendidas. Pensando lo impensable.

Bannick sabía que era ella. Había estado en su casa, había llamado al timbre, le había dejado los poemas. Y volvería.

Pensó en llamar a Denise, pero ¿para qué asustarla? Estaba a más de mil kilómetros de allí y no podía hacer nada para ayudarla. Pensó en llamar a Lacy, solo para que alguien lo supiera. Pero estaba a tres horas de distancia y seguro que no le cogía el teléfono a esas horas.

A medianoche apagó todas las luces y se quedó sentada en la oscuridad, esperando.

Una hora más tarde se preparó una maleta pequeña y, pistola en mano, salió por la puerta de atrás y se metió en el coche. Arrancó, con la mirada pegada al espejo retrovisor, y no vio nada sospechoso. Serpenteó por barrios tranquilos, giró hacia el este en la Interestatal 10 y, cuando las luces del centro quedaron atrás, se relajó, aliviada por haber escapado de la ciudad. Tomó una salida y se encaminó hacia el sur, hacia el golfo, por la Autopista 59. La carretera estaba desierta a esa hora y sabía con seguridad que no había nadie siguiéndola. Dejó atrás los pueblos de Robertsdale y Foley. Aparcó junto a una tienda que abría toda la noche y observó la carretera por la que había llegado. Pasaba un coche cada diez minutos. La autopista iba a parar a la playa de Gulf Shores. Las opciones eran el este o el oeste. Seguro que Bannick seguía merodeando por Mobile, así que giró a la izquierda y condujo por los pueblos costeros de Alabama hasta cruzar a Florida. Durante una hora avanzó por la Autopista 98 hasta que un semáforo la detuvo en Fort Walton Beach. Hacía varios kilómetros que un coche circulaba detrás de ella, y era extraño, porque apenas había más tráfico. Obedeciendo un impulso, se desvió hacia el norte por la Autopista 85, pero el coche no la siguió. Media hora después se cruzó con la Interestatal 10 y vio señales de un restaurante de comida rápida, una gasolinera y algún tipo de alojamiento.

Necesitaba descansar y se sintió atraída por las luces brillantes y el aparcamiento medio vacío del motel Bayview. Estacionó el coche, se guardó la pistola en el bolso y entró a pedir una habitación.

Veinte minutos más tarde, Bannick entró en el aparcamiento. Se quedó en el SUV —que volvía a tener matrícula de Alabama—, sacó el portátil y reservó una habitación por internet. Cuando le llegó el correo electrónico de confirmación, esperó diez minutos y respondió que había surgido un problema con la reserva. Por favor, consulte este archivo adjunto. Cuando el empleado lo hizo, Rafe traspasó el sistema de seguridad, que era bastante débil, y empezó a fisgar en la red.

Desde las 21.28 de la noche anterior, solo se había registrado un huésped, una tal Margie Frazier, que, como no podía ser de otra manera, había utilizado una tarjeta de crédito de prepago.

«Qué mona —pensó el juez—. Le gusta usar nombres distintos».

Rafe la encontró en la habitación 232. Enfrente, la 233 parecía estar vacía. Al final del pasillo había una puerta de salida y una escalera, solo para emergencias.

El motel utilizaba el típico sistema de tarjetas electrónicas con un interruptor general para las evacuaciones en caso de incendio. Rafe encontró el cuadro eléctrico inteligente y, solo por divertirse, el juez apagó las luces del vestíbulo, dejó el lugar a oscuras durante unos segundos y luego volvió a encenderlas. No se movió ni un alma.

Entró en el vestíbulo vacío y tocó el timbre de la recepción. Al cabo de un rato, salió a recibirlo un joven con cara de sueño. Hicieron el rápido papeleo necesario para reservar una habitación individual durante una sola noche mientras el juez charlaba sin parar. Pidió la habitación 233, dijo que se había alojado en ella hacía seis meses y que había dormido nueve horas de un tirón, su último récord. Quería probar suerte de nuevo. Supersticiones. Al chico todo aquello le daba igual.

Cogió el ascensor hasta el primer piso, entró en la habitación 233 sin hacer ruido e inspeccionó la puerta. Para mayor seguridad, tenía un cerrojo con pestillo, además del electrónico. Nada del otro mundo, pero, al fin y al cabo, se trataba de un motel para turistas que alquilaba habitaciones a noventa y nueve dólares la noche. Se puso un par de guantes de plástico de color carne, abrió el portátil, se conectó con Rafe y examinó los sistemas de seguridad e iluminación.

Margie estaba al otro lado del pasillo, en la 232. La habitación de la puerta de al lado, la 234, estaba vacía. Para practicar, Bannick le dio a Rafe la orden de desbloquear la puerta de todas las habitaciones y luego se acercó a la 234 y la abrió solo girando el pomo. Ya de vuelta en la 233, cerró todas las puertas de nuevo y después dispuso sus herramientas con gran esmero sobre un aparador barato: un botecito de éter, un paño de microfibra, una linterna pequeña y una ganzúa con una hoja de apertura de acero. Después se las guardó en los bolsillos delanteros de un chaleco que había utilizado en varias de aquellas ocasiones especiales. Junto a la bolsa de herramientas depositó con cuidado una aguja hipodérmica y un frasco pequeño de ketamina, un potente barbitúrico utilizado como anestesia.

Estiró la espalda, respiró hondo varias veces y se recordó dos verdades importantes: la primera, que no tenía más remedio; la segunda, que el fracaso no era una opción.

Eran las 3.18 de la madrugada del sábado 26 de abril.

Con el portátil, le ordenó a Rafe que primero desbloqueara todas las puertas y luego cortara la luz. Todo se volvió negro al instante. Con la linterna entre los dientes, abrió la puerta de su habitación, cruzó el pasillo, giró silenciosamente el pomo de la 232, pasó la ganzúa por la rendija, empujó el pestillo del cerrojo, abrió la puerta unos sesenta centímetros, se puso de rodillas, apagó la linterna y entró a gatas en la habitación. Que él supiera, hasta ese momento no había hecho ni un solo ruido.

Estaba dormida. Bannick aguzó el oído para escuchar su respiración profunda, sonrió y supo que el resto sería fácil. A tientas, se acercó a la cama, se sacó del bolsillo del chaleco un paño de microfibra empapado en éter, encendió la linterna y atacó. Jeri estaba acostada de lado, tapada con las sábanas, y no se dio cuenta de que algo iba mal hasta que una mano pesada le tapó la boca con fuerza y apretó tanto que la dejó sin respiración. Grogui, desconcertada y aterrorizada, intentó zafarse revolviéndose, pero su agresor era fuerte y estaba en una posición de clara ventaja. Lo último que recordaba era un sabor dulzón en una almohadilla de tela.

El juez se asomó al pasillo: oscuridad total, ni una sola voz en ningún sitio. Se la llevó a rastras a su habitación y la tumbó en la cama; a continuación volvió a coger el portátil y reactivó el suministro eléctrico.

No la había visto nunca. Era de estatura media, esbelta y podría decirse que guapa, aunque, como tenía los ojos cerrados, costaba distinguirlo. Se había metido en la cama con unas mallas de yoga negras y una camiseta azul desteñida, lista para echar a correr de nuevo en cualquier momento. Bannick preparó quinientos miligramos de ketamina y se la inyectó el brazo izquierdo. En principio, la droga la mantendría inconsciente durante tres o cuatro horas. Volvió a toda prisa a la habitación de Jeri, cogió sus zapatillas de deporte y una chaqueta ligera, se fijó en la pistola que había en la mesita de noche —una 9 milímetros automática—, dedicó una milésima de segundo a considerarse afortunado por que no la hubiera usado, salió de la habitación y cerró la puerta.

Su SUV estaba aparcado lo más cerca posible de la escalera exterior. Metió su bolsa de viaje, abrió el capó, miró a su alrededor y no vio nada. Regresó a su habitación y recurrió de nuevo al portátil para desconectar la electricidad. Comprobó una vez más que todas las cámaras de seguridad estuviesen apagadas y luego levantó a Jeri de la cama, se la echó al hombro, gruñó y recorrió el pasillo y bajó las escaleras a toda velocidad. Se detuvo al borde del edificio para echar otro vistazo, vio que, al igual que antes, no había ni movimiento y ni luces de faros en ninguna parte y cruzó rápidamente las sombras hacia su vehículo.

Ahora ya jadeando y sudando, volvió a su habitación para

recoger el portátil y las zapatillas de deporte y la chaqueta de Jeri y para asegurarse de que no se dejaba nada. A las 3.38 salió del aparcamiento del motel Bayview y se encaminó hacia el este por la costa.

36

Se despertó sumida en la más absoluta oscuridad, con la cabeza cubierta por una tela pesada que le dificultaba la respiración. Tenía las muñecas atadas a la espalda y las manos y los brazos le dolían de tenerlos retorcidos como un pretzel. También le habían inmovilizado los tobillos. Estaba tumbada sobre una colcha. Detrás de ella sentía algo que parecía de cuero, una especie de sofá. El aire era cálido, incluso asfixiante.

Estaba viva, al menos de momento. Mientras la cabeza se le despejaba poco a poco y conseguía hilar dos pensamientos seguidos, cobró consciencia del suave crepitar de un fuego. Un hombre tosió, no muy lejos. No se atrevió a moverse. Pero el dolor de los hombros era demasiado intenso y no pudo evitar retorcerse.

—Ya debe de ser la hora de que se despierte —señaló él.

La voz le resultó familiar.

Jeri se revolvió, forcejeó y consiguió sentarse.

—Los brazos me están matando —dijo—. ¿Quién eres?

—Creo que ya lo sabe.

El movimiento repentino le provocó náuseas y pensó que iba vomitar.

—Me encuentro mal —masculló mientras el ácido le llenaba la boca.

—Échese hacia delante y vomite todo lo que quiera.

Jeri tragó con fuerza y rapidez y consiguió contenerlo. Estaba jadeando y había roto a sudar.

—Necesito tomar un poco el aire, por favor. Me estoy ahogando.

—Esa es una de mis palabras favoritas.

Bannick se acercó, se agachó hasta quedar a la altura de su cara y le quitó la capucha de un tirón. Jeri se quedó mirando la máscara pálida con las marcas de acné y las cicatrices y gritó. Después volvieron las náuseas y las arcadas y vomitó en el suelo. Cuando terminó, el juez estiró los brazos con delicadeza para rodearla y le quitó las esposas. Jeri separó las manos y sacudió los brazos para reactivar la circulación de la sangre.

—Gracias, imbécil —le dijo.

El hombre se desplazó hasta la chimenea, hasta una pila de expedientes que fue arrojando uno por uno a las llamas, despacio.

—¿Me das agua? —preguntó Jeri.

Bannick le señaló con la cabeza la botella que había junto a una lámpara. Ella la cogió y bebió un trago mientras intentaba no mirarlo. El juez siguió quemando los archivos sin prestarle ninguna atención.

La habitación estaba a oscuras, con las persianas bajadas y colchas sobre las dos ventanas, no entraba ni una pizca de luz solar por ninguna parte. El techo era bajo, las paredes eran de troncos perfectos con yeso blanco entre ellos. Sobre una mesita de centro había un rollo de cuerda de nailon, de varios metros, de color azul y blanco, con dos trozos cortados, todo expuesto para que ella lo viera bien.

—¿Dónde estamos? —preguntó.

—¿Y cree que voy a responderle a eso?

—No. Quítate la máscara, Bannick. Sé quién eres. Reconozco tu voz.

—¿Nos conocemos?

—No, gracias a Dios, no nos habíamos conocido hasta ahora. Te vi en el escenario, en *Muerte de un viajante*.

—¿Cuánto tiempo lleva acechándome?

—Veinte años.

—¿Cómo me encontró?

—¿Cómo me has encontrado tú a mí?

—Ha cometido unos cuantos fallos tontos.

—Igual que tú. Tengo los tobillos y las piernas entumecidos.

—Es lo que hay. Puede considerarse afortunada de seguir viva.

—Y tú. Hace años, me planteé matarte.

Eso le hizo gracia y se sentó en el taburete que había frente a ella. Jeri no soportaba mirar la máscara, así que desvió los ojos hacia el fuego. Seguía teniendo la respiración agitada y su corazón parecía un martillo neumático. Si no hubiera estado tan aterrorizada, se habría maldecido por haber sido tan idiota como para dejarse atrapar por el hombre al que llevaba décadas odiando. Tenía que vomitar otra vez.

—¿Y por qué no me mató? —le preguntó él.

—Porque no me merece la pena ir a la cárcel por ti y porque no soy una asesina.

—Es un arte, cuando se hace como es debido.

—Bien lo sabes tú.

—Sí, lo sé muy bien.

—¿Soy la siguiente?

—No tengo ni idea.

Se levantó despacio, se quitó la máscara y la arrojó a las llamas; después añadió unos cuantos expedientes más al fuego. Volvió a sentarse en el taburete, las rodillas de ambos casi se tocaban.

—¿Por qué no me has matado todavía, Bannick? ¿Qué número sería, el nueve, el diez, el once?

—Por lo menos. ¿Por qué iba a decírselo?

—O sea que se me han escapado un par.

Una oleada de náuseas la recorrió de arriba abajo y esbozó una mueca mientras intentaba contenerla. Cerró los ojos para evitar la mirada penetrante del juez.

Él volvió a la pila de expedientes que esperaba en la leñera, cogió varios y los tiró al fuego con lentitud. A Jeri le entraron ganas de preguntarle qué estaba quemando, pero no era problema suyo. Lo único que la preocupaba era seguir viva, aunque le parecía bastante dudoso. Entonces le vino a la cabeza Denise, la única persona de todo el planeta que la echaría de menos.

Bannick volvió al taburete y la miró a los ojos.

—Tengo un par de opciones, señora Crosby...

—Venga ya, por favor, no me muestres tanto respeto. No lo quiero. Dejémoslo en Jeri y Bannick, ¿de acuerdo?

—Cuanto más hables, más posibilidades tendrás, porque quiero saber lo que sabes y, aún más importante, quiero saber lo que sabe la policía. Puedo marcharme, Jeri, desaparecer como por arte de magia y que nadie vuelva a verme jamás. ¿Cuánto le has contado a Lacy Stoltz?

—No la metas en esto.

—¿En serio? Me parece una postura un tanto extraña. Resulta que tú acudes a ella con tu denuncia, que le hablas de Verno, de Dunwoody y de Kronke, que le insinúas otros nombres, la involucras en lo que sea que esté haciendo y ahora me dices que no la meta en este asunto. Y no solo eso, sino que, además, me enviaste una carta anónima con la noticia de que Stoltz me estaba investigando formalmente por los asesinatos. Uno de tus errores, Jeri. Sabías que no le quedaría más remedio que ir a la policía, algo que a ti te daba miedo hacer. ¿Por qué te daba miedo ir a la policía?

—A lo mejor no confío en ellos.

—Muy inteligente. Por eso le soltaste el marrón a Lacy, que no tiene más opción que investigar a los miembros de la judicatura. Sabías que ella sí recurriría a la policía. Te has escondido detrás de ella y ahora quieres que la deje en paz. ¿Verdad?

—No lo sé.

—¿Cuánto sabe Lacy?

—¿Cómo quieres que lo sepa? La que está a cargo de la investigación es ella.

—En ese caso, ¿qué le has contado? Bueno, supongo que en realidad la pregunta es: ¿cuánto sabes?

—¿Qué más da? Vas a matarme de todas formas. ¿Sabes qué, Bannick? Te he pillado.

No respondió, sino que volvió a las carpetas, cogió varias y las fue arrojando metódicamente al fuego, esperando a que una ardiera antes de lanzar la siguiente. En la habitación hacía calor y olía a humo. La única luz provenía de la chimenea y las sombras oscurecían las paredes y lo que fuera que hubiese detrás de ella. Bannick se alejó, volvió con una taza y preguntó:

—¿Quieres un café?

—No. Oye, se me están rompiendo los tobillos y tengo las piernas entumecidas. Dame un respiro para que podamos hablar, ¿vale?

—No. Y, para que lo sepas, aquí solo hay una puerta y está cerrada a cal y canto. Esta cabaña está en pleno bosque, lejos de cualquier otra persona, así que, si te apetece, puedes gritar hasta quedarte afónica. Si consigues salir al exterior, buena suerte. Ten cuidado con las serpientes de cascabel, las víboras, los osos y los coyotes, y eso por no hablar de los paletos sureños armados hasta los dientes que no le tienen mucho aprecio a la gente de color.

—¿Y se supone que debo sentirme más segura aquí dentro contigo?

—No tienes móvil ni cartera ni dinero ni zapatos. Dejé tu pistola en la habitación del hotel, pero tengo dos escondidas por ahí. Prefiero no usarlas.

—Por favor, no lo hagas.

—¿Cuánto sabe Lacy?

Jeri se quedó mirando el fuego e intentó pensar con claridad. Si decía la verdad, tal vez pusiera en peligro a Lacy. Pero, si decía la verdad y lo convencía de que Lacy, y ahora el FBI, lo sabían todo, Bannick se desvanecería. Contaba con los medios necesarios para desaparecer: dinero, contactos e inteligencia.

El juez repitió la pregunta despacio:

—¿Cuánto sabe Lacy?

—Sabe lo que le he contado sobre Verno, Dunwoody y Kronke. Más allá de eso, no tengo ni idea.

—Eso es mentira. Es obvio que sabes lo de tu padre, lo de Eileen y lo de Danny Cleveland. ¿Y esperas que me crea que no se lo has contado a Lacy?

—No puedo probarlos.

—No puedes probar ninguno. ¡Nadie tiene pruebas!

Bannick estiró la mano, cogió uno de los pedazos de cuerda y se la enrolló rápidamente en torno al cuello. Sujetó ambos extremos con las manos y aplicó una ligera presión. Jeri retrocedió, pero no logró zafarse de él. Lo tenía casi encima, con la cara a medio metro de la suya.

—Escúchame bien —siseó el hombre—. Los quiero ordenados, un nombre tras otro, empezando por tu padre.

—Suéltame, por favor.

Apretó la cuerda con más fuerza.

—No me obligues.

—Vale, vale. Mi padre no fue el primero, ¿verdad?

—No.

—Thad Leawood fue el primero, luego mi padre.

Jeri cerró los ojos y empezó a sollozar, un llanto fuerte, angustiado, incontrolado. Él se apartó y le dejó la cuerda colgada del cuello. La mujer enterró la cara entre las manos y lloró y gritó hasta que por fin recuperó el aliento.

—Te odio —masculló al fin—. No tienes ni idea de cuánto.

—¿Quién fue el siguiente?

Jeri se limpió la cara con el antebrazo y cerró los ojos.

—Ashley Barasso, en 1996.

—Yo no maté a Ashley.

—Un poco difícil de creer, ¿no? La misma cuerda, el mismo nudo, el ballestrinque doble que debiste de aprender en los Boy Scouts, ¿verdad, Bannick? ¿Te lo enseñó Thad Leawood?

—Yo no maté a Ashley.

—No estoy en condiciones de discutir contigo.

—Y te has saltado uno.

—Vale.

Bannick se puso de pie y volvió a la chimenea, donde quemó unas cuantas carpetas más. Cuando le dio la espalda, Jeri se quitó la soga del cuello y la lanzó hacia el otro extremo de la habitación. El juez la recogió y regresó al taburete, jugueteando con ella.

—Continúa —ordenó—. ¿Quién fue el siguiente?

—¿A quién me he saltado?

—¿Por qué iba a decírtelo?

—Tienes razón. Ya no me importa, Bannick.

—Continúa.

—Eileen Nickleberry, en 1998.

—¿Cómo la encontraste?

—Escarbando en tu pasado, como con todos los demás. Encuentran a una víctima estrangulada con la misma cuerda, atada muy fuerte y con un nudo raro, y antes o después la información llega al centro para el análisis de crímenes violentos del FBI. Sé cómo acceder a él. Tengo contactos. Llevo veinte años haciéndolo, Bannick, y he aprendido mucho. Con un nombre empiezo la investigación, que casi siempre lleva a varios callejones sin salida. Pero la persistencia da sus frutos.

—No me creo que hayas conseguido encontrarme.

—¿Estoy hablando lo suficiente?

—Continúa. ¿Siguiente?

—Te tomaste unos años de descanso, un pequeño paréntesis, nada raro en el mundo de los enfermos como tú, e intentaste enderezarte. No fuiste capaz. A Danny Cleveland lo encontraron estrangulado en su casa de Little Rock en 2009.

—Se lo había buscado.

—Claro que sí. Exponer la corrupción mediante un buen reportaje periodístico debería ser siempre un delito capital. Te lo cargaste. Otra agujero en el viejo cinturón.

—Continúa. Siguiente.

—Hace dos años, a Perry Kronke lo hallaron muerto en su barco, asándose al ardiente sol del verano, con sangre por todas partes. Te cabreó cuando tenías veinticuatro años y no te ofreció un puesto de trabajo, como a todos los demás becarios del verano. Otro delito capital.

—Te has vuelto a saltar uno.

—Perdóname.

—Sigue.

—Verno y Dunwoody el año pasado en Biloxi. Verno te venció en el tribunal cuando eras un joven abogado de primera, así que, por supuesto, merecía morir. Dunwoody apareció en el momento menos oportuno. ¿No sientes remordimientos por su familia? Tenía esposa, tres hijos, tres nietos, era un hombre maravilloso con muchos amigos. ¿Nada de nada, Bannick?

—¿Alguien más?

—Bueno, el artículo del *Ledger* incluía a Mal Schnetzer, de cosecha bastante reciente. Asesinado hace solo una semana en algún lugar cercano a Houston. Al parecer, su camino se cruzó con el tuyo en algún momento, igual que el de todas tus demás víctimas. No he tenido tiempo de investigar el caso de Schnetzer. Últimamente matas tan rápido que no puedo seguirte el ritmo.

Se quedó callada y lo miró. Él la escuchaba con atención, como si le hiciera gracia.

«Sigue hablando», se dijo Jeri.

—¿Por qué será, Bannick, que los asesinos en serie siempre suben el ritmo al final? ¿Has leído algo sobre ellos, sobre los otros? ¿Sientes curiosidad por saber cómo actúan? ¿Has utilizado alguna vez consejos o estrategias sacados de sus historias? De todas maneras, hay que tener en cuenta que la mayoría están escritas después de que los pillen o de que mueran. Bueno, yo me las he leído todas y muchas veces, aunque desde luego no siempre, porque bien sabe Dios que no hay ningún método real en esta locura, se sienten atrapados y contraatacan acelerando. Kronke, luego Verno y Dunwoody, ahora Schnetzer. Eso son cuatro en solo dos años.

—Yo solo contabilizo tres.

—Claro. Dunwoody no cuenta porque nunca te ofendió, ni te apuntó con una pistola ni te avergonzó en clase.

—Cállate.

—Me has dicho que no parara de hablar.

—Pues ahora te digo que te calles.

—No quiero, Bannick. Llevo muchísimo tiempo viviendo en tu triste vida y jamás pensé que se me fuera a presentar la oportunidad de mantener una charla como esta contigo y de decirte que te considero una bazofia patética. Eres un cobarde. Tus crímenes no requirieron valor.

—Eso decías en uno de tus ridículos poemas.

—A mí me parecieron bastante inteligentes.

—Eran bastante tontos. ¿Por qué te tomaste la molestia de escribirlos?

—Buena pregunta, Bannick. No sé si tengo la respuesta. Supongo que solo quería contraatacar yo también. Quizá fuera una forma de atormentarte. Quiero que sufras. Y, ahora que se acerca el final, me parece increíble que seas tú el que está huyendo, el que está aquí escondido, en el bosque, planeando matar una última vez. Tu juego ha terminado, Bannick; y tu vida también. ¿Por qué no te rindes como un hombre y aceptas tu castigo?

—He dicho que te calles.

—Quiero decir demasiadas cosas.

—No las digas. Me he cansado de tu voz. Si quieres hablar la próxima semana, será mejor que te calles ahora.

El juez se levantó de golpe, se acercó a ella, se sentó en el taburete de nuevo con las rodillas a punto de rozar las de Jeri. Ella se apartó todo lo posible, segura de que estaba a punto de atacarla. Bannick se llevó la mano al bolsillo y sacó dos teléfonos de prepago.

—Voy a traer a Lacy. La quiero aquí contigo. Mantendremos una larga y agradable conversación y averiguaré cuánto sabe.

—Déjala en paz. Solo ha cumplido con su trabajo.

—Ah, ¿sí? Ha llamado al FBI.

—Déjala en paz. Échame la culpa a mí, no a ella. Lacy no había oído hablar de ti hasta que yo entré en su vida.

Bannick le mostró los dos teléfonos y le dijo:

—Son tuyos. No sé muy bien cuál de los dos es el que funciona, pero quiero que llames a Lacy y conciertes una cita. Dile que dispones de una prueba que demostrará sin lugar a duda que soy el asesino, pero que no puedes hablarle de ella por teléfono. Es urgente y tiene que venir a verte ya.

—Déjate ya de historias y mátame.

—Escúchame, pedazo de estúpida. No voy a matarte, al menos de momento, puede que nunca. Quiero a Lacy aquí. Hablaremos y, una vez que lo sepa todo, es muy probable que desaparezca sin más, que me vaya a algún pueblo exótico junto al mar o en la montaña, a algún lugar donde nadie hable inglés. No me encontrarán jamás. Ya he pasado por esto, ¿sabes? Está todo planeado.

Jeri respiró hondo, se le aceleró el corazón.

—¿Cuál es el teléfono? —insistió él.

Jeri cogió uno de ellos sin mirarlo. Bannick sacó de la nada una pistola bastante grande y la dejó a su lado en el taburete.

—Dile que se reúna contigo en el motel Bayview, cerca de Crestview, justo a la salida de la interestatal. ¿Ha visto tu coche alguna vez?

—Sí.

—Bien. Sigue allí, en el aparcamiento. Dile que aparque al lado. Tu habitación era la 232. La he reservado para otra noche, de nuevo a nombre de Margie Frazier, así que, cuando lo compruebe, verá que estás alojada en el motel. Le he dicho al gerente que no limpien la habitación. Puede que tus cosas todavía estén allí.

—Me da igual.

—¿Te da igual tu 9 milímetros? Estaba en la mesita de noche.

—Ojalá la hubiera cogido a tiempo.

—Opino lo mismo.

Se sumieron en un silencio prolongado mientras ella contemplaba el fuego y él el suelo. Bannick cogió la pistola, despacio, pero no la apuntó con ella.

—Haz la llamada. Os veréis esta noche a las nueve en el motel Bayview. Y véndeselo bien, ¿vale?

—No se me da muy bien mentir.

—Y una mierda. Tienes mucho talento para mentir, al contrario que para la poesía.

—Prométeme que no le harás daño.

—No prometo nada, excepto que, si vuelvo hasta aquí sin Lacy, usaré esto.

Cogió un fragmento de cuerda y se lo lanzó a Jeri. Ella chilló e intentó apartarla de un manotazo.

37

El partido comenzaba a las nueve de la mañana, una hora horrible para pretender que unos niños de diez años estuvieran ya vestidos con su uniforme y listos para jugar después de estirar y calentar como es debido. Los Royals saltaron al campo para empezar bateando y un puñado de padres aplaudió con educación desde las gradas. Algunos gritaron palabras de ánimo que los jugadores no oyeron. Los entrenadores dieron varias palmadas e intentaron infundir entusiasmo.

Diana Zhang estaba sentada en una silla de jardín, sola, en el lado de la primera base, con las piernas tapadas con una manta y un café grande en la mano. El aire de la mañana era vivificante y sorprendentemente fresco para estar a finales de abril en la península. Al otro lado del campo, siguiendo la línea de la tercera base, su exmarido estaba apoyado contra la valla observando al hijo de ambos, que corría hacia el centro del campo. Su divorcio estaba demasiado reciente como para hacer el esfuerzo de mostrarse corteses.

A su espalda, una voz femenina dijo con suavidad:

—Disculpe, señora Zhang.

Se volvió hacia la derecha y se topó con una placa de aspecto oficial en una cartera de cuero negro. La mujer que la sostenía continuó:

—Agente Agnes Neff, FBI. ¿Podemos hablar un minuto?

Asustada, como le habría ocurrido a cualquiera, Diana le respondió:

—Bueno, pensaba ver jugar a mi hijo.

—Nosotros también. Podemos acercarnos a esa parte de la valla y charlar. No le robaremos ni diez minutos.

Diana se puso en pie y miró hacia las gradas para asegurarse de que no la estaba observando nadie. Se dio la vuelta y vio al que solo podía ser otro agente. El hombre encabezó la marcha y los tres se detuvieron cerca del poste de foul.

—Este es el agente especial Drew Suarez —dijo Neff.

La mujer le lanzó una mirada irritada y él asintió a modo de respuesta.

—Seremos breves —prosiguió la agente—. Estamos buscando a su jefe y no lo encontramos. ¿Alguna idea de dónde podría encontrarse el juez Bannick ahora mismo?

—Pues... no, la verdad. Es sábado por la mañana, supongo que estará en casa.

—No, allí no está.

—Entonces no lo sé. ¿Qué ocurre?

—¿Cuándo lo vio por última vez?

—Pasó por el despacho el jueves por la mañana, hace dos días. No he vuelto a hablar con él desde entonces.

—Tenemos entendido que está en tratamiento.

—Así es. Cáncer. ¿Se ha metido en algún tipo de problema?

—No, en absoluto. Solo queremos hacerle algunas preguntas rutinarias relacionadas con las acusaciones de otra investigación.

La respuesta era lo bastante vaga como para no significar nada, jerga policial en su máxima expresión, pero Diana decidió que no era el momento de presionar. Asintió con la cabeza como si lo hubiera entendido todo.

—O sea, que no tiene la menor idea de dónde podría estar, ¿verdad? —insistió Neff.

—Imagino que ya han buscado en el juzgado. Tiene una llave y entra y sale a su antojo.

—Lo tenemos vigilado. No está allí. Y tampoco está en casa. ¿Alguna sugerencia de en qué otro sitio podría encontrarse?

Diana miró hacia el partido durante unos segundos, sin tener claro cuánto debía contar.

—Tiene un bungalow en Seaside, aunque va muy pocas veces.

—También lo tenemos vigilado. No está allí.

—Vale. Dicen que no está metido en ningún problema, pero, entonces, ¿por qué tienen vigilados todos esos sitios?

—Necesitamos hablar con él.

—Es evidente.

Suarez dio un paso hacia ella, la miró con dureza y le dijo:

—Señora Zhang, está hablando con el FBI. Permítame recordarle que faltar a la verdad va en contra de la ley.

—¿Me está llamando mentirosa?

—No.

Neff negó con la cabeza. No.

—Es importante que lo encontremos lo antes posible —dijo.

Diana fulminó a Suarez con la mirada y luego se volvió hacia Neff.

—Es posible que haya vuelto a Santa Fe, que es donde le están tratando el cáncer de colon. Verán, es un hombre muy reservado y se encarga personalmente de organizarse los viajes. Se ha cogido una baja y no es de los que comentan las cosas con nadie. —Miró a Suarez de hito en hito y le dijo sin rodeos—: No tengo ni idea de dónde está. Esa es la verdad.

—No ha reservado ningún vuelo en las últimas cuarenta y ocho horas —indicó Neff.

—Como ya les he dicho, no me encargo de sus viajes.

—¿Sabe el nombre del centro médico de Santa Fe en el que se está tratando?

—No.

Neff y Suarez se miraron y asintieron como si la creyeran.

—Me gustaría que esta conversación quedara entre nosotros, ¿de acuerdo?, como algo extraoficial —añadió Neff.

—En otras palabras, no se la mencione al juez en caso de que se ponga en contacto con usted —precisó Suarez—. ¿Entendido?

—Sí.

—Si le habla de nosotros, podríamos arrestarla por ser cómplice de un delito.

—¿No me habían dicho que no había hecho nada malo?

—Todavía no. Usted guarde silencio.

—Entendido.

Solo sabía que Allie estaba en algún punto del Caribe, vigilando, acechando, interceptando. Le había dejado caer que se trataba de un esfuerzo conjunto con la DEA, la Administración de Control de Drogas. Estaba sucediendo algo importante, aunque en realidad Lacy llevaba casi tres años oyendo eso mismo. Lo único que le importaba era que Allie estuviera a salvo, pero llevaba ocho días fuera sin apenas dar señales de vida. Lacy se estaba cansando de su trabajo en el FBI, igual que él, y era incapaz de imaginarse casada con un hombre que desaparecía cada dos por tres. Su cumbre estaba cada vez más cerca, a solo semanas en lugar de meses. La gran conversación en la que no se ocultaría nada. Difícil, pero sencilla al mismo tiempo. O nos comprometemos el uno con el otro y con un futuro diferente o lo dejamos y no perdemos más el tiempo.

Estaba dolorida, estirando con unos ejercicios que eran

una mezcla de yoga y fisioterapia —una rutina de treinta minutos que se suponía que debía completar dos veces al día—, cuando el teléfono sonó a las 10.04. Seguro que era Jeri para pedirle que la pusiera al día.

Sin embargo, se encontró con la voz no demasiado agradable de Clay Vidovich, su nuevo colega tras la reunión del día anterior con el FBI en Pensacola. Siento molestarte siendo sábado por la mañana, le dijo el agente especial a cargo, pero en realidad no parecía en absoluto preocupado por la interrupción.

—No encontramos a nuestro hombre, Lacy —le dijo—. ¿Tienes alguna idea?

—La verdad es que no, señor Vidovich...

—Clay, ¿vale? Creía que ya nos habíamos librado de las formalidades.

—De acuerdo, Clay. No lo conozco, no lo he visto nunca, así que no tengo ni idea de por dónde suele andar. Lo siento.

—¿Sabe que estás metida en esto, que la CCJ lo está investigando?

—No nos hemos puesto en contacto con él directamente, no estamos obligados a hacerlo hasta concluir nuestra evaluación inicial, pero es muy probable que sepa algo.

—¿Y eso por qué?

—Bueno, Betty Roe, nuestra fuente, cree que Bannick tiene ojos hasta en la nuca y lo oye todo. Hasta ahora ha estado en lo cierto la mayor parte de las veces. Siempre que se investiga a un juez, los rumores terminan filtrándose. A la gente le encanta hablar, sobre todo a los abogados y a los secretarios judiciales. Así que sí, hay bastantes posibilidades de que Bannick sepa que lo estamos investigando.

—Pero no estará al tanto de que has acudido a la policía estatal y al FBI.

—Clay, no tengo ni idea de lo que sabe Bannick.

—Ya, lógico. Mira, no pretendo fastidiarte la mañana del sábado ni nada por el estilo, pero ¿estás en algún lugar seguro?

Lacy miró a su alrededor. Miró a su perro. Miró la puerta principal, convencida de que estaba cerrada.

—Sí. Estoy en casa. ¿Por qué?

—¿Estás sola?

—Ahora ya te estás entrometiendo demasiado.

—Vale, tienes razón. Pero sería descuidado por mi parte no decirte que nos sentiríamos más tranquilos si no estuvieras sola, al menos hasta que lo encontremos.

—¿Lo dices en serio?

—Muy en serio, Lacy. Ese tipo, un juez en activo, lleva treinta y seis horas desaparecido por completo. Podría estar en cualquier sitio y podría ser peligroso. Daremos con él, pero, hasta entonces, creo que deberías tomar precauciones.

—No me pasará nada.

—Seguro que no. Por favor, llámame si te enteras de algo.

—Lo haré.

No apartó la vista del teléfono mientras se dirigía a la puerta para comprobar la cerradura. Hacía una magnífica mañana de primavera, fresca y despejada, y tenía pensado ir de compras a su vivero favorito y plantar unas azaleas en sus parterres. Se reprendió por sentirse asustada en un día tan bonito.

Allie estaba fuera haciendo de poli. Darren se había llevado a su nueva novia de escapada a la playa. Recorrió el apartamento revisando puertas y ventanas, sin dejar de regañarse. Para relajarse, se acuclilló en la esterilla de yoga y adoptó la postura del niño. Tras dos respiraciones profundas, su móvil volvió a vibrar y la sobresaltó. ¿Por qué estaba tan nerviosa?

Era el tercer hombre de su vida, y no le disgustó oír la voz de Gunther. Su hermano se disculpó por haberse saltado la llamada semanal del martes anterior; como no podía ser de otra manera, había sido a causa de una crucial reunión de desarrollo con su nuevo equipo de arquitectos.

Lacy se tumbó en el sofá y charlaron durante un buen rato. Ambos admitieron estar aburridos. La actual novia de Gunther, si es que podía considerarse algo tan serio, también estaba fuera. Cuando se dio cuenta de que su hermana no tenía planes para aquella tarde, Gunther se animó aún más y al final le propuso que comieran juntos.

Habían pasado solo dos semanas desde su último almuerzo, así que el hecho de que se mostrase tan ansioso por volver a volar hasta Tallahassee tan pronto resultaba descorazonador. Era más que probable que se encontrara solo un paso por delante de los banqueros y que estos estuvieran recortando la distancia a toda prisa.

—Estoy a una hora del aeropuerto y el vuelo dura unos ochenta minutos —dijo Gunther—. ¿Nos vemos sobre las dos?

—Vale.

Pese a lo desquiciante que era, sería un consuelo tenerlo cerca, al menos durante las siguientes veinticuatro horas. Lo convencería para que se quedara a cenar y luego a dormir y, en algún momento, no podrían eludir más hablar de la demanda de Lacy.

Sería un alivio quitarse esa conversación de encima.

38

Las dos primeras llamadas no recibieron respuesta, algo que no era extraño, y menos un sábado. Él asintió, le dijo que lo intentara otra vez.

—¿Podrías bajar el arma, por favor? —preguntó.

—No.

Se limitó a permanecer allí sentado, a metro y medio de distancia, de espaldas al fuego, con el trozo de cuerda de nailon de setenta y cinco centímetros colgado del cuello y cayéndole inofensivamente sobre el pecho.

—Prueba otra vez.

Jeri había perdido toda la sensibilidad en los tobillos y en los pies, y a lo mejor era hasta bueno. Los tenía dormidos, así que, si estaban rotos, no podría sentir el dolor. Pero el entumecimiento se le estaba extendiendo por las piernas y se sentía paralizada. Le había pedido ir al baño. Le había contestado que no. Hacía horas que Jeri no se movía y no tenía ni idea de qué hora era.

A la tercera llamada, Lacy respondió.

—Lacy, hola, soy Jeri, ¿cómo estás, cielo? —canturreó lo más alegremente que pudo teniendo en cuenta que tenía un cañón de quince centímetros vigilando todos y cada uno de sus movimientos.

Bannick levantó el arma unos centímetros.

Ambas charlaron del tiempo, del precioso día de primavera que hacía y luego entraron en materia con la improductiva búsqueda de Bannick por parte del FBI.

—No lo encontrarán —aseveró Jeri, al tiempo que miraba con fijeza a los ojos desalmados de Bannick.

Cerró los suyos y se lanzó a la ficción: una fuente anónima le había entregado una prueba física clara que expondría a Bannick. No podía hablar de ella por teléfono: tenían que verse y era urgente. Estaba escondida en un motel a dos horas de distancia y le daba igual lo que tuviera planeado para aquella tarde. Cancélalo.

—Mi coche está en el aparcamiento del lado sur del motel —le indicó—. Aparca junto a él, te estaré vigilando. Y, Lacy, por favor, ven sola. ¿Es posible?

—Claro, no es peligroso, ¿verdad?

—No más que de costumbre.

La conversación fue breve y, cuando colgó, Bannick incluso sonrió.

—Ves, tienes talento para la mentira.

Jeri le devolvió el teléfono de prepago y le dijo:

—Por favor, deja que conserve al menos la dignidad y permíteme ir al baño.

El juez guardó la pistola y el teléfono y se acercó para quitarle las cadenas y las esposas de los tobillos. Intentó ayudarla a levantarse, pero ella lo apartó de un empujón, su primer contacto fruto de la ira.

—Dame un minuto, ¿vale?

Se mantuvo en pie unos instantes mientras la sangre le volvía en tropel a los pies y a la parte inferior de las piernas; el dolor regresó en forma de relámpagos ardientes. Bannick le ofreció un bastón que ella aceptó para estabilizarse. Sintió la tentación de golpearlo con él, de asestarle al menos un golpe por todas las víctimas, pero le fallaba demasiado el equilibrio. Además, a él no le costaría someterla y las consecuencias no serían precisamente agradables. Jeri avanzó arrastrando los pies hasta un pequeño dormitorio donde el juez se quedó esperándola, con la pistola, mientras ella echaba el pestillo de la puerta de un baño tipo armario, sin bañera ni ducha. Ni ventana. La débil luz apenas funcionaba. Se alivió y permaneció sentada en el retrete durante un largo rato, encantada de estar encerrada lejos de él.

¿Encantada? Era una mujer muerta y lo sabía. ¿Y qué le había hecho a Lacy?

Tiró otra vez de la cadena, aunque no era necesario. Cualquier cosa con tal de alargar su encierro. Al final Bannick dio unos golpecitos en la puerta y dijo:

—Venga. Se acabó el tiempo.

En el dormitorio, él señaló la cama con un gesto de la cabeza y le comentó:

—Puedes echarte a descansar. Yo estaré ahí fuera. Esa ventana está atrancada y no se abrirá por más que lo intentes. Si haces cualquier estupidez, ya sabes lo que ocurrirá.

Jeri estuvo a punto de darle las gracias, pero se contuvo y se tumbó en la cama. Eran el momento y el lugar perfectos para una agresión sexual, pero eso no la preocupaba. Estaba claro que a él ni siquiera se le habría pasado por la cabeza.

Aunque en la cabaña hacía calor, se tapó con una manta polvorienta y no tardó en adormilarse. Eran el cansancio, el miedo y, seguramente, los restos de droga que aún le corrían por el cuerpo.

Cuando se quedó dormida, Bannick se tomó una anfeta e intentó mantenerse despierto.

Siempre deseoso de lucirse ante una chica guapa, incluso ante su hermana, a Gunther se le ocurrió que cogieran el avión para irse a comer una buena mariscada. Afirmaba que todos los pilotos de avionetas de esa parte del mundo conocían el Beau Willie's Oysters, en un *bayou* cercano a Houma, Luisiana. La pista de aterrizaje, de mil doscientos metros de longitud, estaba rodeada de agua por tres de sus lados y convertía los aterrizajes en un momento de enorme tensión. Una vez en tierra, el restaurante estaba a diez minutos a pie. Durante el día, la mayoría de los clientes eran pilotos en busca de diversión y buena comida.

Cuando aterrizaron y bajaron del avión, Lacy le echó un vistazo a su teléfono y vio que tenía dos llamadas perdidas de Jeri. Segundos después volvió a llamar y charlaron mientras ella seguía a su hermano hacia el Beau Willie's. Aunque la conversación le resultó algo misteriosa, la noticia la dejó sin aliento. Una prueba clara que expondría a Bannick.

Se le quitó el apetito, pero consiguió tragarse media docena de ostras crudas mientras veía a Gunther atiborrarse de una docena para empezar y, después, atacar un *po'boy* de ostras fritas. Hablaron de la tía Trudy y se quitaron ese tema de encima. Él la interrogó sobre cualquier posible novedad en el frente de Allie y volvió a ofrecerle demasiados consejos. Ya era hora de que se buscara un marido y formase una familia, de que se olvidara de la idea de pasar la vida sola. Ella le recordó que quizá él fuera la última persona a la que debía hacer caso en lo que a compromisos a largo plazo se refería. Eso siempre los hacía reír y Gunther se lo tomaba con humor. Lacy le preguntó por su relación actual y su hermano se mostró igual de desinteresado que hacía dos semanas.

—Tengo una pregunta —dijo Lacy mientras se tomaba un té helado.

Gunther había jugueteado con la idea de tomarse una cerveza fría, incluso dijo que nunca había comido ostras sin beberse una, pero, a fin de cuentas, tenía que pilotar un avión.

—Pregunta lo que quieras.

—Acabo de recibir una llamada que me ha cambiado los planes. Hay una ciudad llamada Crestview a una hora al este de Pensacola, de unos veinte mil habitantes. Tengo que reunirme allí con un testigo importante a las nueve de esta noche. ¿Crees que sería posible aterrizar allí y alquilar un coche?

—Supongo que sí. Cualquier ciudad de ese tamaño suele tener un aeropuerto. ¿Qué ha pasado?

—Es importante.

Lacy miró a su alrededor. Se encontraban en una terraza junto a la orilla del agua y el resto de las mesas estaban vacías. Eran casi las cinco de la tarde de un sábado, demasiado tarde para comer y demasiado pronto para cenar. La barra rebosaba de lugareños bebiendo cerveza.

—La última vez te comenté que investigamos a un juez que podría estar involucrado en un asesinato.

—Cierto. Nada parecido a los casos de los que sueles encargarte, ¿eh?

—Para nada. Bueno, la que me ha llamado era nuestra testigo estrella y dice que tiene información importante. Debo ir a verla.

—¿A Crestview?

—Sí. Está de camino a casa. ¿Podríamos parar allí?

—Deduzco que no voy a regresar a Atlanta esta noche.

—Te lo suplico. Me harías un favor enorme, y además me gustaría ir acompañada.

Gunther sacó el móvil y se puso a navegar en internet.

—No hay problema. Aquí dice que hay coches de alquiler. ¿Es peligroso?

—Lo dudo. Pero no estaría de más ser algo precavidos.

—Me encanta.

—Y esto es estrictamente confidencial, Gunther.

Él se echó a reír y miró a su alrededor.

—¿Y a quién iba a contárselo?

—Que no salga de aquí.

Se quedó inmóvil junto a la cama en la habitación oscura y la escuchó respirar con pesadez. Su instinto le decía que cogiera la cuerda que le colgaba de la mano izquierda y acabase con ella. Sería la más fácil de todos. Lo haría rápido, no le costaría ningún esfuerzo, y después limpiaría la cabaña y desaparecería. Pasarían días antes de que la encontraran.

Por un lado, la odiaba por lo que le había hecho. Aquella mujer había echado su mundo por tierra y su vida nunca volvería a ser la misma. Ella y solo ella lo había acechado, lo había cercado, y ahora su juego había terminado. Pero, por otro lado, no podía dejar de admirar sus agallas, su inteligencia y su tenacidad. Aquella mujer había llevado a cabo un trabajo mejor que cien policías en varios estados y ahora él se había convertido en fugitivo.

Tiró la cuerda sobre la cama, cogió un paño de microfibra empapado en éter y se lo puso a Jeri en la cara. Cuando ella empezó a revolverse, Bannick le rodeó el cuello con un brazo y sujetó el paño con la mano, lo más fuerte que pudo. Jeri forcejeó y corcoveó, pero no era rival para él. Pasó un minuto antes de que la mujer comenzara a perder las fuerzas. Cuando se quedó quieta, él la soltó y guardó el paño. Lenta y metódicamente, cogió una aguja hipodérmica y se la clavó en el brazo. Quinientos miligramos de ketamina, suficientes para mantenerla inconsciente durante varias horas. Jugó con la idea de aplicarle otra dosis, pero era arriesgado. Si se pasaba, podría no despertarse jamás. Si tenía que matarla, prefería hacerlo como era debido.

Se fue a la otra habitación, arrojó unas cuantas carpetas más al fuego, cogió las esposas y las cadenas para los tobillos y se las llevó a la cama, donde le inmovilizó las muñecas con fuerza a la espalda y cerró las esposas. Le sujetó los tobillos con las cadenas y, solo para divertirse, le rodeó el cuello con la cuerda de nailon, sin apretar. Como siempre, llevaba guantes de plástico, pero, por si acaso, limpió las superficies de todas maneras. Comprobó las ventanas, una vez más, y no pudo abrirlas. Era una cabaña vieja y mal conservada, así que las ventanas habían quedado bloqueadas por la pintura seca y la falta de uso. Quemó los últimos expedientes y, cuando estuvo seguro de que el fuego no suponía un peligro, cerró con llave la única puerta de la cabaña, salió al porche y miró su reloj de pulsera. Las 19.10. Estaba más o menos a una hora al norte de Crestview, cerca del lago Gantt, en Alabama.

La pista de tierra serpenteaba por un bosque que ocultaba en casi todo momento las vistas del lago. Pasaba ante algún camino de entrada aquí y allá, pero las demás cabañas no eran visibles. Giró hacia un camino de grava y saludó a dos adolescentes desaliñados que montaban en quad. Se detuvieron para verlo pasar.

Prefería que no lo viera nadie y se planteó volver a la cabaña solo para asegurarse de que los chicos no sentían demasiada curiosidad. Lo dejó pasar, lo tildó de paranoia. La grava terminó dando paso a una carretera comarcal asfaltada y, después, no tardó en llegar a una autovía estatal para dirigirse hacia el sur.

39

Ya era de noche cuando Lacy vio el Camry blanco en el aparcamiento del motel. Siguiendo las instrucciones de Jeri, aparcó su coche de alquiler junto a él y se bajó del vehículo. Gunther no la imitó.

Entró en el vestíbulo unos minutos antes de la hora y se quedó merodeando por la tienda de regalos, mirando las postales que vendían. A las 21.01, Gunther entró por una puerta lateral y saludó al recepcionista. Lacy cogió el ascensor hasta el primer piso. Gunther subió por las escaleras. El pasillo era corto, con unas diez habitaciones a cada lado, y en el extremo más alejado destellaba una señal roja de SALIDA. Lacy se detuvo ante la puerta de la habitación 232 y respiró hondo. Llamó tres veces y, en ese momento, se apagaron todas las luces.

Al otro lado del pasillo, Bannick utilizó su portátil para apagar las luces y las cámaras de seguridad. Lo tiró sobre la cama, cogió un paño con éter y abrió la puerta. Lacy lo oyó y se dio la vuelta justo cuando él arremetía contra ella en la oscuridad. Alcanzó a gritar un «¡Eh!» antes de que su hermano saliera de la nada, rodeado de la negrura más absoluta, y se abalanzase sobre ellos. Los tres cayeron al suelo amontonados. Lacy gritó y consiguió ponerse en pie mientras Bannick lanzaba golpes contra su atacante. Logró propinarle una patada cerca de las costillas y Gunther gruñó. Los dos hombres continuaron asestándose puñetazos violentos mientras Lacy corría hacia el final del pasillo, chillando. Alguien abrió una puerta y gritó:

—¡Eh, qué pasa!

—¡Llamen a la policía! —gritó Lacy a su vez.

Bannick le propinó una patada en la cara a Gunther y este quedó aturdido. El hermano de Lacy se alejó arrastrándose, intentando agarrarse a cualquier cosa y sin encontrar nada. Bannick entró en su habitación, cogió el portátil y desapareció hacia la salida.

Lacy y Gunther encontraron las escaleras y bajaron a toda prisa el tramo que los separaba del vestíbulo en tinieblas. El recepcionista tenía una linterna y les estaba diciendo a varios huéspedes:

—No lo sé, no lo sé. Anoche nos pasó lo mismo.

—¡Llama a la policía! —exclamó Lacy—. Nos han atacado en el primer piso.

—¿Quién les ha atacado?

«Es una larga historia», pensó Lacy, pero contestó:

—¡Yo qué sé! Date prisa, se va a escapar.

Detrás del mostrador aparecieron más linternas, cada vez más huéspedes lograban bajar a trompicones en la oscuridad.

Gunther encontró una silla y se sentó a examinarse las heridas.

—Ese hijo de puta coceaba como una mula —comentó, aún aturdido—. Me parece que me ha roto las costillas.

Lacy se sentó a su lado mientras las cosas se calmaban y esperaban a la policía.

—Tengo que llamar a Jeri —dijo—. Creo que está en apuros.

—¿Quién es Jeri?

—Betty Roe. Nuestra chica. La fuente. Te lo explicaré más tarde.

Jeri no contestó al teléfono, aunque eso no era nada raro.

Lacy buscó entre sus últimas llamadas recibidas y marcó el número de Clay Vidovich. Este le contestó al segundo tono y ella le contó dónde estaba, lo que había sucedido y que estaba segura de que Ross Bannick les había tendido una trampa. No podía identificarlo con seguridad, pero todo cuadraba. En aquellos momentos debía de estar huyendo de la zona. No, no había visto qué coche conducía. Vidovich estaba cenando con su equipo en el centro de Pensacola, a una hora de distancia. Se lo notificaría a la policía estatal de Florida y haría que las autoridades de Mobile comprobaran si Jeri estaba bien. Lacy estaba segura de que no la encontrarían en su casa. Vidovich ya iba camino del motel y le dijo a Lacy que informara a los empleados de que no debían tocar ninguna de las dos habitaciones.

Unos instantes después, la policía local llegó con las luces azules encendidas. Se encontraron un vestíbulo sumido en el caos, lleno de huéspedes apiñados en la semioscuridad. Alguien había pirateado el cuadro eléctrico inteligente y la red de seguridad del motel y ninguno de los miembros del escuálido personal presente sabía qué hacer. Lacy explicó todo lo que consideró prudente explicar y ofreció una descripción general de Bannick. No tenía ni idea de qué coche conducía. Ellos también llamaron a la policía estatal, pero, sin una descripción del vehículo, no sabían muy bien por dónde empezar.

Un empleado apareció con dos bolsitas de hielo, una para las costillas y otra para la mandíbula de Gunther, que estaba hinchada pero no parecía rota. El hermano de Lacy seguía un poco grogui y le dolía respirar, pero se negaba a quejarse y quería volver a su avión. Un conserje instaló un generador de gas portátil y, de repente, el vestíbulo se iluminó. No tenía tanto voltaje como para reactivar el aire acondicionado y la temperatura aumentó rápidamente. Varios huéspedes se escabulleron hacia el aparcamiento y se dedicaron a deambular entre los coches.

Contuvo el impulso de acelerar al máximo por la carretera estatal y se mantuvo a una velocidad cercana al límite. Reaccionar de forma exagerada solo le causaría más problemas, así que se obligó a conducir con sensatez mientras analizaba lo que acababa de suceder. Le habían tendido una emboscada por primera vez en toda su trayectoria y estaba seguro de que había cometido varios errores. Pero, aun así, seguía llevando unos guantes de plástico y sabía que no había dejado huellas ni pruebas. Había entrado en la habitación solo con un móvil y un ordenador portátil y ahora ambos estaban en el fondo de un estanque a las afueras de Crestview. Le dolía el hombro derecho por la pelea, si es que se la podía llamar así. No había visto al hombre, no lo había oído llegar. Hacía solo un segundo que le había puesto las manos encima a Lacy cuando lo placaron y derribaron. Entonces ella había empezado a gritar.

Seguro que era Darren Trope, su colega. Qué hijo de puta.

No tardó en cruzar a Alabama, tomó un desvío y se internó en el Conecuh National Forest. Al acercarse a la ciudad de Andalusia, de nueve mil habitantes, decidió rodearla. Eran casi las diez y media de la noche de un sábado y la policía lo estaría buscando en bloque. No necesitaba GPS porque había memorizado las carreteras y caminos. Vio los indicadores del lago Gantt y se dirigió hacia allí zigzagueando. Atravesó el tranquilo pueblo de Antioch sin ver a ningún otro ser humano y las carreteras comenzaron a estrecharse. Cuando le faltaban menos de tres kilómetros para llegar a su siguiente desvío hacia una carretera de grava, se quedó de piedra al ver unas luces azules que se le acercaban por detrás. Su velocímetro marcaba ochenta, el límite, y sabía que no había sobrepasado la velocidad en ningún momento. No había habido semáforos que saltarse. Redujo aún más la marcha y se quedó mirando con horror el coche patrulla de la policía del condado cuando pasó volando junto a él. Sábado por la noche, seguro que se trataba de una pelea en algún tugurio. Las luces azules desaparecieron delante de él.

La mataría deprisa y seguiría su camino. La cabaña estaba limpia, sin pistas, como siempre. Decoraría el trabajo con un nudo perfecto: de lo más apropiado, puesto que ella había mostrado tanta curiosidad al respecto.

El camino de grava se adentraba aún más en el bosque, en la oscuridad donde lo esperaba la cabaña. De repente vio más luces azules, otro coche patrulla del condado a punto de darle alcance. Redujo la velocidad hasta casi detenerse y se apartó del camino. El vehículo de la policía pasó muy cerca del suyo, lo esquivó por apenas unos centímetros y dejó tras de sí una estela de polvo hirviente. Algo no iba bien.

Enfiló la pista de tierra que terminaba ante la puerta de la cabaña, tan oculta en el bosque que nadie que pasara por allí alcanzaría a verla. Encontró un claro con un hueco en la valla y abandonó el camino. Escondió el coche entre la maleza, se bajó y corrió hacia la cabaña. Al doblar una curva, vio un espectáculo terrible. La cabaña era un cuadro, con policías y luces azules por todas partes.

Los dos chavales, de quince y dieciséis años, habían llegado en quad antes del anochecer. Vieron el humo de la chimenea y se dieron cuenta de que había alguien pasando el fin de semana en la cabaña. Sin embargo, el Tahoe plateado acababa de irse. Se quedaron vigilando la construcción de madera, vigilando la carretera, y esperaron hasta mucho después de que anocheciera para tirar la puerta abajo de una patada. Buscaban armas, aparejos de pesca, cualquier cosa de valor. Solo encontraron a una mujer negra muerta, tumbada en la cama, con las muñecas esposadas a la espalda y los tobillos encadenados.

Los invadió el pánico, salieron huyendo y no se detuvieron hasta llegar a un almacén de carretera, ya cerrado a aquellas horas de la noche. Llamaron a la policía desde un teléfono público e informaron de que había una mujer muerta en la vieja cabaña de Sutton, junto a Crab Hill Road. Cuando el operador les preguntó su nombre, colgaron y volvieron corriendo a casa.

Trasladaron a Jeri en ambulancia hasta un hospital regional situado en Enterprise, Alabama. Estaba consciente, muy mareada, deshidratada y aún no lúcida del todo, pero se recuperaba a buen ritmo. A medianoche ya estaba hablando con la policía estatal y ayudándolos a atar cabos. Bannick la había drogado tanto que no había visto qué coche llevaba, así que no pudo ofrecerles una descripción. Sin embargo, una búsqueda rápida le facilitó a la policía la marca, el modelo y el número de matrícula del vehículo.

A la una de la madrugada, un inspector llamó al número de Lacy. La abogada estaba en su casa de Tallahassee, a salvo y cuidando de su hermano, al que le habían hecho una radiografía y administrado analgésicos. El inspector sonrió, le pasó el teléfono a Jeri y, cuando se oyeron la voz, ambas mujeres rompieron a llorar.

Para entonces, Bannick ya estaba entrando en Birmingham con una matrícula falsa de Texas en el Tahoe. Lo dejó en el aparcamiento de larga estancia del aeropuerto internacional y, cargado con su bolsa de viaje, entró en la terminal principal. Se tomó un expreso en una cafetería para matar el tiempo. Se acomodó en una fila de asientos con vistas a las pistas e intentó dormir un rato, como cualquier otro viajero agotado. Cuando el mostrador de Avis abrió a las seis de la mañana, se acercó y charló con el empleado. Con un carnet de conducir falso y una tarjeta de crédito de prepago emitida a nombre de uno de sus alias, alquiló un Honda con matrícula de California y salió del aeropuerto con rumbo al oeste. Al lejano oeste. Durante las siguientes veinte horas conduciría prácticamente sin parar, pagaría la gasolina en efectivo, tomaría anfetas y bebería interminables tazas de café solo.

40

A las siete y media de la mañana del domingo, dos equipos de agentes y técnicos del FBI, apoyados por la policía local, irrumpieron en el mundo de Bannick. El primero entró en su casa forzando la puerta con una palanqueta y desmontó sus sistemas de seguridad, no sin antes despertar a los vecinos. El segundo entró en el Juzgado del Condado de Chavez, con la ayuda de Diana Zhang y de un conserje, y empezó a registrar la mesa, los armarios archivadores, las estanterías, cualquier cosa que él pudiera haber tocado. Se dieron cuenta enseguida de que los archivadores estaban vacíos, al igual que los cajones del escritorio. Diana se sorprendió al ver que faltaban muchos de sus objetos personales. Fotos enmarcadas, premios y certificados, abrecartas, bolígrafos, blocs de notas, pisapapeles. La mujer se acercó a su propia mesa a buscar expedientes que Bannick hubiera manipulado y se encontró los cajones vacíos. No se podía acceder al ordenador de sobremesa del juez y el disco duro había desaparecido. Se lo llevaron a una furgoneta para enviarlo a un laboratorio.

En su casa, los técnicos encontraron un frigorífico prácticamente vacío, como todos los cubos de basura. Había montones de ropa y toallas lavados y tirados sobre la cama. En el pequeño despacho no encontraron ni teléfonos ni portátiles. Tampoco pudieron acceder a ese otro ordenador de sobremesa y lo cargaron para llevárselo. El disco duro había desaparecido.

Los registros llevarían horas, si no días, pero pronto quedó claro que tanto la casa como el despacho del juzgado se habían limpiado a fondo. Tras dos horas empolvando las superficies obvias, no se había identificado ni una sola huella latente. Pero los técnicos siguieron trabajando, de forma metódica y confiando en que terminarían encontrándolas. Era imposible vivir y trabajar en una zona durante años y no dejar nada atrás.

A Jeri le dieron el alta a mediodía. Seguía teniendo náuseas y era incapaz de comer, pero los médicos no podían hacer más que inflarla a medicamentos. Le dolía la cabeza y el ibuprofeno apenas le aliviaba las punzadas. Tenía las muñecas y los tobillos entumecidos, pero iba recuperando la sensibilidad poco a poco. Había hablado dos veces con Denise y le había asegurado que estaba sana y salva y que no era necesario que se subiera corriendo a un avión. Se montó en un coche con dos acompañantes —ambos agentes del FBI jóvenes y bastante guapos—, uno sentado al volante y el otro charlando con ella desde el asiento de atrás. Sin embargo, Jeri no estaba de humor y, unos cuantos kilómetros más tarde, la dejaron tranquila. Se dedicó a mirar por la ventanilla del pasajero mientras revivía las últimas cuarenta y ocho horas, aún sin poder creerse que siguiese viva.

Y no habían encontrado a Bannick. Hacía tiempo que Jeri creía que aquel hombre era capaz de cualquier cosa, sobre todo de moverse entre las sombras sin que nadie lo detectara. Había presumido de que se marcharía a algún lugar lejano sin dejar rastro. Con el transcurso de los kilómetros y las horas, una realidad horrible comenzó a consumirla. ¿Y si Bannick conseguía escapar y nunca habría de rendir cuentas ante la justicia? ¿Y si sus monstruosos crímenes no se resolvían jamás? ¿Y si su solitaria cruzada en busca del asesino de su padre terminaba en nada?

Mobile quedaba descartado. Bannick había estado en su casa, había tocado el timbre, sabía muy bien dónde vivía. La había seguido hasta el motel y la había secuestrado sin que nadie lo viera y sin dejar ni una pista. Como siempre. Se preguntó si podría recuperar su casa en algún momento.

Dos horas más tarde entraron en Tallahassee y enseguida se encontraron en el centro de la ciudad. Cuando se detuvieron ante el almacén reformado, Lacy los estaba esperando en la entrada. Jeri y ella se abrazaron, lloraron y, al final, entraron.

Allie había vuelto hacía unas horas y su novia ya lo había informado de todo. Con ayuda de Gunther, que se deleitaba en su papel de héroe. A Lacy no le cabía la menor duda de que, a medida que la historia se fuera contando y recontando, el intrépido ataque de su hermano contra un asesino en serie no haría más que embellecerse y tornarse legendario.

La abogada pidió a uno de los agentes que fuera a buscar una pizza. El otro se sentó junto a la puerta para montar guardia. En el interior, los cuatro se acomodaron en la sala de estar e intercambiaron historias. Al final hasta se rieron, sobre todo cuando Gunther, siempre animado, se detenía a media frase para llevarse la mano a las costillas. La mandíbula hinchada no obstaculizaba sus narraciones.

Jeri les refirió, por su propio bien, las conversaciones que había mantenido con Bannick. El juez no había reconocido explícitamente ninguno de los asesinatos, pero había aceptado a regañadientes partes del relato de la profesora. Había negado ser el asesino de Ashley Barasso, aunque no parecía una opción muy creíble. Más preocupantes resultaban sus afirmaciones de que había matado a personas de las que Jeri no sabía nada.

A las cinco llegaron a la oficina del FBI en el edificio federal. Clay Vidovich las recibió y se sentaron alrededor de la mesa de la sala de reuniones principal. La buena noticia era que habían encontrado dos huellas latentes en el garaje de Bannick. La mala noticia era que no se correspondían con el pulgar. Sin embargo, el agente especial a cargo confiaba en que encontrarían más, aunque reconocía que estaban atónitos ante los esfuerzos del juez por limpiarlo todo. Su móvil había dejado de funcionar en Crestview. Seguro que lo había tirado. Ninguna persona llamada Ross Bannick había reservado un vuelo en las últimas setenta y dos horas. Su secretaria no había sabido nada de él. No tenía familia en la zona, solo una hermana que vivía lejos y con la que no había contactado.

Aun así, Vidovich estaba seguro de que darían con él. Lo estaban buscando por todo el país, sin descanso, y era solo cuestión de tiempo.

Jeri no estaba tan convencida, pero no compartió sus dudas. Cuando al fin se relajó, comenzó a hablar sobre los dos últimos días. No obstante, seguía encontrándose mal y prometió facilitarles más detalles el lunes.

Menos mal que alguien había allanado la cabaña.

41

Se detuvo en Amarillo el tiempo justo para dejar un sobre en un buzón de FedEx. Él era el «remitente» y utilizó la dirección de su despacho del Juzgado del Condado de Chavez. La «destinataria» era Diana Zhang, en la misma dirección. Si todo salía según lo previsto, lo recogerían el lunes antes de las cinco de la tarde y se lo entregarían el martes antes de las diez y media de la mañana.

El lunes a las ocho de la mañana aparcó el coche de alquiler delante del Pecos Mountain Lodge y se tomó un instante para admirar la preciosa vista de las montañas lejanas. El lujoso centro de rehabilitación estaba escondido en una ladera y apenas se veía desde la sinuosa carretera del condado. Se cambió los guantes y limpió el volante, los tiradores de las puertas, el salpicadero y la pantalla multimedia. Llevaba veinte horas sin quitarse los guantes y sabía que el coche estaba limpio, pero no quería correr riesgos. Cargando con su pequeña bolsa de viaje, entró en el fastuoso vestíbulo y le dio los buenos días a la recepcionista.

—Tengo una cita con el doctor Joseph Kassabian —dijo con gran amabilidad.

—¿Su nombre, por favor?

—Bannick, Ross Bannick.

—Siéntese, por favor, enseguida viene.

Se acomodó en un elegante sofá de cuero y admiró el arte

contemporáneo que colgaba de las paredes. A cincuenta mil dólares al mes, estaba claro que los borrachos adinerados se merecían un entorno agradable. El centro Pecos estaba siempre lleno de estrellas del rock, gente de Hollywood y miembros de la alta sociedad y, pese a ser tan conocido, se enorgullecía de su gran discreción. Su único problema con la confidencialidad era que muchos de sus antiguos pacientes se desvivían por cantar sus alabanzas.

El doctor Kassabian no tardó en aparecer y ambos se retiraron a su despacho al final del pasillo. Rondaba los cincuenta años y era exadicto. «¿Quién no lo es?», le había dicho por teléfono. Se sentaron a una mesa pequeña y bebieron agua de marca.

—Cuénteme su historia —dijo con una sonrisa cálida y acogedora. «Su pesadilla ha terminado. Ha venido al lugar donde tiene que estar».

Bannick se frotó la cara con las manos, como si estuviera a punto de echarse a llorar.

—Todo alcohol, nada de drogas. Vodka, al menos un litro al día, desde hace muchos años. Soy bastante funcional. Soy juez y es un trabajo exigente, pero tengo que dejar de beber.

—Eso es mucho vodka.

—Nunca es suficiente, y cada vez es peor. Por eso he venido.

—¿Cuándo bebió por última vez?

—Hace tres días. Siempre he conseguido dejarlo durante periodos cortos, pero no paso de ahí. Me está matando.

—Entonces es probable que no necesite desintoxicarse.

—No creo. Ya he pasado por esto, doctor. Este es mi tercer centro de rehabilitación en los últimos cinco años. Me gustaría quedarme un mes.

—¿Cuánto tiempo pasó en los otros centros?

—Un mes.

—Treinta días no serán suficientes, señor Bannick. Créame. En treinta días dejará de consumir y se sentirá bien, pero necesita al menos sesenta. Nuestra estancia recomendada es de noventa.

«Ya me lo imagino. A cincuenta mil dólares el mes».

—Puede ser. Ahora mismo solo le suplico treinta días. Ayúdeme a recuperar la sobriedad. Por favor.

—Eso haremos. Se nos da muy bien nuestro trabajo. Confíe en nosotros.

—Gracias.

—Le presentaré a nuestro director de ingresos, que se encargará del papeleo y demás. ¿Tiene seguro o será un pago privado?

—Privado. Tengo activos, doctor.

—Aún mejor.

—Bien. Oiga, soy un funcionario electo, así que la confidencialidad es una cuestión primordial. Nadie puede saber que estoy aquí. Estoy soltero, no tengo familia, solo unos cuantos amigos, pero no se lo he dicho a nadie. Ni siquiera a mi secretaria.

El doctor Kassabian sonrió porque siempre le decían lo mismo.

—Créame, señor Bannick, respetamos mucho la confidencialidad. ¿Qué lleva en la bolsa?

—Un par de cosas, ropa, un cepillo de dientes. No he traído ni móvil ni portátil ni ningún otro dispositivo.

—Perfecto. Dentro de más o menos una semana se le permitirá usar el teléfono. Hasta entonces, nada.

—Lo sé. No es mi primera vez.

—Lo entiendo. Pero tendré que registrar la bolsa para inventariar el contenido. Le proporcionaremos batas de lino, de Ralph Lauren, durante las dos primeras semanas.

—Bien.

—¿Ha traído coche?

—Es de alquiler. He venido en avión.

—De acuerdo. Cuando termine con el papeleo, le haremos un reconocimiento físico completo. Nos llevará casi toda la mañana. Almorzaremos juntos, los dos solos, y hablaremos del pasado y del futuro. Luego le presentaré a su terapeuta.

Bannick asintió como si estuviera completamente derrotado.

El doctor Kassabian continuó:

—Me alegro de que haya venido sobrio, es un buen comienzo. No se creería el estado en el que llega alguna pobre gente.

—No me siento sobrio, doctor. Para nada.

—Está donde tiene que estar.

Entraron en la sala de al lado y se reunieron con el director de ingresos. Bannick pagó los primeros diez mil dólares con una tarjeta de crédito y firmó un pagaré por los cuarenta mil restantes. El doctor Kassabian se quedó con su bolsa de viaje. Cuando completaron el ingreso, lo acompañaron a una habitación bastante espaciosa del primer piso. El doctor Kassabian se despidió y le dijo que esperaba con ilusión la hora del almuerzo. Cuando al fin se quedó solo, Bannick se quitó enseguida el elegante cinturón táctico de viaje de nailon que llevaba y sacó unas bolsitas de plástico de los bolsillos ocultos. Contenían dos tipos distintos de pastillas que necesitaría más tarde. Las escondió bajo una cajonera.

Un camarero llamó a la puerta y le entregó un montón de batas y toallas. Esperó a que Bannick se desvistiera en el baño y después se marchó con su ropa, incluidos el cinturón y los zapatos.

El juez se duchó, se puso una de las suaves batas de lino, se tumbó en la cama y se quedó dormido.

Lacy, Jeri y Allie dejaron a Gunther en el aeropuerto y lo vieron circular por la pista y despegar. Una vez estuvo en el aire, les entraron ganas de celebrarlo. Volvieron a la oficina del FBI y se reunieron con Clay Vidovich y otros dos agentes. Jeri firmó una declaración jurada en la que enumeraba los hechos de su encuentro con Bannick durante el fin de semana. Se emitió una orden de arresto por secuestro que se difundió por todo el país, excepto en la zona de Pensacola. Estaban seguros de que Bannick no se había quedado en la península y no querían alertar a sus amigos y conocidos.

Vidovich las puso al día sobre los registros del despacho y la casa del juez y se mostró preocupado por el hecho de que no se hubieran encontrado más huellas. El FBI estaba registrando sus propiedades inmobiliarias, pero hasta el momento no habían hallado nada útil.

La sala comenzó a llenarse cuando otros agentes se sumaron a la reunión. Todas las corbatas estaban flojas, todas las mangas recogidas, todos los cuellos desabrochados. En conjunto daban toda la impresión de haberse pasado el fin de semana entero trabajando. Lacy llamó a Darren y le dijo que fuera también hasta allí. Las secretarias les llevaron bandejas con café, agua y pastas.

A las diez, Vidovich llamó a todo el mundo al orden y se aseguró de que las dos videocámaras estaban funcionando.

—Esta reunión es solo para fines informativos —dijo—. Como no eres sospechosa, Jeri, no tenemos que leerte tus derechos.

—Lo que me faltaba —replicó ella, y arrancó una carcajada general.

—Antes de nada, quiero decir que no estaríamos aquí si no fuera por ti. Tu trabajo de investigación durante los últimos veinte años es nada menos que brillante. Es un milagro, de hecho, y nunca me había topado con nada parecido. Así que, en nombre de las familias y de todas las fuerzas del orden, te doy las gracias.

Ella asintió, avergonzada, y miró a Lacy.

—Continúa estando libre —dijo Jeri.

—Lo cogeremos.

—Pronto, espero.

—Me gustaría que empezaras por el principio. Gran parte de lo que se diga hoy aquí resultará repetitivo, pero, por favor, tened paciencia.

Jeri comenzó por la muerte de su padre y el periodo inmediatamente posterior, la falta de pistas, los meses que se alargaban sin apenas contacto con la policía y ni el más mínimo avance. Continuó con la cuestión del posible motivo. Había pasado años intentando dar respuesta a esa pregunta. ¿Quién que formara parte de su mundo había dicho alguna vez algo negativo sobre Bryan Burke? Ningún pariente, ningún compañero de trabajo, puede que un alumno o dos. No tenía negocios ni socios ni amantes ni maridos celosos en su trayectoria. Al final, Jeri se decantó por Ross Bannick, aunque desde el principio supo que no era más que una mera suposición. Una posibilidad remota. No tenía pruebas, nada salvo una imaginación hiperactiva. Indagó en su pasado, se mantuvo al tanto de su carrera de abogado aún joven en Pensacola y, poco a poco, se obsesionó. Sabía dónde vivía, trabajaba, se había criado, iba a la iglesia y jugaba al golf los fines de semana.

Se topó con un viejo artículo del *Ledger* sobre el asesinato de Thad Leawood, un lugareño que se había marchado de la zona en circunstancias sospechosas. Lo relacionó con Bannick a través de los registros que obtuvo en la sede nacional de los Boy Scouts. Cuando, al cabo de un tiempo, vio las fotos de la escena del crimen, encajó una enorme pieza del puzle.

No podía dejar de frotarse las muñecas.

—Según mi investigación —prosiguió—, la siguiente fue Ashley Barasso, en 1996. Sin embargo, Bannick me dijo el sábado que él no la había matado.

Vidovich negó con la cabeza. Miró al agente Murray, que tampoco estaba de acuerdo.

—Es mentira —aseguró Murray—. Tenemos el expediente. La misma cuerda, el mismo nudo, el mismo método. Además, coincidió con ella en la facultad de Derecho de Miami.

—Eso le dije yo —señaló Jeri.

—¿Por qué lo negaría? —preguntó Vidovich a la mesa en general.

—Tengo una teoría —respondió Jeri, y bebió un sorbo de café.

El agente especial al cargo sonrió y dijo:

—No esperaba menos de ti. Cuéntanosla.

—Ashley es su víctima más joven, tenía treinta años y dos hijos pequeños de tres y dieciocho meses. Estaban en su casa cuando la mató. A lo mejor vio a los niños. A lo mejor, por una vez en su vida, sintió remordimientos. Puede que sea el único asesinato que no es capaz de quitarse de la cabeza.

—Tiene lógica, supongo —observó Vidovich—. Si es que algo de todo esto la tiene.

—Todo es racional en su mente enferma. En ningún momento reconoció haber cometido los asesinatos, pero sí me dijo que se me habían escapado un par.

Murray rebuscó entre unos papeles y comentó:

—Puede que hayamos encontrado a uno de los que se te pasaron por alto. En 1995, un hombre llamado Preston Dill fue asesinado cerca de Decatur, Alabama. La escena del crimen nos suena de algo: no hay testigos ni pruebas forenses, la misma cuerda y el mismo nudo. Todavía estamos investigando, pero parece que Dill vivió un tiempo en la zona de Pensacola.

Jeri negó con la cabeza.

—Me alegro de que se me escapara uno.

—Entonces hay al menos cinco víctimas vinculadas con la zona —intervino la agente Neff—, aunque ninguna de ellas seguía viviendo allí cuando murió asesinada.

—A excepción de Leawood —señaló Vidovich—, todas estaban de paso, vivieron allí el tiempo justo para cruzarse con nuestro hombre.

—Y a lo largo de un periodo de veintitrés años —dijo Neff—. Me pregunto si alguien, alguien que no fueras tú, Jeri, habría terminado relacionando los asesinatos.

Ella no contestó y nadie más se arriesgó a hacer conjeturas. La respuesta era obvia.

42

Su última comida la hizo solo. La cocina abría a las siete y él llegó unos minutos más tarde, pidió tostadas de trigo y huevos revueltos, se sirvió un vaso de zumo de pomelo y se llevó la bandeja a un patio en el que se sentó bajo una sombrilla a contemplar el magnífico amanecer sobre las montañas lejanas. La mañana era tranquila y silenciosa. Los demás pacientes, a los que no había hecho ningún esfuerzo por conocer, comenzaban a despertar a otro glorioso día de sobriedad, todos con la mirada despejada y limpia.

Bannick estaba en paz con su mundo, una serenidad propiciada por el par de pastillas de Valium que se había tomado antes del desayuno. Dedicó un buen rato a disfrutar de la comida, sin prisa. Cuando terminó, devolvió la bandeja y regresó a su habitación. Un camarero le había pegado el horario del día en la puerta. Una caminata en grupo a las nueve, terapia a las diez y media, el almuerzo y demás.

Ordenó sus documentos y luego se puso manos a la obra. Tras enfundarse unos guantes de plástico, limpió todas las superficies de la habitación y del baño. Sacó los paquetitos de pastillas de debajo de la cajonera, volvió al baño y cerró la puerta. Le puso el tapón al lavabo, acumuló en él unos ocho centímetros de agua y después le añadió los dos paquetes de pastillas de ácido clorhídrico. En cuanto tocaron el agua, reaccionaron con pequeños estallidos y efervescencia y, al cabo de pocos segundos, parecía que el agua estuviera hirviendo. De otros dos paquetes sacó cuarenta pastillas de oxicodona, de treinta miligramos cada una, se las metió en la boca y se las tragó con el agua que se sirvió en un vaso de papel. Lanzó los paquetes, el vaso de papel y los guantes al retrete y tiró de la cadena. Cogió una toalla de manos pequeña, se la embutió en la boca para amortiguar cualquier posible reacción de angustia y luego sumergió los ocho dedos y los dos pulgares en el superácido burbujeante. El dolor fue inmediato y feroz. Gimió y gruñó, pero siguió aguantando mientras el ácido le abrasaba la primera capa de piel y empezaba a corroer la segunda. Las manos le ardían y comenzó a notarse débil. Cuando le fallaron las rodillas, se agarró al lavabo, le quitó el tapón y abrió la puerta. Se dejó caer sobre la cama, escupió la toalla de manos y metió las manos bajo las sábanas. El dolor se desvaneció mientras él perdía el conocimiento.

A las 10.35, cuando llegó el sobre de FedEx, Diana estaba en la recepción. Le echó un vistazo al nombre y la dirección del «remitente», se lo llevó a su despacho y cerró la puerta a su espalda. Un equipo de técnicos del FBI, bruscos e incluso maleducados, estaba asediando la oficina por tercer día consecutivo y necesitaba privacidad.

Con las manos temblorosas, arrancó la lengüeta y sacó un sobre de los de su oficina. Dentro había cuatro hojas de papel tamaño carta. El primero era una carta dirigida a ella. Decía:

Querida Diana:

Cuando leas esta carta estaré muerto. Siento hacerte esto, pero no tengo a nadie más. Por favor, llama al doctor Joseph Kassabian, del Pecos Mountain Lodge, cerca de Santa Fe, e infórmale de que eres mi secretaria, mi albacea y mi única heredera. Como consta en el testamento y las últimas voluntades que adjunto, debes hacer que incineren mi cadáver inmediatamente y que esparzan las cenizas aquí, en Nuevo México, en las montañas de Pecos. No permitas que devuelvan mi cuerpo al estado de Florida bajo ninguna circunstancia, y tampoco que le hagan la autopsia. Mañana envíale el comunicado de prensa a Jane Kemper, del *Pensacola Ledger*. Por favor, retrasa todo lo posible la notificación a la policía.

Ross

Diana se quedó sin aliento, ahogó un grito y dejó caer los papeles. Cuando los recogió, estaba llorando. La segunda hoja era un «Comunicado de prensa» y decía:

El juez de distrito Ross Bannick ha fallecido esta mañana en un centro cercano a Santa Fe, Nuevo México, donde se estaba sometiendo a un tratamiento contra el cáncer de colon. Tenía cuarenta y nueve años. El juez Bannick sirvió con orgullo a los ciudadanos del vigésimo segundo distrito judicial durante los diez últimos años. Nacido en Pensacola, residía en la ciudad de Cullman. Graduado por la Universidad de Florida y por la facultad de Derecho de la Universidad de Miami, ejerció como abogado en Pensacola durante casi quince años antes de ser elegido juez en 2004. Soltero e hijo de los ya fallecidos doctor Herbert Bannick y señora, le sobrevive una hermana, la señora Katherine LaMott, de Savannah, Georgia. En lugar de flores, la familia solicita donaciones a la Sociedad Americana contra el Cáncer. No se celebrará ningún servicio conmemorativo.

La tercera hoja de papel se titulaba: «Últimas voluntades y testamento de Ross L. Bannick». Decía:

Yo, Ross L. Bannick, en pleno uso de mis facultades mentales, declaro por la presente que estas son mis últimas voluntades y testamento y revoco expresamente todos los testamentos anteriores. He preparado este documento solo y sin ninguna interferencia y, a todos los efectos, debe considerarse mi testamento final y ológrafo.

1.   Nombro a mi fiel amiga, Diana Zhang, albacea de mi testamento y le ordeno que lo legalice lo antes posible. Renuncio a la garantía y la rendición de cuentas.
2.   Ordeno a mi albacea que mis restos sean incinerados de inmediato y mis cenizas esparcidas en las montañas Pecos, a las afueras de Santa Fe.
3.   Otorgo y lego todos mis bienes a Diana Zhang.
4.   Aparte de las habituales facturas mensuales, no hay obligaciones.

Se adjunta una lista de activos.

Firmado: Ross L. Bannick.

Grapada al testamento estaba la cuarta hoja. En ella se enumeraban ocho cuentas bancarias con sus saldos aproximados; su casa de Cullman, valorada en setecientos mil dólares; un bungalow en la playa valorado en quinientos cincuenta mil dólares; dos centros comerciales propiedad de sociedades anónimas; y una cartera de acciones valorada en doscientos cuarenta mil dólares.

Durante un buen rato, Diana estuvo demasiado aturdida como para moverse o pensar con claridad. El horror del momento invalidó cualquier posible interés por los bienes del juez.

Consiguió acercarse al ordenador y buscar el sitio web del Pecos Mountain Lodge. ¿Un centro de desintoxicación? No tenía sentido. Llamó al número que aparecía en la página y la informaron de que el doctor Kassabian no estaba disponible. Se negó a aceptar un no por respuesta e insistió en que se trataba de un asunto urgente. Cuando el doctor al fin atendió su llamada, Diana le explicó quién era y todo lo ocurrido. Él le confirmó la muerte de Ross Bannick, le dijo que parecía una sobredosis y le preguntó que si podía llamar más tarde. No, no podía. Kassabian se tranquilizó y mantuvieron una conversación que solo terminó con la llegada del forense.

Diana encontró la tarjeta de la agente especial Neff y llamó al FBI.

El Pecos Mountain Lodge era un agradable lugar de escapada en el que las personas con problemas comenzaban su nueva vida, no un sitio al que la gente iba a morir. El doctor Kassabian nunca se había enfrentado a la muerte de un paciente y no sabía muy bien qué hacer. Lo último que quería era que un acontecimiento tan traumático alterara al resto de los pacientes. En su segunda conversación con la señora Zhang, esta le mencionó la solicitud de incineración y le explicó que había recibido instrucciones claras del fallecido respecto a qué hacer con sus restos. Sin embargo, el sentido común dictaba que el cadáver y la habitación se conservaran intactos hasta que las autoridades superiores acudieran al lugar. Cuando llegaron dos agentes del FBI de la oficina de Santa Fe, el doctor no se alegró de su presencia, pero se sintió aliviado de que la responsabilidad de tomar las siguientes decisiones recayera sobre otros. Cuando lo informaron de que buscaban al juez Bannick por secuestro, les dijo en tono de broma:

—Me parece que llegan un poco tarde.

Entraron en la habitación y se quedaron mirando a Bannick.

—Nuestros técnicos están en camino y tenemos que tomarle las huellas —dijo el primer agente.

—Creo que va a haber un problema.

El doctor Kassabian estiró la mano despacio, cogió una esquina de la sábana y la apartó. Las manos de Bannick estaban grotescamente hinchadas, tenía los dedos negros debido a la corrosión y las uñas se le habían derretido y caído. Un líquido de color óxido le había manchado la bata y la sábana que tenía debajo.

—Es como si supiera que iban a venir —dijo el doctor Kassabian.

—Vale —repuso el segundo agente—. No toque nada.

—No se preocupe por eso.

43

Estaban terminando de comer en una cafetería del centro de la ciudad cuando recibieron una llamada urgente de Clay Vidovich. Se dirigieron a toda prisa a la oficina del FBI en el edificio federal y esperaron en la sala de reuniones. Vidovich y los agentes Neff y Suarez entraron corriendo y les quedó claro que tenían noticias.

Sin sentarse, el agente especial a cargo les anunció:

—Ross Bannick ha muerto. Una evidente sobredosis en una clínica de rehabilitación cerca de Santa Fe.

Jeri se derrumbó y se tapó la cara con las manos. Lacy estaba demasiado atónita para decir nada.

—Se registró ayer por la mañana temprano y lo han encontrado muerto en su habitación hace unas tres horas —continuó Vidovich—. Nuestros agentes de la zona lo han confirmado todo.

—¿Y las huellas? —quiso saber Allie.

—No tengo muy claro que vayamos a conseguirlas. Acabo de recibir un vídeo de uno de nuestros agentes de Santa Fe. ¿Queréis verlo?

—¿Un vídeo de qué? —preguntó Lacy.

—De nuestro hombre en el centro de rehabilitación. Hay una parte que es bastante explícita.

Jeri se enjugó los ojos, se mordió el labio inferior y dijo:

—Quiero verlo.

El agente Suarez presionó varios botones en una tableta y el vídeo comenzó a reproducirse en una pantalla grande, detrás de Vidovich. Este se apartó y todos se quedaron absortos en la contemplación de las imágenes grabadas con un móvil. No habían movido a Bannick, así que estaba tumbado boca arriba, con los ojos cerrados, sin afeitar y la boca entreabierta. Un líquido blanco le goteaba por la comisura. No cabía duda de que estaba muerto. La cámara bajó lentamente por el cadáver y se detuvo en las manos, que le habían colocado juntas sobre la entrepierna.

—Debió de sumergir los dedos en ácido justo antes de morir —comentó Vidovich.

—Menudo hijo de puta —murmuró Allie al volumen justo para que lo oyeran.

La cámara se centró en un primer plano de los dedos y Lacy apartó la mirada.

—Nos preguntabais por las huellas —dijo Vidovich—. Puede que tengamos un problema. Es evidente que los daños son sustanciales y, desde luego, las heridas ya no se le van a curar. Parece que sabía muy bien lo que hacía.

—¿Puedes parar el vídeo, por favor? —preguntó Lacy.

El agente Suarez congeló la imagen.

—A ver, vayamos por partes —continuó la abogada—. Por lo que se ve, ha intentado mutilarse los dedos para evitar que le tomaran las huellas, cosa que supongo que es posible incluso después de muerto.

—Sí, es bastante común, siempre y cuando las manos y los dedos estén más o menos decentes —dijo la agente Neff.

—Bien. Entonces, si damos por hecho que quería destrozarse las huellas, y si damos por hecho que ya se las había alterado de algún modo, ¿no cabría suponer que sabía lo de la huella parcial del pulgar?

Vidovich sonrió y respondió:

—Exacto. Bannick se había enterado de alguna forma de que teníamos una huella.

Miraron a Jeri y ella negó con la cabeza.

—Ni idea.

—¿Por qué tomarse tantas molestias? —preguntó Allie—. Si tenía planeado suicidarse de todos modos, ¿por qué le preocupaba tanto que lo pillaran?

—Ahora sí estás intentando pensar como Bannick —contestó Jeri—. Tenía ganas de morir, algo nada extraño entre los asesinos en serie. No son capaces de dejar de hacer lo que hacen por voluntad propia, así que desean que otro los pare. La reputación arruinada. La deshonra a la memoria de sus padres. La pérdida de todo aquello por lo que había trabajado.

—Algunos de los asesinos más famosos albergaban una intensa pulsión de muerte —añadió Vidovich—. Bundy, Gacy. No es nada inusual.

Vieron el vídeo hasta el final.

—¿Podrías volver a ponerlo desde el principio, por favor? —pidió Jeri. Suarez pulsó otra vez los botones y el rostro espectral de Bannick apareció de nuevo en la pantalla—. Páralo justo ahí —dijo Jeri—. Quiero verlo muerto. He esperado mucho tiempo.

Vidovich miró a Lacy y a Allie. Tras unos segundos de silencio, continuó:

—Es posible que tengamos que enfrentarnos a una situación complicada. Evidentemente, ha dejado un nuevo testamento y varias instrucciones muy específicas: quiere que lo incineren enseguida y que sus cenizas se esparzan por las montañas de Santa Fe. Qué bonito. Nosotros, por supuesto, queremos conservar el cadáver para intentar con todas nuestras fuerzas obtener una huella del pulgar. El problema es que no está bajo nuestra custodia, que digamos. No se puede arrestar a un cadáver. Nuestra orden expiró en el momento de su muerte. Acabo de hablar con el Departamento Jurídico de Washington y se están estrujando las meninges.

—No podéis permitir que lo incineren —saltó Lacy—. Conseguid una orden judicial.

—No es tan sencillo. ¿En qué tribunal, en el de Florida o en el de Nuevo México? No hay ninguna ley que obligue a trasladar el cadáver a su lugar de origen para enterrarlo. Este tipo lo planeó todo al detalle y le ordenó a su albacea que lo incinerara allí y sin autopsia.

Sin apartar la mirada de la foto fija del cadáver, Jeri sacudió la cabeza y murmuró:

—Continúa trastocándonos la vida incluso desde la tumba.

—Pero se ha acabado, Jeri —dijo Lacy, al tiempo que le ponía una mano en el brazo.

—No, ahora nunca se acabará. Bannick nunca rendirá cuentas ante la justicia. Se ha salido con la suya, Lacy.

—No. Está muerto y no volverá a matar.

Jeri resopló y desvió la mirada.

—Vámonos de aquí.

Allie las dejó en el apartamento de Lacy y se marchó al suyo. Lo habían requerido en Orlando por cuestiones de trabajo, pero, en una conversación bastante tensa, había informado a su supervisor de que necesitaba pasar un par de días en casa.

Las mujeres se sentaron en la sala de estar e intentaron asumir aún más drama. ¿Qué sería lo siguiente? ¿Qué superaría la noticia de la muerte de Bannick?

Si no se encontraba una coincidencia con la huella parcial del pulgar, nunca habría pruebas físicas que lo vincularan con los asesinatos de Verno y Dunwoody.

En cuanto a los demás asesinatos, solo tenían el móvil y el método. Sería imposible condenarlo con unas pruebas tan endebles. Y, ahora que estaba muerto, ningún cuerpo policial

—ni local ni estatal ni federal— perdería el tiempo persiguiéndolo. Y, de todas formas, sus casos llevaban décadas estancados. ¿Por qué enardecerse ahora? Jeri estaba segura de que agradecerían la noticia de la probable culpabilidad de Bannick, informarían a las familias y cerrarían los expedientes tan contentos.

Sus comentarios, negaciones, evasivas y afirmaciones del sábado anterior en una oscura cabaña situada en lo más profundo de un bosque de Alabama resultaban de poca ayuda para la policía. Nada de lo que había dicho se admitiría jamás ante un tribunal, y Bannick se había cuidado mucho de reconocer de forma expresa ningún delito. Al fin y al cabo era juez.

Jeri se mostraba a veces afectada y a veces inconsolable. El trabajo de su vida había llegado a un final abrupto e insatisfactorio. Muerto como estaba, Bannick saldría prácticamente indemne. La acusación de secuestro, si es que llegaba a notificarse, no haría más que añadir confusión y no demostraría nada. Los detalles que la sustentaban no se darían a conocer. No lo habían detenido por nada. Su nombre nunca se relacionaría con el de sus víctimas.

Pero también había momentos de notable alivio. El monstruo ya no le seguía la pista. Jeri ya no habitaría el mismo mundo que Ross Bannick, un hombre al que llevaba tanto tiempo detestando que se había convertido en parte de su vida. No lo echaría de menos, pero ¿cómo iba a llenar el vacío?

Había leído en algún sitio que muchas veces llegamos a admirar, incluso a amar, aquello mismo que odiamos de manera tan obsesiva. Se convierte en parte de nuestra vida y empezamos a depender de ello, a necesitarlo. Nos define.

A las dos y media, un agente del FBI llamó a la puerta e informó a Lacy de que habían reclamado la presencia de su pequeño destacamento de seguridad en la oficina. El peligro había desaparecido, podían estar tranquilas. Ella le dio las gracias y se despidió.

Jeri le pidió quedarse una noche más. Iba a tardar un tiempo en relajarse por completo y le apetecía salir a dar un largo paseo, sola, por el barrio, el campus y el centro de la ciudad. Quería saborear la libertad de ir de un lado a otro sin tener que mirar a su alrededor, sin preocuparse, sin pensar siquiera en él. Y, cuando Lacy volviera de la oficina, Jeri quería que se metieran en la cocina juntas para preparar la cena. Hacía años, puede que décadas, que había dejado de cocinar, cuando sus noches quedaron consumidas por su búsqueda.

Lacy le dijo que por supuesto. Cuando se marchó, Jeri se sentó en el sofá y se repitió una y otra vez que Bannick estaba muerto.

El mundo era un lugar mejor.

44

A Diana Zhang jamás se le había pasado por la cabeza ser la albacea del testamento de nadie. De hecho, como secretaria de un juez, sabía lo suficiente sobre validaciones testamentarias como para tener claro que debían evitarse siempre que fuera posible. Ahora que su exjefe la había convertido en su víctima y le había endosado una tarea no deseada y con todos los indicios de ser, al menos al principio, complicada y pesada, si no imposible, le estaba costando desempeñar su nuevo papel con buena actitud.

Fue la cuarta página, la de la lista de bienes, la que la mantuvo motivada. Nunca había pensado en la muerte del juez Bannick —era muy joven— y, desde luego, tampoco había pensado nunca que fuera a incluirla en sus planes de herencia. Poco después de que la conmoción provocada por su muerte comenzara a desaparecer, no pudo evitar empezar a pensar en el dinero que le había caído del cielo.

La verdad, le daba igual si lo incineraban o si lo enterraban y dónde, sobre todo teniendo el aliento del FBI en la nuca. Le pidieron que pospusiera los planes de entierro y, ya puestos, todo lo demás. Ella no tenía prisa. Lo conservaban congelado en el depósito de cadáveres del condado, muy lejos de allí, y, si el FBI quería que Diana se tomara las cosas con calma, no tenía ningún reparo en hacerlo. Habían accedido a no manipular el cadáver siempre que ella les diera permiso para fotografiar con detalle las manos y los dedos.

La citaron ampliamente en la edición del miércoles del *Ledger*. Tras algunos comentarios elogiosos sobre su exjefe, dijo que el juez ya llevaba un tiempo enfermo, pero que era demasiado reservado para hablar de su salud. Toda la oficina estaba «triste y conmocionada», al igual que sus colegas y los miembros del colegio de abogados. El artículo ocupaba toda la mitad inferior de la portada, junto con una preciosa foto de un Bannick más joven. No se mencionaba la orden de arresto por secuestro.

El miércoles a mediodía, el FBI ya se había incautado tanto del SUV que Bannick había dejado en el aparcamiento de larga estancia del aeropuerto de Birmingham como del coche de alquiler de Avis que habían identificado en el Pecos Mountain Lodge. Los registraron, pero, como era de esperar, los dos vehículos se habían limpiado a fondo y no encontraron huellas. El sobre de FedEx que le había enviado a Diana estaba cubierto de huellas, pero ninguna coincidía con la parcial hallada en el teléfono de Verno. Analizaron de arriba abajo la cabaña del lago Gantt y no dieron con nada útil. Inspeccionaron dos veces hasta el último centímetro cuadrado de su habitación del Pecos Mountain Lodge y todas las superficies que podría haber tocado, pero no tuvieron éxito. Un camarero declaró que lo había visto varias veces, siempre con guantes.

Enviaron a toda prisa a un equipo de los mejores expertos en huellas dactilares del FBI para que le examinase los dedos y los pulgares. Los tenía todos cocidos y corroídos, destruidos por completo. Como el cadáver iba a ser incinerado, Vidovich tomó la decisión de cortarle las manos y mandarlas al laboratorio. Se lo comentó a Diana Zhang, que al principio se quedó horrorizada. Sin embargo, Vidovich la presionó y le dejó claro que las manos y los dedos, junto con el resto del cuerpo, iban a quedar reducidos a cenizas de todos modos, así que ¿qué daño iba a hacerle? Como la secretaria seguía dudando, la amenazó con llevarla ante un magistrado federal.

Diana ya estaba harta de su nueva labor. Cuanto más tiempo pasaba Bannick en el depósito de cadáveres, más problemas le creaba. Ella nunca vería el cuerpo, ni con ni sin manos. Estaba a miles de kilómetros y todavía no le parecían suficientes. Al final accedió a las amputaciones y las manos cortadas se enviaron al laboratorio forense de Clarksburg, en Virginia Occidental.

Lo que quedaba del juez Ross Bannick se trasladó a un crematorio de Santa Fe, se redujo a cenizas y se introdujo en una urna de plástico que el director de la funeraria almacenó hasta nueva orden.

Lacy habló varias veces con Vidovich a lo largo del día y le transmitió las novedades a Jeri, que de repente estaba ansiosa por recoger sus cosas y volver a casa.

El FBI había registrado el coche de la profesora y no había encontrado huellas útiles, pero sí el monitor GPS junto al depósito de la gasolina. Lo enviaron a Clarksburg para que lo examinaran.

Por alguna razón, en medio del horror y del caos del secuestro, Bannick se había llevado la pistola y la pequeña bolsa de viaje de Jeri, pero no su móvil y el portátil. Supusieron que no quería correr el riesgo de que lo rastrearan a través de los dispositivos. También había dejado el bolso y las llaves. No necesitaba ni la reducida cantidad de dinero en efectivo ni sus tarjetas de crédito y disponía de vehículo propio, aunque Jeri no hubiera llegado a verlo.

Los dos mismos agentes guapos que se la habían llevado

del hospital el domingo aparecieron entonces en Tallahassee con su Camry y sus pertenencias. Tenían órdenes de seguirla hasta Mobile y hacer que le cambiaran las cerraduras de las puertas. Ella les dijo que no, gracias, y los agentes se marcharon de mala gana.

Tras una cena temprana con Lacy y Allie, Jeri los abrazó a ambos, les dio las gracias de corazón, prometió visitarlos pronto y se marchó a Mobile, que estaba a cuatro horas de distancia. Cuando salió de la ciudad, giró el espejo retrovisor hacia un lado para no pasarse todo el rato mirándolo. Iba a costarle romper algunos hábitos.

Tenía las ideas revueltas y sufría cambios de humor radicales. Se consideraba afortunada de seguir viva y el dolor que sentía en las muñecas era un recordatorio constante de lo cerca que había estado de la muerte. Sin embargo, aquel episodio, por aterrador que hubiera sido, había tenido un claro final. La suerte le había sonreído y se había librado de una muerte segura. Su destino era seguir viviendo, pero ¿con qué fin? Tenía la sensación de que su proyecto había quedado incompleto, pero ¿dónde estaba entonces la meta? Sonrió ante la agradable idea de no tener que vivir en el mismo mundo que Bannick, pero luego casi maldijo el hecho de que el juez no hubiera pagado por sus asesinatos. Jamás se enfrentaría a sus víctimas, jamás comparecería en una sala de tribunal —que quizá incluso hubiera sido la suya— ataviado con un mono naranja y grilletes en los tobillos. Jamás sufriría la inconmensurable humillación de ver la foto de su ficha policial en primera plana, de que sus amigos lo despreciaran, de que lo apartasen del banquillo, lo condenaran por sus atroces crímenes y lo encerrasen. No pasaría a la historia como el primer juez estadounidense condenado por asesinato ni sería recordado como un legendario asesino en serie. Jamás se pudriría en la celda que tanto se merecía.

Sin más pruebas, las familias de sus víctimas jamás se enterarían de su probable culpabilidad. Ella se sabía sus nombres, los de todos. Sabía cómo se llamaban los padres y hermanos de Eileen Nickleberry; los dos hijos de Ashley Barasso, que ahora tenían poco más de veinte años; la viuda y los dos hijos de Perry Kronke; la familia de Mike Dunwoody, la única víctima accidental, que ella supiera; los hijos de Danny Cleveland; las familias de Lanny Verno y Mal Schnetzer.

¿Y qué le diría a su propia familia, a su hermano mayor, Alfred, que vivía en California, y a Denise, que seguía en Michigan? ¿Debía poner patas arriba sus respectivos mundos con la historia, tan difícil de creer, de que había encontrado al asesino pero este había escapado de la justicia?

¿Por qué molestarse? A fin de cuentas, solo hablaban del asesinato de Bryan Burke cuando ella sacaba el tema.

Consiguió tranquilizarse recordándose que el caso seguía abierto. El FBI estaba trabajando a fondo en él y debía darles un respiro. Todavía era posible que implicaran a Bannick en uno o varios de sus asesinatos. Si lograban probar uno, el FBI podría informar a los distintos departamentos de policía local, que, a su vez, podrían reunirse con las familias. La justicia permanecería esquiva para siempre, pero quizá algunas personas consiguieran pasar página si sabían la verdad.

En el caso de Jeri, pasar página parecía imposible.

45

A última hora de la mañana del jueves, Lacy se reunió con su grupo de trabajo por última vez. Justo cuando estaban a punto de relegar alegremente el asunto de Bannick al cajón de las «desestimaciones», Felicity los interrumpió para avisar de una llamada urgente. Sadelle estaba saboreando su oxígeno y Darren planteándose de qué tamaño sería el café con leche que iba a ir a buscar.

—Es Betty Roe y dice que es importante —anunció Felicity por el altavoz.

Lacy puso los ojos en blanco y suspiró de frustración. Se había hecho esperanzas de pasar unos días sin oír la voz de Jeri, pero en realidad no se sorprendió. Darren salió disparado hacia la puerta para irse a por el café. Sadelle cerró los ojos como si estuviera preparándose para echarse otra siesta.

—Buenos días, Betty —la saludó Lacy.

—Podemos dejar ya el rollo de Betty, ¿no, Lacy?

—Vale. ¿Cómo estás hoy, Jeri?

—Genial. Me siento como si pesara veinte kilos menos y no puedo dejar de sonreír. Que esté muerto me ha quitado una carga enorme de encima, del cerebro y del cuerpo. No tengo palabras para explicar lo maravilloso que es.

—Me alegra oírte hablar así, Jeri. Ha sido mucho tiempo.

—Ha sido toda una vida, Lacy. He vivido con ese asqueroso durante décadas. Pero, bueno, aun así no he podido dormir. Me he pasado toda la noche despierta porque se me ha ocurrido otra aventurilla y necesito tu ayuda. Y, si es posible, también la de Allie.

—Allie se ha marchado esta mañana, con destino desconocido.

—Entonces llévate a Darren. Supongo que es el siguiente chico blanco disponible.

—Supongo. ¿Llevármelo adónde?

—A Pensacola.

—Te escucho, pero ya soy escéptica.

—No, confía en mí. A estas alturas, ya debería haberme ganado tu confianza.

—Tienes razón.

—Bien. Por favor, deja lo que estás haciendo y vete a Pensacola.

—A ver, me está costando, pero sigo escuchándote. Pensacola no está precisamente a la vuelta de la esquina.

—Lo sé, lo sé. Una hora para mí, tres para ti, pero podría ser crucial. Podría ponerle el último clavo a su ataúd.

—Por decirlo de alguna forma. Bannick no quiso ataúd.

—Cierto. Oye, Lacy, he encontrado la camioneta.

—¿Qué camioneta?

—La que llevaba Bannick el día en que mató a Verno y Dunwoody en Biloxi. La camioneta que vio el anciano que estaba sentado en su porche en el centro de Neely, Mississippi, cuando Bannick metió los móviles en el buzón. Esa camioneta.

—¿Y? —preguntó Lacy despacio.

—Pues que ahí no han comprobado si hay huellas.

—Espera. Creo que Darren ya la había localizado.

—Sí, más o menos. Es un modelo de 2009, con una capacidad de carga de quinientos kilos y de color gris claro que Bannick compró en 2012. La tuvo durante dos años, la usó en los asesinatos de Biloxi y la vendió un mes más tarde. Un hombre llamado Trager la compró en un concesionario de coches usados y la conservó durante dos meses, hasta que lo embistió un conductor ebrio. La aseguradora State Farm la declaró siniestro total y le entregó un cheque a Trager, que les cedió la titularidad. State Farm la vendió como chatarra. Todo esto es lo que tú me contaste hace tres semanas.

—Sí, ahora lo recuerdo. Darren me dijo que era un callejón sin salida.

—Bueno, no del todo. La camioneta no se vendió como chatarra, sino por piezas. Creo que la he encontrado en un desguace a las afueras de Milton, al norte de Pensacola. ¿Tienes Google Maps?

—Claro.

—Vale, te envío la localización de Dusty's, el desguace de las afueras de Milton. Compran los vehículos que las compañías de seguros desechan y luego venden las piezas. Treinta y seis hectáreas de coches y camiones destrozados, nada más y nada menos. He localizado al liquidador que gestionó el siniestro de Trager y está bastante seguro de que la camioneta terminó en Dusty's.

Esperando lo peor, Lacy preguntó:

—¿Y qué se supone que tengo que hacer allí?

—Los tres, Darren, tú y yo, vamos a encontrar la camioneta y a echarle un vistazo. Si Bannick la tuvo durante dos años, podría haber huellas. Seguro que no la limpió, porque todavía no sabía lo de su pulgar rebelde en el teléfono de Verno. La vendió meses antes.

—¿Treinta y seis hectáreas?

—Venga, Lacy, podría ser nuestra gran oportunidad. Cierto, es una aguja en un pajar, pero la aguja está ahí.

—¿Cuánto tiempo duran las huellas?

—Años, dependiendo de varios factores: la superficie, el clima, el tipo de huella, etcétera.

A Lacy no le sorprendió que Jeri conociera al dedillo los entresijos de las huellas dactilares.

—Mejor llamamos al FBI.

—Caray, debe de ser la primera vez que me lo dices. Los llamaremos más tarde. Primero tenemos que encontrar la camioneta, luego ya decidiremos qué hacer.

Su primer impulso fue decirle a Jeri que estaba muy liada, que la oficina se había convertido en un caos durante su ausencia y todas esas cosas, pero sabía que ella haría caso omiso de sus excusas, que las ignoraría por completo. Jeri había localizado a un asesino en serie del que la policía ni siquiera había oído hablar, y lo había hecho a base de tenacidad. Además, Lacy no tenía ganas de discutir.

Miró con el ceño fruncido a Sadelle, que estaba dormitando, y dijo:

—No llegaremos hasta las cuatro.

—Dusty's cierra a las cinco. Daos prisa. No te pongas vestido.

Ernie trabajaba en uno de los extremos del largo mostrador de recepción y, cuando entraron en el departamento de venta de piezas, era el único de los cuatro «socios» que no estaba al teléfono. Sin sonreír, les hizo un gesto para que se acercaran a su territorio. La decoración consistía en tapacubos abollados y volantes viejos y, detrás del mostrador, había altas hileras de contenedores llenos de piezas de automóvil usadas. En una de las paredes había una impresionante estantería cargada de baterías de coche usadas. El local apestaba a aceite rancio y los cuatro socios tenían al menos dos manchas de grasa cada uno en la camisa. Ernie tenía las que le correspondían, además de un trapo lleno de aceite colgando del bolsillo trasero. Llevaba un cigarro sin encender incrustado en una comisura de la boca.

—¿Necesitáis algo? —gruñó.

Resultaba obvio que estaban fuera de lugar.

Lacy activó los megavatios de su sonrisa y contestó:

—Sí, gracias. Estamos buscando una camioneta Chevrolet de 2009.

—Tenemos miles. Necesito que concretes, preciosa. —En otras circunstancias, el «preciosa» la habría sacado de sus casillas, pero no era el momento de ponerlo firme—. ¿Buscáis piezas?

—No, no exactamente —respondió, aún deshaciéndose en sonrisas.

—Mire, señora, vendemos piezas, piezas usadas, solo piezas. Tenemos más de cien mil vehículos siniestrados ahí fuera y cada día llegan más.

Lacy se dio cuenta de que no iban a llegar a ninguna parte. Le entregó una tarjeta de visita y dijo:

—Estamos investigando varias acusaciones de delito. Trabajamos para el estado de Florida.

—¿Sois policías? —preguntó Ernie, que dio un paso atrás.

Dusty's mostraba todos los indicios de ser el típico sitio en el que el efectivo era el rey, los impuestos se eludían de manera sistemática y se llevaban a cabo todo tipo de actividades delictivas apenas disimuladas. Otros dos socios, ambos aún al teléfono, se volvieron para mirarlos.

—No —contestó Lacy enseguida. Jeri admiraba unos tapacubos mientras Darren le echaba un vistazo a su móvil—. No, para nada. Solo necesitamos encontrar esta camioneta.

Le pasó una copia del documento de titularidad que Jeri había encontrado en internet.

Ernie lo cogió y miró la pantalla de su voluminoso ordenador estilo años setenta. También tenía manchas de aceite. Tecleó, frunció el ceño, sacudió el viejo teclado.

—Llegó en enero —masculló al final—. Solar sur, fila ochenta y cuatro. —Miró a Lacy y dijo—: ¿Entendido? A ver, señora, aquí vendemos piezas. No hacemos visitas guiadas, ¿sabe?

—Claro —le dijo Lacy en voz un poco más alta—. Siempre puedo volver con una orden.

Resultó evidente, por la sobresaltada reacción de Ernie, que las órdenes judiciales no eran bienvenidas en Dusty's. El hombre señaló hacia atrás con la cabeza y dijo:

—Seguidme.

Los guio hacia una puerta trasera. A un lado había un edificio largo y metálico con hangares llenos de coches y camiones en distintas fases de desguace. Al otro lado se extendían unas amplias vistas de hectáreas y más hectáreas de vehículos destrozados. Ernie señaló a su derecha.

—Los coches están por ahí. —Señaló hacia su izquierda—. Las camionetas y furgonetas por allí. El solar sur está en esa dirección, a unos ochocientos metros. Buscad la fila ochenta y cuatro. Con un poco de suerte la encontraréis. Cerramos a las cinco y no os conviene quedaros encerrados aquí por la noche.

Darren señaló a un chaval montado en un carrito de golf y le preguntó a Ernie:

—¿Podemos cogerlo prestado?

—Aquí todo está en venta, jefe. Pregúntale a Herman.

Sin una sola palabra más, Ernie se dio la vuelta y se marchó. Por cinco dólares, Herman accedió a llevarlos a la fila ochenta y cuatro. Se amontonaron en el carrito y empezaron a dejar atrás miles de vehículos destrozados y destripados, la mayoría sin capó, todos sin neumáticos, algunos con malas hierbas asomando por las ventanas. El chico se detuvo frente a una camioneta gris y los tres se bajaron.

Lacy le entregó otro billete de cinco dólares.

—Oye, Herman, ¿puedes volver a buscarnos a la hora de cerrar? —le preguntó.

El chaval sonrió, cogió el dinero, respondió con un gruñido y se marchó en el carrito.

La camioneta había recibido un fuerte impacto a la altura

de la puerta del pasajero y estaba bastante destrozada, pero el motor había quedado intacto y ya lo habían rapiñado. Mientras la contemplaban boquiabiertos, Lacy preguntó:

—¿Y ahora qué hacemos?

—Le sacamos unos cuantos pistones —repuso Darren, como buen sabelotodo.

—No, pero casi —dijo Jeri—. Ibas por buen camino. Si piensas en las cosas que Bannick no habría tocado, el motor es lo primero que se te viene a la cabeza. Ahora piensa en las que sí habría tocado. El volante, el salpicadero, el intermitente, la palanca de cambios, todos los interruptores y botones.

—¿Te has traído el polvo para buscar huellas dactilares? —preguntó Lacy en tono sarcástico.

—No, pero sé cómo se encuentran. Nuestro plan B es traer al FBI para que haga una búsqueda como es debido. Ahora mismo solo quiero echar un vistazo.

—La guantera —dijo Darren.

—Sí, y debajo y detrás del asiento. Pensad en vuestro coche y en todas las porquerías que se cuelan por las rendijas. ¿Alguien quiere unos guantes?

Jeri rebuscó en su bolso y sacó varios pares de guantes de plástico. Lacy y Darren se los pusieron obedientemente.

—Yo miraré en el interior —anunció Jeri—. Darren, tú ocúpate de la parte de atrás. Lacy, mira a ver si encuentras algo detrás del asiento del otro lado.

—Cuidado con las serpientes —dijo Darren, y las mujeres estuvieron a punto de soltar un grito.

La mitad del asiento delantero, tipo banco, estaba aplastada y destrozada, y la puerta del pasajero pendía de un hilo. Lacy atravesó las malas hierbas y consiguió abrirla. El bolsillo lateral estaba vacío. No vio nada de interés en el lado del pasajero. Jeri retiró con cuidado los cristales del asiento del conductor y se sentó al volante. Estiró la mano hacia la guantera e intentó abrirla, pero estaba atascada.

El primer repaso no produjo ningún fruto.

—Tenemos que abrir la guantera —dijo Jeri—. Si tenemos suerte, habrá un manual del usuario y documentación variada, como en todos los coches, ¿no?

—¿Un manual del usuario? —preguntó Lacy.

—Qué típico —masculló Darren.

De repente, Lacy se sintió abrumada por los recuerdos y comenzaron a flaquearle las rodillas. Se quedó sin respiración y tuvo que agacharse y apoyarse las manos en las rodillas para intentar recuperar el aliento.

—¿Estás bien? —preguntó Jeri al mismo tiempo que le ponía la mano en el hombro.

—No. Perdón. Dame solo un momento.

Darren miró a Jeri y le dijo:

—Es por el accidente de coche que sufrió, en el que murió Hugo. Es bastante reciente.

—Lo siento mucho, Lacy —se disculpó Jeri—. No lo había pensado.

La abogada se enderezó y respiró hondo.

—Tendríamos que haber traído agua —dijo Jeri—. Perdóname.

—No pasa nada. Ya estoy bien. Vámonos de aquí, informaremos al FBI. Que se encarguen ellos de la búsqueda.

—Vale, pero antes quiero ver qué hay en la guantera —insistió Jeri.

Aparcada a metro y medio de distancia había una Ford enorme con el techo aplastado. Darren la examinó y vio que tenía un trozo del faldón lateral izquierdo suelto. Lo retorció hasta arrancarlo y se sentó al volante de la camioneta Chevrolet gris. Introdujo su nueva herramienta en la guantera atascada, pero no consiguió abrirla. Hizo palanca, empujó, tiró, hizo fuerza una y otra vez, pero la puerta no cedía. La guantera estaba parcialmente aplastada y atrancada por completo.

—Creía que estabas más fuerte —le dijo Lacy mientras Jeri y ella observaban hasta el último de sus movimientos.

Darren la fulminó con la mirada, respiró hondo, se limpió el sudor de la frente y atacó la guantera de nuevo. Al final logró abrir una rendija estrecha y, después, arrancar la puerta.

Les dedicó una sonrisa enorme a Lacy y a Jeri y arrojó la herramienta sobre las malas hierbas. Se reajustó los guantes y, despacio, sacó una carpeta de plástico; un folleto de la garantía de los neumáticos; un recibo de un cambio de aceite a nombre del señor Robert Trager; algún tipo de requerimiento de la Asociación Estadounidense del Automóvil; y dos destornilladores oxidados.

Le entregó la carpeta a Jeri y se bajó de la camioneta. Los tres se quedaron mirando el botín.

—¿La abrimos? —preguntó Lacy.

Mientras la sostenía con ambas manos, Jeri dijo:

—Lo más probable es que Bannick la tocara en algún momento. Lo más probable es que no la limpiase, es imposible, al menos durante este último mes en el que se dedicó a frotar todo lo demás.

—Mejor vamos a lo seguro y se la llevamos al FBI —insistió Lacy.

—Sí, desde luego. Pero echémosle un vistazo antes.

Abrió la carpeta con gran lentitud y sacó el manual del usuario. Dentro estaban los papeles de la garantía extendida, una vieja tarjeta de registro de Florida emitida a nombre de Robert Trager y dos recibos de una tienda de repuestos de automóvil.

Otra tarjeta cayó revoloteando hasta el suelo. Lacy la recogió, la leyó y sonrió.

—Bingo.

Era una tarjeta de un seguro de State Farm a nombre de Waveland Shores, una de las fachadas tras las que se escondía

Bannick. Cubría el semestre de enero a julio de 2013 y en ella figuraban el número de póliza, los límites de la cobertura, el número de bastidor y el nombre del agente del seguro. En el reverso había instrucciones sobre qué hacer en caso de accidente. Se la enseñó a Jeri y a Darren, que tuvieron miedo de tocarla, y luego volvió a guardarla en el manual.

—Ahora mismo, me gustan las probabilidades que tenemos —dijo Jeri.

—Voy a llamar a Clay Vidovich —anunció Lacy mientras sacaba el móvil.

Caminaron durante diez minutos hasta que vieron a Herman en su carrito de golf. El chico los llevó hasta la entrada y allí hablaron con Ernie, quien, por supuesto, les pidió diez dólares a cambio del manual del usuario. Lacy le regateó hasta dejarlo en cinco, que cubrirían los contribuyentes de Florida, y se marcharon de Dusty's.

Una hora más tarde estaban en el centro de Pensacola tomándose un refresco en la sala de reuniones con Vidovich y los agentes Neff y Suarez. Mientras les narraban su aventura, dos técnicos examinaban con gran detenimiento el manual, la tarjeta del seguro y otros objetos de la guantera.

—Sí, salimos por la mañana, el vuelo es a las ocho —les contó Vidovich—. Estaremos de vuelta en Washington por la tarde. Gracias a ti, Jeri, ha sido un viaje bastante productivo, ¿no crees?

—No del todo —contestó ella sin sonreír—. Encontramos a nuestro hombre, pero ha conseguido escaparse, a su manera.

—No habrá más asesinatos, y eso no siempre es así. Este caso podemos cerrarlo, pero tenemos más.

—¿Cuántos, si no os molesta que os lo pregunte? —quiso saber Darren.

Vidovich miró a Neff, que se encogió de hombros como si no supiera la respuesta.

—Diez o doce, de todo tipo.

—¿Alguien como Bannick? —inquirió Lacy.

El agente sonrió y negó con la cabeza.

—No, que nosotros sepamos, aunque tampoco pretendemos conocerlos a todos. La mayoría de estos tipos matan al azar y nunca conocen a sus víctimas. Está claro que Bannick era distinto. Tenía una lista y los acechó durante años. Nunca lo habríamos encontrado sin ti, Jeri.

En ese momento se abrió la puerta y entró un técnico.

—Tenemos dos huellas del pulgar de gran calidad, ambas de la tarjeta del seguro —dijo—. Acabo de enviarlas al laboratorio de Clarksburg.

Se fue y Vidovich lo siguió.

—Les darán prioridad y las pasarán por los bancos de datos —les explicó Suarez—. Podemos comprobar millones de huellas en cuestión de minutos.

—Es alucinante —dijo Darren.

—Pues sí.

—Y si hay una coincidencia, ¿qué ocurre? —preguntó Lacy.

—No gran cosa —respondió Neff—. Sabremos con seguridad que Bannick mató a Verno y Dunwoody, pero será imposible seguir con el caso.

—¿Y si estuviera vivo?

—Seguiría siendo difícil. No me gustaría estar en la piel del fiscal.

—¿Qué hay de los demás asesinatos? —quiso saber Jeri.

—No podemos hacer mucho, la verdad —respondió Suarez—. Imagino que nos reuniremos con la policía local y les comunicaremos la noticia. Ellos se reunirán con las familias, al menos con las que estén dispuestas a ello. Algunas querrán hablar, otras no. ¿Qué dice tu familia?

—Bueno, supongo que se lo contaré en algún momento —contestó Jeri.

La conversación decayó mientras esperaban. Darren fue al baño. Lacy rellenó los vasos de refresco.

Vidovich regresó con una sonrisa y anunció:

—Tenemos una coincidencia clara. Enhorabuena. Ahora ya puede probarse que, efectivamente, el juez Bannick mató a Lanny Verno y Mike Dunwoody. A estas alturas, amigos, es lo mejor que podíamos esperar.

—Necesito una copa —murmuró Lacy.

—Yo estaba pensando en una copa seguida de una larga cena de celebración. Cortesía del FBI —repuso Vidovich.

Jeri asintió mientras se secaba las lágrimas.

46

Dos semanas más tarde, Lacy y Allie llegaron en avión a Miami, alquilaron un coche y recorrieron sin prisas la Autopista 1 en dirección sur, pasando por Cayo Largo, hasta llegar a Islamorada, donde se detuvieron a disfrutar de un largo almuerzo en un patio junto al mar. Después continuaron el viaje, cruzaron Marathon y no pararon hasta que la autopista terminó en Cayo Hueso. Se registraron en el Pier House Resort y les dieron una habitación con vistas al océano. Chapotearon en el agua, pasearon por la arena, se tumbaron en la playa y se tomaron un cóctel contemplando una hermosa puesta de sol.

Al día siguiente, sábado, salieron de Cayo Hueso, hicieron una hora de trayecto hasta Marathon y buscaron la casa de los Kronke en Grassy Key, una lujosa urbanización vallada situada en una isla. Habían quedado a las diez de la mañana, pero llegaron unos minutos antes. Jane Kronke los recibió con gran amabilidad y los guio hasta el patio, donde los esperaban sus dos hijos, Roger y Guff. Habían llegado en coche desde Miami el día anterior. Unos minutos después apareció el jefe Turnbull, de la policía de Marathon. Allie se excusó y se llevó su café a la parte delantera de la casa.

Tras intercambiar los obligados comentarios triviales, Lacy empezó:

—No les robaré mucho tiempo. Como ya les dije por teléfono, soy la directora interina de la Comisión de Conducta Judicial y nuestro deber es investigar las denuncias por mala conducta presentadas contra los jueces de los tribunales estatales. En marzo nos reunimos con una mujer cuyo padre fue estrangulado en 1992 y que afirmaba que había averiguado la identidad del asesino. Presentó una denuncia formal y la ley estatal nos obligó a intervenir. La denunciante alegaba que el sospechoso, un juez en activo, era también responsable de los asesinatos del señor Kronke y de otros dos hombres hallados muertos en Biloxi, Mississippi. No solemos investigar asesinatos, pero no nos quedó otra opción. Un compañero y yo vinimos a Marathon en marzo y nos reunimos con el jefe, que se mostró muy cooperativo. En realidad no llegamos a ninguna conclusión, porque, como bien saben, no ha sido fácil encontrar pruebas. Terminamos poniéndonos en contacto con el FBI y nos enviaron a su Unidad de Análisis de Conducta, el equipo de élite que persigue a los asesinos en serie.

Se quedó callada un instante y bebió un sorbo de limonada. Estaban pendientes de hasta la última de sus palabras y parecían bastante abrumados. Casi sintió lástima por ellos.

—El juez en cuestión es Ross Bannick, del distrito de Pensacola. Sospechamos que fue el responsable de al menos diez asesinatos en los últimos veinte años, incluido el del señor Kronke. Hace tres semanas se suicidó en un centro de tratamiento de adicciones cercano a Santa Fe. Una huella dactilar lo vincula con los dos asesinatos de Biloxi, pero aún no hay pruebas de que matase al señor Kronke. Lo único que tenemos es el móvil y el método.

Jane Kronke se enjugó los ojos y su hijo Guff le dio unas palmaditas en el brazo.

—¿Cuál es el móvil? —preguntó Roger.

—Se remonta a 1989, cuando Bannick trabajó en el bufete de su padre como becario de verano. Por razones desconocidas, no le ofrecieron trabajo cuando se graduó. Su padre fue el encargado de supervisar a los becarios de aquel año y le escribió a Bannick la carta en la que se le negaba el puesto. Es evidente que se lo tomó a mal.

—¿Y esperó veintitrés años para matarlo? —se sorprendió Guff.

—Así es. Era muy paciente, muy calculador. Conocía a todas sus víctimas y las acechaba hasta que llegaba el momento oportuno. Nunca conoceremos los detalles porque Bannick lo destruyó todo antes de suicidarse: registros, notas, discos duros, todo. Sabía que el FBI había comenzado a acorralarlo al fin. Era un hombre extremadamente minucioso, muy inteligente, de hecho. El FBI está impresionado.

Asimilaron aquella información con incredulidad y no dijeron nada. Tras un prolongado silencio, fue el jefe Turnbull quien habló:

—Ha mencionado también el método.

—Fueron todos iguales, con solo una excepción. Les asestaba un golpe en la cabeza y luego los estrangulaba con una cuerda. Siempre el mismo tipo de cuerda, atada con un nudo muy poco usado llamado ballestrinque doble. A veces lo utilizan los marineros.

—Su tarjeta de visita.

—Sí, su tarjeta de visita, algo bastante común. Los agentes del FBI que han trazado su perfil creen que no deseaba que lo cogieran, pero sí que alguien supiera de su trabajo. También consideran que tenía algún tipo de pulsión de muerte, de ahí el suicidio.

—¿Cómo se suicidó? —preguntó Roger.

—Sobredosis. No sabemos de qué clase de droga porque no hubo autopsia, siguiendo sus instrucciones. Tampoco era necesaria. El FBI le examinó los pulgares y el resto de los dedos, pero estaban demasiado dañados para tomarles las huellas.

—¿A mi padre lo asesinó un juez? —se asombró Guff.

—Eso es lo que creemos, sí, pero nunca podrá probarse.

—¿Y nada de esto saldrá a la luz?

—La huella del pulgar se encontró en la escena de los asesinatos de Biloxi. El sheriff de la ciudad planea reunirse con la familia de las víctimas para decidir qué hacer. Cabe la posibilidad de que den a conocer la información de que los asesinatos se han resuelto y de que el asesino era Bannick.

—Espero que lo hagan —dijo Roger.

—Pero ¿no habrá acusación? —quiso saber Guff.

—No. Está muerto y dudo mucho que intenten condenarlo *in absentia*. El sheriff cree que las familias, al menos una de ellas, no querrán seguir adelante con el asunto. Cualquier proceso sería complicado, si no imposible, puesto que Bannick no estará presente para hacer frente a sus acusadores.

Jane Kronke apretó los dientes y comentó:

—No sé qué decir. ¿Debemos sentirnos aliviados, enfadados o qué?

Lacy se encogió de hombros.

—Me temo que no puedo responderle a eso.

—Pero no habrá ningún informe, ninguna noticia, nada que haga saber al público que ese tipo asesinó a nuestro padre, ¿lo he entendido bien? —insistió Guff.

—No puedo controlar lo que ustedes quieran contarle a los periodistas, pero, sin más pruebas, no tengo claro que se les permita publicar nada. Acusar a un hombre muerto sin tener pruebas suficientes podría resultar problemático.

Otro silencio largo mientras intentaban encontrarle alguna lógica a todo aquello. Al final Roger preguntó:

—¿Quiénes eran las otras víctimas?

—Personas de su pasado, personas que lo habían ofendido de algún modo. Un profesor de la facultad de Derecho, un abogado que le robó unos honorarios, un par de antiguas novias, un excliente que presentó una queja, un periodista que sacó a la luz un turbio negocio urbanístico. Un jefe de scouts. Creemos que Bannick sufrió abusos sexuales por parte de su jefe de scouts cuando tenía alrededor de doce años. Puede que fuera ahí donde empezó todo. Nunca lo sabremos.

Guff negó con la cabeza, exasperado, se levantó, se metió las manos en los bolsillos y se puso a caminar de un lado a otro por el patio.

—Si era tan inteligente, ¿cómo lo atraparon? —preguntó Jane.

—No fuimos nosotros. Ni la policía. El jefe Turnbull puede atestiguar que apenas se encontraron pruebas.

—Entonces ¿cómo fue?

—Es una historia larga, además de bastante increíble. Me saltaré los detalles e iré al grano. Su segunda víctima, o al menos el hombre que creemos que fue su segunda víctima, fue profesor de Bannick en la facultad de Derecho. Tenía una hija que se obsesionó con el asesinato de su padre. Con el tiempo empezó a sospechar de Bannick y lo acechó durante veinte años. Cuando se convenció, y cuando consiguió armarse de valor, nos presentó el caso. Nosotros no lo queríamos, pero no nos quedó más remedio que aceptarlo. No tardamos mucho tiempo en recurrir al FBI.

—Por favor, dígale que le estamos muy agradecidos —dijo Jane.

—Lo haré. Es una mujer excepcional.

—Nos gustaría conocerla algún día —comentó Roger.

—Tal vez, quién sabe. Pero es bastante tímida.

—Bueno, ha resuelto un caso que nosotros fuimos incapaces de resolver —intervino el jefe—. Creo que el FBI debería contratarla.

—Les encantaría. Oigan, siento haber tenido que darles esta noticia, pero pensé que querrían saberlo. Tienen mi número de teléfono por si les surge alguna pregunta.

—Uf, seguro que nos surgen mil preguntas —repuso Guff.

—Llamen cuando quieran, aunque no puedo prometerles conocer todas las respuestas.

Había llegado el momento de marcharse. Le dieron las gracias una y otra vez a Lacy y la acompañaron hasta el coche, donde Allie la estaba esperando.

A media tarde, la música de los bares, el estruendo de un partido de voleibol disputado en la playa y los gritos de los niños que chapoteaban en la piscina resonaban en el hotel. Un grupo de reggae afinaba bajo unas palmeras. Los veleros surcaban las aguas azules y cristalinas a lo lejos.

Lacy se cansó de tomar el sol y propuso ir a dar un paseo. Al cabo de un rato se toparon con una pequeña capilla en la que se estaba organizando una boda. Los invitados que ya habían llegado tomaban champán en la arena.

—Qué capilla tan bonita —comentó Lacy—. No es un mal sitio para casarse.

—Es precioso —dijo Allie.

—La tengo reservada para el 27 de septiembre. ¿Estás ocupado ese día?

—Pues no lo sé. ¿Por qué?

—Qué lento eres a veces. Es la fecha de nuestra boda. Nos casaremos aquí mismo. Ya he pagado la fianza.

Allie la agarró y la acercó a él.

—¿Y la petición de mano y todo eso?

—Acabo de pedírtela. Es obvio que tú no fuiste capaz de hacerlo. Y aceptaré ese anillo ahora mismo.

Él se echó a reír y la besó.

—¿Por qué no vas y te compras tú el que quieras, ya que te has puesto al mando de todo?

—Lo pensé, pero he decidido dejártelo a ti. Y me gustan los diamantes ovalados.

—De acuerdo. Me pondré manos a la obra. ¿Algo más que deba saber?

—Sí. Elegí esa fecha porque nos da cuatro meses para cambiar nuestra carrera profesional y empezar una nueva vida. Voy a dimitir. Tú también. Es o el FBI o yo.

—¿Tengo alguna otra opción?

—No.

Se rio, la besó de nuevo y después volvió a reírse.

—Me quedo contigo.

—Buena respuesta.

—Seguro que la luna de miel ya está planeada.

—Sí. Nos vamos un mes. Empezaremos en la costa de Amalfi, en Italia, recorreremos la zona y luego cogeremos algún tren a Portofino, Niza, el sur de Francia, quizá acabemos en París. Improvisaremos y decidiremos sobre la marcha.

—Me gusta. ¿Y cuando volvamos?

—Si volvemos, ya decidiremos cuál es nuestro siguiente capítulo.

Un padrino descalzo, vestido con bermudas, una camisa rosa y pajarita, se acercó a ellos con dos copas de champán y les dijo:

—Apuntaos a la fiesta. Necesitamos más invitados.

Aceptaron el champán, se sentaron en la última fila y se sintieron como en casa viendo a dos completos desconocidos intercambiar sus votos.

Lacy ya estaba tomando notas sobre todo lo que haría de forma distinta.

Nota del autor

La última vez que la vimos en *El soborno*, Lacy Stoltz se estaba recuperando de sus lesiones y luchando por su futuro. He pensado mucho en ella desde entonces y siempre había querido recuperarla para una aventura más. Sin embargo, no conseguía encontrar una historia que igualara el impresionante éxito de la primera, hasta que di con un juez que también es un asesino.

Cómo adoro la ficción.

Tal como señalo en una de las pocas partes precisas del libro, cada estado tiene su propia manera de lidiar con las denuncias que se presentan contra los jueces. En Florida, la Comisión de Calificaciones Judiciales lleva haciendo un gran trabajo desde 1968. La Comisión de Conducta Judicial no existe.

Muchas gracias a Mike Linden, Jim Lamb, Tim Heaphy, Lauren Powlovich, Neal Kassell, Mike Holleman, Nicholas Daniel, Bobby Moak, Wes Blank y Talmage Boston.

JOHN GRISHAM